幽《ゆう》霊《れい》船《せん》から来た少年

ブライアン・ジェイクス／酒井洋子［訳］

ハリネズミの本箱

早川書房

幽霊船《ゆうれいせん》から来た少年

CASTAWAYS OF THE FLYING DUTCHMAN
by
Brian Jacques

Translated by
Yoko Sakai
First published 2002 in Japan by
Hayakawa Publishing, Inc.
This book is published in Japan by
arrangement with
Philomel Books
an imprint of Penguin Putnam Books for Young Readers
a division of Penguin Putnam Inc.
through Japan Uni Agency, Inc., Tokyo.

さし絵：Ian Schoenherr

登場人物

ネブ（ベン）……………………………主人公
デン（ネッド）…………………………黒いラブラドール犬《けん》。ネブの親友
ヴァンダーデッケン……………………フライング・ダッチマン号の船長
ペトロス…………………………………フライング・ダッチマン号のコック

ルイス……………………………………羊飼《ひつじか》い

オバダイア・スミザーズ………………チャペルヴェールの事業家《じぎょうか》
モード・ボウ……………………………ロンドンから来たスミザーズの協力者《きょうりょくしゃ》
エイミー・ソマーズ……………………チャペルヴェールに住む少女
アレックス・ソマーズ…………………エイミーの弟
ウィニー・ウィン夫人《ふじん》…………………チャペルヴェールに住む老婦人《ろうふじん》
ウィルフ…………………………………スミザーズの息子《むすこ》。お屋敷《やしき》ギャングのリーダー
ブレイスウェイト先生…………………学校長兼図《けんと》書館司書《しょかんししょ》
ジョナサン（ジョン）・プレストン……救護院《きゅうごいん》に住む元船大工《もとふなだいく》
ウィル・ドラマンド……………………牛乳屋
アイリーン………………………………ウィルの妻《つま》
サラ………………………………………ウィルの母親
マッケー氏《し》………………………………ウィン夫人の弁護士《べんごし》
パターソン署長《しょちょう》………………………警察《けいさつ》署長

北
西
東
南
北アメリカ
グリーンランド
スカーゲン
イェーテボリ
スカゲラク海峡
コペンハーゲン
エスビアウ
北海
ヨーロッパ
ロンドン
ランズ・エンド
英仏海峡
イスパニオラ島
大西洋
アフリカ
カルタヘナ
マラカイボ
カーボ・ヴェルデ諸島

南アメリカ
レシフェ
アセンション島
ラ・プラタ川
ヴァルパライソ
パタゴニア
バイア・ブランカ
サン・マティアス湾
サン・ホルヘ湾
フエゴ島
マルビナス諸島
（フォークランド諸島）
プンタ・アレナス
ホーン岬

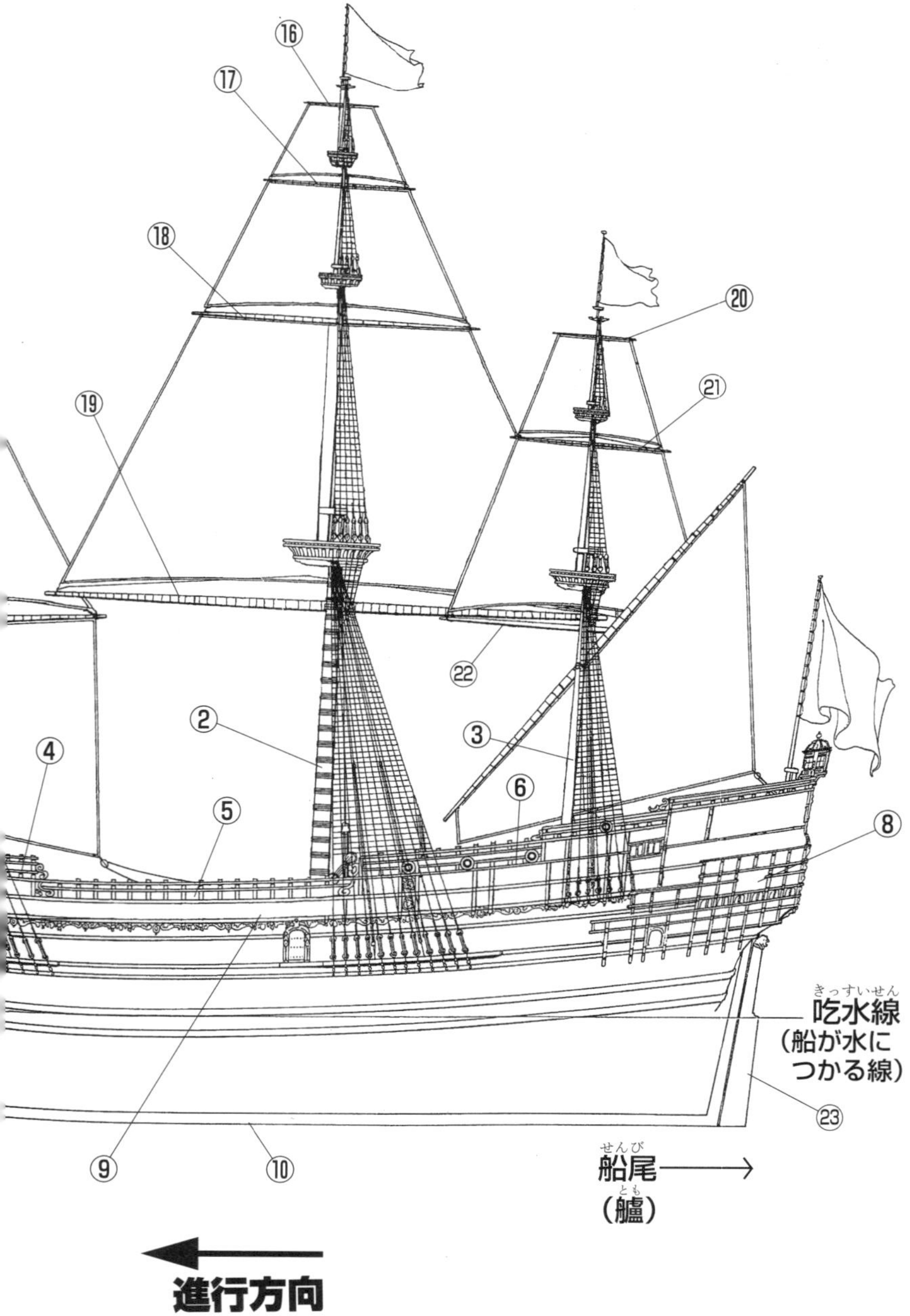

⑯
⑰
⑱
⑲
⑳
㉑
㉒
②
③
④
⑤
⑥
⑧
吃水線《きっすいせん》
（船が水に
つかる線）
㉓
⑨
⑩
船尾《せんび》
（艫《とも》）
進行方向

船の図

①〜③　マスト
④　前甲板《ぜんかんぱん》
⑤　中甲板《ちゅうかんぱん》
⑥　後甲板《こうかんぱん》
⑦　船首楼《せんしゅろう》
⑧　船長室《せんちょうしつ》
⑨　舷側《げんそく》
⑩　竜骨《りゅうこつ》
⑪〜㉒　帆桁《ほげた》
㉓　舵《かじ》

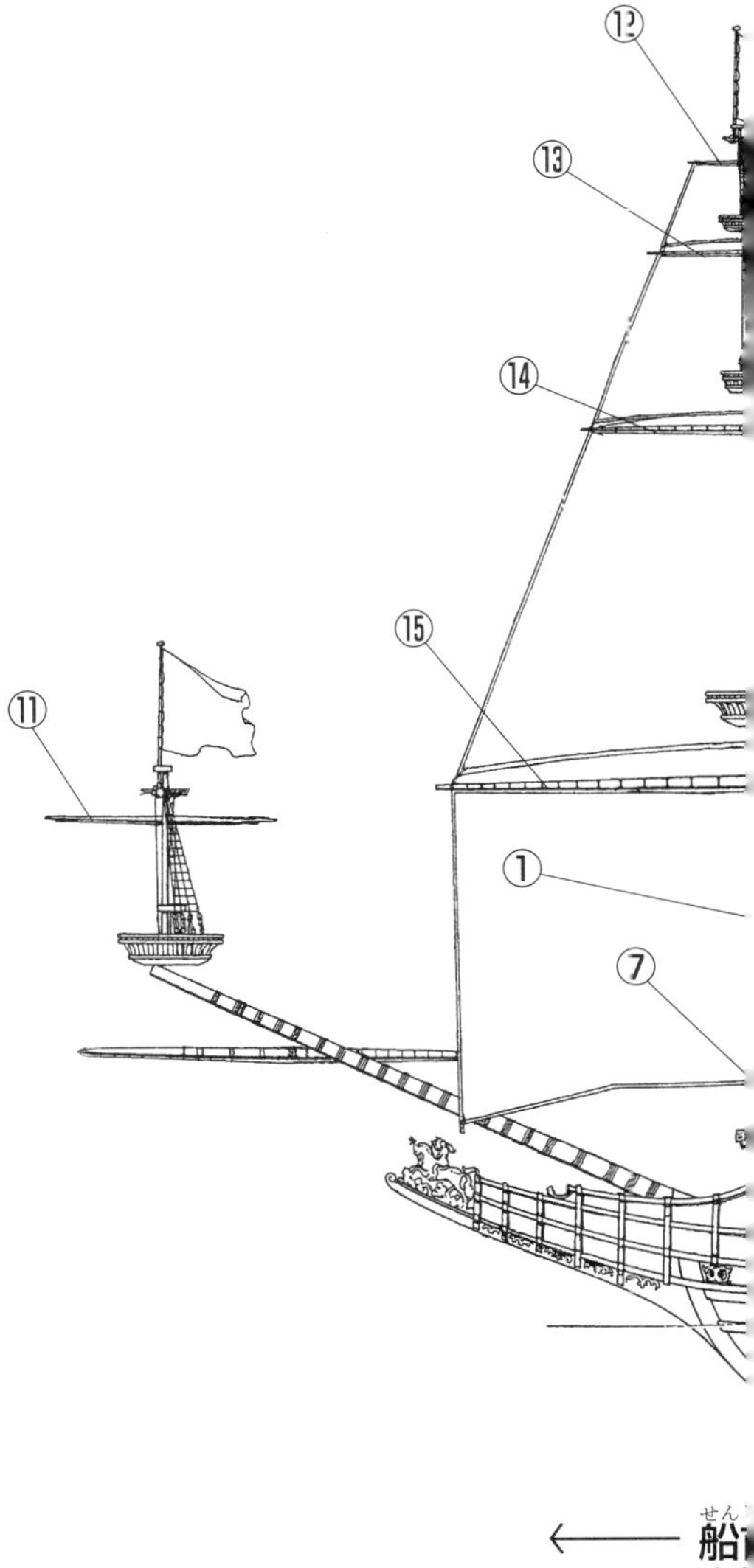

「さまよえるオランダ人」として知られるフライング・ダッチマン号の伝説《でんせつ》。この伝説の由《ゆ》来《らい》を知っているものはいるだろうか？

何百年ものあいだ、たくさんの船乗《ふなの》りが見たと証言《しょうげん》する幽霊船《ゆうれいせん》。嵐《あらし》に逆《さか》まく大海原《おおうなばら》はるか、来る夜《よ》も来る夜も、船乗りたちはランタンのともるマストに身《み》をよせ、船について、また船長ヴァンダーデッケンについて、声をひそめて言葉をかわす。

どんなおそろしい呪《のろ》いが、フライング・ダッチマン号を永遠《えいえん》の旅に向かわせたのか。道しるべのない水の荒野《こうや》を、マルケサス諸島から北極海《ほっきょくかい》まで、珊瑚《さんご》海《かい》からユカタン海峡《かいきょう》まで、ただ一隻《せき》、永久《えいきゅう》にさまよいつづける船。この幽霊船を見たものに死は近い。運《うん》わるく見てしまったあわれな水夫《すいふ》に、不運《ふうん》はついてまわるのだ。

フライング・ダッチマン――さまよえるオランダ人！

塩のかたまったマストと嵐に破《やぶ》れた帆《ほ》が、バタバタとうす気味《きみ》わるい音をたてる。フジツボのこびりついた舳《へ》先《さき》が、ゴーゴーと鳴る青緑の深い波くぼをくぐる。乗っているのは物いわぬ船乗《ふなの》りの亡霊《ぼうれい》たち。彼《かれ》らには、時も、とりまく自然も終わりがない。

ヴァンダーデッケン船長が後甲板《こうかんぱん》を歩きまわる。顔は古びた紙のように黄ばみ、髪《かみ》は波しぶきにぬれ、おそろしい目が世界の水平線《すいへいせん》を狂《くる》ったようにさがし求める。めざすは永遠《えいえん》の海。

どんなおそろしい罪《つみ》を犯《おか》したのか？　どんな秘密《ひみつ》のおきてを破《やぶ》ったのか？　人間界の、自然界の、いや、神のおきてか？　どんな復讐《ふくしゅう》の女神《めがみ》が船長を、乗組員《のりくみいん》を、この船を呪《のろ》ったのか？

この伝説《でんせつ》の由来《ゆらい》を知るものとは？

たったふたつの生き物のみ！

さあ、語ってあげよう、その物語を。

船の巻《まき》

1

コペンハーゲン。一六二〇年

居酒屋《いざかや》〈バーバリーの鮫《さめ》〉亭《てい》の二階。男ふたりがテーブルをはさんで向かいあっていた。ひとりはオランダ人船長。もうひとりは中国人の宝石商《ほうせきしょう》。夜の波《は》止場《とば》から聞こえるくぐもった霧笛《むてき》の音も、うかれさわぐ船乗《ふなの》りたちの声も、ふたりの耳には入らない。大びん入りの上等《じょうとう》なジンも、水差しの水も手つかずのままだ。タバコにけむるうす暗い部屋《へや》で、男たちの目は宝石商がテーブルに置いた、青いビロードの小箱《こばこ》にくぎづけだ。

ゆっくりと、宝石商は布《ぬの》をはずす。大つぶのエメラルドが、ランプの黄金《こがね》色をとらえてキラキラと光る。伝説《でんせつ》のドラゴンの目のようだ。オランダ人船長の目がさもほしそうに光ったのを見て、中国人は長い爪《つめ》をした手で宝石をおおいかくし、小声でいった。

「わたしの商売《しょうばい》仲間が南アメリカのヴァルパライソにいて、ある人物を待っている。わたしに包みを届《とど》けることのできる人物をな。包みにはこの緑の石の兄弟たちがいっぱい入っている。大きいの、小さいの、いろいろだが、どれひとつ取っても、ひと財産《ざいさん》になる値打《ねう》ちもんだ。どんな夢《ゆめ》もかなうほどのお宝《たから》だ。

この緑の石をわたしに運んできてくれるのは、強い男でなくてはならない。人の上に立ち、力があって、他人からこの宝を守りきれる男。わたしはこの港町《みなとまち》には通じている。そのわたしが、あんたこその役にうってつけだと見こんだのだ！」

船長は冬の海のように暗い灰色《はいいろ》の目で、商人《しょうにん》を見かえした。

「その仕事の報酬《ほうしゅう》はなんだ、まだ聞いてないぞ」

宝石商《ほうせきしょう》は船長のおそろしいまなざしから目をそらし、手を上《あ》げて緑色に燃《も》えるエメラルドを見せた。「この美しい石だ。運んできてくれたら、同じような石をもうあと二個《こ》やろう」

船長は手で石をおおいかくして、ひとことといった。「引きうけた！」

少年は走った。霧《きり》のたれこめる空気を吸《す》いこもうと、口を大きく開けて。破《やぶ》れた靴底《くつぞこ》が波止場《はとば》の敷石《しきいし》の道をけって、べちゃべちゃと湿《しめ》った音をたてる。そのあとを、ちゃんとした靴をはいた

大男たちが追う。だんだんせまってくる。少年はつまずき、必死《ひっし》に姿勢《しせい》をたてなおし、居酒屋《いざかや》からもれる黄色い明かりのなかを、あたりを包みこむ白っぽい暗がりのなかを走る。

二度ともどるものか。二度とあの家にはもどらない。継父《ままちち》の一家にけだものか、クズか、いや奴隷《どれい》のように扱《あつか》われてきたんだ！

けんめいに足を前へ前へと運ぶうち、額《ひたい》の冷たい汗《あせ》が目に落ちてきた。人生だって？　こんなのは人生じゃない。生まれつき口がきけないうえに、かわいがってくれる実《じつ》の父親もいなかった。母親は体が弱く、ニシン商人《しょうにん》のビヨルセンと再婚《さいこん》してまもなく死んでしまった。とたんに、少年はニシン倉《ぐら》におしこまれ、継父《ままちち》と三人の乱暴《らんぼう》な兄から、犬以下のけだもののようにいじめられた。

少年は走った。兄たちの靴音《くつおと》が大きくひびく。少年は兄たちから、あのみじめな暮《く》らしから逃《に》げたかった。二度ともどるものか。二度と！

頰《ほお》に刀《かたな》きずのあるビルマ人の水夫《すいふ》が、こっそりと二階から下《お》りてきて、〈バーバリーの鮫《さめ》〉亭《てい》のすみの暗がりにいる四人の仲間にうなずいた。「船長、来てるぜ！」

四人はみな国籍《こくせき》のちがう水夫で、たちのわるい悪党《あくとう》ぞろいだった。暗がりの奥《おく》に身を寄《よ》せあって、二階につづく階段《かいだん》を見つめた。ビルマ人は頰の長い刀きずをぴくつかせて、四人にウインクした。「みんな聞いたぞ。船長は緑の石を受けとりにいく！」

ひげの濃《こ》いイギリス人がうす笑いをうかべた。「じゃ、おれたちゃ鉄材《てつざい》をヴァルパライソに運ぶだけじゃねえんだ。ヴァンダーデッケンの野郎《やろう》、なめやがって。やつはすげえ値打《ねう》ちもんの宝石《ほうせき》を受けとりにいくんじゃねえか！」

ワシのような顔をしたアラブ人が腰《こし》から短剣《たんけん》をぬいた。「そこでおれたちがその報酬《ほうしゅう》をいただく、だろ？」

首謀者《しゅぼうしゃ》のイギリス人はアラブ人の手首をむずとつかむと、いった。「そうだ。そして王さまみたいな暮《く》らしをするのさ、一生。けど、その刀《かたな》はしまっときな、おれが合図《あいず》するまで」

男たちはもう一杯酒《ばいさけ》を飲んで、〈バーバリーの鮫《さめ》〉亭《てい》をあとにした。


少年は追《お》っ手《て》と向かいあった。もう逃《に》げられない。うしろは海だ。ビヨルセンの屈強《くっきょう》な三兄弟は、埠頭《ふとう》すれすれのところで少年をぐるりと囲《かこ》んだ。少年は夜霧《よぎり》のなかであえぎ、ふるえている。兄弟のなかでいちばん背《せ》の高いやつが、少年のシャツの胸《むな》もとをぐいとつかんだ。

ウウッ！　獣《けもの》のようにうなって、少年は兄の手にかみついた。ギャーッ！　ビヨルセンの息子《むすこ》は悲鳴《ひめい》をあげて手をはなすと、とっさに反対の手で少年のあごにパンチを浴《あ》びせた。少年はふいをつかれてうしろにのけぞると、足をふみはずして埠頭からザンブと海に落ち、海面から姿《すがた》を消した。

埠頭の端《はし》にひざまずいて、三兄弟は暗くてらてらと光る水面に目をこらした。泡《あわ》がひとすじ上《あ》がってきて水面ではじけたが、それきりだった。

少年を落とした残忍《ざんにん》な兄の顔に恐怖《きょうふ》がうかんだが、すぐに落ちつきをとりもどし、ほかのふたりにいいきかせた。

「見つからなかったんだ。だれにもわかりゃしねえ。あいつに身内《みうち》はいねえんだ。それに、あんなロのきけないばかひとり消えたって、どうってことたない。さ、帰ろ!」

暗い霧《きり》のなかであたりを見まわし、だれにも見られていないことをたしかめると、兄弟は足早《あしばや》に家に向かった。


船長はタラップに立って霧《きり》の波止場《はとば》を見おろしていた。乗組員《のりくみいん》の最後の一団が霧のなかから姿《すがた》を見せた。船長は乗船《じょうせん》しろと身振《みぶ》りでうながした。

「またよっぱらってきやがったか、ええ? まあ、いいだろ、ここを出たらアメリカ大陸《たいりく》に着くまで酒《さけ》はないからな。さあ、乗船だ。出航用意《しゅっこうようい》!」

ビルマ人水夫《すいふ》は青い刀《かたな》きずをゆがめてニヤリとした。「アイ、アイ、キャプテン! 出航!」

潮《しお》の流れが船のまわりで渦《うず》を巻《ま》き、船尾《せんび》のフェンダーが埠頭《ふとう》の角材《かくざい》をこすりながら、船は海へと向きを変えた。霧のなかに目をこらして、船長は舵輪《だりん》を半点(注)回し、大声でさけんだ。「船尾ロープを解《と》け!」

船尾に立っていたフィンランド人の水夫が、慣《な》れた手つきでロープをさばき、つないであった

(注) 方位をしめすらしん盤は32分されており、一点が十一度十五分。半点はその半分。

繋船柱《けいせんちゅう》から結び目のある端《はし》をぎゅんとひっぱった。ロープはザブンと海に落ちた。水夫《すいふ》は海中に垂《た》らしたまま、引きあげようとしない。こんなこごえるような夜に、手をぬらすのはいやだ。かじかんじまう。

水夫は急いで厨房《ちゅうぼう》に飛びこむと、あたたかいストーブの上に両手《りょうて》をかざした。

少年は夢《ゆめ》うつつで生死《せいし》の境《さかい》をさまよっていた。冷たい海のなかで、骨《ほね》までしびれたように感覚《かんかく》がなかった。

と、粗《あら》いロープが頰《ほお》にあたった。少年はロープをつかんだ。苦労しながら右手、左手、とロープをたぐりよせてよじのぼっていった。両足《りょうあし》が船の肋材《ろくざい》にふれたとき、体は氷の海からはなれて船のでっぱりにのった。そこでうずくまったまま、見あげた少年の目に、船尾《せんび》に書かれた名前が飛びこんできた。はげた金色に縁《ふち》どられた赤い字は「フレイゲール・ホランダー」。

読み書きを習ったことがないので、意味がわからなかった。読めたなら、オランダ語で「フレイゲール・ホランダー」、すなわち「フライング・ダッチマン」号だとわかったろう。

2

朝日が昇《のぼ》って霧《きり》は消えうせ、真《ま》っ青《さお》に澄《す》んだ寒い朝になった。フライング・ダッチマン号は帆《ほ》を満帆《まんぱん》に張《は》ってイェーテボリをこえた。これからスカーゲンを回って、スカゲラク海峡《かいきょう》から荒《あ》れる北海《ほっかい》に出ようというのだ。

船長のフィリップ・ヴァンダーデッケンは、せまい前甲板《ぜんかんぱん》で足をふみしめて立っていた。船がゆれ、うねりを感じた。船首《せんしゅ》から上《あ》がる波しぶきは軽い霧となって顔にあたり、ロープや帆布《はんぷ》は頭上をふく風に単調《たんちょう》な音をたてていた。

目的地《もくてきち》はヴァルパライソだ。そこへ行けば、分けまえの緑の石で一生金持ちになれる。おおよそ笑うことのない男だったが、思わず満足《まんぞく》そうにうなずいた。かわりの船長は、船主《ふなぬし》が勝手《かって》にさがしたらいい。そのアホウが、このボロ船をあやつって荒海《あらうみ》をこえていけばいい。やくざな水夫《すいふ》どもはその船長相手に、ない知恵《ちえ》を競《きそ》いあったらいいんだ。

船の一方の端《はし》からもう片方《かたほう》の端まで大またで歩きながら、ヴァンダーデッケンはふきげんな乗《の》組員《くみいん》たちに、ぶっきらぼうに命令をくりだしていた。それも始終《しじゅう》、急に向きを変えるのは、乗組員を気に入ってもいなければ信用もしていないからだった。ちらっと自分を見る目つきや、そばによると話し声がふっと止まるようすからして、乗組員《のりくみいん》たちがこの旅のどこかで反乱《はんらん》をたくらむのはわかっていた。

ヴァンダーデッケンの対策《たいさく》は単純《たんじゅん》だった。昼も夜も休まず働かせ、連中《れんちゅう》の頭にだれがボスであるかをたたきこむのだ。

ヴァンダーデッケンのするどい目はなにひとつ見のがさなかった。操舵手《そうだしゅ》のむこうへ目をやると、氷がこびりついたロープが船尾《せんび》から垂《た》れさがっているのに気がついた。フィンランド人の甲板員《かんぱんいん》にあごをしゃくってロープを指《ゆび》さす。「引きあげて巻《ま》け。海水でだめになるぞ！」

甲板員はなにかいいかけたが、船長の挑《いど》みかかるような目つきに気づいて、帽子《ぼうし》に手をあてた。「アイ、アイ、キャプテン！」

船長が船のまんなかまで来たとき、フィンランド人水夫《すいふ》が船尾の手すりから身《み》を乗りだしてさけんだ。「来てくれー、ガキだ！　死んでるみたいだ！」

乗組員全員《のりくみいん》が船尾《せんび》にかけつけ、手すりのそばでおしあいへしあい下を見る。そのあいだをおしわけてやってきた船長は、下の船長室の張《は》りだし部分にたおれている人かげを見おろした。背《せ》を丸めた少年だ。海水と霜《しも》でこごえているらしい。

ヴァンダーデッケンは男たちに向きなおると、びしっといいはなった。「ほっとけ、さもなきゃ海に落とせ。関係ない」

船のコックは、ひげづらの太ったギリシャ人だったが、なんのさわぎかと厨房《ちゅうぼう》を飛びだしてきていた。そのコックが声をあげた。

「調理場《ちょうりば》の下働《したばたら》きがいねえんでさ。生きてるんなら、おれがもらった」

船長はばかにしたような目をコックに向けた。「ペトロス。おまえに使われるなら死んだほうがましってもんだ。ま、好きにしろ。ほかのみんなはさっさと持ち場にもどれ！」

どしんどしんと船尾の船室に入っていったペトロスは、窓《まど》を開けて少年をなかに引きずりこんだ。どこから見ても死んでいるとしか見えなかったが、ナイフの刃先《はさき》を口もとに近づけると、うっすらと息でくもった。

「どうだい、こりゃ。生きてるぜ！」

コックは少年を厨房に運びこみ、ストーブ近くの片《かた》すみにあった食料袋《しょくりょうぶくろ》の上に寝《ね》かせた。イギリス人の航海士《こうかいし》が水を飲みに厨房に下《お》りてきた。ブーツの先で少年の体をつついたが、反応《はんのう》はない。イギリス人は肩《かた》をすくめていった。

「死んでるように見えるがなあ。おれなら船縁《ふなべり》から投げこむぞ」

ペトロスはするどい皮《かわ》むきナイフをイギリス人に突《つ》きつけていった。「おまえならな。こいつはおれがもらうんだよ、生きかえったら。厨房《ちゅうぼう》は人手《ひとで》がねえからな。こいつはおれんだ！」

ナイフの刃先《はさき》からあとずさりながら、イギリス人は首をふった。「おまえんだと？　フン、船長のいうとおりだ、こいつは死んだほうがましだったな」

二日間というもの、少年はそのまま寝《ね》ていた。二日めの夜、ペトロスは塩ダラ、カブ、大麦《おおむぎ》であつあつのシチューをつくっていた。杓子《しゃくし》ですくったシチューにふうふうと息をふきかけてさまし、味見《あじみ》した。そうしながら、ちらっと少年のほうを見た。少年は目を大きく見ひらいて、シチューなべをひもじそうに見つめていた。

「そうか、おれの魚ちゃんは生きてたか」

少年は口を開けたが、音は出てこなかった。ペトロスは油のしみこんだ木のボウルを取ると、シチューを杓子ですくってよそい、少年の両手《りょうて》のなかに置いた。

「食《く》え！」

シチューはふつふつと煮《に》えたぎっていたが、少年はかまうことなく一気に飲みくだして、空《から》のボウルをコックにさしだした。とたんに、ボウルはペトロスの杓子にたたきおとされ、コロコロと転がった。ペトロスは意地悪《いじわる》そうに目を細めた。

「船の上じゃ、ただの食い物はねえ。おまえはおれが釣《つ》った魚だ。おれが働けっていったら、働く。食《く》えっていったら食う。寝《ね》ろといったら、寝る。わかったか？　けど、めったに食えとも寝ろともいわねえ。たいてい、働け、働けだ。いやならもとの海にもどっていくんだ。わかったな？」

コックは少年を引きずって立たせると、ナイフに手をのばした。少年は目をまん丸にして必死《ひっし》にうなずいた。

ペトロスはバケツに水を入れると、そのなかに欠《か》けた砥石《といし》とボロ布《ぬの》を投げこんで、奴隷《どれい》になった少年にさしだした。「そうじしろ。厨房《ちゅうぼう》、甲板室《かんぱんしつ》、隔壁《かくへき》、そのほかあっちもこっちもな。おい、おまえの名前はなんてんだ？」

少年は自分の口を指《ゆび》さして、苦しげな音を出した。

ペトロスは少年をけった。「なんだ、このやろ、舌《した》がねえのか？」

おりしもアラブ人の水夫《すいふ》が入ってきて、少年のあごをつかんで口を開けさせた。「舌はあるぞ」

ペトロスはシチューづくりにもどりながらいった。「じゃ、なんでしゃべらねえ？　おまえ口がどうかなっちまったのか？」

少年は勢《いきお》いよくうなずいた。アラブ人は手をはなしていった。「舌があってもしゃべれねえってことはあるぞ」

ペトロスはアラブ人のボウルによそってやり、受けとったというしるしを木の板につけた。

「しゃべれようとしゃべれまいと、仕事はできる。ほら、ジャミル、これを船長のとこへ持っていけ」コックはお盆《ぼん》にのった食事をあごでしゃくってみせた。

アラブ人は知らん顔してストーブのそばに座《すわ》り、食べはじめた。「自分で持ってけ」

少年はまたぐんと上へひっぱりあげられて立たせられた。ペトロスがへんな手まねをしている。相手が話せないとわかると、とたんに頭が弱いと思いこんでばかな身《み》ぶり手ぶりをする。おろかものがしがちなことだ。

「おまえ、行け。これを船長に……船長、わかるか？」

ペトロスは、気をつけをしてヴァンダーデッケンの立ち姿《すがた》をまねてみせると、船長が食事するときみたいにナプキンを胸《むな》もとにはさみこむしぐさをした。

「船長、食《く》う、わかるか？　おい、ジャミル、名前のねえガキのこと、なんていうんだ？」

「ネブカドネザル」

ペトロスはアラブ人を横目でにらんでいった。「なんだ、そいつは？」

ジャミルは船の常備食《じょうびしょく》であるビスケットを割《わ》ってシチューのなかに入れ、かきまぜた。「キリスト教徒《きょうと》が聖書《せいしょ》を読んでてそういったの、聞いたことあんだよ。いいだろ、ネブカドネザル。いい名前じゃねえか！」

ペトロスはもさもさの、油じみたあごひげをかいた。「ネブ……ネブ……いいづらいなあ、ネブだけにすら。決まった！」

そういって少年にお盆《ぼん》を手わたすと、その細い胸《むね》のあたりを何度かつついた。

―ネブ、ネブ、おまえはこれからネブだ。これを船長に持ってけ、ネブ。気をつけろよ。こぼしてみろ、このナイフでおまえの皮《かわ》をひんむいてやる。わかったか！」

ネブは真剣《しんけん》な顔でうなずくと、まるでたまごの上を歩くみたいにそろそろと厨房《ちゅうぼう》を出ていった。

ジャミルはシチューをズルズルと音をたてて飲んだ。「へっ、ちゃんとわかってやがるな。じきにいろいろ覚えらあ」

ペトロスはナイフの刃先《はさき》を砥石《といし》におしあてていった。「ネブのやつ、覚えたほうが身のためだ。さもねえと……！」


船長室のドアにおずおずしたノックの音。ネブはどうにか船長室にたどりついた。ヴァンダーデッケンは報酬《ほうしゅう》の一部としてもらった一個《こ》のエメラルドを見ていた。ノックにあわてて目を上《あ》げ、石を胸《むね》ポケットにしまうと、大声でいった。「入れ！」

ドアが開くなり、船長はテーブルの下にすえつけられた棚《たな》に手をのばし、そこに置いてあった短剣《たんけん》に手をかけた。乗組員《のりくみいん》は船長が仮眠《かみん》しているところを見たことがない。そんな姿《すがた》を見せたら命とりになる。だがいま、少年が食べ物のお盆《ぼん》をささげて入ってくるのを見て、船長のこわばった顔に軽いおどろきの色がうかんだ。

ヴァンダーデッケンはちらっとテーブルを見て、そこに置けと指示《しじ》した。ネブはお盆を置いた。

「そうか、結局《けっきょく》、死ななかったんだな。おれがだれかわかるか、小僧《こぞう》？」

ネブは二度うなずいてつぎの質問《しつもん》を待った。

「しゃべれないのか？」

ネブはまた二度、うなずいた。床《ゆか》に目を落としたまま、船長が刺《さ》すような目で見ているのを感じていた。出ていけと早くいってくれないかな……。

「それもわるくないかもしれないなあ。沈黙《ちんもく》は金《きん》なりっていうぞ。おまえは金なのか、小僧？それとも鯨《くじら》にのまれた聖書《せいしょ》のヨナみたいに、不運《ふうん》を連れてくるやつか、どっちだ？」

ネブはなにかを伝えようとするかのように肩《かた》をすくめた。船長は胸《むね》ポケットを手でまさぐると、ポンとたたいた。「運不運《うんふうん》なんてやつは、アホウどもの信じるたわごとだ。おれは自分の運を自分のこの手でつかむんだ。おれはヴァンダーデッケン、フライング・ダッチマン号の船長だ！」

そういうなり、船長は食事にとりかかったが、あまりのまずさに鼻にしわをよせると、ネブを見あげていった。「まだいたのか。行け！　出てけ、小僧！」

頭をぴょこんと下《さ》げておじぎをすると、ネブは船長室から出ていった。

その日以降《いこう》、ネブにとって毎日がこんな調子だった。これにデブのコック、ペトロスの暴力《ぼうりょく》が加わった。コックはののしり、けり、先をこぶに結んだロープでビシビシなぐった。こんな仕置《しお》きは、ビヨルセン兄弟との暮《く》らしで慣《な》れてはいたが、船でこまるのは逃《に》げ場《ば》がなく、かくれる場所も少ないことだった。

だが、ネブはこの仕打《しう》ちにたえた。口がきけなくて文句《もんく》もいえないことが、生きぬく力をあたえていた。ひかえめだが、強い精神力《せいしんりょく》を持つ人間になったのだ。ネブはペトロスも、ほかの乗組員《のりくみいん》もみんなきらいだった。だれひとり、あわれみも親しみも見せてくれなかった。

でも、船長は別だった。船長は乗組員全員からおそれられていた。たしかに船長には、情け容赦《なさけようしゃ》なく、有無《うむ》をいわせぬ雰囲気《ふんいき》があり、ネブはふるえあがった。だが、命令を守り、逆《さか》らわずすみやかにしたがってさえいれば、むやみに冷酷《れいこく》なふるまいをすることはなかった。少年は生きのこるため、見きわめていた。ほかのやつらより、船長についていたほうが安全だ。そしてそのさだめを、少年は冷静に受けいれた。

3

デンマークの最後の錨泊地《びょうはくち》がエスビアウだ。そこから船は北海《ほっかい》、英仏海峡《えいふつかいきょう》を通って大西洋の大海原《おおうなばら》に向かう。ここで、乗組員《のりくみいん》の何人かは最後の食料補給《しょくりょうほきゅう》のために陸《りく》に上《あ》がることを命《めい》じられた。ペトロスとイギリス人航海士《こうかいし》がそのリーダーとなった。ヴァンダーデッケン船長は船室に残って海図《かいず》をにらんでいた。

コックは出発まえ、ネブをつかまえて足かせをつけ、厨房《ちゅうぼう》の鉄のストーブの足につないだ。

「逃《に》げるようなまねはさせねえぞ、修行《しゅぎょう》させてやってんだからよ。デンマークは奴隷《どれい》がたりないらしいが。おまえ、テーブルには手が届《とど》くから、塩豚《しおぶた》とキャベツをきざんでなべに入れとけ。このナイフはおれが持ってくから、古いやつを使え。遊ぶんじゃねえぞ。おれが帰ったとき、できてなかったら、どんなことになるか、わかってんな、ええ?」

コックは結び目のあるロープを少年に向かってふると、出発しようとしている仲間のもとに行った。

奴隷《どれい》用の鉄の足かせのせいで、ネブはどの方向にもほんの少ししか動けなかった。逃《に》げるなどもってのほかだった。開け放《はな》たれたドアから、この船が係留《けいりゅう》されている突堤《とってい》が見えた。自由は目と鼻の先にあるのに、とほうもなく遠かった。

ネブは豚《ぶた》とキャベツをきざむ仕事に取りかかった。たいへんな仕事だった。ナイフは柄《え》が欠《か》けているうえに、刃《は》がなまくらで切れなかった。いらだつ気分を肉と野菜《やさい》にぶつけ、切って、切って切りまくった。

せめてもの救《すく》いは、厨房内《ちゅうぼうない》があたたかいことだった。外は寒いどんよりした昼さがりで、氷雨《ひさめ》が降《ふ》りつづいていた。ネブは床《ゆか》のストーブのそばに座《すわ》り、突堤のほうから食料班《しょくりょうはん》がもどってこないか見張《みは》っていた。出かけてもうかれこれ数時間になっていた。

飢《う》えた犬が一匹《ぴき》、ふらふらと突堤ぞいにやってきて、残飯《ざんぱん》はないかとにおいをかいでいる。あわれな犬をじっと見つめているうち、ネブは自分がつらいのも忘《わす》れて助けてやりたくなった。犬はかろうじて黒のラブラドール・レトリーバーだと見わけがついた。成犬《せいけん》になりかかっているが、やせおとろえ、泥《どろ》がこびりついて傷《きず》だらけの毛なみの下にあばら骨《ぼね》がういている。片方《かたほう》の目は閉《と》じたままで、目やにが垂《た》れていた。

船体《せんたい》の肋材《ろくざい》をあちこちかぎながら、だんだんこっちに近づいてくる。かわいそうに。ちょっと音をたてたらあっというまに逃《に》げていってしまうだろう。きっとわるい主人にいじめられてきたんだ。いや、飼《か》い主《ぬし》がいたかどうかもあやしい。

くちびるをすぼめて、少年は犬をはげますような音を出そうとしてみた。犬はかぐのをやめて、ネブの顔を見た。少年は両手《りょうて》のてのひらを上にして犬のほうにさしだし、ほほえんだ。犬は首をかしげ、大きな黒い片方《かたほう》の目で少年を見た。ネブは塩豚《しおぶた》の皮《かわ》をひと切れ取って、犬に投げた。犬はよろこんでその皮を飲みこむと、しっぽをふった。ネブはもう一度あの音をたてると、また皮を取って犬にさしだした。とたんに、犬は迷《まよ》わずわたり板《いた》をかけあがって船のなかに入ってきた。

何秒《なんびょう》もたたぬうちに、少年は夢中《むちゅう》になってエサをむさぼる犬のやせた体を、なでさすっていた。塩豚からは余分《よぶん》な皮がたくさん出る。これを乗組員《のりくみいん》たちは舷側《げんそく》から魚に糸を垂《た》れるときのエサにすることもあった。

犬が食べているあいだに、ネブはボロ布《ぬの》と、塩を少し入れたお湯で犬の目を洗《あら》ってやった。なにかに感染《かんせん》してついたゴミが洗われると、目はじょじょに開いた。無傷《むきず》のきれいな目だった。ネブはうれしくなって、新しい友だちを抱《だ》きしめた。犬も舌《した》でべろべろとなめてこたえてくれた。

塩豚ばかりではのどがかわくだろうと、ネブは小さなボウルに水を入れてあたえた。厨房《ちゅうぼう》のストーブのそばに丸くうずくまる犬を見ているうちに、飼《か》い主《ぬし》のいないこの生き物に対して、燃《も》えるような愛情《あいじょう》がわいてくるのを感じた。そして、このときぎっぱりと思った。この犬はぼくが飼

うのだっ

テーブルの下のすみのほうに、古い食料袋《しょくりょうぶくろ》をいくつか広げて、その上に犬をのせた。そうしながらずっとなで、さすってかわいがった。新しい友だちはさわがず、おとなしくかくれ場所に入った。袋をかけられても信じきった目で見つめている。ネブはこの秘密《ひみつ》のねぐらをのぞきこみ、犬に向かって自分のかたく閉《と》じた口に指を一本あててみせた。犬はその手をなめながら、わかったというようにおとなしくしていた。

背後《はいご》から音がしたので、ネブはあわててテーブルの下から出た。ヴァンダーデッケン船長が厨房《ちゅうぼう》ドアのわくのなかに立っていた。歯ぎしりして、あごがわなわなとふるえている。ネブは首をひっこめ、いまにもけられるものと思った。ふだん、ネブはテーブルの下で寝《ね》ていた。だがそれは、寝ろといわれたときだけだ。

船長の声は冷《ひ》ややかだった。「ペトロスらはどこだ、まだか？」

おそろしさのあまり目を大きく見ひらいて、少年はまだだと首をふった。

ヴァンダーデッケンはこぶしをぎゅっと握《にぎ》っては開き、握っては開いてはげしくののしった。

「酒《さけ》飲んでやがる！　あの役たたずのブタども！　ジンやビールを、きたねえ顔に浴《あ》びるように飲んでやがるんだ、どっかの安酒場《やすさかば》で！」

足をふみならし、くいしばった歯と歯のあいだからさらにわめきちらす。「よっぱらい野郎《やろう》どものせいで潮《しお》をのがしたら、刀《かたな》でたたっ切ってやる！」

船長のこわい目を見たとたん、ネブはこれはたいへんなことになったと思った。陸《りく》に上《あ》がったものたちが早くもどろうと遅《おく》れようと、ひと騒動《そうどう》あるのはまちがいない。逃《に》げ場《ば》を求めてテーブルの下にもぐり、犬とかくれていた。黒のラブラドール犬《けん》は、身《み》を寄《よ》せるネブをあたたかい舌《した》でなめてくれた。そのやわらかな黒い瞳《ひとみ》をじっとのぞきこんで、ネブは細い首をなでた。話せたらどんなにいいだろう。そしたらやさしく話しかけて安心させてやるのに。だが、出てきたのは、かすれたようなかすかな音だけだった。でも、それでじゅうぶんだった。犬はクウクウと小さく鳴くと、ネブのひざに頭をのせて、ふたりの絆《きずな》はまたいちだんと強くなった。

それから小一《こ》時間後、突堤《とってい》にばたばたとあわただしい足音がひびいた。ネブは首をのばして外を見た。食料班《しょくりょうはん》の五人が転びそうになりながら船に上《あ》がってくる。あとを復讐《ふくしゅう》に燃《も》える鬼《おに》のような形相《ぎょうそう》でヴァンダーデッケンが追う。船長はペトロスからうばった、結び目のあるロープをめちゃくちゃにふりまわし、だれかれかまわず打ちすえて雷《かみなり》のようにほえた。

「脳《のう》みそのねえ、酒《さけ》びたりのばかどもが。てめえらがばかしやがるから、半日損《そん》したんだぞ。ガキの使いのあいだくらい、酒《さか》びん忘《わす》れていられねえのか。クソの役にも立たねえクズめら！」

船長は容赦《ようしゃ》なかった。力いっぱい五人の男たちをたたきのめし、立とうとするやつ、這《は》って逃《に》げようとするやつを残忍《ざんにん》にふみつぶした。ネブはこのおそろしい光景《こうけい》から目がはなせなかった。

船長はコートのすそをひるがえしながら五人を痛《いた》めつけた。結び目のあるロープは男たちの肉と骨《ほね》にあたって、炉《ろ》の栗《くり》がはぜるような音をたてた。五人は悲鳴《ひめい》をあげ、泣きさけんだ。

ようやく船長は体力を使いはたして、突堤《とってい》の食料を積んだ荷車《にぐるま》のところで待っていた雑貨屋《ざっか》に金貨《きんか》を何枚《まい》か投げた。「おい、潮《しお》をのがさないうちに、食料を船に積め！」

食料が運びこまれているあいだ、ペトロスは傷《きず》だらけで涙《なみだ》によごれた顔を上《あ》げた。そして、だれも気づいていないある物に目をとめた。エメラルドが甲板《かんぱん》の上でキラキラとかがやいている。船長が男たちを打ちのめしているときにコートのポケットから落ちたのだ。

そろそろと、用心ぶかく、太ったコックは油っぽい手をのばして宝石《ほうせき》を取ろうとした。

「ギャーーッ！」

船長がブーツのかかとで、どしんとコックの手の甲《こう》をふんづけた。船長は石をうばいとると、ブーツでペトロスの手をすりつぶさんばかりに甲板におさえたまま、鉄のかかとに全身《ぜんしん》の体重をかけた。

「ぬすっと！　よっぱらい！　海賊《かいぞく》！　おれからぬすめるとでも思ったか！　ほれ、これでこの船のコックは片手《かたて》しか使えねえ。さあ、仕事にもどれ、みんな。ロープを解《と》け、船首《せんしゅ》、船尾《せんび》、中《ちゅう》甲板《かんぱん》！　出航《しゅっこう》だ。ロープをピンと張《は》れ、ビシッと巻《ま》け。船乗《ふなの》りだと？　航海《こうかい》が終わるまでに本物の船乗りにしてやる！」

船長は荒々《あらあら》しく舵輪《だりん》まで歩いていき、操舵手《そうだしゅ》と入れかわった。

ペトロスはうめき、ひいひい泣きながら厨房《ちゅうぼう》に這《は》っていくと、ストーブにつながれたネブの足の上にたおれこんだ。涙《なみだ》でよごれた顔を少年に向けてペトロスはあわれっぽく泣いた。「おれの手をこわしやがった。ほら。ペトロスの手はつぶされちまった。なにした、おれが？　なんもしてねえのに。なんもしてねえのに！」

ネブはその手を見てぞっとした。二度ともとにはもどらないであろう、おぞましい手になっていた。コックは油っぽいあごひげに顔をうずめるようにして、ネブに救《すく》いを求めた。「治《なお》してくれ、小僧《こぞう》。あわれなペトロスさんの手に包帯《ほうたい》してやってくれ」

ネブはこの性悪《しょうわる》なコックをあわれむ気になれなかった。内心《ないしん》では、自分を痛《いた》めつける手がもう使い物にならなくなって、ほっとしていた。でも、テーブルの下に目が行くまえに立たせなくてはまずい。ネブは声にならない声を出して、自由にしてくれとばかりに鎖《くさり》を指《ゆび》さした。

うめき、痛みに顔をしかめながら、ペトロスは無事《ぶじ》なほうの手で鍵《かぎ》をまさぐると、足かせをはずした。ネブはペトロスを支《ささ》えてやってベンチに座《すわ》らせた。コックは泣きながら傷《きず》ついた手をさすっていた。

しとしと降《ふ》っていた雨がやみ、澄《す》みきった夜になった。強い風におされて、帆《ほ》がピンと張《は》ると、ロープと索《さく》(注)が鳴った。経験豊富《けいけんほうふ》なヴァンダーデッケン船長の号令一下《ごうれいいっか》、フライング・ダッチマン号は舵輪《だりん》を回して、さらなる大洋《たいよう》へと乗りだしていった。

はるか海洋《かいよう》へと出たころには、ペトロスの手あても終わった。船の上では薬の備《そな》えなどないも同然《どうぜん》だったが、ネブは比較的《ひかくてき》きれいな麻布《あさぬの》をわら布団《ぶとん》から引きさき、それを清潔《せいけつ》な塩水《しおみず》にひたして、指先からひじまでをしぼった。折れた骨《ほね》と切れてはれあがった肉に塩がしみるので、ペトロスはほえるように痛《いた》がったが、塩で感染《かんせん》がふせげるのだから、文句《もんく》はいえなかった。

この間《かん》ずっと、ネブの犬はかくれ場所で静かにしていた。

イギリス人と、アラブ人のジャミルがこそこそと厨房《ちゅうぼう》にやってきた。ペトロスは泣きごとを聞かせる相手が増《ふ》えたのがうれしくて、またしてもひいひいと泣いてみせる。「ほれ、見ろ、このあわれな手を。片手《かたて》で船乗《ふなの》りがつとまるか？　あんちくしょう、こんな仕打《しう》ちをしなきゃならないわけがどこにある、ええ？」

イギリス人はコックの不運《ふうん》には知らん顔でいった。「おまえ、甲板《かんぱん》の上でなに拾おうとしたんだ？　船長のもんだろ？」

ペトロスはいいほうの手をふたりにのばした。「おれの部屋《へや》まで連れてってくれ、スクラッグス。おまえもだ、ジャミル。この小僧《こぞう》じゃ小さすぎて寄《よ》りかかれねえ。手を貸《か》してくれ」

スクラッグスと呼《よ》ばれたイギリス人は、包帯《ほうたい》をぐるぐる巻《ま》きにし、三角巾《さんかくきん》でつったペトロスの手をむんずとつかむ。「甲板でなに拾った？　吐《は》け」

「なんでもない。ほんとに、なんでもない！」

ジャミルが曲がった短剣《たんけん》の先をペトロスののどもとに突《つ》きつけた。「うそだ！　なに拾ったか正直《しょうじき》にいわねえと、てめえのきたねえ首に、ぱっくりもうひとつ口こさえてやる。いわねえ

（注）船のロープやくさりなどのこと。索具ともいう。

か！」

要《よう》は金《かね》もうけの話なんだとのみこんで、ペトロスは早口でいった。「緑の石だよ、ドラゴンの目だ。あれひとつで宿屋《やどや》が三軒《げん》買えるって宝《たから》だ」

スクラッグスは思ったとおりとばかりにうなずいて、ジャミルにニヤッと笑いかけた。「な、いったとおりだろ？　エメラルドだ。この航海《こうかい》の目的《もくてき》はそれだ」

自分の勘《かん》が正しかったことに大満足《だいまんぞく》のスクラッグスは、厨房《ちゅうぼう》から大またで出ていってしまい、ジャミルはひとりでペトロスを部屋《へや》まで連れていかなくてはならなかった。スクラッグスはドア口に立って、ナイフをネブのほうに向けた。

「だれにもいうんじゃねえぞ、小僧《こぞう》。いいな？」

ネブははげしく首をふった。

イギリス人は自分のまちがいに気づいて苦笑《にがわら》いした。「いえるわけねえか。おまえは口きけねえんだった」

4

フライング・ダッチマン号はドイツ、オランダの沿岸《えんがん》を横ぎり、英仏海峡《えいふつかいきょう》の潮流《ちょうりゅう》に乗りかえた。ネブは二、三日のびのび暮《く》らした。ペトロスが自分の寝《ね》棚《だな》から出てこようとせず、部屋《へや》にこもりっきりで一日じゅううめいていたからである。だからネブは厨房《ちゅうぼう》でひとり、乗組員《のりくみいん》みんなのために料理《りょうり》した。

メニューは単純《たんじゅん》だった。塩ダラか塩豚《しおぶた》をなべに入れ、キャベツ、カブ、ケールなどありあわせの野菜《やさい》を入れて煮《に》、塩とコショウで味つけする。ときどき甘《あま》いものが恋《こい》しくなると、ビスケットを細《こま》かく砕《くだ》き、それを湿《しめ》らせて練《ね》り、ドライフルーツを入れて焼いた。これがこってりしたパイになった。

乗組員から苦情《くじょう》は出なかった。いや、ひとりなどは、ギリシャ人コックも努力《どりょく》したと見え、近ごろ食《く》い物がうまい、とさえいった。

ネブは犬をデンマークと名づけた。ふたりともデンマークが故郷《こきょう》だからだ。黒いラブラドール犬《けん》は見ちがえるくらい変わった。ひと晩《ばん》、若《わか》いご主人さまに介抱《かいほう》されると、体は大きく、毛なみはつやつやとなめらかになって、すっかり元気そうになった。とてもかしこい犬で、ほえず、命令をよく聞いた。少年がさっとうなずくと、すぐにテーブル下のねぐらにかくれた。

ネブは厨房《ちゅうぼう》でせっせと働いた。男たちは食《く》い物さえもらえれば、めったに厨房には来なかった。フライング・ダッチマン号の船首楼《せんしゅろう》には、大きな会食室《かいしょくしつ》があり、そこで乗組員《のりくみいん》は食事をし、眠《ねむ》った。ネブは毎日、たいていは夕方だが、そこに行って大きなコーヒーがめにコーヒーを入れなければならなかった。昼でも夜でも、乗組員がいつでも飲めるようにしておくのだ。

船は英仏海峡《えいふつかいきょう》を帆走《はんそう》していた。ドーヴァーの白い崖《がけ》が船首楼から見えた。見張《みは》りを終えた乗組員たちは、寒さのせいで青白くなった顔でかけこんでくる。コーヒーがめに取りついて、素焼《すや》きのマグカップに入れたコーヒーをがぶがぶ飲む。コーヒーは濃《こ》くて黒かった。どんぐり、チコリ、それに少しコーヒー豆《まめ》が入っただけの安いコーヒーだ。苦《にが》いが熱《あつ》い飲み物だった。

ネブが熱湯《ねっとう》をコーヒーがめについでいても、乗組員たちはまるで彼《かれ》などいないかのようにふるまった。しゃべれないというだけで、頭がわるいやつと決めつけているのだ。

まえもってみがいておいたから、コーヒーがめに映《うつ》る男たちの顔がネブには見えた。男たちはひそひそ声で話していたが、スクラッグス、ジャミル、それに刀《かたな》きずのビルマ人、シンドのかすやりとりが、ひとこともらさず聞こえた。三人は船長に対する反乱《はんらん》をくわだてていた。

「寝《ね》てるあいだにやつの部屋《へや》にしのびこんで、刀で刺《さ》しちまえ」

「いや、だめだ、ジャミルにゃむりだ。船長はぜったい眠らないってよ！」

「船長室には近づくな。いいな。やつはいつも手もとによく切れる刀《かたな》を置いてるんだ。やつをやるなら、おれたちみんなで手早《てばや》くやるんだ、甲板《かんぱん》で。そしたら、海に投げこんですぐ始末《しまつ》できる、な？」

スクラッグスはあれこれ考えながらコーヒーを飲んでいたが、やがていった。「そうだ。そのとおりだ、シンド。あたりが寝《ね》しずまったころをねらうんだ。やつが寝るまえ、夜番《よるばん》を点検《てんけん》しにきたとき。そのときがいちばんだ」

シンドの頬《ほお》の傷《きず》あとがひくひくした。「それがいい。今夜遅《こんやおそ》く、おれとジャミルが夜番の交代だって出ていく。おまえは甲板でかくれていろ」

スクラッグスがテーブルに短剣《たんけん》を置くと、その刃《は》がぎらっと光った。「おまえらが船長の手足をおさえつける。おれがこいつで、やつのどてっ腹《ぱら》をぐさっとやる。それからはだかにして魚のエサにしてやるんだ」

シンドは爪《つめ》の割《わ》れた指で頬《ほお》の傷をなでながらいった。「船長が死んだら、スクラッグスよ、ひとつの石を三人で分けるのはむりじゃねえか」

スクラッグスはふたりに片目《かため》をつぶってみせた。「そのときゃ、おれがしきるさ。ヴァルパライソまで行って、おれが船長になりすまし、残りの宝石《ほうせき》を受けとるのさ。それなら三人にじゅうぶんいきわたるぜ」

シンドはこの案《あん》をちょっと考えてからいった。「どうしておれが船長じゃいけねえんだ？　ジャミルだっているだろ」

「そりゃ、おれがイギリス人だからだよ。おれがいちばんオランダ人らしく見えるじゃないか。それに言葉もしゃべれるしな。文句《もんく》あるか？」

スクラッグスはいかにもぶっそうな短剣《たんけん》をもてあそびながら、ふたりを見まもった。ジャミルは笑顔《えがお》になって相棒《あいぼう》の手をぽんとたたいた。

「文句ねえよ。いい考えだ。けど、ひとつきかせてくれ。船と宝石《ほうせき》の両方《りょうほう》が手に入ってから、どうするんだ？　ヨーロッパには帰れねえぞ」

「かんたんさ。沿岸《えんがん》ぞいに北上《ほくじょう》してコスタリカまで出る。そこで錨《いかり》をおろして、真水《まみず》と果物《くだもの》を補給《ほきゅう》だ。みんながそれにかかりっきりになってるうちに、おれたちゃ逃《に》げだすってわけよ。山のむこう側《がわ》はカリブ海、イスパニオラ、カルタヘナ、マラカイボ。そのあたりへ行きゃ、法《ほう》の手は届《とど》かねえ。おてんとうさまに青い海に、白い砂《すな》。おれたち三人は王さまみてえに金持ちだ。考えてもみろ、自分たちの城《しろ》をつくって船を持ち、召使《めしつか》いをこきつかって、奴隷《どれい》を買う。すげえじゃねえか、もう寒い目にあわなくてもすむんだぞ！」

ペトロスが船室のほうからどかどかと下《お》りてきた。陰謀者《いんぼうしゃ》たちはたがいに目くばせしてだまった。ペトロスはネブの耳をいいほうの手でひっぱった。「おい、おれにはコーヒー持ってこねえじゃねえか。さあ、さっさと行って、おれの寝棚《ねだな》のわきのテーブルに置いてこい」

ネブはおとなしくいわれたとおりコーヒーをボウルにつぐと、小走りに船室に向かった。ペトロスがぶちながらあとを追いかける。

「恩知《おんし》らずめが。命を救《すく》い、食《く》わせ、船のコックにしてやったろうが。それがペトロスさまへの恩がえしか。魚の餌食《えじき》にしてやるんだった。コーヒーこぼすな。そこへ置け。ちがう……そこだ！　置いたらさっさと出てけ。片手《かたて》のコックなんかだれも相手にしてくれねえ。一日じゅう痛《いた》くて痛くて。なのにだれもかまっちゃくれねえ。出てけ、さっさと出てけ！」

ネブは願《ねが》ってもないとばかりに厨房《ちゅうぼう》に引きさがった。

テーブルの下に愛犬《あいけん》と座《すわ》り、なでさすりながら、こまったことになったと思った。三人の乗組《のりくみ》員《いん》が船長を殺《ころ》そうとしている。いままで見てきたかぎり、乗組員はみんなよっぱらいの無法者《むほうもの》であり、どろぼうだった。ヴァンダーデッケンはおそろしい船長だったが、船を秩序《ちつじょ》よく規律《きりつ》ただしく操縦《そうじゅう》できる人間はほかにいなかった。まっとうな船長がいなかったら、航海《こうかい》の見とおしは暗い。やくざな船乗《ふなの》りどもがスクラッグスの命令にしたがうとは思えなかったし、スクラッグスが船を目的地《もくてきち》まで無事《ぶじ》率《ひき》いていけるとも思えなかった。たとえ行きつけたとしても、その先どうなる？　とはいえ、どうしたら船長に身の危険《きけん》を知らせられるだろう？　船長は乗組員のなかでもいちばん下っぱの、ものいわぬ少年など目にも入っていないのだ。

犬はやさしい黒い目でネブのようすを見まもっていた。まるで主人の迷《まよ》いに感づいているように、少年の手をなめると、ひと声小さくクーンと鳴いた。

その夜遅《よるおそ》く、甲板《かんぱん》に足音がした。ネブはデンマークに向かってうなずいた。犬はテーブルの下のねぐらにかくれた。少年は厨房《ちゅうぼう》のドアのあたりから外をうかがった。

ヴァンダーデッケン船長が船尾《せんび》の船長室から姿《すがた》を見せた。その船長に向かって、船の中央部《ちゅうおうぶ》からジャミルとシンドが歩いていく。少年は心配《しんぱい》のあまり胃《い》のあたりがきゅっとなり、心臓《しんぞう》がドクンドクンと鳴った。

船長とふたりの男のまんなかあたりで、スクラッグスは短剣《たんけん》をにぎりしめて身《み》をひそめていた。ネブの頭にありとあらゆるばかな考えがうかんだが、打ち消した。ぼくになにができるっていうんだ！

船長はふたりの男のまえに立ちどまって、疑《うたが》わしげにふたりを見た。夜番《よるばん》の順序《じゅんじょ》はちゃんと頭に入っているのだ。

「おまえら、なにやっている？　当直《とうちょく》はランショフとフォーゲルだぞ」

そのとき船長は、ジャミルが自分のうしろの厨房のほうを見たのに気づいた。船長がふりむいたとたん、スクラッグスがかくれ場所から飛びだしてきた。ジャミルとシンドが背後《はいご》から船長に飛びかかり、首と腕《うで》をつかんでしめあげた。船長まであと二歩にせまったスクラッグスが光る刃《やいば》を頭上《ずじょう》にふりかざした。

だが、船長が死ぬところは見られなかった。

バタン！　厨房のドアから転がりでたネブが、スクラッグスと衝突《しょうとつ》したのだ。勢《いきお》いで、ふたりはヴァンダーデッケンにぶつかった。

スクラッグスがわめいた。「船長をしっかりおさえとけ、ガキはおれがやる」

船長と、乗組員《のりくみいん》の一味《いちみ》とのあいだでつかまってしまい、いまにも短剣《たんけん》がふりおろされそうになって、ネブは声にならない声をあげた。

と、低くゴロゴロひびくうなり声がして、黒いかげが宙《ちゅう》を飛んだ。スクラッグスの背中《せなか》にのった犬のデンマークが、肩《かた》に牙《きば》を食《く》いこませた。ネブはたおれながら男ふたりの足にしがみついて、はなさなかった。

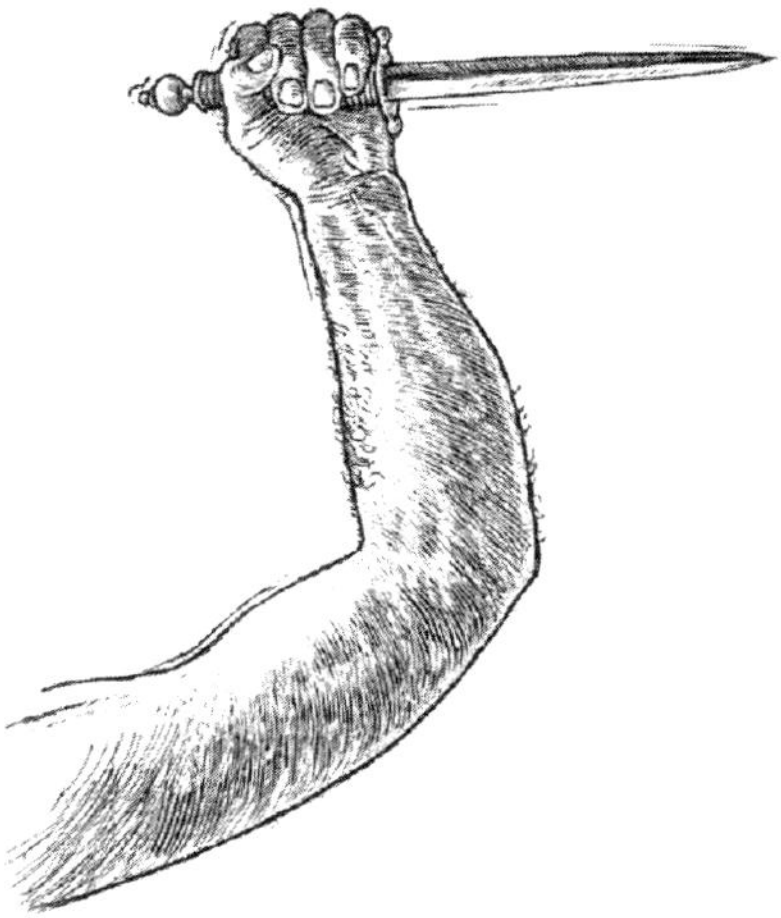

ヴァンダーデッケン船長は背《せ》が高く、がっちりした体格《たいかく》で、乗組員のだれよりも強かった。自分をつかんでいたふたりをふりはらうと、スクラッグスの短剣を持った手を両手《りょうて》でつかんだ。船長はやみくもに回って、殺人者《さつじんしゃ》と化《か》した部下《ぶか》を何度も何度もふりまわした。短剣がカタンと音をたてて甲板《かんぱん》に落ちた。

男ふたりはもつれあって手すりのそばまで行き、そこで船長がスクラッグスの手をはなした。不意《ふい》をくらったスクラッグスはさけび声をあげたが、声は体が手すりにぶつかって乗りこえ、海に落ちるやとぎれた。

頭を船の横腹《よこばら》に打ちつけ、そのまま沈《しず》んでいった。

フライング・ダッチマン号は広い大西洋《たいせいよう》を先へと進み、スクラッグスと、彼《かれ》の金持ちになる夢《ゆめ》は英仏海峡《えいふつかいきょう》のもくずと消えた。ヴァンダーデッケン船長は、ジャミルとシンドをむちゃくちゃになぐり、けって甲板《かんぱん》にはいつくばらせた。短剣《たんけん》をつかむと、恐怖《きょうふ》のあまり動けないふたりをまえに仁王《におう》立《だ》ちになり、全身《ぜんしん》を怒《いか》りにわなわなふるわせ、血走《ちばし》った目でにらみつけた。ネブはそばでデンマークの首にしがみついたまま、つぎに起きるだろうことを想像《そうぞう》してふるえあがった。

だしぬけに、船長は大きなため息をついて肩《かた》をゆすり、陰謀者《いんぼうしゃ》たちを攻《せ》めはじめた。「立て、裏切《うらぎ》りものめ。おれのまえを船首楼《せんしゅろう》の会食室《かいしょくしつ》まで歩いていけ。いうとおりにしないと、この場でのどをかっ切るぞ！　おい、小僧《こぞう》。おれのうしろを犬と来い。うしろを守れ！」

ほかの乗組員《のりくみいん》たちは、暖炉《だんろ》のまわりでコーヒーを飲んだり、寝棚《ねだな》やハンモックで休んだりしていた。バタンと大きな音がして、船室ドアが開いた。シンドとジャミルは手荒《てあら》くなかにおしこまれて床《ゆか》に腹《はら》ばいになった。乗組員たちはハッと目を上《あ》げて、船長と、そのうしろにいるネブとデンマークに気づいた。

「全員集合。急げ！」

ワッとばかりに男たちがもみあい、脇《わき》船室にいたペトロスたちも争《あらそ》って飛びこんできた。だが全員、船長の氷のような視線《しせん》に合うと、とたんにシュンと静まりかえった。短剣《たんけん》をベルトにさしこみながら、船長はジャミルとシンドの髪《かみ》の毛をひっつかんで立たせると、ほえるようにさけんだ」

「ほかにはだれだ？　吐《は》け、でないと魚のエサにするぞ。スクラッグスみたいにな」

ジャミルは両手《りょうて》を組んで人目もはばからず泣いた。「おれたちだけです、船長。スクラッグスの命令で。こわかったんだ。やらねえと殺《ころ》すっておどされて！」

シンドもいっしょになり、青い傷《きず》あとに涙《なみだ》をしたたらせながら、命ごいをする。

「やつのいうとおりでさ。スクラッグスが船長を殺す気だったとは。ただあの石だけねらったんだと思ってた。ほんとに船長にわるさする気はなかった！」

この見えすいた命ごいを無視《むし》して、船長は頑丈《がんじょう》なドイツ人の乗組員《のりくみいん》をそばに呼《よ》んだ。

「フォーゲル、おまえはこの船にいちばん長く乗っている。それなりの報酬《ほうしゅう》も出す。だから、マストにふたつ、首つり縄《なわ》をかけろ。こいつら罪人《ざいにん》の刑罰《けいばつ》だ」

フォーゲルは敬礼《けいれい》を返したが、動かなかった。遠慮《えんりょ》しながらこういった。「船長、ここで処刑《しょけい》したら、三人分手がたりなくなります。熟練《じゅくれん》の船乗《ふなの》りが三人減《へ》ったら、こんなでかい船でホーン岬《みさき》を回るのはむりです」

沈黙《ちんもく》があって、船長はうなずいた。「そのとおりだ、フォーゲル。だったら、つぎの港に着くまで、こいつらには半分のビスケットと水だけあたえるものとしよう。コペンハーゲンにもどったら、裁判《さいばん》にかけられ、しばり首になるだろう。仕事がないときは、牢内《ろうない》に鎖《くさり》でつないでおくように。わかったか、フォーゲル？」

フォーゲルは敬礼《けいれい》した。「アイ、キャプテン！」

それからネブに向かって命《めい》じた。「航海《こうかい》の終わりまで、ビスケットと水を半分にしろ、わかったか、コック？」

ネブがおとなしくうなずくのを見て、船長は少年にものいいたげな目を向けた。「この小僧《こぞう》がコック？　なんでまた？」

ペトロスが負傷《ふしょう》した手をかばいながら、ひいひいと泣き声を出した。「船長。おれの手がひどいケガでさ、片手《かたて》じゃ料理《りょうり》はむりだ」

そういって引きさがろうとしたが、船長はペトロスののどもとをしめあげた。犬がネズミをいたぶるように、船長はコックをゆすった。コックは船長の氷のような目に射《い》すくめられて、目がそらせなかった。

船長の声が警告《けいこく》するようなしゃがれ声になった。「船のコックとしておまえをやとったんだぞ、役たたずのデブ野郎《やろう》。さっさと厨房《ちゅうぼう》に行って料理しろ。でなきゃ、おまえをオーブンで焼いてくれる！」

船長は運《うん》のわるいコックを、船室からほうりだした。残りの乗組員《のりくみいん》に向きなおった船長の声はとげとげしかった。「この船の上では、全員おれのいうとおりにしろ。だれも逆《さか》らうな。わかったか？」

刺《さ》すような目から視線《しせん》をそらして、男たちは臆病《おくびょう》な返事《へんじ》をもごもごとつぶやいた。「アイ、アイ、キャプテン！」

ネブは船長に名指《なざ》しされて、ふるえた。「ここへ来い。犬連れて。おれの横に立て！」

ネブはさっと命令にしたがった。デンが忠実《ちゅうじつ》にその横に立つ。つかのまの沈黙《ちんもく》。ヴァンダーデッケンの目が太い眉《まゆ》の下であっちこっちと見わたした。乗組員《のりくみいん》はみんな、そのおそろしい権威《けんい》を感じていた。

「この小僧《こぞう》と犬は、おれの行くとこ、どこでもおれの身《み》を守る。おれの部屋《へや》で暮《く》らし、いまからはおれの用心棒《ようじんぼう》となる。

フォーゲル、舵輪《だりん》につけ。新しく見張《みは》りをつけろ。ランズ・エンド灯台《とうだい》をこえたら、南に舵《かじ》を取り、一点西に向け、カーポ・ヴェルデ諸島《しょとう》を通って大西洋《たいせいよう》のどまんなかに出る。ホーン岬《みさき》を回って新記録《しんきろく》の速さでヴァルパライソに到着《とうちゃく》だ。

ホーンだ、フォーゲル。フエゴ島だぞ！　世界一の荒海《あらうみ》だ！　高波《たかなみ》と嵐《あらし》と岩にやられて船はこっぱみじん。船乗《ふなの》りの骨《ほね》が海岸に散らばる難所《なんしょ》だ。だが、おれは一気《いっき》に乗りきってみせる。残りのおまえら、おれはフライング・ダッチマン号の船長として、なまけるやつ、命令にしたがわぬやつ、裏切《うらぎ》りものはゆるさん。裏切ろうかと思っただけでも、そいつの肋骨《ろっこつ》がういて出るくらいぶちのめすぞ。さあ、仕事につけ！」

男たちをさげすむようにおしのけて、ヴァンダーデッケンはネブとデンをぴったりとしたがえ、船首楼《せんしゅろう》の会食室《かいしょくしつ》から出ていった。

少年はことの思いがけないなりゆきに、あっけにとられていた。ペトロスのいじめにあわずにすむのはうれしかったが、船長に四六時中《しろくじちゅう》つきそっているのは不安《ふあん》だった。もうひとつ、心配《しんぱい》の種《たね》があった。ホーン岬《みさき》とフエゴ島。この世でいちばん荒《あ》れる海。いったいどんなところだろう?

あたたかい鼻づらが手にふれて、われにかえった。どんな危険《きけん》な目にあおうとも、もうぼくはひとりじゃないのだ。真《しん》の友がいる、この犬が。

5

しばらくすると、ネブは時間の感覚《かんかく》がなくなってしまった。夜が来て、昼が来て、そのくりかえしがうんざりする規則《きそく》ただしさでつづいた。世界は一面《いちめん》水で、水平線《すいへいせん》のどこにも陸地《りくち》のきざしがなかった。

ネブも犬も船酔《ふなよ》いにかかり、陸《りく》の暮《く》らしにもどりたいと思うときさえあった。ビヨルセン家のニシン倉《ぐら》で暮らすほうが、こんな荒海《あらうみ》よりよほどましだ。

南微西《なんびせい》(注)へ向け航行《こうこう》するにつれ、船はあたたかい海水とおだやかな天気を置きざりにし、ますます寒く、風は強くきびしくなってきた。南大西洋《みなみたいせいよう》のうねりたつ大海《たいかい》は、情《なさ》け容赦《ようしゃ》なく乱暴《らんぼう》で、波くぼは峡谷《きょうこく》のように深く、波頭《なみがしら》は巨大《きょだい》な丘《おか》のようだった。

これに慣《な》れるのは生《なま》やさしいことではなかった。高く持ちあげられてあたり一面が空だと思うと、つぎの瞬間《しゅんかん》にはおそろしい谷間に落ちて、水のかたまりの青緑の壁《かべ》と向きあうことになる。

仕事らしい仕事がないのもイライラの種《たね》だった。ネブは犬といっしょに船尾《せんび》の船長室の入り口に

(注) 南より一点西寄り。

座《すわ》って、船長の命令が出るまで動くことができなかった。

船長は海図《かいず》をにらんで、船の航路《こうろ》を決めながら、しきりにひとりごとをいった。そのほとんどが、いやでも少年の耳に入った。

「きのう、南アメリカのブラジル沖《おき》、レシフェとアセンション島のあいだあたりを通った。操舵手《そうだしゅ》にもう一点南西に取るよう命《めい》じた。三日後にはラ・プラタ川から流れる潮《しお》をつかまえて沿岸《えんがん》近くにせまればいい。サン・ホルヘ湾《わん》にはまらないようにして、この世でいちばん神に見すてられた地、フエゴ島とホーン岬《みさき》に向かう」

船長の声の調子にネブは身《み》ぶるいした。犬をしっかりと抱《だ》きよせ、つやつやした毛なみのぬくもりで心を落ちつけようとした。船長はネブに目をやり、鵞鳥《がちょう》の羽《はね》ペンを置いた。

「食《く》い物と飲み物を持ってこい。乗組員《のりくみいん》たち相手に油を売るんじゃないぞ。すぐもどってこい。行け！」

甲板《かんぱん》には何本もの索《さく》が張《は》りわたしてあった。このロープにつかまらなければ、体が舷側《げんそく》から投げだされてあっというまにこの世から消える。ネブは犬をしたがえて、よろめきながら厨房《ちゅうぼう》に入っていった。ふたりとも氷のような水しぶきを浴《あ》びてずぶぬれだった。

ペトロスがストーブわきの片《かた》すみに、体をおしこむようにして座《すわ》っていた。縦《たて》に横にはげしくゆれる船のなかで二段腹《にだんばら》をゆすりながらどうにか立ちあがると、憎々《にくにく》しげにネブをにらみつけた。おれの不幸《ふこう》はみんなこいつのせいだ。

「なんだ、ずぶぬれの幽霊《ゆうれい》みたいに、ずるっとしのびこんできやがって。なんの用だ？」

ネブは厨房《ちゅうぼう》のテーブルからお盆《ぼん》を取りあげると、身《み》ぶりをいくつかつないでみせて、食べ物と飲み物を取りにきたと伝えた。ペトロスはやっとのことでつくった名前のつけようのないシチューを、不器用《ぶきよう》な手つきで三つのボウルによそい、厚《あつ》いビスケットを三枚お盆《ぼん》の上に投げた。ビスケットはお盆にあたって木片《もくへん》のような音をたてた。

ペトロスはネブに向かっておどすようにナイフをふりまわした。

「おまえと犬は遊んで食《く》ってやがる。ペトロスさまの厨房からさっさと出ていかねえと、けられて追いだされるぞ！」

そういって足を上《あ》げたが、あわてて下《お》ろした。黒いラブラドール犬《けん》が、少年のまえに出てきて首まわりの毛を逆立《さかだ》て、歯をむきだしてうなっている。

ペトロスはすごすごとうしろに下《さ》がった。

「けだものをあっちへやれ。コーヒーと水は会食室《かいしょくしつ》から持ってけ。さあ、犬

を追いだせ！」

ネブはヴァンダーデッケン船長に食事を届《とど》け、自分のお盆《ぼん》を持って会食室《かいしょくしつ》に行った。ジャミルとシンドがちょうど、支索《しさく》の点検《てんけん》を終えて会食室にもどってきていた。ネブがドアから入っていくと、ふたりは険悪《けんあく》な目つきでネブを見た。これもまた逆《さか》うらみだが、このふたりの場合はむりもないかもしれない。

乗組員《のりくみいん》たちは、船長がネブと犬を使って自分たちをスパイしているとうわさしていた。ドイツ人航海士《こうかいし》のフォーゲルまでふたりを信用していなかった。だが航海士の立場《たちば》を失《うしな》いたくないので、ジャミルとシンドのふたりをこづいてわきにのけ、ネブがコーヒー二杯《はい》をつぎ、犬用に水を一杯つげるようにしてやった。

「おまえらふたりがコーヒー飲んだら、また船尾《せんび》の牢《ろう》に鎖《くさり》でつなぐからな」そう男ふたりにいいわたす。「船長命令だ。早くしろ、小僧《こぞう》。冷《ひ》えきってのどのかわいた男どもが、順番《じゅんばん》を待ってんだ！」

航海士のおどすような口調《くちょう》に、デンマークはふりかえってうなった。フォーゲルは犬など目に入らないふりをしたが、こわくて動けなくなったのがみえみえだった。「犬をつまみだせ、船長室にもどれ！」

ネブはおとなしくうなずいた。大男のドイツ人を怒《おこ》らせたくなかった。

シンドがコーヒーがめの前に立っていった。「船に犬乗せるのは縁起《えんぎ》がわるいんだ、なあ、ジャミル？」

アラブ人はニタリと笑い、答えた。「おう、縁起《えんぎ》がわるい。この船はわるいことだらけさ。あわれな船乗《ふなの》りにあわれな運命《うんめい》。ホーン岬《みさき》回るにゃわるい季節《きせつ》、わるい時期《じき》だ。わかってるか、フォーゲルさんよ？」

フォーゲルは、ワシのような顔をしたアラブ人をじっと見つめた。「ホーン岬を回るに、いい時期なんかあるもんか。回れなかった船をいっぱい知ってるぜ、一度、二度、何度かかってもな。ううっ！　そのうちに食《く》い物切らして飢《う》え死《じ》にだ。目のまえの海、見えるだろ、小僧《こぞう》。こんなのはフエゴ島あたりにくらべりゃ、鏡《かがみ》の湖《うみ》ってとこだ」

ネブはお盆《ぼん》に飲み物をのせると、気をつけて船室から出たが、ジャミルの捨《す》てぜりふが耳に残った。

「海で立ち往生《おうじょう》しても、食い物にゃこまらねえ……イキのいい肉があるぜ。犬だ！　犬食ったことあるかい、フォーゲルさん？」

「いいや、けど中国で食ったことあるやつの話じゃ、犬はうめえそうだぜ、ハハハハ！」

ネブは口をキッと結んだ暗い顔で、波しぶきに洗《あら》われる甲板《かんぱん》を歩いていった。デンマークがすぐそのあとを追う。

冬が南極大陸《なんきょくたいりく》から、血に飢《う》えたオオカミ軍団《ぐんだん》のように、ほえ声をあげて飛びかかってきた。船がマルビナス諸島《しょとう》を過《す》ぎるなり、海のようすは一変《いっぺん》した。まるで世界じゅうの氷という氷が一点に寄《よ》りあつまったかのように、たぎり、泡《あわ》だち、氷と泡を空高くほうりあげ、潮《しお》の流れも形もなにもない、怒《いか》りくるう波のるつぼのようになった。

鉛色《なまりいろ》とも黒ともつかぬ暗い空の下で、突風《とっぷう》が索《さく》のあいだでつんざくような音をたてた。帆布《はんぷ》の縫《ぬ》い目をピンピンに張《は》り、不気味《ぶきみ》にすすり泣いて、船全体が船底《ふなぞこ》の竜骨《りゅうこつ》までぶるぶるふるえた。ドアというドア、ハッチというハッチはしっかり閉《し》められ、動いてしまう索具《さくぐ》はロープでしっかり固定《こてい》された。

船を航行《こうこう》させるのに必要なものだけが甲板《かんぱん》にとどまった。ほかのものたちは不安《ふあん》げに会食室《かいしょくしつ》にうずくまり、恐怖《きょうふ》のあまりだまりこくっていた。

コックのペトロスが、厨房《ちゅうぼう》から会食室に行こうとした。ドアを開けたとたん、大波がおそいかかった。真っ白い大波は、厨房のドアをバシンと大きく開けると、なかにどうっと流れこんで、一瞬《いっしゅん》のうちにストーブの火を消した。火と同時に、コックの姿《すがた》も消えた。びんのコルクをぬくようにペトロスを引きずりだしたのだ。巨大《きょだい》な波は気絶《きぜつ》しているペトロスの体を運んで、底《そこ》なしの深海《しんかい》へと引きずりこんだ。

ネブとデンマークは船長室にいて、舷窓《げんそう》のぶあついガラス窓《まど》からこの光景《こうけい》を見ていた。いつだったか、コペンハーゲンの街角《まちかど》の石段《いしだん》で、宗教家《しゅうきょうか》が世界の終わりについて説《と》くのを聞いたことがある。少年と犬は、大波がドアにぶちあたってガタガタ鳴るたび、うしろに飛びのいた。ネブはデンマークをしっかりと抱《だ》きよせた。フライング・ダッチマン号は世界の終わりに向かって航《こう》行《こう》しているのだろうか？

ヴァンダーデッケン船長は後甲板《こうかんぱん》でみごとな働きをしていた。こんなひどい嵐《あらし》のなか、操舵手《そうだしゅ》として完ぺきな仕事をはたせるのは、船長をおいてほかにいなかった。よろこんでいるようにさえ見えた。腰《こし》のまわりに巻《ま》いたロープを舵輪《だりん》に結びつけていたから安全だったが、舵輪にしがみついて戦《たたか》う姿《すがた》は、憑《つ》き物に取りつかれた男のようだった。

ヴァンダーデッケンは船の針路《しんろ》を守り、世界の底辺《ていへん》にそって西にまっすぐ向かわせていた。ホーン岬《みさき》を回ったら、針路を北に取り、南アメリカ大陸《たいりく》をまぢかに見ながら、ヴァルパライソに着くのだ。

舵輪に結びつけた上着《うわぎ》は引きちぎれ、帽子《ぼうし》はふきあれる風に破《やぶ》られていた。嵐に歯をむきだし、髪《かみ》はうしろに流れてぼろぼろの三角旗《さんかくき》のようになり、目からしみでた氷のような涙《なみだ》と海水が混《ま》じりあった。それでも船長はまっしぐらに、風にかきみだされた凶暴《きょうぼう》な海へと船を突《つ》きすすませ、ほえた。

「ホーン岬《みさき》を回るぞーっ。主《しゅ》よ、われらを無事《ぶじ》ヴァルパライソに導《みちび》きたまえ！」

船長は熟練《じゅくれん》した船乗《ふなの》りだった。海でのさまざまな苦難《くなん》を通してあらゆる教訓《きょうくん》を身につけていた。だが、フエゴ島付近の荒《あ》れくるう海は、はるかに経験《けいけん》をつんだ船長たちをも、海のもくずにしてきたのだ。

6

二週間後。船はマルビナス諸島《しょとう》方向に半分おしもどされていた。うねる大波につかれきったフライング・ダッチマン号は、予備錨《よびいかり》を船首《せんしゅ》、船尾《せんび》とも引きずって、ホーン岬《みさき》から追いかえされていた。

船長は甲板《かんぱん》を野獣《やじゅう》のようにうろつきまわった。海に負けた腹立《はらだ》ちを水夫《すいふ》たちにぶつけ、結び目のあるロープでたたきのめし、ののしった。男たちはマストに上《のぼ》り、索《さく》をナタで切りおとし、破《やぶ》れた帆布《はんぷ》を切りはなした。船大工《ふなだいく》も高みに上って、割《わ》れたり折《お》れたりした円材《えんざい》を、タール塗装《とそう》したロープを巻《ま》きつけてつないだ。

ネブはコックにもどった。厨房《ちゅうぼう》をモップでそうじし、食料庫《しょくりょうこ》をけんめいにあさった。食料は少ししか残っていなかった。野菜《やさい》がひと袋《ふくろ》と塩漬《しおづ》け肉がひと樽《たる》、ペトロスといっしょに流されてしまったからだ。真水《まみず》の樽のうちのひとつは、海水が混《ま》じってしまった。

犬はテーブルの下から、ねぐらにしていたびしょぬれの空袋《からぶくろ》をひっぱりだした。ネブがストーブに火を起こすと、まもなく厨房全体にぬくもりがもどってきた。野菜と塩ダラを切りきざんでシチューをつくり、大がめにコーヒーを入れた。

めずらしく船長が厨房《ちゅうぼう》に来てテーブルに座《すわ》り、食事をしてコーヒーを飲んだ。デンマークはストーブと、反対側《はんたいがわ》の隔壁《かくへき》とのあいだにいた。ネブ以外のだれにもなつこうとしなかった。船長は犬などまるで気にしていないようすで、少年に命令を下《くだ》した。

「食《く》い物とコーヒーを会食室《かいしょくしつ》に持ってって出してやれ。急がず、やつらの話をよおく聞いてもどってこい。さあ、行け。犬も連れていけ」

ネブは命《めい》じられたとおりに出ていった。船長は厨房のテーブルに座ったまま、ドアを半開《はんびら》きにして不穏《ふおん》な波を見はるかし、ひとり思いをめぐらせていた。

しばらくしてネブが犬をしたがえ、空《から》のシチューなべを手にもどってきた。船長はいすがわりの荷箱《にばこ》に座れとあごをしゃくった。

「そこ座れ、小僧《こぞう》。なにを聞いてきた？」

ネブはとほうにくれて、口に手をあてて肩《かた》をすくめた。

船長はきびしい刺《さ》すような目でネブを見た。

「おまえがしゃべれないのはわかってる。だから、おれのことをよく見て耳を貸《か》せ。乗組員《のりくみいん》らはおもしろくない。だな？　おまえの目つきでわかる。そのままおれを見てろ。やつらは仲間うちでもろもろ話しあってる。反乱《はんらん》のことだ。やつらは船をのっとって国へ帰りたがってる。だな？」

ネブは目を見はった。コブラににらまれて飛べない小鳥のように、船長の容赦《ようしゃ》ない灰色《はいいろ》の目にネブの視線《しせん》はくぎづけになった。

船長はうなずいた。「やっぱり思ったとおりだ！　だれだ、首謀者《しゅぼうしゃ》は？　ええ？　フォーゲルか？　ちがう？　じゃ、あいつかな、ランショフ、オーストリア人の？　ちがうか、あいつはばかでだめだ。ああ、あのふたり、牢《ろう》につないだやつだな？　やっぱりそうだ！　ジャミルとシンドだ。だが、かけてもいい、首謀者はシンドだ」

船長の異様《いよう》なまでにするどい判断《はんだん》に、ネブは息をのんだ。動くこともできなかった。氷のような目で、まるで本を読むように心を読まれてしまった。

船長は短身《たんしん》のぼってりしたマスケット銃《じゅう》をテーブルに置いた。この型の銃は、短い円筒形《えんとうけい》の弾《たま》が六発入っており、せまい場所で反乱《はんらん》が起こったときに使うと、おそろしいほどの威力《いりょく》を発揮《はっき》する。

「そうとも、おまえの目は正直《しょうじき》でうそがつけない。ここにいろ、小僧《こぞう》。ドアに錠《じょう》おろして、おれ以外だれも入れるな」

そういうと、船長はボロボロになった服の下に銃をかくし持って、厨房《ちゅうぼう》からさっと姿《すがた》を消した。

取りのこされた少年と犬は、ドアにしっかり錠を下《お》ろしてふるえていた。たがいに顔を見つめあい、デンマークは若《わか》いご主人のひざに頭をのせ、心配《しんぱい》げな目で見あげた。

そうやってどのくらい座《すわ》っていたろうか。おそろしいマスケット銃の音が鳴りひびくのを待っ

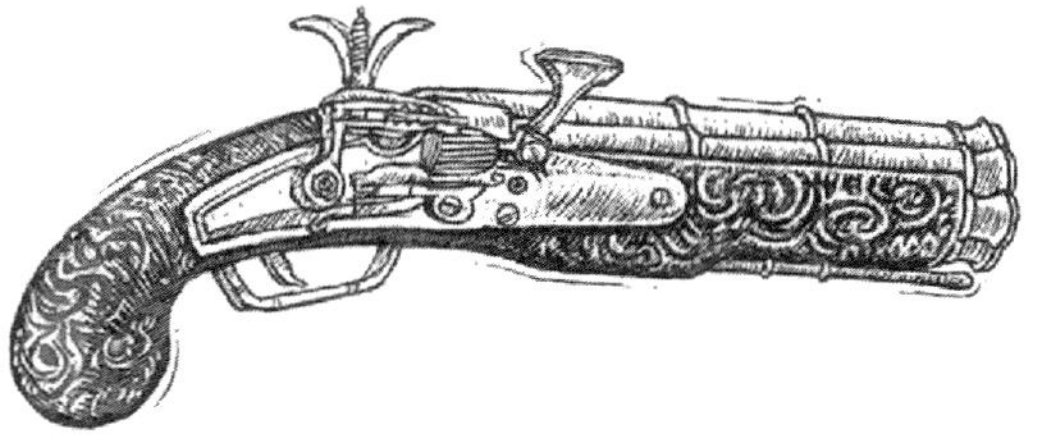

たが、音はしなかった。もしかしたら、乗組員《のりくみいん》たちが強い船長をやっつけて海に投げこんでしまったのだろうか？　厨房《ちゅうぼう》のぬくもりに、とろとろとまぶたがふさがりはじめた。

と、デンマークがシャキッとなってぴんと立った。だれかがドアをたたく。

「開けろ、小僧《こぞう》。船長だ！」

ほっとしてふるえる手で、ネブはドアの錠《じょう》をはずした。船長がつかつかと入ってきてテーブルのまえに座《すわ》った。「航海日誌《こうかいにっし》とペンとインク。おれの部屋《へや》から持ってこい」

コーヒーをまたいれながら、ネブは船長が航海日誌に書きこみつつ単調《たんちょう》な声で読みあげるのに耳をかたむけた。

「夜明けとともにホーン岬《みさき》に向かう。今度こそフライング・ダッチマン号はホーン岬を回る。全員、甲板《かんぱん》に出て作業《さぎょう》だ。

今夜、よからぬことをたくらんでいた乗組員《のりくみいん》を始末《しまつ》した。おれの命《めい》にそむくものはもういない。ビルマ人甲板員《かんぱんいん》シンドが首謀者《しゅぼうしゃ》だった。やつはコペンハーゲンまで行って裁判《さいばん》と処刑《しょけい》を待つまでもなかった。船上《せんじょう》での反乱《はんらん》の芽《め》をつみ秩序《ちつじょ》を保《たも》つべき船長として、おれは略式裁判《りゃくしきさいばん》をとりおこなってみずからの手でやつを絞首刑《こうしゅけい》にした」

船長は書く手をとめて、ネブのおそれおののく顔を見あげた。そのときはじめて船長の顔に、ほほえみらしきものがうかんだ。

「おまえが船長になるとは思わんが、万一《まんいち》なったらこれだけは覚えておけ。航路《こうろ》が危険《きけん》でも、もうけの大きい旅のときは、乗組員《のりくみいん》はあらゆる国からやとえ。そうすれば連帯感《れんたいかん》が生まれない。ババラバラの乗組員ほど統率《とうそつ》しやすいものはない。本当だぞ」

これがその夜、ヴァンダーデッケン船長が口にした最後の言葉だった。船長はいすに座《すわ》り、まえのテーブルにマスケット銃《じゅう》を置いて眠《ねむ》った。

ネブとデンマークは船長からはなれて、隔壁《かくへき》ぎわ、ストーブのそばで寝《ね》た。ストーブの赤い火が、船長のきびしい顔をてらしだしていた。眠っていても、一時《いっとき》たりとも、体のどこも休んでいなかった。

四日後、フライング・ダッチマン号はまたフエゴ島の沖《おき》にいた。船長を操舵手《そうだしゅ》にして全員が甲板員《かんばんいん》となり、真冬《まふゆ》のまっただなか、いま一度ホーン岬《みさき》を回ろうと苦労していた。この時季《じき》にこんなことを試《こころ》みるなんて、まったく狂気《きょうき》の沙汰《さた》だったが、だれもそれを口に出せなかった。剣《けん》とマスケット銃で武装《ぶそう》した船長は、乗組員を奴隷《どれい》なみにこきつかった。睡眠《すいみん》は二時間交代で細切《こまぎ》れに取ることになり、食べ物は半分に減《へ》らされた。乗組員はしじゅう高みに上《のぼ》っては傷《いた》んだ索《さく》を切りはなし、つくろい、補修《ほしゅう》した。

ネブは夜も昼も立ちづめで、コーヒーをいれ、クズのような食杯《しょくざい》でみすぼらしい食事を出し、厨房《ちゅうぼう》をぬらさぬよう、火を絶《た》やさぬよう悪戦苦闘《あくせんくとう》していた。乗組員《のりくみいん》たちが厨房で寝《ね》るようになって、仕事はいっそうやりにくくなった。男たちはテーブルの下や四すみで、空《から》の食料袋《しょくりょうぶくろ》の上に寝ころがって休んだが、結局《けっきょく》、航海士《こうかいし》のフォーゲルに結び目のあるロープでたたかれて追いだされた。

船長は乗組員以上によく働き、夜一度だけ船尾《せんび》の寒い船長室にもどってわずかな食事を取ったが、それもかならずというわけではなかった。

ネブはこんなに荒《あ》れる残忍《ざんにん》な海を想像《そうぞう》したこともなかった。ハリケーンなみの風力《ふうりょく》のもと、つららはななめにこおり、船尾から短剣《たんけん》のように突《つ》きでていた。ホーン岬《みさき》にはどこにも〝風下《かざしも》〟がなかった。

ときどき、みぞれと雨の膜《まく》ごしに沿岸線《えんがんせん》がちらっと見えることがあった。そんなとき、巨大《きょだい》な黒い岩々は氷と水しぶきにふちどられて、まるで近よるものならなんでもむさぼり食《く》おうとしている大昔《おおむかし》の怪物《かいぶつ》のように見えた。

寒さと、水にぬれることには、慣《な》れっこになるしかなかった。乗組員のなかには凍傷《とうしょう》で手足の指をなくしたものがいた。二名もが同じ日に、大波のゆれのせいで索《さく》から海中に落ちて死んだ。ときどき、ネブは遠くに雷鳴《らいめい》が聞こえるような気がした。それともあれは、ただ大波が沿岸の岩に砕《くだ》ける音なのだろうか？

今日《きょう》まえに進んだかと思うと、翌日《よくじつ》はその二倍もの距離《きょり》をうしろにもどされた。船は横すべりしてしばしば完全に一回転してしまい、帆《ほ》は破裂寸前《はれつすんぜん》まで風をはらむなり、バシンとおそろしい音をたててゆるんだ。積んでいた鉄材《てつざい》の半分は、遭難《そうなん》を避《さ》けるため海に捨《す》てられた。

ある朝、ネブは中甲板《ちゅうかんぱん》の作業班《さぎょうはん》に加われと命《めい》じられた。中甲板では、きしむ肋材《ろくざい》のあいだから海水がハッチ部分へともれていた。ネブは一日じゅうこつこつと、ひび割《わ》れを木槌《きづち》や平《ひら》ノミ、タール塗装《とそう》の重いロープで、修理《しゅうり》しようとがんばった。

やがて寒さのせいで手がすりきれ、割《わ》れて血だらけになったので、ほかのものが交代せざるをえなかった。厨房《ちゅうぼう》のストーブにのせた、たらいの熱《あつ》い湯に両手《りょうて》をひたすと、あまりの痛《いた》さにぐっとこらえても涙《なみだ》が出た。デンマークはクンクンと鳴いて少年の足に頭をすりつけた。

こんな波、風、きしむ肋材の騒乱《そうらん》のなかでも、ヴァンダーデッケン船長の声は聞こえた。乗組員《のりくみいん》を、ホーン岬《みさき》を、天候《てんこう》を、しける海を、血もこおるようなはげしい言葉で呪《のろ》っていた。

三週間後も、フライング・ダッチマン号は同じ地点にいた。またしても、フエゴ島とマルビナス諸島《しょとう》のまんなかまでおしもどされたのだ。ホーン岬相手に二度目の敗北《はいぼく》だ！

つかれきり、病《やまい》にたおれ、餓死寸前《がしすんぜん》の状態《じょうたい》で、乗組員たちは船首楼《せんしゅろう》の会食室《かいしょくしつ》に寝《ね》ころがっていた。絶望的《ぜつぼうてき》な雰囲気《ふんいき》があたりをおおっていた。もうだれも口をきかず、自分の寝棚《ねだな》や部屋《へや》のすみずみにうずくまっていた。

凍傷《とうしょう》で手足の指をなくしたものが増《ふ》えていた。ひとり残らず壊血病《かいけつびょう》に苦しみはじめていた。新《しん》鮮《せん》な野菜《やさい》がたりないからだ。歯がぬけおちた。髪《かみ》もぬけた。ひび割《わ》れた口のまわりに、ひりひりと血がにじむ傷《きず》ができた。

死んだふたりを悼《いた》むものはおらず、すぐに彼《かれ》らの毛布《もうふ》、衣類《いるい》、持ち物を、かつての仲間がうばった。生きのこることだけが日々《ひび》の目標《もくひょう》だったが、だれもがその見こみが日を追ってかぼそくなってきているのを知っていた。船はぽつんと一隻《せき》、人っこひとりいない白い大地、南極大陸《なんきょくたいりく》を目のまえにして、いましもこごえかかっているのだ。

厨房《ちゅうぼう》にデンマークと閉《と》じこもったネブは、船長の命令どおりに動くしかなかった。こわれたマストや支索《しさく》をたたき折って、ストーブにくべた。タールロープでも、樽板《たるいた》でも、クズを見つけてはなんでもたした。

水はどんどん少なくなり、コーヒーの補給《ほきゅう》もぬかすのがあたりまえになった。食べ物は最低限《さいていげん》に落ちたが、ネブは義務《ぎむ》をけんめいにはたそうとした。はたせないと、犬ともども乗組員《のりくみいん》の船室へ追いやられてしまう。そうなったらと思うだけでもぞっとした。船長は自分の命令に逆《さか》らったらその仕置《しお》きが待っている、とネブにいっていた。

ヴァンダーデッケンは船尾《せんび》の船長室にいて、一日一度きりの毎晩《まいばん》の食事のときだけ、姿《すがた》を見せた。マスケット銃《じゅう》と剣《けん》で武装《ぶそう》し、お盆《ぼん》を手に厨房に来ると、ネブにドアを開けろと命《めい》じる。自分でうすいコーヒーをいれ、皿にみすぼらしいシチューをよそうと、もうひとつのボウルに水を半分入れて、ネブにいつもどおり命令する。

「よおく聞け、小僧《こぞう》。いまから船長室にもどるが、男どものシチューとコーヒー、水のなべを甲板《かんぱん》にならべたら、すぐもどってこい。おれが鐘《かね》を鳴らしたら、やつらは食《く》い物を食う。朝おれがまた鐘を鳴らすと、やつらは空《から》のなべを返してくる。それを集めたら、おまえはまたここにひっこんで錠《じょう》を下《お》ろせ。厨房《ちゅうぼう》のドアを開けたままにしといたら、やつらに殺《ころ》され、犬は食われ、厨房は根《ね》こそぎ空になるぞ。おれにだけドアを開けるんだ。わかったな？」

ネブは船長から一瞬《いっしゅん》も目をはなさずうなずくと、仕事にかかった。

たった一度、ひとりの乗組員《のりくみいん》が厨房へ行くわけでもないのに甲板に出ていった。ドイツ人航海士《こうかいし》のフォーゲルだ。飢《う》えと寒さになかば正気《しょうき》を失《うしな》ったフォーゲルは、船長室に近づいていった。あまりの苦境《くきょう》に大胆《だいたん》になり、船長室のドアをたたいた。ドアが開かないと見ると、フォーゲルはどなった。

「船長、おれだ、フォーゲルだ。この船を引きかえそう。これ以上いたら全滅《ぜんめつ》だ。船長、たのむ、聞いてくれ。食い物も水もじき切れる。みんな病気で弱っている。これ以上はこの海じゃもたねえ。流されちまう。針路《しんろ》変えて安全なとこへ行こう。どこだって行ける、マルビナス、サン・マティアス湾《わん》、バイア・ブランカとくりゃ、アメリカに来たも同然《どうぜん》だ。そこで船を直して残ってる積《つ》み荷《に》を売ろう。またつぎの荷を積んでアルジェ、モロッコ、スペイン、そっからコペンハーゲンに帰ったらいいじゃないか。ぐずぐずしてたら反乱《はんらん》が起きるぞ、船長。おれのいうとおりだってわかってんだろ？　さあ、いますぐやってくれ、たのむ、どうかそうしてくれ！」

　ヴァンダーデッケンはマスケット銃《じゅう》の撃鉄《げきてつ》を起こした。ぶかっこうだが、破壊力《はかいりょく》の強い武器《ぶき》だ。引《ひ》き金《がね》をひけば重いマスケット弾《だん》が撃《う》ちぬけないものはまずない。船室のドアを開けずに、船長は撃った。轟音《ごうおん》。フォーゲルは即死《そくし》した。

　ネブと犬はすさまじい銃声《じゅうせい》に飛びあがった。船長はすばやく弾丸《だんがん》をこめなおすと、剣《けん》と銃を手に船室から出た。目を狂《くる》ったようにぎらつかせ、雷《かみなり》のような声でさけぶ。ネブと乗組員《のりくみいん》にも、その声はいやでも聞こえてきた。

「おれはヴァンダーデッケン、フライング・ダッチマン号の船長だ！　おれは神からも、人間からも命令を受けない。この世にも、あの世にも、おれを止められるものはない！　おまえらが船室でちぢこまっていようと、海に飛びこもうと、おまえらごとき名ばかりの船乗《ふなの》り、役たたずの波止場《はとば》のクズなど知ったことか！　船乗りだと？　船乗りがどんなものか、船長がどんなものか見せてやる！　帆《ほ》の準備《じゅんび》ができしだい、もう一度フエゴ島に向かう！　おれひとりでこの船を走らせホーン岬《みさき》を回る。聞いたか？　ひとりでだ。じゃまするやつらは残らず殺《ころ》す！」

7

だれひとり、船長がひとりで船を操縦《そうじゅう》できるとは思わなかった。だが、ヴァンダーデッケンはすべてやってのけた。昼も夜も、マストをバンバンたたいたりよじのぼったりする音がした。格納庫《かくのうこ》から帆布《はんぷ》を引きずりだし、滑車《かっしゃ》にロープを通し、帆桁《ほげた》をしばった。船長のした最後の狂気《きょうき》は、船首《せんしゅ》、船尾《せんび》とも予備錨《よびいかり》を切りはなし、それから舵輪《だりん》にかけよって自分をしばりつけたことだった。

フライング・ダッチマン号は突風《とっぷう》を受けて走った。ボロボロになった船は地獄《じごく》の猟犬《りょうけん》たちに追われる鹿《しか》のように、真冬《まふゆ》の荒《あ》れくるう大海原《おおうなばら》を、ふたたびホーン岬《みさき》と運命《うんめい》めざして向かっていった。

一週間後、食べ物と水が底《そこ》をついた。もう船長にたよれなくなったネブは、自分で自分の身《み》を守らなくてはならなくなった。こんなおそろしい思いをしたのははじめてだった。厨房《ちゅうぼう》のドアにはかんぬきをかけ、そこにテーブルや空《から》の樽《たる》をおしつけてバリケードにした。乗組員《のりくみいん》が船のゆれによろめいて厨房のドアにぶつかると、デンマークはうなじの毛を逆《さか》だてて、相手が行ってしまうまで獣《けもの》のようにうなり、ほえつづけた。

船が針路《しんろ》をはずして、はげしくたたきつける青緑の波間《なみま》にもどされるたび、ヴァンダーデッケンは声をからしてわめいた。正気《しょうき》は完全になくなり、髪《かみ》をかきむしって、かたくにぎりしめたこぶしを海と空に向かってふりまわした。ときどき大声で笑ったかと思うと、狂《くる》ったようにオイオイとおおっぴらに泣いた。

そのおそろしい週が明けた最初の日。船はほえるような風と雪、雨に三《み》たび流され、もどされてしまった。それでも船はまっすぐ東へと走った。帆《ほ》は破《やぶ》れ、マストは割《わ》れ、積《つ》み荷《に》を捨《す》てて空《から》になった船倉《ふなぐら》のなか一面で水がバシャンバシャンと波だっていた。

そのときだ。どうした大自然《だいしぜん》の気まぐれか、天気が急におだやかになった。深緑色《ふかみどりいろ》のおだやかな空気が大西洋《たいせいよう》の上に垂《た》れこめ、雨も雪も風もやんだ。この変わりようにあっけにとられて、ネブと犬は甲板《かんぱん》に出た。乗組員《のりくみいん》もねぐらを捨てて、そろそろと午後のにぶい明かりのなかに這《は》いでてきた。まるで天と大自然が共謀《きょうぼう》して、フライング・ダッチマン号にこっぴどい冗談《じょうだん》をしかけているようだった。

「イーーエーーッ！」

全員がふりかえって船長を見た。死刑場《しけいじょう》に引きずられていく男のようにほえたからだ。舵輪《だりん》に自分をしばりつけたロープを、躍起《やっき》になって切りおとしている。そしてやっと自由になると、まわりの目も気にせず、短剣《たんけん》を空に向けて突《つ》きあげ、突き刺《さ》し、きたないののしり言葉を浴《あ》びせはじめた。天候《てんこう》を呪《のろ》い、敗北《はいぼく》を呪い……神を呪った！

乗組員《のりくみいん》たちはどんなきたない言葉にも慣《な》れっこだったが、船長の、この神へののしりには、声もなくこおりついた。ネブはひざまずいて、自分を守ろうとそばに来た犬を抱《だ》きよせた。

東の水平線《すいへいせん》近くの傷《きず》ついたような赤黒《あかぐろ》い空が、どこからわいたのか、とてつもなく大きく真っ黒な雷雲《らいうん》に取ってかわった。それがおそろしい速さでわきたち、ゴロゴロと鳴って、上空《じょうくう》が暗くなった。

と見るや、ドカーンと雷《かみなり》が鳴って大洋《たいよう》全体をゆるがし、巨大《きょだい》な稲妻《いなずま》の鎖《くさり》が雲をつんざいた。

この世のものではない光景《こうけい》に男たちは目をおおった。すべての円材《えんざい》、マスト、肋材《ろくざい》が雷に反応《はんのう》して放電《ほうでん》しはじめ、フライング・ダッチマン号は不気味《ぶきみ》な緑色のかがやきに包まれた。

ヴァンダーデッケン船長は舵輪《だりん》に背中《せなか》からたおれかかり、目を見ひらき、大きく口を開けたま、緑の光に包まれた短剣《たんけん》を麻痺《まひ》した手から取りおとした。ネブは犬の毛なみのなかに顔をうずめたが、デンマークは低くうずくまっていたので、はからずもご主人にこの光景《こうけい》を見せてしまった。

この世のものではないなにかが、甲板《かんぱん》のすぐ上のあたりを行きつもどりつしていた。それは男

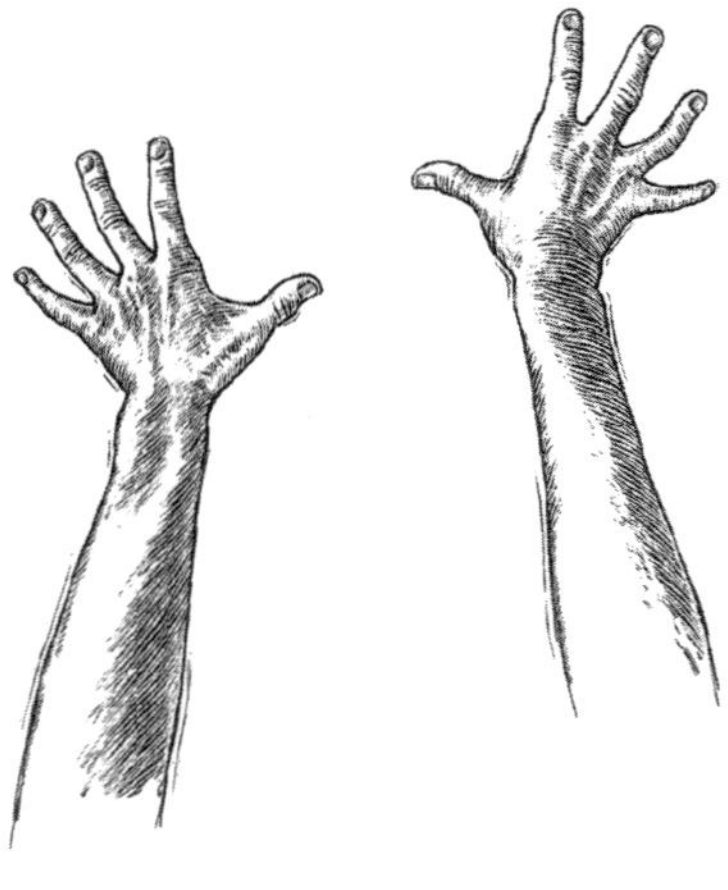

でもなく、女でもなく、背《せ》が高く、大きな剣《けん》をたずさえて真っ白にかがやいていた。そして剣の先をヴァンダーデッケンのほうに向けた。その声は風がつまびく千のたて琴《ごと》のように、海一面《いちめん》に鳴りひびいた。美しいが、おそろしい声だった。

「命にかぎりある人間よ。おまえは大海《たいかい》にあってはひと粒《つぶ》の砂《すな》にすぎない。おまえは貪欲《どんよく》、冷酷《れいこく》、傲慢《ごうまん》から、おまえの造《つく》り主《ぬし》である神を呪《のろ》った。したがって、今後は来る日も来る日も永遠《えいえん》に、この船はおまえと船乗《ふなの》りたちを乗せたまま、天国を見ることはないであろう。世界の海を永遠に走るのだ！」

このときネブは見た。スクラッグス、シンド、ペトロス、フォーゲル、それに索《さく》から落ちておぼれ死んだふたりの船員が、青白い顔で立っているのを。みんなだまって海水をしたたらせ、乗組員《くみいん》のわきに立って、死人《しにん》の目で船長を見つめている。それはその後何百年にもわたって、少年の夢《ゆめ》につきまとう光景《こうけい》となった。傷《きず》だらけになった船。死者《ししゃ》と、永遠に死の安《やす》らぎを知ることのないものたちとが乗りこんだ船は、燃《も》える緑の光のなかに立《た》ち往生《おうじょう》して、神の呪いを自分たちにもたらした船長を無言《むごん》で責《せ》めていた。

と、なんのまえぶれもなく、光は消えた。雷鳴《らいめい》がふたたびとどろき、波がはねあがった。泣きさけぶ風に横ざまに運ばれたみぞれが、船の左舷《さげん》にはげしくぶつかった。

ネブとデンマークは甲板《かんぱん》からまっすぐおし流されて大西洋《たいせいよう》に落ちた。犬の首に両手《りょうて》でしがみついた少年は、木の円材《えんざい》にぶつかったことに気づかなかった。この円材に、忠実《ちゅうじつ》な犬が彼《かれ》を引きずふたりの命を救《すく》ったことにも気づかなかった。最後に覚えていたことは、暗く冷たい奈《な》落《らく》だった。

フライング・ダッチマン号は、嵐《あらし》でまっぷたつになった暗い海のなかに沈《しず》んでいき、あとには円材《えんざい》にしがみついている犬と、力なく体をあずけている、気を失《うしな》った少年が残った。深い海にただよう遭難者《そうなんしゃ》だった。

ヴァンダーデッケンと乗員《じょういん》たちは
呪《のろ》われた永遠《えいえん》の旅に船出《ふなで》し、
ダッチマン号の消えたあとには
遭難者《そうなんしゃ》ふたりが残った。
もがき、ただよう犬と力ない少年は
嵐《あらし》と波にたたきのめされた犠牲者《ぎせいしゃ》。
おそろしく、深い水の墓《はか》、
ホーン岬《みさき》の犠牲者だ。
だが、見よ！　天使がふたりに舞《ま》いおりてきた。
澄《す》みきったおだやかな声で
ふたりの心に主《しゅ》の御心《みこころ》を伝えて
罪《つみ》なき友を危害《きがい》より守る。
「あなたがたは無垢《むく》な心により救《すく》われ、
新しき命をあたえられる。

天の慈悲《じひ》によるおくりものを
信念《しんねん》をもってさずけましょう！
わたしはあなたがたが必要とするものをあたえ、
祝福《しゅくふく》するためにつかわされた。
さずけましょう、
終わることなき若《わか》さと、理解《りかい》する力と、言葉を話す力を。
何百年にわたって、この世界にさすらい、
どこであれこまっている人のところに行き、
自信《じしん》と思いやりをもたらし、
みずから運命《うんめい》を変える力となってやりなさい。
暴君《ぼうくん》の迫害《はくがい》をおそれずに、
悲しむ貧者《ひんじゃ》を助けなさい。
真実《しんじつ》と希望《きぼう》で悪《あく》をたおし、
行く先々《さきざき》で平和《へいわ》とよろこびを広めなさい！」

羊飼《ひつじか》いの巻《まき》

8

フエゴ島のさびれた浜辺《はまべ》で、夜風《よかぜ》がさびしい歌をむせぶようにかなでていた。月はきれぎれにただよう雲におおわれ、陸地《りくち》に銀と黒の不気味《ぶきみ》なかげを落としていた。深緑《ふかみどり》の海は山のようにうねり、真っ白な波頭《なみがしら》と波しぶきに追われて荒々《あらあら》しく岩にぶちあたった。岸を征服《せいふく》しそこなうと、執念《しゅうねん》ぶかくじゃりにシューシューとしみとおっては、いま一度、ホーン岬《みさき》を攻略《こうりゃく》しようと海へ退却《たいきゃく》した。

じょじょにネブの感覚《かんかく》がもどってきた。小さな入《い》り江《え》の岩のあいだや浅瀬《あさせ》を引きずられている。デンマークが、えりにしっかり歯を食《く》いこませて、なんとか水から引きあげようとしているのだ。一度、大きな横波《よこなみ》にネブも犬も浜にたたきつけられたが、犬は頑《がん》として主人をはなさなかった。

少年はやっとの思いで四つんばいになった。体を引きずり、這《は》いずりながら、犬が波打《なみう》ちぎわのむこうにひっぱりあげてくれるのに力を貸《か》した。そこでしばらくぼうっとしていたが、やがて

吐《は》いた。体をふるわせながら、海草、流木《りゅうぼく》、小石の散らばる白い砂《すな》のなかに海水を吐いた。体じゅうが、吐こう、吐こうとしてわなわなふるえた。

「陸《りく》だ！　ウウー、ネブ、ウウー」

音は近くから聞こえた。ネブは立ちあがり、砂のこびりついた手で口をふくと、あたりを見まわした。犬のほかに生き物がいる気配《けはい》はない。ふと、だれかが話しかけているような気がした。でも、それも本当の音ではなく、ただの感じだった。

またもや荒々《あらあら》しい声。そうだ、それは心にしみいってくる考えなのだ、と気がついた。

「陸だ、ネブ。安全だ。ウウーッ」

だれかがかくれているのかと崖《がけ》の上を見あげていると、犬が前足でネブの足にさわった。さっきからずっと、頭はさまざまな考えでごちゃごちゃになっていた。さっきのはなんだろう？　声だった。音にはならない、頭のなかの思いだった。想像《そうぞう》のなかの天使だったのか？　いや、天使がゴロゴロうなるはずがない。

犬のかぎ爪《づめ》に足をかかれて、ネブははっとした。ふりむいて犬の顔を両手《りょうて》で囲《かこ》い、あたたかな茶色の目をじっとのぞきこんだ。たがいに見つめあいながら、ネブは思った。なんだ、デンマーク、おまえもなんか感じるのか？

答えは雷《かみなり》のようにひらめいた。犬の考えが聞こえたのだ！

「デンマーク、ウウーッ、ぼく、デンマーク、ウウーッ、ネブ、生きてる！」

つぎの瞬間《しゅんかん》、ネブは自分自身の声を聞いた。だがそれは頭のなかからわいた考えではなく、口から出た本物の声だった。さけび声が海と、風の上にそびえる崖《がけ》からこだましてくる。

「おまえ、デン！　おまえ、デン……！」

そういうなり手をのどもとにあてて、もう一度しゃべった。つっかえながらも、とてもはっきりと。「ぼく……話せる！」

デンマークは少年に飛びかかり、前足を肩《かた》に置いてべろべろとあたたかい舌《した》でなめた。

「ウウーッ。ぼく……話す……ネブ、デンマーク、ウウーッ、話す！」

この降《ふ》ってわいた奇跡《きせき》に飛びあがって、ふたりは少年と犬らしく、たがいのよろこびを爆発《ばくはつ》させた。浜辺《はまべ》を転げまわり、砂《すな》まみれになってもみあった。デンマークはワンワンとほえ、少年は笑った。その頰《ほお》を涙《なみだ》が伝って落ちた。

羊飼《ひつじか》いのルイスがこの物音《ものおと》を耳にした。崖を走る広い割《わ》れ目《め》の道を伝って下《お》りてきたところだった。浜辺にはいつだって、薪《まき》にする流木《りゅうぼく》や海炭《かいたん》㊟のほか、船からのめぼしい浮《う》き荷《に》などが少しはあるのだ。だが、聞こえてきたのは、このけわしい海岸線《かいがんせん》では耳にしたことのない楽しげな音だった。

薪の束《たば》を背負《せお》って、集めた海炭の小袋《こぶくろ》を持ち、ルイスは大岩が岸をふたつに分けている浅瀬《あさせ》にひざまでざぶざぶ入っていった。毛布《もうふ》のマントを肩《かた》にまきつけ、足を引きずりこむ上《あ》げ潮《しお》の流れ

（注）貝がらなどが炭化してできた石炭。

にたおれぬよう岩につかまって、ルイスは波しぶきのむこうに目を細めた。そしてめずらしい光景《こうけい》に思わずほほえんだ。

やせた少年がいた。ボロボロの服をまとい、棒《ぼう》のように細く、髪《かみ》は砂《すな》と海水まみれの少年が、きいきいケラケラと笑いながら、まるで気のふれた人のようにおどり、はねまわっている。少年のそばには、大きいがやせこけた黒い犬がいた。ずぶぬれになって黒光《くろびか》りする体から、肋骨《ろっこつ》がういて見える。犬は後足で立ち、両方《りょうほう》の前足を少年の肩《かた》に置いて、いっしょにはねまわり、月に向かってほえ、さけんでいる。

ルイスは薪《まき》の束《たば》をふり、母国語《ぼこくご》のスペイン語でさけびながら、ふたりに近づいていった。「おーい！　聖《せい》ヴィータスのおどりで頭おかしくなっちまったか？　こんな天気にこの浜《はま》でなに祝《いわ》ってるんだ？　おい、どうしてここに来たんだ？」

ネブとデンは止まってこの老人《ろうじん》を見つめた。どうしたらいい？　いろいろな思いが、ふたりのあいだでせわしく行きかった。「待って、デン。この人は味方《みかた》だ。話しかたでわかる」

デンマークは若《わか》いご主人の手をなめた。「ウウーッ。おじいさん、いい人、ウウーッ。デン、話、わからない。わかる、ネブ？」

ルイスは薪と海炭《かいたん》を下《お》ろして、味方だと示《しめ》そうと、てのひらを上にしてさしだした。

「おまえたち、船から来たんだな？　難破船《なんぱせん》だろ？　ほかに生きのこったものはいないのか？」

ネブは声を出すことに慣《な》れておらず、思わず首をふった。老羊飼《ろうひつじか》いはただうなずいた。

「神よ、あわれなものたちのたましいに安《やす》らぎをあたえたまえ。それじゃあ、ふたりだけ残されたのか。おまえと犬と。ふーん。わしは羊飼《ひつじか》いのルイスだ。おまえは？」

ゆっくりと少年は犬を指《ゆび》さした。「デン！」それから自分の胸《むね》に指をおしあてる。「ネブ！」

ルイスはもう一度さっきの質問《しつもん》をくりかえした。「どうやってここに来た？」

不思議《ふしぎ》な少年は返事《へんじ》をしなかった。その頬《ほお》を涙《なみだ》が静かに伝って落ちた。

老人《ろうじん》はそろそろとネブに近づき、冷たくぬれた腕《うで》にふれ、それから熱《あつ》くかわいた額《ひたい》にてのひらをあててやさしくつぶやいた。

「若《わか》いの、おまえは飢《う》えてるし、体の芯《しん》までぬれて熱《ねつ》もある。こんなところで死んだらいかん。犬も休みと食《く》い物が必要だ。わしの小屋には食い物も火もある。ふたりともあたたかくなれるし服もかわく。ついてこい。わるいようにゃせん。さあ！」

ルイスは自分のマントをぬいで、少年のふるえる肩《かた》に回しかけてやった。

ネブとデンは気持ちを交《か》わした。「このおじいさんはいい人。ついていこう、デン」

「ウウーッ、ついていくよ」

ルイスの小屋はかなり大きかった。崖《がけ》の上だから、風に飛ばされないように切りたった岩の風下《かざしも》に掘《ほ》ったもので、その岩が一方の壁《かべ》と屋根の一部になっていた。建物部分は主《おも》に船に使われていた材木《ざいもく》や、木の大枝《おおえだ》でつくられており、すきまを石や泥《どろ》でふさいであった。小屋のなかには壁全体に船の帆布《はんぷ》が張《は》ってあった。帆布はどうやらたっぷり持っているようだった。かつて船室か帆船《はんせん》のものだったらしい粗末《そまつ》なドアがひとつあり、すきま風を防《ふせ》ぐために帆布のカーテンが引いてあった。窓《まど》はなかった。全体的に悪天候《あくてんこう》にはかなり強いつくりだった。

ルイスはふたりを、難破《なんぱ》して流れついた救命《きゅうめい》ボートに座《すわ》らせた。干《ほ》し草とマットのようなものをつめた、妙《みょう》な形のものだったが、これがとても座りごこちがよかった。ルイスは細いひものような鉄を編《あ》んだ、かご状《じょう》の火おけに、木と炭《すみ》をくべた。火の上の三脚《さんきゃく》には船の鐘《かね》が上向きに置かれており、そのすすけた黒い金属《きんぞく》の表面《ひょうめん》に「パロマ・ヴェルデ号」ときざまれているのが見えた。それをルイスが杓子《しゃくし》でたたくと、ガランとにぶい音がした。

「たまにだが、海ってやつはまずしいものにやさしくてな。おくりものを運んでくれるのさ。ほれ、料理用《りょうりよう》のなべ、救命《きゅうめい》ボートのいす、ほかにもいろいろ浜《はま》から取ってきた。海神《うみがみ》さまはいい友だちだ。見ろ、今夜だって、さびしい羊飼《ひつじか》いに、いっしょに食《く》い物を食えとふたりの客を送ってくださった。待ってな！」

ルイスはすみのほうをがさごそさがして、厚手《あつで》の羊《ひつじ》の皮《かわ》のポンチョと、やわらかいきれいな粉袋《こなぶくろ》を取りだし、ネブにあたえた。

「こっちにぬれた服をよこせ。その袋でおまえも犬も体をふいて、それから羊の皮を着なさい。あったかいぞ。でもまだ寝《ね》ちゃいけない。まず食べてからだ」

少年も犬も、いままでの短い人生でこんなに親切にされたことはなかった。ルイスがボウルに羊肉《ひつじにく》と大麦《おおむぎ》入りのスープをよそって出すと、ふたりは黙々《もくもく》と食べた。ルイスはそんなふたりを見まもって、おかわりをよそってやった。そのあと、きざんで干《ほ》した葉を入れた、熱《あつ》い、いいにおいのする飲み物をつくり、それに円すい形にかためた砂糖《さとう》をけずって入れ、濃《こ》い羊《ひつじ》の乳《ちち》を加えた。ルイスは自分もこの飲み物をチビチビと飲みながら、ふたりがありがたがっているのに気がついた。

「そいつは茶といってな、東は中国から来たものだ。何年かまえ、商人《しょうにん》の船が難破《なんぱ》してな、わが友なる海が四樽《たる》もめぐんでくれたんだ。貴重《きちょう》なものなんだぞ。どうだ、気に入ったか、ネブ？」

茶のいいかおりをかぎながら、ネブが答えた。「うまい！」

食事がすむと、ルイスは長年きびしい天候《てんこう》のなかで暮《く》らして、涙目《なみだめ》になりがちな灰色《はいいろ》の目で、ふたりを見まもった。客の目がつかれから、とろんとふさがりそうになるのを見ながら、ルイスは無言《むごん》で考えをめぐらした。

「こんな不思議《ふしぎ》なふたり組にはお目にかかったことがない。だが、島暮らしで、よけいな詮索《せんさく》はしないことを覚えた。いつか、おまえが身《み》の上《うえ》を語りたくなったら、そのときは耳をかたむけよう。秘密《ひみつ》のままにしておきたいというなら、それもいい。わしはすべてをありのままに受けいれる、ただの老羊飼《ろうひつじか》い。人生は主《しゅ》の大《おお》いなる神秘《しんぴ》の一部にすぎぬ。わしが他人の詮索をするのは主の御心《みこころ》ではないのだ。眠《ねむ》れ、おまえはつかれている。眠れ」

その夜少年から犬に伝わった最後の気持ちは、「ルイスはいい人だ。ここならふたりは安全だ」というものだった。

「ウウーッ、もうダッチマン、ない……ウウッー！」

9

フエゴ島。三年後。一六二三年

夜が明けた。岬《みさき》の岩のような灰色《はいいろ》の、重苦《おもくる》しい夜明けだ。うす明かりが、遠い水平線《すいへいせん》の上にそびえる雲のけわしい峰《みね》を刺《さ》しつらぬいている。

ルイスはネブとデンの力を借《か》りて、わずかな羊《ひつじ》の群《む》れを崖《がけ》の突端《とったん》からかりたてた。成長《せいちょう》なかばの雌羊《めひつじ》を鉤《かぎ》になった杖《つえ》の先でひっかけて、陸地《りくち》のなかへと向かわせた。

「崖からはなれろ、チビめ。でないと一生母さん羊にゃなれないぞ。さあ、家族のとこに行け」

ルイスはかなりはなれたところにいた少年に手をふった。「あいつが最後の一頭だ。みんな檻《おり》に連れていけ。羊がこんな日にうろついてちゃまずいぞ！」

口のまわりに両手《りょうて》をあてて、ネブは大声で返事《へんじ》した。

「わかった！　冬のやつがのさばって、なかなか春にならないね。おじいさん、あんまり外にいちゃいけないよ。先に帰っていて！」

皮《かわ》のようになめらかな羊飼《ひつじか》いの顔が、しわしわの笑顔《えがお》になった。崖を背《せ》にして見ていると、友だちふたりが、生まれついての羊飼《ひつじか》いのように達者《たっしゃ》に羊を追っている。

犬が来るまで、ルイスには家畜《かちく》を追うのに鈴《すず》つき羊しかいなかった。首にガランガランと鳴る鉄の鈴をつけた、うすよごれた年寄《としよ》り羊。仲間をいびり、こづいてしたがわせる群《む》れの長老《ちょうろう》だ。羊たちはこの鈴羊《すずひつじ》について危険《きけん》な地域《ちいき》にまで行ってしまうことが多く、ルイスはそのたびにひやりとした。だが、犬が来たことで、ようすが一変《いっぺん》した。ルイスはデンののみこみの速さにびっくりした。黒いラブラドール犬《けん》はこのボス羊と争《あらそ》って、一度ならず羊をこっぴどい目にあわせた。

デンは群れのリーダーになった。先導《せんどう》する役目は愛想《あいそ》よくボス羊にゆずったが、羊たちを追いこみ、方向を指示《しじ》して羊たちをまとめ、安全に保《たも》つのはデンだった。デンはたくましくなった。三年のあいだに体も大きくなり、毛なみは黒い繻子《しゅす》のようにかがやいて健康《けんこう》そのものだった。波うちぎわでネブといっしょのところを見つけたときは、骨《ほね》と皮《かわ》だけだったのに、なんという変わりようだ。老羊飼《ろうひつじか》いはふりかえって、不穏《ふおん》な海面《かいめん》を見はるかしながら、少年の身《み》の上《うえ》に思いをめぐらした。

ネブ！　なんて不思議《ふしぎ》な少年だろう。目のまえのこの海から受けとったおくりものだ。ここに着いたころはほんの片言《かたこと》と奇声《きせい》しか発しなかった少年は、あっというまに上手《じょうず》なスペイン語を話しはじめた。でも、スペイン人ではなかった。それがわかったのは、ネブが船乗《ふなの》りの小唄《こうた》をさまざまな外国の言葉でくちずさむのを聞いたからだった。たいていが北欧《ほくおう》の言葉で、どうやらデンマーク語のようだった。

この三年、少年はルイスにとってなぞであり、おどろきだった。とても頭がよく、ひと月ほどするとてもたくましく機敏《きびん》になった。体の調子がいいのは、たぶん自分がつくる料理《りょうり》のおかげだろう。

アヒルが水になじむように、ネブは羊飼《ひつじか》いの仕事に慣《な》れた。ネブと犬は最高のチームだった。ふたりが顔を見あわすだけで、なんでもうまくいった。

少年は過去《かこ》の話はいっさいしなかった。まるで、いまだけを生きているように見えた。ときどき、夜遅《おそ》く、ルイスは火おけのそばに座《すわ》ってネブの寝顔《ねがお》に見いり、この〝海から来た子〟の深いなぞをおしはかろうとした。するときまってネブは目を開け、人なつこい笑顔《えがお》になった。

ネブは老人《ろうじん》にたくさんの質問《しつもん》を浴《あ》びせた。「羊のいちばんうまい刈《か》りかたは？」「羊たちの病気にきく草や薬草《やくそう》はどれ？」「羊が食べてはいけない植物は？」矢《や》つぎばやにきかれると、ルイスはネブのなぞめいた過去のことは忘《わす》れ、まるで息子《むすこ》にきかれたかのように、いきいきとうれしそうに語るのだった。

だが、いざ寝《ね》るときになると、思いはまたこの少年のなぞにもどっていく。この子の親はだれなんだ？　どうしてこんな世界のはてのフエゴ島の、羊飼い小屋に住みつくことになったんだろう？　どこに向かっていたのだろう？　犬とどうやってあんなに確実《かくじつ》にわかりあえるのだろう？　いや、もっと大事《だいじ》なことだが、どうして少年も犬もここに来て以来、背《せ》ものびず、年を取るようにも見えないのだろう？　むろん、体に肉がついてとても健康《けんこう》になってきたが、年を取ったようには見えないのだ。

やがて、羊飼《ひつじか》いは思うようになった。こいつらはほんとうにかわいい。ネブと犬と、どちらかでも、悲しむ姿《すがた》は見たくない……ふたりは体も心も、さんざんつらい目にあってきたはずだ。ネブをしつこく問《と》いつめれば、敵《てき》だと思われてしまうだろう。少年がいままでの人生について語りたくないのなら、そのままにしておくほかはない。

とほうにくれてフッと白いため息をもらしつつ、海を見ていたある晩《ばん》のこと、吐《は》いた息が一瞬《いっしゅん》くちびるの上で止まった。船が目に飛びこんできたのだ。陸《りく》から半リーグ㊟とはない近さで、不気味《ぶきみ》な緑色の光に包まれている。遠目《とおめ》にも嵐《あらし》に破《やぶ》られボロボロになった帆《ほ》と、氷におおわれた円材《えんざい》、索具《さくぐ》が船首《せんしゅ》から船尾《せんび》まで見てとれる。船のうしろにはさざ波ひとつ立っておらず、近くに海鳥《うみどり》も群《む》れていなかった。しかも波間《なみま》ではなく、波の少し上をただよっていた。

ルイスは心臓《しんぞう》を恐怖《きょうふ》にわしづかみにされたように感じた。目にしたのは、悪《あく》そのものの存在《そんざい》と、墓場《はかば》となってしまった船の乗組員《のりくみいん》たちのたましいの絶望《ぜつぼう》だ。胸《むね》のまえであわてて十字を切ると、ルイスは親指にキスして、崖《がけ》の上からそそくさとはなれた。

長年フエゴ島に暮《く》らしてきて、いろいろな物を見てきた。だが、こんな光景《こうけい》はいまだかつて目にしたことはなかった。それはヴァンダー・デッケンの船、さまよえるオランダ人の船だった。

（注）距離《きょり》の単位《たんい》。一リーグは約四・八キロメートル。

10

とうとう冬が春に道をゆずった。夕ぐれまぢかのそよ風が、崖《がけ》の短い草をさわさわとゆらすなか、デンは羊《ひつじ》の群《む》れを檻《おり》のほうへと追いたてていた。ネブは開いたゲートにもたれかかって犬の上達《じょうたつ》ぶりを見まもりながら、声に出して笑い、デンに自分の思っていることを伝えた。パラパラと雨が降《ふ》りだし、ゲートの柱《はしら》にかけた手の甲《こう》をぬらした。

ふたりがおたがいの心をたしかに読めるようになるなり、この犬には利口《りこう》な人間でさえうらやむようなシャレごころや、ユーモアのセンスがあることがわかった。デンが羊たちに説明している。そのぼやきを聞いてネブは大声で笑った。

「ウウーッ、さっさと動け、この役たたずの毛糸と肉のかたまりめ。動け！　おい、鈴羊《すずひつじ》よ。もたもたしてないで、連中《れんちゅう》を檻のなかに入れろよ。そっちじゃない、あっち！　ネブがゲート開けて待ってるの、見えるだろ。ウウーッ、おまえにまかせたら羊はみんな崖から落ちちゃうよ！」

鈴羊は向きを変えてデンをにらんだ。「メエーッ！」

デンはおもしろがってにらみかえすと、歯をむきだした。「こっちこそメエーッだ。さあ、いいから檻《おり》に入れろ。さもないと、おまえのぶっといしっぽを噛《か》みとっちゃうぞ！」ようやく羊《ひつじ》たちがまとまった。鈴羊《すずひつじ》は群《む》れを追いたて、ネブのまえを通って檻に入れた。ネブはゲートを閉《し》めて、縄《なわ》で柱《はしら》にしばりつけた。

デンがそばに来て、後足で立ち、前足をゲートにのせた。ネブは犬の頭をなでて、気持ちを伝えた。「まだ連中《れんちゅう》に話しかたを教えてないのか？」

デンはうんざりだといわんばかりに首をふった。「やつらのやれることといったら、食《く》って、寝《ね》て、ばかみたいにうろつくことだけ。メエメエ鳴くのがせいいっぱいさ」

雨が本降《ほんぶ》りになってきた。ネブは背中《せなか》を丸めて犬のぼやきにほほえんだ。「おまえだって、はじめはなにをきいてもワンとかウウーッばかりだったぞ」

デンは、檻のなかでうろうろしている羊たちをながめながらいった。「ワンとウウーッは、犬にとっては大事《だいじ》な表現《ひょうげん》だよ。でも、メエーッとかベーッっていうのは、なんの意味もないんだから」

ネブは、着ているポンチョのフードをひっぱりあげてかぶった。「羊たちよりかしこく生まれたことを神に感謝《かんしゃ》しなきゃ。

羊《ひつじ》のほうが頭がよければ、囲《かこ》うのにいまの二倍は手間《てま》がかかるよ。毛と肉めあてに飼《か》われてるってわかったら、ぼくなら鉄砲玉《てっぽうだま》のように逃《に》げだすさ」

デンは小屋に向かってはずむ足どりで遠ざかりながら、気持ちをネブに伝えた。「さ、ぼくは小屋に向かって鉄砲玉みたいに飛んでいくけど、きみはそこにいて好きなだけ羊たちとメエメエやっていたらいい」

ネブはそこにしばらく残って、羊たちが落ちつくのを待った。お産《さん》の時期《じき》がまぢかで、雌羊《めひつじ》の何頭かは、おなかの子の重さのせいでのろのろと動きが遅《おそ》かった。遠く水平線《すいへいせん》のかなたを、うすい膜《まく》のような稲妻《いなずま》がてらしだし、黒く垂《た》れこめた雲のむこうからゴロゴロと雷鳴《らいめい》がとどろいた。

少年は身《み》ぶるいした。目をつぶりもう一度ゲートの柵《さく》をにぎりしめた。心のなかにあの船がうかぶ。甲板《かんぱん》には生きているものと青ざめた死者《ししゃ》をのせ、嵐《あらし》の大波にのってゆれうごくのがわかる。そして、ヴァンダーデッケン船長が目をぎらぎらさせて舵輪《だりん》にしばられている。ネブはぶるぶると体をふるわせた。冷たくなった手をゲートの柵からひっぺがすようにはずすと、おそろしい光《こう》景《けい》を消そうと小屋に向かってかけだした。

ルイスが火おけのそばで、あたたかい紅茶《こうちゃ》、羊肉《ひつじにく》のシチュー、野生《やせい》のトウモロコシでつくったパンを用意して待っていた。ネブがぬれたポンチョをぬぎすててデンの横に座《すわ》るのを、ルイスは笑顔《えがお》で見まもった。遠くで雷《かみなり》の音がする。

「天国《てんごく》の太鼓《たいこ》だな。今夜はひどい嵐《あらし》になるぞ、ネブ」

だまっている少年の顔を、ルイスは火ごしに見た。―ネブ、病気か？　どうした？」

出された食事をせっせと口に運びながら、ネブはくしゃくしゃになった頭をふって、ぱっと笑《え》顔《がお》を見せた。

「なんでもない。だいじょうぶだよ、おじいさん。それより羊《ひつじ》たちと外の嵐《あらし》を心配《しんぱい》しなよ。今夜のはすごいよ」

ルイスはまた十字を切った。「そうならないよう神さまに祈《いの》ろう。お産《さん》まぢかの羊《ひつじ》が八頭もいるんだ。嵐になったらたまらない。今夜の空もようは目がはなせないぞ」

デンはネブの手の下に鼻をすりつけて、同じ気持ちを伝えた。「ダッチマンだろ。ぼくも感じたよ。雷《かみなり》が鳴ったとき、あいつがぼくたちに向かって手をのばしてるみたいな気がした」

ネブは犬の首のうしろをかいた。「ぼくも船が近くまで来てるような気がした。頭からはなれないんだ。でもぼくたちは安全だ。天使のおかげだ」

デンは持ちまえのシャレごころで答えた。「天使さまにはいろいろ感謝《かんしゃ》しなきゃ。あんなにうまいシチューのつくりかたをルイスに教えたのも天使だと思うよ」

羊飼《ひつじか》いはふたりをじっと見くらべていたが、ネブに紅茶《こうちゃ》を手わたすとくっと笑った。「またデンさんと話してるのか？　なんていった？」

ネブはルイスに秘密《ひみつ》めかしてウインクしてみせた。「おじいさんの羊肉《ひつじにく》のシチューはとってもうまいってさ」

ルイスは体を前後にゆすって大声で笑った。「なんていい犬だ。本当のことをいう！」

ネブは紅茶《こうちゃ》をドアのところまで持っていき、ドアを半分開けた。「ほら、雨が降《ふ》ってきた。ここに座《すわ》って檻《おり》を見てるよ」

真夜中《まよなか》を過《す》ぎてほどなく、嵐《あらし》がはげしさを増《ま》した。雷《かみなり》は大砲《たいほう》のようにとどろき、稲妻《いなずま》は岬《みさき》全体をてらしだした。雨は風にあおられてななめに吹《ふ》きおろし、小屋の外側《そとがわ》の石垣《いしがき》をバシバシとたたいた。

ネブとデンは古い救命《きゅうめい》ボートで眠《ねむ》っていた。ルイスはドアのわきで見張《みは》りをつづけ、片足《かたあし》でドアをおさえて半開きにしていた。

「メエーッ、メエーッ」羊《ひつじ》たちはあわれっぽく鳴きながら、地面にぺったりとはいつくばっている。突風《とっぷう》がバンとドアを閉《し》めた。ドアがくるぶしにあたって、ルイスはうーんとうめいた。それから体をまえに乗りだしてまたドアを開けた。

風が檻をこわしてしまっていた。羊の群《む》れはばらばらだ。デンが耳もとでほえ、ネブは目が覚《さ》めた。ルイスは先が鉤《かぎ》の形をした杖《つえ》をつかむと、マントを体に巻《ま》きつけてさけんだ。

「急げ、檻がこわされた。羊たちが逃《に》げてる。わしが崖《がけ》のほうに行ったやつを追うから、おまえは雌羊《めひつじ》たちをこの小屋のなかに追いこめ。急げ！」

老羊飼《ろうひつじか》いはかけだして、雨にけむる暗がりのなかに消えた。デンも飛びだした。つづいて、ポンチョをあわてて着たネブが飛びだす。

つづく一時間は死にもの狂《ぐる》いの苦闘《くとう》の連続《れんぞく》だった。迷《まよ》いでた雌羊《めひつじ》はネブに突進《とっしん》してきて押《お》したおした。少年はメエメエ鳴く羊に容赦《ようしゃ》なくつかみかかると、片耳《かたみみ》としっぽをつかんで草地を引きずっていき、小屋に入れた。

デンはもう二頭の雌羊を小屋に追いこんでいた。一頭は小屋の奥《おく》のほうでお産《さん》をはじめており、もう一頭は救命《きゅうめい》ボートにもたれて座《すわ》りこみ、やみくもに鳴いていた。体の雨水をふりおとして、デンは小走りにネブを追いこすと、急いで気持ちを伝えた。「ここに残ってて、ルイスにいわれたとおりにこいつらを助けてやって。ぼくはルイスを見つけて、ほかの雌羊たちといっしょにもどってくるから」

少年はお湯をわかして、新しい小麦粉《こむぎこ》の袋《ふくろ》をできるだけたくさん集めた。ふと、すみっこの雌羊のほうを見るともう子羊《こひつじ》を産《う》んで、その赤《あか》ん坊《ぼう》をなめている。親子ともにとても元気そうだ。そこで外から追いこんできた雌羊のほうに向かった。雌羊はあわてふためいて立ちあがると、小屋じゅうを逃《に》げまわった。救命ボートの下から出てきた三番めの雌羊につまずいて、ネブは転んだ。追いかけていたほうはドアに体あたりして、外に逃げた。

少年は外に飛びだした。一瞬《いっしゅん》立ちどまったが、雌羊をほったらかしにして崖《がけ》に向かって走りだした。犬のせっぱつまった呼《よ》び声が頭のなかで鳴りひびいたのだ。

「ネブ、ネブ！　ルイスが崖から落ちた！」

ネブがかけつけると、犬は大声でほえたて、崖《がけ》っぷちから下を見ている。ネブは縁《ふち》の平らなところを見つけて腹《はら》ばいになった。七メートルくらい下の岩棚《いわだな》にルイスらしき人かげがたおれている。雌羊《めひつじ》を両腕《りょううで》に抱《だ》いていた。羊も人も動かない。

ネブはデンを小屋までロープを取りにいかせると、つるつるすべる岩の面を、こごえる指先で手をかけられるでっぱりをまさぐりながら下《お》りていった。ずるっとすべったり、あちこちぶつかったりしながら、やっと岩棚に着いた。ルイスの頭を注意ぶかく持ちあげて、ひざの上にのせ、心配《しんぱい》そうにささやいた。「おじいさん、ケガしたの？　なんかいってよ、おじいさん」

ルイスはそろそろと目を開けて、抱いている雌羊から少年に目を向け、やっと聞きとれるくらいの小声でいった。「ああ、海から来た息子よ。このあわれな子を見ろ。もう母さん羊になることも、あしたの日の出を見ることもない」

少年はルイスの体の上にかがみこんで、死んだ羊をしっかりにぎっている指を羊からはずした。羊はごろりと岩棚の上に転がった。ネブは老人《ろうじん》の手をこすって血のめぐりをよくしようとする。

「雌羊のことは忘《わす》れて。おじいさん、ケガはないか、教えて！」

老羊飼《ろうひつじか》いはため息をついた。

「両足《りょうあし》が、動かない。息すると苦しい。だめだ、ポンチョはおまえが着ていろ」そういって意識《いしき》を失《うしな》った。

ロープがするすると下りてきてネブの肩《かた》にあたった。デンが崖の上にロープの端《はし》をしっかりくわえて立っている。ネブにルイスの体を厚《あつ》い羊《ひつじ》の皮《かわ》のポンチョでくるみ、ロープを回しかけて、ゆりかご状《じょう》にしっかり固定《こてい》した。それから、岩とロープを手がかりにもとの平地によじのぼると、デンと力を合わせて、動かなくなった羊飼《ひつじか》いの体を崖《がけ》の上まで引きあげた。

いったいどこに、この重傷《じゅうしょう》の老人《ろうじん》を小屋まで運ぶ力があったのか、自分でもわからなかったが、夢中《むちゅう》でやってのけた。肩《かた》にだらりともたれかかるルイスの下で両足《りょうあし》をガクガクふるわせながら、ネブはドアから入って、どさりとたおれこんだ。

しばらくして目が覚《さ》めた。デンが顔をなめている。ネブはのろのろと立ちあがったが、ここまでの大奮闘《だいふんとう》に頭がぼうっとしている。もうルイスを持ちあげる力は残っていなかったので、救命《きゅうめい》ボートまで引きずっていき、やわらかい干《ほ》し草と詰《つ》め物の上にごろりと寝《ね》かせた。とたんに、ルイスは傷《きず》ついた獣《けもの》のように長い、かん高いうめき声をあげた。

ネブは紅茶《こうちゃ》をいれ、乳《ちち》をいっぱい加えてさますと、老人《ろうじん》のひび割《わ》れた冷たい口にひと口入れてやった。でも、ルイスはむせて弱々《よわよわ》しくうったえた。

「もういい。飲めない。寒い……ああ、寒い！」

ネブは火おけに薪《まき》と海炭《かいたん》をくべた。そして老人の頭をなでて、ささやいた。「これならどう？　じっとしてて。ぼくがめんどう見てあげるから」

羊飼いは目でそばに来いと招《まね》きよせた。そして口を開けたが、声はほとんど聞きとれなかった。

「眠《ねむ》らせてくれ……つかれた……ひどくつかれた」

外では嵐《あらし》がおさまり、風は弱まって雨もやんだ。半分開けたドアから星空《ほしぞら》が見えた。二頭の子《こ》羊《ひつじ》が生まれ、雌羊《めひつじ》らはよろよろ歩く子を連れて、静かな草地へ出ていった。

ネブはできることはなんでもやってルイスを楽《らく》にしてやった。ネブとデンにぴったりと寄《よ》りそってもらい、老人《ろうじん》は眠《ねむ》った。息をするたびに、かけたふとんがそっと持ち上《あ》がっては下《さ》がった。

夜明けまであと二、三時間というころになって、ネブとデンはうとうととまどろんだ。地球《ちきゅう》全体がとても静かになって、海も怒《いか》りをしずめておだやかにつぶやく程度《ていど》になった。

そのとき、天使が少年に話しかけた。

「おまえはこの老人の晩年《ばんねん》を、人生のなかでいちばん幸《しあわ》せな時にした。ここでのおまえの時間は終わった。ふたりとも鐘《かね》の音を聞いたら、つぎの場所へ旅していきなさい。世界は広く、ほかにもおまえの才能《さいのう》を必要としているところがある。鐘の音が鳴ったら最後、もうこの場所にぐずぐずしていてはならない」

朝の光が、ドアのむこうから束《たば》となってさしこんだ。ラブラドールがワンワンほえる声に、ネブはつかのまの深い夢《ゆめ》から覚《さ》めた。犬がなにをいいたがっているのかはわからなかったが、深い悲しみだけは伝わってきた。それがどういうことなのか、老羊飼《ろうひつじか》いの顔を見たとたんわかった。救命《きゅうめい》ボートのなかで、ルイスはもう二度と動くことなく、安《やす》らかな顔で永遠《えいえん》の眠《ねむ》りについていた。

悲しみの日にも空は晴《は》れ、ふたりがフエゴ島に来て以来、いちばんの上天気《じょうてんき》となった。羊《ひつじ》の群《む》れはもう追うものもいなくなって、ばらばらに散っていた。雌羊が一頭だけ、子を連れて草地に出ていた。子羊《こひつじ》は、自分がいろいろ動けるのがうれしくて、不器用《ぶきよう》にとんだり、はねたりしている。だが、少年と犬のあいだに気持ちのやりとりはなかった。ふたりとも午前中ずっと外で座《すわ》りこみ、重苦《おもくる》しい心で羊飼《ひつじか》いの横たわる小屋をながめていた。

昼になってついにネブは立ちあがった。小屋に入っていき、食料《しょくりょう》の袋《ふくろ》、羊の皮《かわ》のポンチョ、それにルイスが愛用《あいよう》していた、先が鉤《かぎ》になった杖《つえ》をひとつにまとめた。ロウソクに火をつけ、その炎《ほのお》の先を小屋のなか、帆布《はんぷ》を張《は》ってある壁《かべ》の数カ所につけた。

涙《なみだ》を見せず、少年は羊飼いの冷たい眉《まゆ》にふれてゆっくりいった。「さようなら、おじいさん。ぼくたちの人生に、幸《しあわ》せをいっぱいもたらしてくれてありがとう。どうぞ安《やす》らかに眠《ねむ》ってください」

ネブはうしろも見ずに小屋をはなれた。外でデンといっしょに座《すわ》った。煙《けむり》が屋根からゆらゆらと立ちのぼり、そよ風にのって音もなくただよっていく。

一時間がたった。ふたりは熱気《ねっき》にあおられてうしろに下《さ》がった。小屋はしっかり燃《も》えあがった。燃えさかる木材《もくざい》がバシンと音をたてて、屋根が内側《うちがわ》にくずれた。

とそのとき、年寄《としよ》りの鈴羊《すずひつじ》が、それまでどこで草を食《は》んでいたのか、とことことかけあがってきた。

カラン！　コロン！　カラン！　コロン！　カラン！

この羊《ひつじ》はきのうの朝からいなかった。この嵐《あらし》で崖《がけ》から落ちたか、寿命《じゅみょう》がつきて死んだものと思っていた。少年がほほえんで見ていると、この老《お》いた羊がそばに寄《よ》ってきた。素朴《そぼく》な鈴《すず》がもの悲しい音をたてている。

瞬間《しゅんかん》、はっとある思いが剣《けん》のようにネブを突《つ》き刺《さ》した。

「天使のお告《つ》げ！　あの鈴の音が鐘《かね》なんだ！」

犬が悲しげな茶色の目を向けた。「ぼくも天使の夢《ゆめ》を見たよ。でも、うちの雄羊《めひつじ》の鈴がそのお告げを伝えるとは思わなかった。これからどうする？」

ネブのかげりのある青い目から、涙《なみだ》がとめどなくあふれ出た。ゆっくりと老人《ろうじん》の杖《つえ》を拾いあげ、鈴羊がまだ熱《あつ》い小屋の焼けあとからあとじさるのを見まもった。首の鈴があいかわらずむなしく音をひびかせている。

「天使の命令にしたがわなければ。さあ、出発だ！」

ふたりは谷を上《のぼ》った。北へ向かってプンタ・アレナス、それからパタゴニアの平原《へいげん》めざし、ふたつの大洋《たいよう》が出あう世界の底《そこ》、フエゴ島をあとにした。

はるか波だつ水の荒野《こうや》を
ヴァンダーデッケンがあやつる船は、
呪《のろ》われた幽霊船《ゆうれいせん》となって
永遠《えいえん》の滅《ほろ》びへとさまよう。
いっぽう何十年、何百年、
何世紀と時代は下《くだ》っても、
少年と犬は永遠に若《わか》く、
長い歴史《れきし》のページをめくる。
楽しいときも苦しいときも、
ともに乗りこえ、笑って泣いて、
友情《ゆうじょう》のきずなは日ごと強まる。
天使の手に導《みちび》かれて
無垢《むく》なふたりは歳月《さいげつ》をさすらう。
丘《おか》こえ、山こえ、陸《りく》に海に、

砂漠《さばく》をわたり、牧場《ぼくじょう》をこえて
神秘《しんぴ》の国々《くにぐに》、村や都会。
英知《えいち》を、機知《きち》を、知識《ちしき》を身《み》につけ、
不思議《ふしぎ》な光景《こうけい》を数々《かずかず》目にする。
よろこび、悲しみ、平和《へいわ》や戦争《せんそう》、
いつでも力になり、なぐさめをもたらし、
つねに旅してさらに学ぶ。
であるなら、おどろくにはおよばない、
ふたりが逆《さか》さに名前を変えても。
Ｄｅｎ《デン》はＮｅｄ《ネッド》に、Ｎｅｂ《ネブ》はＢｅｎ《ベン》に。
あのダッチマン号から来たふたり。
いまふたりはどこにいる、われらが少年と犬よ、
天の命《めい》じるところに出かけるふたりよ。
遠くの鐘《かね》のひびきのかなたか？
さてふたりの運命《うんめい》はいかに。
読みすすまれよ、答えはこの先にある。

村の巻《まき》

イギリス。一八九六年

11

　鉄道がようやくチャペルヴェールまで通った。オバダイア・スミザーズは、時間を錦織《にしきお》りのチョッキのポケットからカブの形をした金時計《きんどけい》を取りだして、見た。

「ふん！　二時十八分か。十五分遅《おく》れだ。おれがこの鉄道の経営者《けいえいしゃ》なら気合い入れてやるがな。時は金《かね》なり。どっちもむだにはできん。それがおれの信条《しんじょう》だ！」

　向かいあってすわっていた若《わか》い女は、汽車が騒々《そうぞう》しく急停車《きゅうていしゃ》したので、ベルベットのつり革《かわ》につかまり、帽子《ぼうし》を直してあいづちを打つ。「パパもいつもそういってますわ」

　スミザーズは汗《あせ》のういた赤ら顔の額《ひたい》に垂《た》れたほつれ毛を、いつもの位置《いち》に手でおさえつけた。そして立ちあがると、黒のフロックコートのまえを合わせ、シルクハットをかぶった。

「話のわかるおかただ、あなたの父上《ちちうえ》は。父上とわたしとで、このチャペルヴェールにまで鉄道を引くよう、役所をくどいたのだ。進歩ですよ。この町は近代化《きんだいか》せにゃ。いつまでも取りのこされていてはいかん。進歩は止められませんぞ、お嬢《じょう》」

モード・ボウは「お嬢」とか「お嬢さん」と呼《よ》ばれるのが大きらいだったが、スミザーズにやさしくほほえんでみせた。「本当。進歩と近代化は車の両輪《りょうりん》みたいなものです」

だが、こんなご意見など、スミザーズは聞いていなかった。個室《こしつ》のドアを開けようと四苦八苦《しくはっく》しているのに、ちっとも開かないからだ。窓《まど》ガラスを下《さ》げて、スミザーズは横柄《おうへい》にさけんだ。

「おーい、このいまいましいドア、いますぐ開けろ！」

エンジンも車両《しゃりょう》も、七メートル以上プラットホームから先に行きすぎていた。荷物《にもつ》係がチャペルヴェールいちばんのおえらいさんに気づいてかけより、ドアをさっと開けた。スミザーズはぷりぷりしながら手を貸《か》してもらい、モードといっしょに枕木《まくらぎ》とじゃりの上に降《お》りたった。

「なにをしとるんだ、おまえ？　汽車を正しい位置《いち》に止められんのか？」

いわれのない非難《ひなん》に、荷物係は文句《もんく》をいった。「おれのせいじゃねえ。エンジン動かしてんのはおれじゃねえ！」

スミザーズの顔が、頬《ほお》からあごにかけてたっぷり生《は》やしている頬ひげのなかで赤くなった。銀《ぎん》細工《ざいく》をほどこしたステッキを男にふりつけて、枕木につまずきながらどなる。「無礼《ぶれい》もん！　さっさと車掌《しゃしょう》の車両に行って、こちらのお嬢さまの荷物を、汽車がどっかに行っちまうまえに下《お》ろしてこい！　さあ、とっととやれ！」

亜麻色《あまいろ》の髪《かみ》の少年が、車掌《しゃしょう》の車両《しゃりょう》から姿《すがた》をあらわした。年のころ十三か、十四だろう。大きな黒いラブラドール犬《けん》を連れ、肩《かた》には帆布《はんぷ》製《せい》の、口が巾着《きんちゃく》しぼりになったリュックをかけている。

少年はポケットに手を入れ、六ペンス銀貨《ぎんか》を出して車掌にわたし、ウインクした。

「乗せてくれてありがとう、ビル！」

元気な若《わか》い車掌は、ウインクにこたえて歯を見せて笑うと、犬の頭をなでた。「おまえたちを切符《きっぷ》なしで乗せてやったなんて、ないしょだぞ。めんどうなことになるから。じゃあな、ベン！」

荷物《にもつ》係が小走りにかけよってきた。「個室《こしつ》の娘《むすめ》さんの荷物あるかい、ビル？」

女性《じょせい》ものの旅行《りょこう》カバンとしゃれた手さげバッグを、車掌がプラットホームに投げてよこした。

「はいよ、二個《こ》だ！」

黒い煙《けむり》がエンジンからゆるゆると青い夏の空に上《のぼ》っていった。プラットホームの端《はし》から端まで汽車のドアがビシャンと閉《し》まった。犬のネッドとベンはならんで立ち、まわりのようすをじっと観察《かんさつ》していた。制服姿《せいふくすがた》の駅長が、たたんだ旗《はた》をふってふたりを汽車のそばから追いはらい、笛《ふえ》を口に、プラットホームを端から端まで歩いてたしかめた。

エンジンからシューッと音がして、線路に水がこぼれた。とたんに、ワッとばかりに蒸気《じょうき》がふきだした。モードはきゃーっと悲鳴《ひめい》をあげて、ぴったりした長いスカートのすそをひらめかせ、転びそうになりながら、線路からホームに上《あ》がった。

スミザーズは、蒸気《じょうき》に巻《ま》かれてホームへどたどたとよじのぼるや、ほえたてた。「機関手《きかんしゅ》、名前はなんだ！　もうちょっとでふたりとも焼け死ぬとこだったぞ。上のものに報告《ほうこく》してやる！」

だが、その言葉はけたたましい汽笛《きてき》と駅長の笛《ふえ》、車輪《しゃりん》やギアのこすれあう音にかき消された。シュッシュポッポ、シュッシュポッポ、汽車はやかましい音をたてて重たげに進んだ。スミザーズが駅長にいやみをいっているあいだに、荷物係《にもつ》は、モードの荷物を駅の塀《へい》の外に待っている馬車まで運んだ。

汽車が出ていってしまうと、チャペルヴェールはいつもの静けさをとりもどした。ベンは犬に気持ちを伝えた。「さあ、この村を見てこよう」

駅の白いゲートを開けようとして、先をあせるスミザーズとぶつかってしまった。

「どけ、このバカ！」

太ったスミザーズがゲートを先に通ろうと割《わ》りこみ、銀細工《ぎんざいく》のステッキをふりまわすものだから、ベンは通れなくなった。「目上《めうえ》のえらい人には道をゆずれ、さもないと……」

「ウウーッ！」ネッドがスミザーズの足もとにいた。うなじの毛を逆《さか》だて、歯をむきだしている。スミザーズは棒立《ぼうだ》ちになった。犬は横にのいて男に逃《に》げ道《みち》をつくってやったが、スミザーズは一歩さがって少年と犬を先に通した。だが、ふたりが通りすぎたとたん、いつもの横柄《おうへい》さがもどってきて、ふきげんまるだしで悪態《あくたい》をついた。「あの獣《けもの》は殺《ころ》せ。もうちょっとでおそわれるとこだったぞ。また来やがったら、警官《けいかん》を呼《よ》ぶからな！」

少年はふりかえって、笑顔《えがお》を見せた。が、すぐに笑《え》みが消え、青い氷のかけらのような目で頑《がん》丈《じょう》な大男を見つめた。

スミザーズは言葉を失《うしな》った。な、なんだ、あの目は！　この不思議《ふしぎ》な少年に金《かな》しばりにあったようになって、体がわなわなとふるえた。少年のまなざしにはおそれも尊敬《そんけい》もなく、あるのは軽《けい》蔑《べつ》だけだった。無言《むごん》のまま、スミザーズのことなど相手にもせず、くるりと向きを変えて去っていった。横を犬がトコトコとついていく。

スミザーズはかっかして、鼻息《はないき》もあらくモードにいった。「見たか？　あのクソなまいきな小僧《こぞう》っこ。今度おれの道をじゃましやがったら、このステッキで犬ともどもぶちのめしてくれる！」

モードは彼《かれ》のからいばりを無視《むし》して、馬車のそばに行った。スミザーズは御者《ぎょしゃ》にやつあたりした。「なにジロジロ見てやがる！　さっさと出発しろ！」

駅を出て、ベンとネッドは村を見おろす道の高台《たかだい》に立った。村は丘《おか》と丘のあいだにこぢんまりと開けている。村に通じる道路は、長年のあいだにふみかためられただけの土の道だった。まっすぐの道はひとつもなく、どれも曲がりくねって古風《こふう》なおもむきがあった。いくつかは、両脇《りょうわき》にイボタノキやサンザシの垣根《かきね》があり、上からニレ、ブナ、ヒイラギなどが枝《えだ》を広げている。モルタルを使わない石積《いしづ》みの垣《かき》や、灰色火山岩《はいいろかざんがん》の垣もあった。垣のすきまには苔《こけ》が生《は》え、地面からはオオブタクサやタンポポ、ノコギリソウなどが生えていた。

遠くの丘《おか》の上には、とがった塔《とう》のある教会があった。いろいろな形の牧場《ぼくじょう》に、ぽつん、ぽつんと、小屋や小さな家が見えていた。牧場では羊《ひつじ》、乳牛《にゅうぎゅう》、馬たちが草を食《は》んでいた。ベンはあまり遠くない村の広場をじっと見つめた。黒と白の昔風《むかしふう》の建物や店がならんでいるが、どれも二階建て以上の高さはなかった。ベンは犬に気持ちを伝えた。

「丘の上には教会、つまりチャペル。谷、つまりヴァレーには村。だから、村の名がチャペルヴェールか。どう思う、ネッド？」

犬は気のないようすでしっぽをふった。「退屈《たいくつ》な田舎町《いなかまち》だね。せめて村人が、駅で会ったあのえばりんぼうのビヤ樽《だる》よりいい人たちだといいね。ここ、気に入ったよ、ベン。でも、ここでぼくたち、なにするんだろう？」

ベンは犬の耳のうしろをかいた。「それがわからないんだ。でもふたりとも同じ気持ちになったじゃないか。ここで汽車を降《お》りようって。さあ、

行って村を見てこよう。もしなにもないようなら、ほかの場所に行こう」

あきらかに姉弟と見える少女と少年が、駅に向かって歩いてくる。少女はベンと同い年くらいか。少年はそれよりちょっと年下だ。

ベンはふたりに向かって元気よく手をふった。「おーい！　ちょっと力になってもらえるかな？」

ふたりはたちまちベンの気さくな態度《たいど》に気をよくした。旅人《たびびと》のこの少年は、どうやら自由きままな子のようだ。髪《かみ》はもしゃもしゃの金髪《きんぱつ》で、目は青い。白い厚手《あつで》の長ズボンにクリーム色のセーターを着ているが、コートは少し大きめだ。独特《どくとく》の雰囲気《ふんいき》がある。まるで船乗《ふなの》りの経験《けいけん》があるみたいだ。連れている黒いラブラドールがしっぽをふっている。なんてよくなつくいい犬だろう。

少年が犬をなでた。

「チャペルヴェールで見かけたことないけど、ここははじめて？　力になるってどうしたらいいの？　この犬、いい犬だねえ」

「なんてかしこい子だ。ちゃんとちがいがわかるんだから」

ベンは犬のもの思いに割《わ》って入った。

「いま汽車から降《お》りたばかりで、ここははじめてなんだ。ぼくはベン。Ｎｅｂ《ネブ》を逆《さか》さに読んだんだ。ネブっていうのはネブカドネザルの略《りゃく》。こいつはネッド。Ｄｅｎ《デン》を逆さに読んだ名前で、デンマークの略。犬の名にしちゃ、ちょっと変わってるよね」

黒い髪《かみ》に茶色の目をした少女はとても美しく、笑うといっそう美しくなった。「ネブカド……なにって？　ごめんなさい、わたしの名前はエイミー。エイミー・ソマーズ。こちらは弟のアレックス。それで、ご用はなんなの、ベン？」

「あのう、どこ行ったら食べ物にありつけるかな？　腹《はら》ぺこなんだ。なあ、ネッド？」

犬はうなずいた。アレックスがびっくりした。

「ネッド、きみの犬、いまうなずいたよ！」

ベンはネッドの首を荒《あら》っぽくかいた。「首輪のせいさ。暑い夏は首輪がいやらしい。ねえ、どこか食べ物を買えるとこないかな？」

アレックスはしかめっつらでちょっと考えていった。「ついてないなあ。きょうはどこも閉《し》まってるよ。でも、村の広場のあたりをぶらついてみたら？　なんかあるかもしれない。じゃ、しっかりね」

ベンとネッドは歩きだした。

エイミーが期待《きたい》をこめてふたりのうしろ姿《すがた》に声をかけた。「チャペルヴェールに長くいられるの、ベン？」

ベンはウインクすると、秘密《ひみつ》めかしてほほえんだ。「さあね。たぶんね」

アレックスはちょっと心配《しんぱい》そうにさけんだ。「気をつけて、ベン。お屋敷《やしき》ギャングにやられないようにね！」

不思議《ふしぎ》な少年は、気にもしていないようすで肩《かた》をすくめた。「なに、お屋敷《やしき》ギャングって？」

「いじめばかりするワルがきどもの仲間さ。とくによそものやお年寄《としよ》りをいじめるよ」

エイミーが注意した。「わたしなら近よらないわ」

ベンがふりかえってエイミーを見た。その不思議な青い目の冷たさに、エイミーは鳥肌《とりはだ》が立つような気がした。が、それもすっと消えると、少年は声に出さずに笑っている。

「ぼくたちのことは心配《しんぱい》ないよ。わるいやつらには慣《な》れてる」

エイミーが見おくるなか、ベンと犬はゆっくり道を遠ざかっていった。

「そうでしょうね。あんな変わった子、はじめてよ。でも好きだわ」

アレックスも姉と同じ意見だった。「ぼくも好きだ。どうしてかわからないけど。それにあのラブラドールも……あんな犬がほしいなあ。ここにいてくれないかな。ねえ、いてくれると思う、エイミー？」

姉は不思議な少年と同じ言葉で答えた。「さあね。たぶんね」

アレックスのいうとおりだった。広場の店は、午後はぜんぶ閉《し》まっていた。まるで村全体が、夏の暑さにくたびれて、長い昼寝《ひるね》をしているようだった。ふみならされた敷石《しきいし》の道、白くはげた壁《かべ》、重々《おもおも》しい黒の梁《はり》などが、青味《あおみ》がかった灰色《はいいろ》のトタン屋根やショーウインドウの深緑《ふかみどり》のブラインドなどとあいまって、昼さがりのけだるい静けさと、買い物客のなさをきわだたせていた。

少年と犬は広場をいっしょに歩いていき、村の裏手《うらて》のなだらかな坂を大きな丘《おか》へと上《のぼ》っていった。店はまばらになり、しばらくすると家も数少なくなった。ネッドが悲しそうな目つきでベンを見た。「おねがいだから、また今夜も納屋《なや》に泊《と》まるなんていわないでよ」

ベンは気持ちを返した。「ぼくたちがこの村に来させてくれってたのんだわけじゃない。これは天使のお導《みちび》きだよ。平和《へいわ》でおだやかな村なら感謝《かんしゃ》しなきゃ」

犬はなさけなさそうな目つきになった。「ああ、平和だ、平和だ」

ベンは犬の片耳《かたみみ》をいとおしげにくすぐった。「文句《もんく》いわないの。納屋のほうが生《い》け垣《がき》の下のかわいた溝《みぞ》よりマシじゃないか。朝になったら店がみんな開くから、そしたらうまい朝食たべよう。ベーコン、ソーセージ、トースト、たまご……」

ネッドのしっぽが垂《た》れた。「やめてよ！　おなかがグーグー鳴ってる！」

12

腐《くさ》りかけの大きな洋《よう》ナシがビシャリと客間《きゃくま》の窓《まど》にあたった。窓辺《まどべ》でひなたぼっこしていた黒猫《くろねこ》が飛びおりた。年取ったウィン夫人《ふじん》が見ていると、どろどろの果肉《かにく》がずるずるとガラス窓を伝って下《さ》がっていく。と、いっせいにはやしたてる声。それは家のまえの、傾斜《けいしゃ》している芝生《しばふ》のむこう、赤紫《あかむらさき》と白のシャクナゲがこんもりと生《お》いしげっているあたりから聞こえてきた。

「ウィン、ウィン、魔女《まじょ》のウィン！　魔女のウィンに、でっかい黒猫！」

つづいて、遠慮《えんりょ》のないクスクス笑い。それから、表玄関《おもてげんかん》のドアめがけて飛んでくる泥《どろ》だんごが、空《くう》を切るにぶい音。

夫人は唯一《ゆいいつ》の友である黒猫に話しかけた。「またあの子たちが来たわ、ホレーショ。どうしてわたしたちのことを責《せ》めたてるのかしら。わたしたち、なにもわるいことしてないのに。ねえ？」

ホレーショは軽《かろ》やかに夫人のひざに飛びのり、かがやくうす茶色の目でご主人を見つめると、細い声でニャーオと鳴いてそのてのひらに頭をすりつけた。ウィン夫人《ふじん》はため息をもらした。

「ウィン船長が生きていてくれたら、あの子たち、こんなにわるさできないでしょうにねえ、ホレーショ？」

夫人は暖炉《だんろ》の上にかかっている、楕円形《だえんけい》の額《がく》に入った写真を悲しげに見つめた。イギリス海軍《かいぐん》のロドニー・ウィン船長が、時の止まったまま立っていた。勲章《くんしょう》、モール、線章《せんしょう》を全部つけた、いっちょうらの制服姿《せいふくすがた》で、ぱりっと粋《いき》だ。帽子《ぼうし》をわきの下にはさみ、たくましい右手をハランの鉢植《はちう》えと皮表紙《かわびょうし》の聖書《せいしょ》ののったテーブルに置いていた。あごの白いヤギひげもきちんと整《ととの》えられている。角張《かくば》ったあごはいかにも意志《いし》が強く、落ちついた青い目は、見わたすすべてのものに命令を下《くだ》す目。まさに男のなかの男だった。一八五〇年代のクリミア戦争《せんそう》㊟では、セバストポリ封鎖《ふうさ》作戦《さくせん》ほか数々《かずかず》の合戦《かっせん》のヒーローだったが、いまはもうこの世の人ではなかった。

客間《きゃくま》の窓《まど》ガラスが衝撃《しょうげき》にガタッとゆれた。太ったカエルの死骸《しがい》が投げつけられて、外の窓わくの上に落ちた。またはやし声がはじまったので、ウィン夫人は身《み》をかたくしていすから立ちあがり、ドアに向かった。

「魔女《まじょ》のウィニーはしわくちゃばばあ。出てこい、出てきて追っかけろ！」

夫人《ふじん》はそうじ道具を集めると、ドアをそろそろと開けた。ホレージョがするりとわきをすりぬけて出た。しっぽがかっこうよくカールしている。見あげると、ご主人さまはモップとバケツを足もとに置いた。ほうきを手に取り、夫人はくずれた泥《どろ》のかたまりをポーチから下の花畑に掃《は》いて落とした。

「見ろ、魔女《まじょ》のウィニーがほうきで追っかけてくるぞ。な、あいつは本物の魔女だっていっただろ？」

シャクナゲの上でほうきをふりはらいながら、ウィン夫人は大声でいった。「ばかいうんじゃないの。あっちへ行ってちょうだい、わるい子たちねえ。ほかにやることないの？」

あざけり笑う声が薮《やぶ》のかげから聞こえた。「黒猫《くろねこ》だ。魔女はみんな黒猫持ってんだぞ！」

石けん水のバケツのなかにモップをひたし、ウィン夫人は緑のドアについたよごれをそうじしはじめた。みがきこまれた真鍮《しんちゅう》のノッカーと郵便受《ゆうびんう》けのついた、きれいなドアだったのに。そうしながら、夫人は大声でいった。「あっちへ行かないと、警官《けいかん》を呼《よ》びますよ！」

「ハハハ、呼びたきゃ呼びな。へっちゃらさ、しわくちゃばばあ！」

うんざりしながら、老婦人《ろうふじん》はそうじ道具を玄関《げんかん》まえの芝生《しばふ》まで運んだ。太ったカエルの死骸《しがい》を窓《まど》の敷居《しきい》からすっ飛ばして捨《す》て、よごれをモップでふきとりはじめた。するとまた、からから声

（注）一八五三年～五六年、ロシアと、イギリス・フランス・オーストリア・トルコなどの連合軍が戦った戦争。セバストポリは、とくにはげしい戦いがおこなわれた場所。

がする。

「急げ、ウィニー、急いでポリ公《こう》つれてきな。ハハ、さぞかしうまくいくだろよ！」

ワルがきどものいうとおりだった。警官《けいかん》を呼《よ》ぼうとすればすぐにいなくなってしまう。それでいて、警官が来て帰るやいなや、連中《れんちゅう》はまた来ていやがらせにかかるのだ。ここ数カ月はそのくりかえしだった。夫人《ふじん》の家はぽつんと一軒《けん》、村からはずれた遠い丘《おか》の上に建っていた。助けを求めようにも隣家《りんか》がなかった。

口をきゅっとかたく結んで、夫人は石けん水のバケツをつかむと、藪《やぶ》をめがけてほうりなげた。だが藪には届《とど》かず、芝生《しばふ》に水をまきちらしただけだった。とたんにかくれていたワルがきどもがわっとさわぎだし、藪のなかでがさごそ動きまわった。シャクナゲの花がいくつか地面に落ちた。

「ハハハ！　ばかな魔女《まじょ》ばばあ。はずれた！　魔女、魔女やーい！」

ホレーショのしっぽが、ドアの側柱《そくちゅう》をぐるりと回った。そしてするりと家のなかにもどった。ウィン夫人は猫《ねこ》が行ってしまうのを見ていた。暑い昼さがりの日ざしの下で、夫人はすこしよろめき、手首を曲げて額《ひたい》の汗《あせ》をぬぐうと、そうじ道具を集め、猫のあとを追ってしょんぼり家に入っていった。ドアを閉《し》めるなり、またゴミやクズが投げられた。

「ウィン、ウィン、魔女のウィン！　ハハハハハ！」

なんとか子どもたちを無視《むし》しようと、夫人はお湯をわかし、紅茶《こうちゃ》をいれた。それを少し皿に入れ、牛乳をたして猫に出した。ホレーショはミルクティーが好きだった。猫がなめようとして頭を下《さ》げると、夫人《ふじん》はたでてやった。

「あの子たち、ほっといてくれないのよね、ホレーショ。子どもたちが来ないかと思うと、今度はあのオバダイア・スミザーズが、法律《ほうりつ》をカサにわたしを追いだしにくる。ああ、ホレーショ。あと一週間しかないのよ。ロンドンから弁護士《べんごし》たちが来て、むりやり立ちのかせるんだわ。この家をなくしてしまう！　信じられない！　それに村も。ホレーショ、ああ、かわいそうな村！」

ホレーショは前足をなめて、それで片耳《かたみみ》のうしろを注意ぶかくふいた。そして問題の答えが出るのを期待《きたい》するかのように、神妙《しんみょう》にウィン夫人の顔を見た。だが、答えは出なかった。ウィン夫人は家事で荒《あ》れた手を見つめた。夫人はぽっちゃりしたおばあさんで、白くなった髪《かみ》をおだんごに束《たば》ねていた。スリッパをはいた足は、いすに座《すわ》ると床《ゆか》にほとんど着かなかった。

家の外では、金色の昼さがりが過《す》ぎていき、ときどきシャクナゲの藪《やぶ》のかげから、ばか笑いやあざける声がした。ウィン夫人はぼんやりと細い金の結婚指輪《けっこんゆびわ》をもてあそんで、指にはめたままぐるぐる回した。

モザイクタイルを張《は》った廊下《ろうか》のほうから、クルミ材《ざい》の柱時計《はしらどけい》が三時半を知らせるチャイムの音がした。キッチンの窓《まど》からさしこんで夫人のいすをてらしていた日光がわずかに動いて、顔がかげになった。半分空《から》になった紅茶《こうちゃ》のカップは、上品《じょうひん》な陶器《とうき》の受け皿にのっていた。大好きな叔母《おば》からの結婚祝《けっこんいわ》いだった。紅茶はもう冷《ひ》えてしまっていた。

夫人は目をつぶって、外のさわぎを頭からしめだそうとしたが、だめだった。昼寝《ひるね》などはもってのほかだった。ホレーショはしばらくうろついていたが、結局《けっきょく》、夫人《ふじん》の足もとに落ちついた。ウィン夫人はめったに自分をあわれんだりしなかった。でもいまは、あふれそうになる涙《なみだ》をエプロンのすみでふいた。急に猛烈《もうれつ》に腹《はら》が立ってきてこぶしをにぎりしめると、夫人は猫《ねこ》に話しかけた。「ああ、だれかあらわれてあのワルどもをこっぴどい目にあわせてくれないかしら。だれか……」

それからじっとキッチンの流し台のまわりの、白と青の花柄《はながら》タイルを見つめた。年取った未亡《みぼう》人《じん》とその猫にとって、夏の昼さがりはときに、とてもわびしいものだった。

13

ベンとネッドはならんで歩きながら、あいかわらず納屋《なや》で夜を明かすことのよしあしを話しあっていた。ほかにもっとましな場所がないので、ネッドは納屋泊《ど》まりでもいいと思いはじめていた。

「ふかふかした、たっぷりの麦わらがあったら気持ちいい。楽しいよ。転げまわれるし、干《ほ》し草の山から飛びおりれるし」

ベンが犬の考えにこたえて、いたずらっぽくほほえんだ。「おい、夜《よ》どおし転げまわろうなんて思ってるなら、あしたは自分で体をブラッシングしろよ。ぼくはおまえのメイドじゃないんだから」

ラブラドール犬《けん》はむっとした顔になった。「きみがメイドだなんていったことはないよ。だいたい、ぼくがいつ麦わらのなかで転げまわったかな？」

ベンはちょっと考えて答えた。「記憶《きおく》が正しければ、一八六五年の四月九日。南軍《なんぐん》のリー将軍《しょうぐん》が北軍《ほくぐん》のグラント将軍に降伏《こうふく》して、アメリカの南北戦争《せんそう》が終わった日だ。ぼくたちはカンザスシティの郊外《こうがい》の納屋《なや》にいたじゃないか」

「ああ、そうだ。きみがぼくの頭の上に飛びおりたんだ。それは覚えてるよ」

「飛びおりなきゃならなかったんだよ。でなきゃおまえはほえる練習をはじめちゃって、脱走兵《だっそうへい》らに見つかるとこだったじゃないか。ぼくが助けなきゃ犬皮《いぬがわ》の袋《ふくろ》にされるとこだったんだぞ」

ラブラドールはフンと軽く聞きながした。「ありがとう、ご親切に。でもここは南北戦争《なんぼくせんそう》のアメリカじゃない。イギリスの片田舎《かたいなか》の村だもん、思う存分《ぞんぶん》ほえるよ。たまにはほえるのも練習しないとね、いつ役に立つかわからない！」

ベンは立ちどまった。「静かに、ネッド。聞いたか？　どなり声みたいだった」

犬のするどい耳が立った。「どなってるね。魔女《まじょ》のウィニー、しわくちゃばばあ、出てきて追っかけろ、だって。田舎の風習《ふうしゅう》かなにかかな、ベン？」

ふたりが木立《こだち》のある曲がり角を曲がったとき、ベンの目に、丘《おか》にぽつんと一軒《けん》建っている、赤レンガづくりの古くて大きな家が飛びこんできた。

「ワルがきどものこと、アレックスはなんて呼《よ》んでた、ネッド？」

「お屋敷《やしき》ギャングだったと思うよ。どうして？」

「そいつらを見つけたみたいだ。さあ、行ってどういうことになってるか、そっとのぞいてみよう」

ワルがきどもは全部で十人。リーダーはウィルフ・スミザーズとその従妹《いとこ》のレジーナ・ウッドワージーだった。ウィルフは手下《てした》どもに投げつけるものをさがさせ、自分は従妹《いとこ》とならんで立って、シャクナゲの薮《やぶ》をゆさぶっていた。

ブタのような目をした少年がひとり、庭でなにかをさがしていたが、やがて茂《しげ》みのなかを這《は》うようにもどってきた。両手《りょうて》にあまるほどの腐《くさ》った野菜《やさい》を持っている。

ウィルフは顔をしかめ、立ちのぼる異臭《いしゅう》から顔をそむけた。「フーッ！　ひでえにおい。どこから持ってきた、トモ？」

太った少年は汚物《おぶつ》をぎこちない動作《どうさ》で投げたが、家には届《とど》かず、玄関《げんかん》の石段《いしだん》に散らかった。少年は大よろこびでクスクス笑うと、手を草にすりつけてふいた。

「あそこの裏《うら》だよ。魔女《まじょ》のウィニーは、裏の壁《かべ》ぎわに、堆肥《たいひ》をたくさん積みあげてるんだ」そういって、ほめてもらいたそうに、ウィルフの日焼けしたワルそうな赤ら顔を見まもった。

お屋敷《やしき》ギャングのリーダーはトモを無視《むし》して、ほかのものたちに命令を下《くだ》した。「おまえたち、堆肥の山んとこ行って、たっぷり持ってこい。魔女の家をドブみたいなにおいにしてやろうぜ。できるだけたくさん取ってこい！」

ベンとネッドは壁の反対側《はんたいがわ》からこの話をぬすみ聞きしていた。ネッドの首まわりの毛が立った。

「魔女狩《が》りのやつらが、どっかの気《き》の毒《どく》なおばあさんをいじめてる。ウウーッ、バカな田舎者《いなかもの》

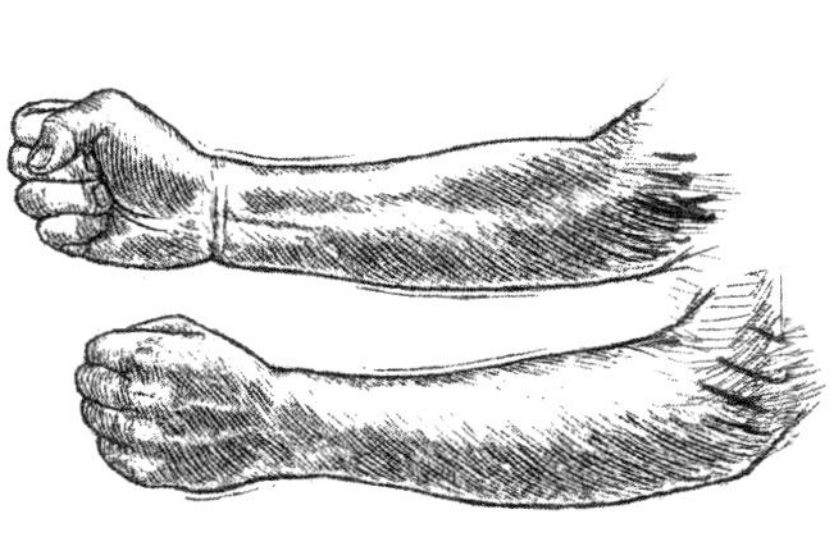

が！　ゆるせない！」

ベンも同じ気持ちだった。「弱いものいじめをするやつって、かならずいるもんだなあ。ネッド、ちょっと行って、やつらにひと泡《あわ》ふかしてやろう」

ラブラドール犬《けん》は頭をふった。「ここにしばらくいる気なら、すぐにめんどうに巻《ま》きこまれるのはまずいよ。ぼくにまかせて！」

ベンは友だちに注意した。「あいつらを本気で痛《いた》めつけちゃだめだよ。これはトラファルガーの海戦《かいせん》じゃないんだからね」

ネッドの顔が、傷《きず》ついたむじゃきな犬そのものになった。「痛めつけるって、だれが？　ぼくが？　こんなやさしい老犬《ろうけん》が、こわいティーンエイジャーの集団を相手になにができましょうか？」

これまでの冒険《ぼうけん》を思いかえして、ベンはネッドにいくつかの事件を思い出させようとした。でも、見まわすと、ラブラドールは黒いかげのように消えていた。

堆肥《たいひ》の山から、ワルがきどもはゆっくり時間をかけて生ゴミを集めた。腐《くさ》ったリンゴ、ニンジンの頭、しおれたキャベツ。ウィルフの右腕《みぎうで》であるレジーナは、藪《やぶ》のかげでいらいらしていた。

「なにやってんの、あいつら。ウィルフ、あいつら寝《ね》ちゃったんじゃないの？」

ウィルフはレジーナから目をはなして、庭のほうを見た。「トモのやつ、シャンシャン動かないようなら、ケツけりあげてやる！」

ドシンと重いものが背後《はいご》からぶつかってきて、レジーナは腹《はら》ばいにたおれてしまった。ふりかえると、巨大《きょだい》な猛犬《もうけん》が鼻先にいる！　夜のやみのように黒く、口をものほしそうにピクピクさせながら、白い牙《きば》をむき出してうなっている。

　レジーナは口ごもった。「ウ、ウ、ウィルフ。い、い、犬が！」

話をするまでもなかった。ウィルフもとうに犬に気づいていて、うしろに下《さ》がったとたん、しりもちをついた。犬はそちらをまっすぐに見て、口から泡《あわ》をふいた。

「ウウーッ、ウウー、ウウーッ！」

　雷《かみなり》のようなほえ声に、ふたりは同時に動いた。もがいて立ちあがると、レジーナはかけだそうとしてウィルフに衝突《しょうとつ》し、はねとばされたウィルフは砂岩《さがん》の庭塀《にわべい》に頭をぶつけた。

「ウウーッ！　ワンッ！」

　ネッドが逃《に》げ道に立ちふさがっていた。ウィルフとレジーナは堆肥《たいひ》の山に追いつめられた。堆肥は壁《かべ》ぎわに高く積まれていたので、手っとり早く庭から出るにはここを上《のぼ》るしかない。大きなラブラドール犬《けん》はふたりを追いつめ、ほえ、おどかすようにうなった。

　ほかのワル仲間たちはおそろしい犬を見るなり、命がけで逃げだした。だが、腐《くさ》りはじめたやわらかい堆肥は、みんなの重みを支《ささ》えきれなかった。ウィルフ、レジーナ、子分どもは、おそましい、べちゃべちゃ音のする泥《どろ》のなかに沈《しず》んで、ギャーギャーいいながらたがいにつかまろうとあせった。

狂《くる》ったオオカミのようにほえたてながら、ネッドはわざと口のまわりに泡《あわ》をあふれさせた。でも、内心《ないしん》は子犬のようにくすくす笑っていた。逃《に》げまどうワルどもはたがいの上に馬乗りになり、けり、争《あらそ》って、なんとかしていちばん早く塀《へい》をこえようともみあった。顔も手も、ひじも足も、ひどいにおいの腐《くさ》った野菜《やさい》にべっとりおおわれていた。

塀の外でベンが見ていると、最初の二、三人が塀の上から飛びおり、下の土の道にドシンと痛《いた》痛《いた》しく落ちた。その連中《れんちゅう》が立ちあがるまえに、上からつぎの泥《どろ》んこのおばけ軍団《ぐんだん》が落ちてくる。まさに地獄《じごくえ》絵だ！　ベンはあたりにただよう悪臭《あくしゅう》に顔をそむけると、古い船乗《ふなの》りの歌を軽《かろ》やかに口笛《くちぶえ》でふきつつ、くしゃくしゃの金髪《きんぱつ》をゆらしながら陽気《ようき》に庭に入っていった。

ネッドがはずむようにかけよってきた。犬らしい笑顔《えがお》をうかべると、大きく開いた口から歯が丸出しになった。「ねえ、これでほえかたの練習が大事《だいじ》だってわかっただろう？　聞いたかい、ぼくのほえ声？　ウサギ狩《が》りのビーグル犬《けん》よりよっぽど大きな声出したろう？　たいしたもんだった、ほんと」

「おみごと！　年寄《としよ》り犬にしちゃよくやったよ。やつらきっと、三キロくらい走りに走ってるだろうな。おや、家のなかからおばあさんが出てきたぞ」

ウィン夫人《ふじん》はもしもの場合にそなえて杖《つえ》を持って出てきたが、ふたりの手前数メートルのところで立ちどまった。ふたりをながめてするどい口調《くちょう》でいった。「あなたたち、ワルがきどもの仲間には見えないけど。ここになんの用？　その犬はあなたの？」

ネッドはじっと座《すわ》って、人なつこそうにハアハアあえいでみせた。ハアハアあえぐ練習も、ほえるのと同じくらい重要《じゅうよう》なんだぞ。

ベンは目にかかっていた髪《かみ》の毛を、さっと首をふってはらうと、むじゃきな笑顔《えがお》を見せた。

「こんにちは、奥《おく》さん。ぼくたち、勝手《かって》におたくに入りこむつもりじゃなかったんです。でも、やつらがわるさしてるようだったから。こまったやつらですね、あいつら」

ウィン夫人《ふじん》はこの不思議《ふしぎ》な、礼儀《れいぎ》ただしい少年をまじまじと見た。白い厚手《あつで》のズボン、セーター、それに丈《たけ》をつめた海軍《かいぐん》のコート姿《すがた》で、少年はたったいま上陸《じょうりく》した船乗《ふなの》りのように見えた。

少年のほほえみのかげには静かさがあった。でも、夫人の注意をひいたのは主《おも》に青い目だった。年齢《ねんれい》を感じさせない、もやのかかったような青い目は、夏の海の遠い水平線《すいへいせん》のようだった。

夫人はまばたきして、杖《つえ》でふたりにそばまで来るよううながした。「この犬は猫《ねこ》をおそうかしら？」

ラブラドールは憤然《ふんぜん》と、反発《はんぱつ》する気持ちを送りだした。「猫をおそう？　ぼくが？　このおばあさん、頭おかしいの？　毛のモコモコした動物はどれも大好きだよ、ひっかきさえしなきゃ。やだな、猫おそうだなんて！」

ベンが犬をいとしそうにポンポンとたたいた。「ネッドは猫と仲いいですよ。人なつこいし。さあ、奥さんにお手しなさい、ネッド！」

ウィン夫人が手をさしだすと、ネッドが従順《じゅうじゅん》にお手をした。

夫人《ふじん》はいかにも感心してネッドのなめらかな前足をなでた。「まあ、おりこうな犬ね、ネッド。いい犬だこと！」

ネッドは心をこめた目で夫人にこたえた。「ありがとう、奥《おく》さん。あなたのほうこそすてきなレディです！」

ウィン夫人は不思議《ふしぎ》な少年のほうを向いた。「それで、あなたのお名前は？」

「ベンです。どうぞベンと呼《よ》んでください」

夫人が手をさしだしたので、ベンはやさしく握手《あくしゅ》した。夫人はウインクしていった。「わたしの名はウィニフレッド・ウィンっていうの。でも、ウィニーって呼んでちょうだい。奥さんって呼ぶのはやめてね。ところでベン、あなた、アップルパイにレモネードは好きでしょ。ネッドもお水と、たくさんお肉のついた牛の骨《ほね》なんか好きじゃないかしら」

「ワウウ、ワウウ！　このおばあさん、すっごく好きになりそう！」

ベンが犬のほめ言葉をかわりに伝えてやった。「それはありがたいです、おく……いや、ウィニー。ありがとう」

夫人はふたりを家のなかに案内《あんない》した。「せめてそれくらいさせてね、あのワルどもを追っぱらってくれたんだもの。あいつらがわたしにしてきたことときたら、いえ、村にかけてきた迷惑《めいわく》ときたら！　でも、その話はいいわ。あなただって、いろいろたいへんでしょうから。さあ、おふたりにはこの客間《きゃくま》を使っていただくわ。めったにお客さまは見えないから」

14

ベンは客間《きゃくま》の、脚《あし》の細いコーヒーテーブルのまえに座《すわ》って、ウィン夫人《ふじん》の出してくれたアップルパイをぱくついていた。大きな三角形に切りわけたアップルパイには、生クリームがたっぷりかかっている。細長いグラスに入った自家《じか》製《せい》のレモネードも出されていた。ネッドはキッチンにさがって、牛骨《ぎゅうこつ》と水をもらった。これにウィン夫人はビスケットも加えてやった。

ホレーショは背中《せなか》を弓《ゆみ》なりにいからせてテーブルに飛びのったが、ネッドがなにもしないよ、だいじょうぶだよ、と気持ちを伝えて安心させてやった。猫《ねこ》は返事《へんじ》をしなかったが、しばらくすると、甘《あま》え声を出して下《お》りてきて、ネッドの足に体をすりよせた。

ウィン夫人は残りのアップルパイとクリームを取りにきてこの光景《こうけい》を見、うれしそうにほほえんだ。それから客間にもどり、客のまえにアップルパイを置いた。

「男の子はみんなアップルパイが好き。さあ、どうぞ、めしあがれ。もっと食べられそうね。さあ、遠慮《えんりょ》しないで」

ベンはもうひと切れ、たっぷり大きめなのを取った。「ありがとう……ウィニー。きのうの朝からろくに食べてないもので」

食べながら、青い目をした少年は暖炉《だんろ》の上の写真をしげしげと見た。「あれはご主人の写真ですか？　アンカーラインの船長でしょ？」

ウィン夫人《ふじん》は不思議《ふしぎ》そうに少年を見つめた。「あなたくらいの年の子が、イギリス海軍《かいぐん》がアンカーラインって呼《よ》ばれてたなんて知らないはずだけど。あなたは船乗《ふなの》りなの、ベン？」

ベンは考えぶかそうなおももちでレモネードをすすった。「そういうわけじゃないんです。あちこち流れて、はしけや沿岸《えんがん》まわりの貿易船《ぼうえきせん》で、厨房《ちゅうぼう》の下働《したばたら》きをしてたもんで。海のことは自然に覚えました……おもしろいし、海の小説《しょうせつ》なんかもたくさん読みました」

この老婦人《ろうふじん》にうそをつくのは気が進まなかったが、真実《しんじつ》をいうわけにはいかなかった。犬といっしょに、一六二〇年にフライング・ダッチマン号に乗っていたなんて、だれが信じてくれるだろう！　その少年と犬がまだ元気で、年も取らずに一八九六年に生きているなんて、信じろというほうがむりだ。

気づくとウィン夫人が真剣《しんけん》なまなざしで見ている。思わず目をそむけると、夫人がたずねた。

「だれにもいわないから、ベン。あなた、本当はどこから来たの？」

ベンは肩《かた》をすくめた。「生まれはデンマークのコペンハーゲンだと思うけど、よくわからないんです。ネッドはそのころからずっと、いつもいっしょで、いろんなところを旅してきました。

あっちこっち」

ウィン夫人《ふじん》はとほうにくれてかぶりをふった。「そうでしょうね。ご両親《りょうしん》は？　お兄さんやお姉さんは？」

「さあ、いないと思うんだけど、おく……いや、ウィニー。チャペルヴェールに犬をゆるしてくれるところがあれば、しばらくここにいるつもりだったんです。そんなところ、ごぞんじないですか？」

急にウィン夫人は、この不思議《ふしぎ》な客がかわいそうになった。こんなに若《わか》いのに、身《み》よりもいないなんて。思いやる気持ちが声に出た。「どこにも泊《と》まるところがないっていうのね？」

ベンはうなずいた。「お金ならあります。宿代《やどだい》ははらえるし、ネッドがご迷惑《めいわく》かけないようにしますから」

老婦人《ろうふじん》は座《すわ》ったまま少年を見つめた。柱時計《はしらどけい》が単調《たんちょう》に四時半を打った。ベンがアップルパイの最後のひとかけらを食べおわると、犬もキッチンから出てきて満足《まんぞく》げに足もとに座り、すりきれたブーツの上に頭をのせた。ウィン夫人はそわそわとエプロンのすみをいじりながら、華麗《かれい》なふちかざりのついた天井《てんじょう》を見あげ、つぎに夫《おっと》の写真に目を落とすと、ようやくベンを見すえた。

その目つきで、彼女がある決断《けつだん》を下《くだ》したことがわかった。指になじんだ金の結婚指輪《けっこんゆびわ》をコツコツといすのひじかけにあてながら、ウィン夫人《ふじん》は口をすぼめた。「あなたはどんな問題にも巻《ま》きこまれていないでしょうね、どう？」

ベンは背《せ》すじをぴんとのばした。「もちろんです」

夫人は安心させるように少年の手にふれた。「あなたを信じるわ。チャペルヴェールにしばらくいるつもりだっていったわね。ということは、いつか出ていくってことだわね。ふーん、あなたってなぞめいた子。見た目よりもずっと深い事情《じじょう》があるみたい」

夫人は皿やグラスを流しにかたづけ、しょんぼりしている少年を横目で見つめた。「じゃ、二、三日ここに泊《と》まってもらいましょうか。庭でネッドがぶらぶらしてるのを見たら、ワルがきどももいやがらせに来ないでしょうから」

ベンの顔がぱっと明るくなった。「わあ、どうもありがとう。ネッドがちゃんと追っぱらいますよ。ぼくも家事《かじ》や買い物を手伝《てつだ》います。宿代《やどだい》もはらいますから。お金なら持ってるんですよ……」

ウィン夫人はベンにみなまでいわせず手を上《あ》げた。「いいのよ。わたしはお金持ちじゃないけれど、ウィン船長の年金《ねんきん》でじゅうぶんやっていけるの。だれにも借《か》りはないし、あなたに支払《しはら》ってもらうことはないの。友だちとしてここに泊まらせるのよ」

ネッドは自分の気持ちを伝えた。「なんてすてきなおばあさんなんだ、ウィンさんは。この家もわが家《や》みたいな気がする。わが家ってどんな感じか知らないけど。ぼくの分もお礼《れい》いってよ。

あの猫《ねこ》と話をしようとしたんだけどね。あんまり話の種《たね》がないみたいなんだ。ほかに話し相手になる生き物がいなかったから、会話《かいわ》がへたになっちゃったんだな。気《き》の毒《どく》に」

ベンは犬の考えに答えた。「ちゃんと会話ができるようになったら、やつからなにか聞きだしてごらん。ぼくたちがなぜここに送りこまれたか、手がかりがつかめるかもしれないよ」

ウィン夫人《ふじん》がベンの肩《かた》をたたいた。「わたしの話、ちゃんと聞いてる？」

「えっ？　ああ、あの、ごめんなさい。いねむりしちゃったみたいだ！」

老婦人《ろうふじん》はくっくっと笑った。「いまにもそこにたおれて寝《ね》ちゃうかと思ったわ、犬をじっと見て。わたしがいってたのはね、あなたたちふたりは二階の奥《おく》の寝室《しんしつ》を使ったらいいってこと。このごろ、わたしは一階の小さな居間《いま》で寝てるの。左ひざがあんまりよくなくてね。二階へ行くには人の助けがいるものだから。さあ、いまから行ってちょっと寝なさい。上にはいいお風呂《ふろ》もあるわ」

ベンは立ちあがってお礼《れい》をいった。「ありがとう、ウィンさん。なにからなにまで、ネッドからもお礼を申《もう》します。さっそく風呂に入って、昼寝します」

老婦人はベンの手につかまった。「二階に行くのに手を貸《か》して。お部屋《へや》を案内《あんない》するから。七時にはおふたりに食事が用意できてますからね。さあ、ネッド、いらっしゃい！」

ラブラドール犬《けん》は不満《ふまん》そうにベンの顔を見た。「昼寝はいいけど、風呂なんてとんでもないよ。半時間まえに、しっかりかいてなめたとこだ！」

ベンは犬のしっぽをつんつんとひっぱりながら二階へ上《あ》がっていった。「ウィンさんがいったのはぼくのこと、おまえじゃない！」

案内《あんない》されたのはやわらかい、昔《むかし》ふうのベッドがある、気持ちのいい部屋《へや》だった。ベンはベッドわきのテーブルから、セピア色になった額《がく》入りの写真を手に取った。若《わか》い男女がおさない少年ふたりと、シュロの木に囲《かこ》まれたベランダに立っている。ベンはじっと見ていった。「ふうん。インドかセイロンみたいだな。どっかの農園《のうえん》だ」

ウィン夫人《ふじん》は不思議《ふしぎ》な客の知識《ちしき》に少しおどろいたが、少年のかしこそうな青い目を見ていると、写真のことを知っていてもちっともおかしくないような気がしてきた。

「あなたのふたつめの推理《すいり》が正解《せいかい》よ、ベン。それはセイロン。息子《むすこ》のジムとその家族よ。あっちでイギリスの会社のために紅茶農園《こうちゃのうえん》を監督《かんとく》してるの。奥《おく》さんのリリアンにも息子たちにも会ったことはないの。あるのはその写真だけ。いつかここに来てくれるかもしれないけど……」

ウィン夫人は急に悲しそうになってため息をついた。「いいえ、あの子たちがずっとセイロンにいてくれたほうが、わたしにとってはいいかもしれないわ」

ベンは好奇心《こうきしん》をそそられてたずねた。「どうしてそんなことというんですか？」

夫人はゆっくりと部屋から出ていきながらいった。「その話は食事のときにするわ。そこにいていいわよ、下《お》りていくのはひとりでだいじょうぶだから」

熱《あつ》いお風呂《ふろ》にゆっくり入ってから、ベンはリニックからきれいな替《か》えの服を出して着、ベッドに横たわった。夕方ちかくの日ざしが花柄《はながら》の壁紙《かべがみ》をてらしだしていた。庭の小鳥のさえずりに、遠くで汽車がごとごと走る音がここちよく、安《やす》らかだった。いつしか、うとうととまどろみはじめた。ネッドとともに泊《と》まるところができてうれしかった。

夢《ゆめ》がしのびこんできた。高波に持ちあげられた甲板《かんぱん》に突風《とっぷう》がふきあれ、嵐《あらし》に引きさかれた空を背《せ》にボロボロの帆《ほ》がはためき、灰緑色《はいりょくしょく》の波が大海原《おおうなばら》一面でおどっていた。ベンは犬にしがみついたまま、中甲板《ちゅうかんぱん》のこわれた手すりをぬけて船外《せんがい》に流された。水、水、水。地球《ちきゅう》は荒《あ》れくるう海水であふれ、ベンの耳にも入ってきた。遠くから聞こえるような、くぐもった息の音が、海の表《ひょう》面下《めんか》で逃《に》げていく。

そしてしぶきがはげしくかきまわされて白くなるや、ベンは犬とともに船の航跡《こうせき》にうかびあがった。片手《かたて》で犬の首につかまりながら、もう一方の手で泳ごうとしたが、そのとき、円材《えんざい》があたった。夢は暗やみから爆発《ばくはつ》した、何百本もの色光線《いろこうせん》の滝《たき》となった。ベンはビロードのようなやさしさに包まれ、時間と空間のなかをどこかへとただよっていった。おだやかな黄金《こがね》色のかがやきに心が満《み》たされたとき、天使の声が夏の野原をぬける昼のそよ風のように、やわらかに聞こえた。

「ここで休みなさい。しばらくとどまって、おまえの才能《さいのう》を必要とするものたちの力となりなさい。チャペルヴェールのようなところにも、小悪党《こあくとう》や、欲《よく》に目のくらんだものがいる。おまえと犬はここの善人《ぜんにん》たちを助けなさい。だが、よくお聞き。教会の鐘《かね》がひとつ鳴ったら、そのときはここを去るのです！」

今度の鐘《かね》は「教会の鐘」だったが、天使のお告《つ》げはベンの心のなかにはっきり残った。それは何百年たっても変わることはなかった。海をわたり、山をこえ、遠くの国々《くにぐに》へ旅しても、苦しむ人々を助けるべくどんな土地へ送られても、はっきりと心にあった。心にうかぶのは過去《かこ》の顔、顔、顔。友だちもいた、敵《てき》もいた。新しい土地に着いたときの不安《ふあん》、その土地の一員とみとめられたよろこび、そしてそこを去っていくときの悲しみ。いつだって新たな冒険《ぼうけん》をめざして、忠実《ちゅうじつ》で変わらぬ友のネッドといっしょだった……

そして、最後に夢に残ったのは、狂《くる》った目をして舵輪《だりん》にしばりつけられているヴァンダーデッケン船長とフライング・ダッチマン号のまぼろしだった。遠くへ、遠くへ、船は暗い水面を走っていき、ついに消えた。ベンのまどろみは、いつしかそれまでとは反対の、おだやかでなやみのない眠《ねむ》りへと変わっていった。


ウィン夫人《ふじん》のミートパイはすばらしくおいしかった。デザートにはジャム入りのロールケーキが出たが、これもまた文句《もんく》なしだった。おなかをすかせた少年と犬にとって、夫人はまさに名コックだった。

ベンは午後に夫人から聞いたあの言葉が気になって持ちだした。

「ウィニー、こんなことさいても気にしないでほしいんだけど、どうして息子《むすこ》さんはセイロンかう帰ってこないほうがいいっていったんですか？訪《たず》ねてきてほしくないんですか？」

夫人《ふじん》はよくぞきいてくれたとばかりに、ワッと胸《むね》のうちのなげきを吐《は》きだした。

「北部出身《ほくぶしゅっしん》の男がやってきて、チャペルヴェールのはずれに住みついたの。名前はオバダイア・スミザーズ。仕事は産業開発《さんぎょうかいはつ》の調査役《ちょうさやく》。それがどういうことかわかる？　イギリスじゅうの小さな村が、スミザーズのような男の手でこわされていくの。連中《れんちゅう》はもうもうと黒い煙《けむり》を吐《は》く工場をつくったり、石切り場をつくったりして、野山を傷《きず》つけ、森林をだめにする……〝進歩〟のお題《だい》目《もく》をかかげ、進歩はだれも止められないっていってね。でもあいつらがもたらすのは悲惨《ひさん》なことばかり。すべてお金のためなの。労働者《ろうどうしゃ》に粗末《そまつ》な小屋をあてがい、安い賃金《ちんぎん》で一日じゅうこきつかう気よ、自分たちが大金を手にするために」

にぎりこぶしとふるえる声から、ベンは夫人が猛反発《もうはんぱつ》しながらもおびえているのがわかった。ベンはなだめようとやさしくいった。「で、スミザーズはこのチャペルヴェールをどうしようとしてるんですか？　たかが小さな村じゃないですか」

けんめいに自分をおさえて、夫人は声を落ちつかせた。

「石灰岩《せっかいがん》がめあてなの。信じられる？　どうやらチャペルヴェールの地下には、石灰岩が山ほど埋《う》まっているらしいの。知ってのとおり、石灰岩はセメントの原料《げんりょう》でしょ。いまイギリスはどこもかしこも、すごい勢《いきお》いでビルを建てていて、セメントの需要《じゅよう》がすごいの。進歩って、つまり〝もっとビルを〟ってことなの。もっとビルを建てるにはもっとセメントがいるでしょう？　オバダイア・スミザーズは、ロンドンのジャックマン・ダニング・アンド・ボウって会社と組んで、この土地の調査《ちょうさ》をしたの。連中《れんちゅう》は石灰岩《せっかいがん》の石切り場とセメント工場を、このチャペルヴェールにつくることをくわだててるのよ。それで鉄道まで引いてセメントをどこへでも運搬《うんぱん》できるようにしてるの。来週木曜、廃村《はいそん》命令が正式に下《お》りたら、店も家も、学校も、村ひとつが完全になくなってしまう！」

「どこか別の村に引《ひ》っ越《こ》せないいんですか？」

ベンはなにげなくいった。だが、老婦人《ろうふじん》のはげしい怒《いか》りにあっけにとられた。夫人《ふじん》はまさに爆発《ばくはつ》したのだった。

「引っ越す！　ぜったいいやよ、チャペルヴェールとそのまわりの土地は、もともとウィン家のものだったんですよ。ここはわたしの土地なんです！」

少年は肩《かた》をすくめた。「だれかそれをやめさせようとしなかったんですか？」

ウィン夫人はたまりかねてテーブルをドンとたたいた。

「わたしがしましたよ、スミザーズが最初に広場に告示《こくじ》を張《は》りだしたとき。すぐ弁護士《べんごし》のマッケーさんのところに行って、ウィン家の一員として反論《はんろん》しました。でも、わたしが持ってる権利書《けんりしょ》はこの家のものだけなの。ほかの場所については、証拠《しょうこ》になる書類《しょるい》がないのよ。広場にある村の救護院《きゅうごいん》の書類すらないの。ウィン船長は昔《むかし》から、あれはうちのものだ、うちの遺産《いさん》だっていってたのにね」

「村の救護院《きゅうごいん》？」

夫人《ふじん》はお茶をつぎながら説明した。

「救護院っていうのは昔《むかし》、まずしい人たちにただで食べ物と寝《ね》る場所をあたえるところだったの。たいていは裕福《ゆうふく》な家か、教会のものだったのよ。まずしい修道士《しゅうどうし》なんかがよく利用したものよ。うちの救護院がいつごろからあるのか、だれも知らないけど、とっても古いのはたしかなの。残念《ざんねん》ながら、建てかえなきゃいけないくらい傷《いた》んでるけど。いまはウィン船長の古い友だちが住んでいます。名前はジョン・プレストン。村人たちには気が狂《くる》っていると思われてますけどね」

ベンは夫人のカップに紅茶《こうちゃ》をつぎたした。「その人に会いたいなあ」

夫人は小鳥のような速い動きでかぶりをふった。「あの人には近よらないほうがいいわ。あのお年寄《としよ》りは、見ず知らずの人や若《わか》い人は好きじゃないから」

夫人はぐすんと鼻をすすり、エプロンの端《はし》で目頭《めがしら》をぬぐった。「あの人も来週の金曜以降《いこう》は別の住《す》まいをさがさなきゃならないわね。期日《きじつ》が来たら、わたしでも、だれでも、もうやれることはないんだから」

不思議《ふしぎ》な少年の青い目がやさしくなった。老婦人《ろうふじん》の身《み》を思い、気《き》の毒《どく》になった。「たった一週間とは。でもどうしてですか？」

ウィン夫人はなさけなさそうにちょっと肩《かた》をすくめた。

「スミザーズとロンドンの協力者《きょうりょくしゃ》たちは力のある人たちでね。一方、わたしにはチャペルヴェールがウィン家のものだってことを証明《しょうめい》できないし、戦《たたか》うお金もないの。ジョン・プレストンは証拠《しょうこ》をさがすっていってくれるし、マッケーさんも力になってくれたけど、むりなの。

一カ月ほどまえ、スミザーズとその仲間は裁判所《さいばんしょ》の命令を取ってきて、村の広場に張《は》りだしたの。それによると、だれであれ土地を所有《しょゆう》するものは、つまりわたしのことだけど、所有権《しょゆうけん》を証明しなければならないっていうの。法的《ほうてき》な書類《しょるい》が出てこない場合は、スミザーズとそのロンドン仲間は村、店、みんなの家、救護院《きゅうごいん》、農場《のうじょう》、なにからなにまで買いとる気なの。そうやっておいてチャペルヴェールをつぶし、石切り場やセメント工場をつくるのよ。

でも、それは一カ月まえの話。もう七日間しか残っていないの。それだけじゃない。スミザーズは、自分の息子《むすこ》が仲間とつるんで、やりたい放題《ほうだい》やるのをゆるしているの。その連中《れんちゅう》はわたしに、それからほかの店の人たちや村人たちにも、いやがらせしてるんです。いまにいじめにたえかねて、村からよろこんで出ていくっていう人もあらわれるでしょうよ!」

ネッドとホレーショがいつのまにか客間《きゃくま》に来ていた。二匹《ひき》が暖炉《だんろ》まえの敷物《しきもの》の上に寝《ね》そべると同時に、廊下《ろうか》の柱時計《はしらどけい》が九時を打った。それ以外には、部屋《へや》は夏の終わりの夕方らしく宵《よい》やみがせまってくるなかで、静まりかえっていた。

ウィン夫人《ふじん》は窓《まど》ごしに、高い赤レンガ塀《べい》のある庭をじっとながめていた。シャクナゲ、バラ、きちんとした芝生《しばふ》は、ゆるやかにカーブをえがく小道で仕切られ、小道のへりにはパンジーやホウセンカが咲《さ》いていた。

ベンは夫人《ふじん》をなぐさめたいという気持ちをおさえて、犬に思いを伝えた。

「いまの聞いてた？」

大きな犬は片目《かため》を開けた。「まあね。だいたいのとこはつかめたよ。どうやって助けられるかはわからないけど」

ベンは思わずこぶしをにぎった。「けど、なんとか助けなきゃ。これでどうして天使がぼくたちをチャペルヴェールによこしたか、わかったよ。なんとかしてこの人たちが自力《じりき》で窮地《きゅうち》からぬけだすのを助けなきゃ。ネッド、おまえ、片目《かため》つぶってるな。眠《ねむ》るのか？」

ラブラドールは眠そうに片目を開けた。「いいや、考えてるんだよ。問題を解決《かいけつ》するいちばんいい方法は、ひと晩寝《ばんね》て考えることさ。あしたまでやれることはあまりないじゃないか。だろ、ベン？」

ウィン夫人が立ちあがって夕食のあとかたづけをはじめた。少年は皿をキッチンまで運ぶのを手《て》伝《つだ》った。そして小さなタオルを取っていった。「洗《あら》ってくれたら、ぼくがふきますよ、ウィニー。そしたらすぐにかたづきます。そして、もう心配《しんぱい》しないでください。万事《ばんじ》うまく行きますよ、もうネッドとぼくがついているんですから」

夫人は首をふって、ほほえんだ。「ネッドに皿洗いの手伝いはできないわ」

流し台に背《せ》を向けて、夫人は思わず少年のかしこそうな青い目をのぞきこんでいた。

「おどろかないでくださいよ、ぼくとネッドはものすごく力になれるんですから」

15

日の光が窓《まど》からベッドカバーの上にさしこんでいた。通りを牛乳配達《はいたつ》の荷車《にぐるま》がガタゴトと通っている。ベンはじょじょに目ざめて、新しい部屋《へや》をながめた。家は静かだったから早朝だろうと思った。レースのカーテンから外の暑い七月の日ざしへと、ぼんやりと目を移《うつ》した。だらりと体をのばして、あおむけになり、花柄《はながら》の壁紙《かべがみ》、鉄とタイルの小さな暖炉《だんろ》、それに炉のまえに置かれている塗《ぬ》り物のついたてなどをまじまじと見た。

一階の廊下《ろうか》からかすかに柱時計《はしらどけい》のチャイムが聞こえてきた。数えていくと……ワッ、十時だ！

ベッドから飛びだしてあわてて服を着ると、洗面所《せんめんじょ》に飛びこみ、バシャバシャ顔に水をかけた。それから大いそぎで下におりていったが、ホレーショにつまずきそうになって最後の三段《だん》は飛びおりた。

ネッドはキッチンにいた。わきに空《から》のボウルがある。ベンを見るとうなずいた。「おはよう。よく寝《ね》た？」

ベンは答えながら、テーブルの上の置き手紙を取りあげた。「どうして起こしてくれなかった？」

犬は少年とならんで、テーブルに前足をのせた。「寝《ね》て考えたろ、作戦《さくせん》。じゃましちゃわるいと思ったんだ。ウィンさんの置き手紙、なんて書いてある？」

ベンはさっと目を通した。「村へ買い物に行きます。コンロのなべにおかゆができてます。お茶は自分でついでください。あとで会いましょう。ウィニー」

なべにさわってみるとまだ熱《あつ》かった。ティーポットのお茶もだ。ベンは自分でお茶をつぎ、テーブルわきに座《すわ》った。「出かけてからまだそんなにたっていないはずだな」

大きな犬はじっとおとなしくまばたきした。「十分もたってないよ。さて、どんな作戦さ、かしこいご主人さま！」

何世紀ものうちに、ベンは犬の軽口《かるくち》を楽しむようになっていた。大きなボウルにおかゆをよそうと、食べながら犬と話した。

「図書館《としょかん》だよ、ネッド。チャペルヴェールに図書館があるなら、そこをぼくたちの足がかりにしよう。地元《じもと》の歴史《れきし》の本とか、この土地について参考《さんこう》にできる本があるにちがいない。少しは手がかりがあるんじゃないか」

犬はふんと笑った。「それってジョーク？　足がかりはいいけど、手のないぼくになによ、手がかりって？　だいいち、図書館の司書《ししょ》って、なかで犬がうろうろするの嫌《きら》うんだよ。本あまり読まないからねえ、犬は」

ベンはお茶をついで、たっぷり砂糖《さとう》を入れてかきまぜた。「そりゃそうだ。じゃ、おまえのきょうの予定《よてい》は？」

犬はキッチンから小走りに出ていきながら、気持ちを伝えた。「表玄関《おもてげんかん》のドア開けてよ。村をぶらぶら見てくるよ。耳をしっかり立てて。若《わか》きご主人さまに伝える情報《じょうほう》がなんかつかめるかもしれない。ねえ？」

ベンはにっと笑った。「ぼくはおまえより年上なんだぞ。だって、ぼくは一六〇七年生まれだ。だから、二八九才だ。おまえは一六二〇年にはじめて会ったとき、たった四才だったろ。ということは、おまえは二八〇才だ。だったら年上をもっと尊敬《そんけい》しろ、子犬め！」

ネッドはふりむいてドアのところから頭を出した。「子犬だって！　よくいうよ。いいかい、お若いの。人間の一才は犬の八才にひとしいんだよ。てことは、ぼくは、ええーっと、きみよりずーっと年上だよ。だったら、こっちを尊敬して礼儀《れいぎ》をわきまえてもらいたいね」

もしゃもしゃ頭の少年は、犬が小道をトコトコと走っていくのを見ていた。「むりすんなよ、じいさん。もうじきお昼寝《ひるね》じゃないの？　ハハハ！」

犬はふりかえって、鼻にしわをよせた。「うるさいぞ、なまいきな若造《わかぞう》が！」

朝食のあと、ベンは小道でアレックス・ソマーズと姉のエイミーに会った。ベンはふたりに、ここに泊《と》まってるとうなずいてみせ、きいた。「ぼくの新居《しんきょ》、気に入った？」

エイミーがくすくす笑った。「ここはウィンさんの家じゃないの。あのおばさん、とってもやさしいわ。パパがおばさんの猫《ねこ》を治《なお》したときに、いっしょに行ったことあるの。ウィンさんのところにいるの、ベン？」

少年は目にかかっていた髪《かみ》をさっとふりあげた。「しばらくのあいだね。あのね、またきみたちふたりに助けてもらいたいんだ。このチャペルヴェールには図書館《としょかん》はないかな？」

少女が指をさした。「学校のそばよ。というより、学校についているの。司書《ししょ》はブレイスウェイト先生。先生は夏休み中はずっと図書館で働くのよ。気に入ると思うわ。おかしな人だから」

アレックスが先頭に立った。「さあ、そこへ案内《あんない》するよ。どんな本がいい？　なんか特別《とくべつ》な本？　犬はきょうはどこへ行ったの？」

ベンは人なつこいふたりといっしょに、ぶらぶら歩いていった。「ああ、やつならそのへんにいるよ。いつもどっかひとりで行っちゃうんだよ。ぼくは、チャペルヴェールの村の歴史《れきし》について書いてある本ないかなあと思って。ウィンさんがここいらの土地の所有権《しょゆうけん》を証明《しょうめい》するの、手伝《てつだ》ってあげようと思うんだ」

エイミーがしかめっつらになった。「ああ、それね。うちのパパはスミザーズのやつのこと、くそみそにいってるわ。スミザーズの思いどおりになったら、みんなハドフォードに引《ひ》っ越《こ》さなきゃ」

少女の美しい顔に怒《いか》りがうかぶのを見て、ベンがきいた。「ハドフォード？　どこそれ？」

アレックスが説明した。「いちばん近くの町さ。たくさん工場があって、通りは黒い煙《けむり》がもうもうとしてる。パパは獣医《じゅうい》だから、仕事はなくさないけど、スミザーズが村の店を全部買いとって、石切り場やセメント工場建てちゃったら、みんな引《ひ》っ越《こ》しするしかないんだ。ハドフォードなんかに住むのはいやだ。チャペルヴェールは小さいけど、いいとこなんだ。ここがいいよ」

ベンはうなずいた。「よし。じゃあ、この昔《むかし》からの村を救《すく》うためになにができるか考えよう。力貸《か》してくれるかい？」

新しい仲間の目がうれしそうにかがやいた。「もちろん、貸すとも！」


ブレイスウェイト先生は少し猫背《ねこぜ》で、鼻の先っぽにメガネをかけていた。頭を取りかこむ雲のようなちりちりの白髪《しらが》を、ほとんど無意識《むいしき》のようにかきむしっていた。

ベンと仲間たちが図書館《としょかん》に入っていくと、先生はメガネごしに見あげていった。「ふむ、ふむ、ええ、アレキサンダーとエミーリアじゃないか、ふむ、ふむ。ソマーズきょうだいだな。ふむ、ふむ、そうだ。めずらしいな、図書館に来るとは、ええ？　夏休みだというのに、ええ？　まったくだ！」

エイミーは新しい友だちを紹介《しょうかい》した。「あのう、こちらベンです。地元《じもと》の歴史《れきし》の本が見たいっていうの。わたしたち、この村を救いたいって思ってるんです」

司書《ししょ》であり校長でもあるブレイスウェイト先生は、カウンターのうしろから出てきた。髪《かみ》をポリポリ片手《かたて》でかいて、もう片手でえりに落ちたフケをはらうと、青い目の少年をじっと見つめた。

「ふうむ、ああ、けっこうだね！　ああ、とくにこれって、ええ、読みたい本はあるのかね？」

ベンはせいいっぱい、かしこくて礼儀《れいぎ》ただしく見せようとした。「あのう、チャペルヴェールとウィン家に関《かん》するものなら、なんでも目を通したいんです。よろしくお願いします」

ブレイスウェイト先生はさかんにうなずいたので、しまいには耳にかけていたエンピツが落ちた。大好きなテーマなのだ。

「ふむ、ええ、そう、チャペルヴェールにウィン家、よろしい！　わたしは、ああ、地元《じもと》の歴史《れきし》に関しては、ああ、きわめてくわしいのだぞ。ああ、うう、わたしの覚えにまちがいがなければ、うう、きみが読みたがっている本は、『イギリスの村の年代記《ねんだいき》』、その、ええっと、巻《かん》四だ！　そうだ、そう、ええっと、著者《ちょしゃ》はロジャー、ええと、ラッセル・ホープ。いや、ロジャー・ホープ・ラッセルだ。失礼《しつれい》！」

一同はいきいきと動きだした先生のあとを、奥《おく》の本棚《ほんだな》までついていった。ブレイスウェイト先生は床《ゆか》にひざをついて、頭をかしげながらつぶやいた。「『アングロサクソン居留地《きょりゅうち》の土地台帳《とちだいちょう》記録《きろく》』……あっ、これだ。これだ、この巻だ。ああ、そうだ！」

大きな、ほこりっぽい、皮《かわ》の表紙がついた本は、先生がテーブルにほうりだすとドシーンと大きな音を館内《かんない》にひびかせた。しろうと歴史家特有《とくゆう》の熱心《ねっしん》さで、先生は見出しをつぶさに見ていった。「チャペルマウント、チャペルノートン、チャペルトン、あった、あったぞ！　九八六ページ、付録《ふろく》のＢだ」
黄ばんだページをさっさとめくりながら、先生はお目あての項目《こうもく》を見つけた。光を背《せ》に先生は髪《かみ》をかきつづけ、やがて頭のまわりにかがやくフケの輪ができた。ベンがそのページに書かれていることを声に出して読むのを、満足《まんぞく》げにうなずいて聞いている。

「『チャペルヴェール（一三四〇年ごろ）、中世《ちゅうせい》の村落《そんらく》。エドワード三世により、ある船長（出身地、名前とも不明）にさずけられた。ここに建てられた教会はのちに救護院《きゅうごいん》となり、貧民《ひんみん》や修道士《しゅうどうし》らに利用された。二度めの教会の建物（一六七三年ごろ）は、チャールズ二世時代の〝審査法《しんさほう》〟㊟とカトリック教徒弾圧《きょうとだんあつ》後のもの。主《しゅ》として牧草地《ぼくそうち》といくらかの農地《のうち》あり。広場のあるイギリス中部の村。近くの町はハドフォード』」

ベンはだまってしばらくページを見ていたが、やがて顔を上《あ》げた。「ほかにはもうめぼしいことは書いてないようだ。ありがとうございました。図書館《としょかん》にほかにチャペルヴェールについての本はありませんか？」

ブレイスウェイト先生はかかとを軸《じく》に、体を前後にゆすりながらききかえした。「ほかにな

に？　ああ、ああ、ふむ、いや、ない、ないんだ、残念《ざんねん》だが」

ベンは仲間にうなずいて合図《あいず》を送り、いった。「お力ぞえどうもありがとう。もう行かなきゃ。さようなら」

猫背《ねこぜ》の先生は一同が出ていくのを見おくりながら、耳のうしろに手をあてて、さっき落ちてしまったエンピツをまさぐった。「いやいや。ああ、さようなら。ああ……またなにか用があったら、いつでも来なさい。けっこう、けっこう。はい」

一同が図書館《としょかん》を出ると、日ざしのまぶしい昼近くになっていた。ベンはくっくと笑った。「なんて変わった人なんだ！」

ふいにアレックスが青ざめ、いま出てきた図書館にもどっていこうとする。ベンがおびえた顔に気づいて引きとめた。

「待って。どうしたの？」

まっすぐまえを見つめて、エイミーが弟のかわりに答えた。「お屋敷《やしき》ギャングよ！」

ウィルフ・スミザーズ、レジーナ・ウッドワージーほかワルどもの一団が、図書館の階段《かいだん》のまわりを半円形《はんえんけい》となって取りかこみ、道をふさいだ。

ベンは片腕《かたうで》をアレックスの肩《かた》に回した。「ぼくにくっついていな。手だしさせないから」

三人が階段を下《お》りていくと、ウィルフとレジーナは三人の両側《りょうがわ》に分かれて囲《かこ》みはじめた。うし

（注）すべての役人に、国教を信じることを約束させたイギリスの条例。一六三三年に定められ、一八二八年に廃止された。

ろに回りこんで逃《に》げられないようにするつもりだ。

ウィルフはアレックスの頰《ほお》をつねって、意地悪《いじわる》くほほえんだ。

「おやおや、ちびのアレキサンドラちゃんだ！」

見るからにおびえて、アレックスは赤カブのように赤くなり、だまってしまった。

これでいじめっ子は調子づき、せせら笑った。「アレキサンドラちゃんははずかちいんだ。まっかっかになっちゃって。ねえ、アレキサンドラちゃん？」

エイミーはひるまず、弟を守ろうとした。くるっとウィルフに向きなおると、果敢《かかん》にどなった。

「アレキサンドラじゃない！　弟の名前はアレキサンダー！　図体《ずうたい》のでっかいいじめっ子が！

さっさとあっちへ行って。ほっといてよ」

ウィルフは聞こえなかったふりをした。と、レジーナがエイミーのまえに立ちはだかった。腕《うで》組《ぐ》みし、せせら笑いをうかべているが、きのう、壁《かべ》から落ちたときの傷《きず》で顔が赤い。

「あっちへ行けっていうわけ？　ええ？」

きのうのネッドの活躍《かつやく》ぶりを思ってほほえみながら、ベンはお屋敷《やしき》ギャングの女の子に人なつこい調子で話しかけた。「顔の傷、ひどいねえ。どうしたの？」

ウィルフはベンより二段《だん》上に立って見おろし、いいはなった。「大きなお世話《せわ》だ。だいたい、おまえはだれだ？　ええ？　ここになんの用だ？」

そういわれていっそうにっこりほほえむと、ベンは肩《かた》をすくめた。「いや、名乗るほどのものじゃない。ちょっと読書しようかなって図書館《としょかん》に来ただけで。でもきみは、読書には興味《きょうみ》たさそうだね。ぬりえのほうが好きってタイプかな」

ワル仲間たちはショックを受けて顔を見あわせた。ウィルフ・スミザーズに向かってそんな口をきくなんて！　村のいじめっ子のウィルフは、チャペルヴェールきっての大柄《おおがら》で強い少年だった。そのうえ短気《たんき》で、ひどい暴《あば》れん坊《ぼう》だとみんな思っている。なのに、この見知らぬ少年に侮辱《ぶじょく》され、ウィルフの顔がみるみるレンガみたいに赤くなった。両手《りょうて》をにぎりしめて、ウィルフはうなった。「顔に色つけてやろうか、なまいきな口ききやがって！」

アッとエイミーが息をのんだ。ウィルフが階段《かいだん》を飛びおりざま、げんこつをベンにふりおろしたのだ。ベンがやられる！

だが、ウィルフより小柄《こがら》な亜麻色《あまいろ》の髪《かみ》の少年は、危険《きけん》がせまっているとは気づきもしないようすで、ほほえみながら立っていた。そして、すばやく横へ半歩動くと、アレックスと向かいあった。

「彼《かれ》、怒《おこ》ってるのかな？」ベンはひょいと頭を下《さ》げた。

完ぺきなタイミングだった。ウィルフのこぶしがベンの後頭部《こうとうぶ》の髪をかすめたかと思うと、勢《いきお》いあまって敵《てき》のむこうまで飛び、ぶかっこうにつまずきながら、下四段を転がってじゃり道にたおれた。一同がぼうぜんとしていると、少年は身軽《みがる》に下までかけおり、ウィルフをひっぱりあげて立たせ、服のよごれをはらってやった。

「ひどいねえ。だいじょうぶだった？　どこもケガしてなきゃいいが」

ウィルフはじゃり道で鼻をすりむいていた。みるみるうちにおでこもはれてきている。ウィルフはベンの腕《うで》をはらった。

「はなせ！　てめえなんかダチじゃねえ！」

ベンの顔からは、一時《いっとき》たりともほほえみが消えなかった。「残念《ざんねん》だな。仲よしになりたかったのに。チャペルヴェールで友だちつくりたかったのに」

レジーナがエイミーの腕をつかみ、ぎゅっと爪《つめ》を食《く》いこませた。「そのうち相手になってやっからな！」

だが、すぐにその手をはなした。痛《いた》みにうめいている。ベンがレジーナのもう一方の手を妙《みょう》なふうにねじあげて、ほがらかにふっている。

「エイミーの友だちは、ぼくの友だちでもあるんだ。ぼくもきみに相手してもらいたいねえ。ほら、アレックス、もう友だちができたよ」

そういってレジーナの手をはなした。レジーナは怒《おこ》ったようにウィルフのほうをにらんだ。ウィルフが手下《てした》にさけんだ。「やっちまえ！」

ベンがアレックスとエイミーのまえに立ち、ワルどもがじりじりと寄《よ》ってくるなかを、ゆっくりと階段《かいだん》を上《あ》がっていった。ベンはふたりにささやいた。「ここからぬけて。走って逃《に》げろ。やつらのねらいはこのぼくだ！」

アレックスがとたんにぱっと走りかけたが、姉に手をつかまれた。「あんたを置いて逃《に》げたりしないわ、ベン！」

その先をいうまえに、三人は囲《かこ》まれてしまった。と、太っちょのトモがなにかにおびえてキイキイさけんだ。つづいて、低く、ゴロゴロとうなる声。ワルどもはかたまってしまった。

黒のラブラドール犬《けん》が、どこからあらわれたのか、まぼろしのように一同のうしろにいた。体の毛は立ち、筋肉《きんにく》はもりあがり、いまにも飛びかかってきそうだ。ぶるぶるふるえる口はうしろまでさけて、強そうな牙《きば》がむきだしになっている。

ベンが片手《かたて》を上《あ》げた。「お座《すわ》り！　いい子だ、お座り！」

レジーナは自分の身《み》を守ろうと、小柄《こがら》な子分を自分のまえにひっぱりだした。「あの犬だ。あれ、あんたの？」

階段《かいだん》に座《すわ》って、ベンは首をふった。「ぼく？　ぼくのというわけじゃない。こいつはぼくの行くとこ行くとこ、ついてくるんだ。ハハ。でもぼくのことは好きみたいだよ。だって、ぼくやぼくの友だちにわるさしようとするやつには、なつかないんだ。ネッド、ああ、いい子だ！」

足をつっぱり、おどすようにうなりながら、犬は相棒《あいぼう》の横に立ち、思っていることを伝えた。「いいだろ、運動がわりに追いかけても？　あのでかいやつ、あいつのズボンの尻《しり》あてんとこ、食《く》いちぎってやる！　あいつはどうも気に入らない！」

ベンはネッドの首輪をつかんだ。「ありがとうよ。でも、いまはちょっとおとなしくして、おっかない犬のふりをつづけて」

ネッドはベンに首輪をつかまれても後足で立ちあがり、いかにもワルどもに飛びかかりたそうにした。ベンはベンで、犬をおさえるのがたいへんだという演技《えんぎ》をして大声でいった。「みんな、いまのうちに行ったほうがいい。でも歩けよ、走ったらだめだ。さあ。もうだいじょうぶってとこまで、ぼくがおさえといてやる！」

エイミーはお屋敷《やしき》ギャングたちがこんなにそろそろと歩くのをはじめて見た。みんなたまごの上を歩くみたいに逃《に》げさっていく。遠くまで行ってから、ウィルフはふりかえり、ベンを指《ゆび》さした。

「また会おうぜ、その犬つれてないときにな！」

青い目の少年は明るく手をふった。「ああ、いいよ、ウィルフ。鼻のすり傷《きず》、手あてしときなよ。すごく赤いよ」

ブレイスウェイト先生が、図書館《としょかん》から頭をかきかきあらわれた。「ああ、犬がほえるのを、その、やめさせてくれないか？　図書館のなかでも、ああ、聞こえるんだ。ああ、もうやめたか、ああ、よし、よし。いい犬だ。さあ、もう走っていけ！」

ネッドはベンに考えを伝えた。「ふん、ぼくがあんなにかいたら、ノミがいると思われて、風《ふ》呂《ろ》に入れられちゃう！」

亜麻《あま》色《いろ》の髪《かみ》の少年は思わずふきだし、声に出して笑った。

エイミーが目を丸くしてベンを見た。「どうしたの、ベン？」

ベンは目にかかっていた髪《かみ》の毛をはらうと、いった。「いや、なんでもない。エイミー、きみのいうとおりだったよ。ブレイスウェイト先生っておかしな人だね。ぼく、好きだな」

16

土曜の朝食の席で、ベンはウィン夫人《ふじん》にたのみごとをした。

「ウィンさん、二階のぼくの部屋《へや》と、階段《かいだん》の上《あ》がり口をはさんで向かいあってる部屋がありますね。厚《あつ》いドアに真鍮《しんちゅう》の錠前《じょうまえ》が下《お》りている部屋。あれはなんの部屋ですか？」

ウィン夫人は紅茶《こうちゃ》カップごしにベンの顔を見た。「あれは使ってない部屋。ウィン船長の書斎《しょさい》だったの。自分では居間《いま》だっていってたけど。あの人のものがすべて入っているの。わたしは二、三カ月に一回、ほこりをはらいに入るだけよ」

そこはウィン船長にとって神聖《しんせい》な場所だったのだろう。ベンには経験《けいけん》からわかった。妻《つま》のために持ちかえった一点、二点のみやげと、暖炉《だんろ》をかざっている数枚《すうまい》の写真以外には、家のどこにもイギリス海軍《かいぐん》の指揮官《しきかん》だったことを示《しめ》すものはなかった。どうやらウィン夫人は、その部屋を夫《おっと》の思い出をまつる神殿《しんでん》のように思っている。

夫人はベンの目の動きを注意ぶかく見まもった。たのみごとの内容《ないよう》を考えるとベンは一瞬《いっしゅん》ためらったが、ようやく切りだした。「ウィンさん、あの部屋《へや》を見せてもらってもいいですか？」

犬がテーブルのところにまで来ていた。夫人《ふじん》はその頭をなでながらトーストのかけらをやり、ベンには答えずにいた。しばらくだまっていたが、やがていった。「船長の部屋を見ることが、大事《だいじ》なのね、ベン？」

少年は真剣《しんけん》にうなずいた。「村にとってもう時間がないんです。あの部屋でなにか手がかりになるものが見つかるかもしれません」

夫人は紅茶《こうちゃ》を飲みおえた。「わかったわ。午後には見ていいわ。村の買い物から帰ってきたらね。買った物を運ぶのに手がほしいの。もうわたしひとりの暮《く》らしじゃないから。さあ、それじゃ、早めに行きましょう」

すぐに部屋を見られないじれったさをおさえてベンは夫人にお礼《れい》をいい、犬に気持ちを伝えた。「だめだよ、テーブルの下にかくれたって。おまえもいっしょに来い！」

朝の光が、村の広場の裏《うら》に生《は》えている木々をまだらにてらしていた。あたりは週末《しゅうまつ》の買い物に出てきた人々で、土曜の朝らしくやわらかにざわめいていた。

ベンはウィン夫人の買い物かごをおとなしく持って、店から店へと歩きながら、いつになったら買い物が終わるのだろう、と思っていた。夫人はせかせかと動きまわり、買い物かごに品物《しなもの》をつぎつぎと落とし、大きな声でひとりごとをいった。「はい、砂糖《さとう》、米、ナツメグ。これで日曜のデザートがつくれるわ。ほら、若《わか》い人。がんばって！」

ようやくふたりは店から出てきた。ウィン夫人《ふじん》は頭のなかで買い物リストを点検《てんけん》している。

「ああたいへん。お茶を忘《わす》れた！　ココアもあったほうがいいわね。寝《ね》るまえにココアがあるといいわ。ココア好き、ベン？　待っててね。なかに行って取ってくるから」夫人はまた店のなかに消えた。

ベンは持ち手を変えて、買い物かごを左手に移《うつ》し、わきにはさんでいた包みをさらにしっかりおさえた。と、ネッドからのメッセージが聞こえた。「お手伝《てつだ》い、りっぱだね。ねえ、その買い物かご落とさないで、こっち見て。ぼくがだれといっしょにいると思う？」

ソマーズ姉弟が郵便局《ゆうびんきょく》の階段《かいだん》に座《すわ》ってネッドをなでている。ネッドはかまってもらえてごきげんだ。ベンはネッドに近づきながら、大声でいった。

「こいつ、なまけものが！　おまえがこの荷物《にもつ》運ばなきゃいけないんだよ、まったく！　ウィンさんはお年寄《としよ》りなのに、こんなに買い物するんじゃたいへんだ。やあ、きみたち！」

エイミーがベンのわきの下の包みを指《ゆび》さした。「それなに、ベン？」

意外《いがい》にも、ベンは少しはずかしそうにした。「新しい服だよ。ウィンさんが買ってくれたんだ。いらないっていったんだけど、あしたの日曜礼拝《れいはい》、もっとちゃんとしたかっこうでなきゃいけないって。ねえ、もうちょっとそっちへ寄《よ》ってくれる？」

ベンは郵便局の階段に友だちと座って、人々が土曜の買い物をするのを見ていた。チリンチリンとドアベルを鳴らして、買い物客が店のドアをくぐる。服地《ふくじ》屋、雑貨《ざっか》屋、肉屋、牛乳屋。入り口の日よけの下に立つ人、窓《まど》ごしに品物《しなもの》をながめる人、うわさ話をする人。主婦《しゅふ》は買い物で重くなった買い物かごを持って、乳母車《うばぐるま》の取っ手をおし、新聞売り場やタバコ店の外で友だちと話しこむ亭主《ていしゅ》を呼《よ》びたてる。子どもたちは円すい形の紙袋《かみぶくろ》を手にお菓子《かし》屋からあらわれる。甘《あま》いキャラメルやナッツ入りの菓子をほおばって、ぼんやりと親の姿《すがた》をさがしている。

ベンは思わずいった。

「へんだなあ、この場所が村としてあと一週間の命だなんて。みんな平気なのかな。どうなってるんだ、この人たち？」

ベンが青い目で真剣《しんけん》にこの光景《こうけい》を見ているのにエイミーが気づいた。

「ママがね、村人って、村の暮《く》らしに慣《な》れすぎてるからだって。ほんとうに起きるまでは本気にできないんだって。みんな、何百年も昔《むかし》から、この村で暮らしてきた家の人たちでしょ。進歩とか変化《へんか》って、どういうことかも知らないの。なにかこわいことが起きても、頭のすみに追いやって、なにも起きてないふりして暮らしていく。そのうち消えてしまうって願ってるのよ」

アレックスが顔を赤くして階段《かいだん》に目を落とした。「ぼくみたいだ

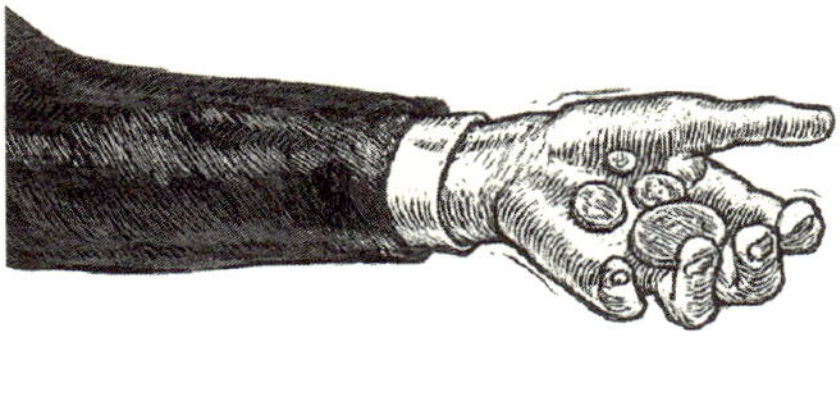

ね。ぼくはウィルフの仲間を無視《むし》しようとしたんだ。きのうのぼくはまるで役たたずだったね。なにもいわないで、ただぼうっとつったっていた」

ベンはアレックスの腕《うで》を、はげますようにぽんと軽くたたいた。「いや、きみはちゃんとやったよ。ぼくとエイミーとならんで立っていたじゃないか。きのうの主役《しゅやく》はネッドだよ。ぼくだってきみやお姉さんと同じようにこわかったんだ。やつらがせいぞろいしてたんだから。相手がこちらの三倍もいたんじゃ、こわいと思っても恥《はじ》じゃないよ。ねえ、エイミー」

エイミーはこの新しい友だちが、自分の弟にやさしくしてくれているのだと思った。彼女《かのじょ》はうなずいた。「そのとおりよ、ベン。スミザーズのやつらにボコボコにされなくたって、勇気《ゆうき》のあるところは見せられるわよ」

ウィン夫人《ふじん》が近づいてきたので、ベンは立ちあがった。「お姉さんのいうとおりだよ。勇気っていうのはいろいろあるんだよ。元気だして」

ウィン夫人は買ってきた品《しな》をさらに買い物かごにつめながら、姉弟にあいさつした。「まあ、おはよう。わたしのこと覚えてる？　去年《きょねん》、うちの猫《ねこ》が病気だったとき、お父さんといっしょに来てくれたでしょう。ええと、エミーリアとアレキサンダーだったかしら？」

アレックスは少し元気になって、答えた。「エイミーとアレックスです。アップルパイとレモネードをごちそうになりました。猫は元気ですか？」

ウィン夫人はバッグのなかをさがしながら答えた。「ええ、ホレーショは元気よ。ありがとう。

ねえ、ベン。お友だちにアイスクリームごちそうしてあげて。エヴァンズ喫茶店《きっさてん》の自家製《じかせい》は、おいしいわよ。あとでわたしもお茶とスコーンをいただくわ。はい、エイミー。あなた、アイスクリームのお金の係ね。ネッドにもひとつ買ってやって。いい犬だから」

ベンは買い物かごを手に取った。「どこへ行くんですか、ウィンさん？」

夫人《ふじん》は口をかたく結んで、広場の東側《ひがしがわ》にある建物に入っていく人たちの姿《すがた》を指《ゆび》さした。「いまあのふたりが入っていくところ。わたしの弁護士《べんごし》の事務所《じむしょ》なの。マッケーさんに会いたいって思っていたんですよ。時間はむだにできないから。でしょ？」

予約《よやく》してあるとはいわなかった。「じゃあ、あとでね」

一同が見まもるなかを、ウィン夫人は足早《あしばや》に弁護士の事務所に歩いていった。エイミーは若《わか》い婦人《ふじん》を建物のなかに案内《あんない》している男を、うなずいて指《さ》ししめした。「あれがオバダイア・スミザーズよ。ウィルフのパパ。村を買いしめてセメント工場にしようとしてるやつ。でも、あの女の人はだれかしら」

ベンがふたりづれに目をやった。「ぼくも知らないけど、ここに着いたとき、あのふたりが汽車から降《お》りるのを見たなあ。ロンドンの人かもしれない。スミザーズと手を組んでいる会社の」

アレックスが口を出した。「ジャックマン・ダニング・アンド・ボウだってパパがいってた。あの人はジャックマンかな？　それともダニングか、ボウかな？」

17

エヴァンズ喫茶店《きっさてん》のアイスクリームはたしかにおいしかった。細長い皿に盛《も》られたピンクと白のアイスクームは、上にラズベリーソースとチョコレートの粒《つぶ》がパラパラとかかっている。店主《てんしゅ》のダイ・エヴァンズさんは、店の奥《おく》でケーキを焼いたり、アイスクリームをつくったりしていた。それをウェールズなまりの強い、太った陽気《ようき》な奥さんのブロードウェンが客に出した。

ふだんはペットは出入り禁止《きんし》なのだが、おとなしくてお手もできる黒いラブラドール犬《けん》を、奥さんがすっかり気に入ってしまった。テーブルクロスの端《はし》を上《あ》げてブロードウェンはいった。

「おやまあ、なんていい犬かいねえ。さあ、この下に座《すわ》ってな。ほんと、こんないい犬を、外でアイスクリームもやらずにつないどくなんて、とんでもねえ」

ネッドが金物《かなもの》の皿に出されたアイスクリームをなめながら思っていることが、ベンにも伝わった。「うまい！ 朝のしんどい買い物のあとは、なんてったってこれだよ！」

ベンは犬の背中《せなか》に両足《りょうあし》をのせて答えた。「この、ちゃっかりもの！」

ベンはレースのカーテンを開けて外を見た。彼《かれ》の座《すわ》っている位置《いち》から、広場の北西の角《かど》にある古いつぎはぎだらけの平屋《ひらや》が見えた。編《あ》み枝《えだ》と漆喰《しっくい》でできた部分、石壁《いしかべ》やこわれたレンガ、くずれかけたモルタルなどがまぜこぜになった建物で、時がたって傷《いた》んだところは間に合わせの補修《ほしゅう》がほどこされていた。色のはげた茅葺《かやぶ》きの屋根は、ふちがふぞろいで、頭に合わないカツラのようだ。屋根の中央《ちゅうおう》から飛びでている大きなこぶのようなものが、かなりこっけいだった。

建物のまえにはのびほうだいの草木と、藪《やぶ》がのびすぎて一部こわれた塀《へい》があった。高くのびたサンザシのすきまから落ちる日の光が、建物に荒《あ》れはてた、それでいて絵のような雰囲気《ふんいき》をあたえていた。

ベンはスプーンで建物をさした。「あれが、みんなのいう救護院《きゅうごいん》？」

アレックスがアイスクリームから目を上《あ》げた。「そうだよ。でも近づかないほうがいいよ、ベン。狂《くる》った教授《きょうじゅ》が住んでるんだ」

ベンは冗談《じょうだん》を聞いたみたいに笑いだした。「ハハ、狂った教授？」

エイミーが弟の言葉に加勢《かせい》してひそひそといった。「本当よ、ベン。本当に狂った教授が住んでるの。人嫌《ひとぎら》いで、めったに外に出てこないわ。ウィルフ・スミザーズたちだって近よらないの。すごい銃《じゅう》を持ってて、すぐ撃《う》つんだって。アレックスのいうとおりよ。救護院には近よっちゃだめ！」

エイミーが座っている位置からは、マッケー法律事務所《ほうりつじむしょ》が見えた。「見て、ベン。ウィンさんがマッケーさんとこから出てくるわ。あそこになんの用だったのかな？」

遠くから見ても、老婦人《ろうふじん》がかんしゃくを起こしているのがわかった。小柄《こがら》でこざっぱりした弁護士《べんごし》のマッケー氏《し》は、ウィン夫人《ふじん》と、オバダイア・スミザーズ、モード・ボウのあいだに立って、けんめいにもめごとをおさめようとしている。だが、あまりうまくいっていない。あごをフンとばかりにまえに突《つ》きだしたウィン夫人は、スミザーズとボウに向かって指をふりつけ、なにやら意見を主張《しゅちょう》している。何度か、ふたりづれは立ちさろうとしたのだが、夫人はふたりをまえにして、いいたいことをすべていいきるまではやめないかまえだ。

だが、やめたのは夫人だった。夫人はドンと足で地面をけると、ぼうぜんとしているふたりをしり目にさっさと歩いてきてしまった。マッケー氏はそそくさと事務所《じむしょ》にもどっていく。よかった、よかった。三人が大さわぎして人目《ひとめ》に立つまえにいなくなってくれて……

エイミーがほれぼれした顔でうなずいた。「来たわ、ウィンさん。ああ、ベン、ウィンさんみたいな人がもっといてくれたらいいのになあ。あきらめずに戦《たたか》う人」

青い目の少年はアイスクリームの最後のひと口をなめた。「わからないよ、みんなだって。自分たちの問題だってわかってきたら、戦う人も出てくるよ」

ウィン夫人は黒ボタンのついたブーツをカツカツと床《ゆか》にひびかせてエヴァンズ喫茶店《きっさてん》に入ってきた。頬《ほお》が赤くなり、見るからに怒《おこ》っている。カウンターを二度たたいていう。「セイロン紅茶《こうちゃ》一杯《ぱい》と、熱いバターつきスコーンおねがい、ブロードウェン」

ブロードウェンは元気にうなずいた。「あれまあ、ウィンさん。おもしろくないって顔だね。まあ、座《すわ》って。じきに持ってくるよ」

エイミーがさっと横にのいて、ウィン夫人《ふじん》の席をつくった。夫人は大きなため息をつくと、バッグから小さな鏡《かがみ》を取りだし、紺色《こんいろ》の帽子《ぼうし》からはみ出した髪《かみ》を整《ととの》えた。

注文《ちゅうもん》の品《しな》はすぐに運ばれてきた。夫人はお茶をつぐと三口たっぷり味《あじ》わって、落ちつこうとした。それから口を開いた。

「まったくもう！　あのスミザーズのあつかましさ！　それとどう、気色《きしょく》わるいロンドンなまりの若《わか》い女！」

ベンは夫人が憤慨《ふんがい》するのを見てほほえみそうになったが、まじめくさっていった。「連中《れんちゅう》に怒《おこ》ってられるんですね、ウィンさん？」

夫人は背《せ》すじをのばすと、もうひと口お茶を飲んだ。

「わたしが？　とんでもない！　あんなやつらに怒るほど、わたしはおろかじゃありませんから。あいつら、わたしの家と救護院《きゅうごいん》に対して現金《げんきん》を支払《しはら》っていったのよ。ほんのはした金《かね》！　わたしが見むきもしなかったら、じゃあ二倍出すって。ふん！　そんなきたない金、四倍積まれたって一歩もゆずらないっていってやりました！　そしたらスミザーズは、もう法律《ほうりつ》の手つづきはすんでるから、計画が実行《じっこう》されてもわたしがまだ逆《さか》らうようなら、わたしを追いだす、救護院《きゅうごいん》も許可《きょか》なしで自分のものにできる、っていうの！」

ブロードウェンが近くでうろうろして立ち聞きしていた。村のうわさ話は大好きで、いつでも近くで立ち聞きをする。いまも寄《よ》ってきて空《から》になったアイスクリームの皿をかたづけながらいった。「マッケーさんはこの件《けん》についてなんていってるんかい、ウィニー？」

夫人《ふじん》はとたんに元気がなくなり、声もつぶやくようになってしまった。「スミザーズたちのほうが法律的《ほうりつてき》には勝ち目があるんですって。わたしのほうに村全体の所有権《しょゆうけん》を証明《しょうめい》できる書類《しょるい》があればべつなんだけど」

ブロードウェンは親指を立てて、夫《おっと》が働いている店の奥《おく》をさした。

「やれやれ、スミザーズはうちの亭主《ていしゅ》にもなさけない額《がく》をいってよこしたよ。でも、どうしたらいい？　やつらと戦《たたか》おうにも金がないんだから。亭主はこの店を言い値《ね》で売って、ウェールズあたりに引《ひ》っ越《こ》さなきゃならないかもしれないっていうんだ。でも、そうと決まったもんでもないよ。いろんな人と話したけどさ、新聞屋のペティグルー、金物屋《かなものや》のライリー、お菓子屋《かしや》のホワイトの奥さん、肉屋のスタンズフィールド、みんな、そんなことにゃならないっていうよ。だってさ、石灰岩《せっかいがん》取れるからって、スミザーズが村まるごとつぶすなんてできやしないって！」

ベンが口をはさんだ。「できますよ、エヴァンズさん。ほんとうにやりますよ。なんとかしてあいつを止めなかったろう」

だが、話はここで急にとぎれてしまった。家の外から裏《うら》の壁《かべ》をドンドンとたたく音がしたからだ。振動《しんどう》で、棚《たな》の上にかざってある、ヤナギのもようのついた皿がふるえ、カタカタと音をたてた。ダイ・エヴァンズが、手についた粉《こな》をふきふき、エプロンをはずしながら奥《おく》から飛びだしてきた。

女房《にょうぼう》があわてて皿をおさえにかかりながら、亭主《ていしゅ》にいった。「スミザーズの息子《むすこ》とワルたちだよ、おまえさん！」

ダイが外に走りでた。エイミーも腰《こし》をうかしたが、ベンが止めた。「待って。ちょっと聞いていよう」

外ではダイ・エヴァンズがどなっていた。「おまえだってわかってんだ、ウィルフ・スミザーズ。壁によっかかったってむだだよ。とぼけやがって。あっち行け、おまえたち！」

ウィルフの声がぬけぬけといった。「おれたちじゃねえよ。壁くらいだれだってよっかかるさ。おれたちじゃねえ」

ダイの声は怒《いか》りにふるえていた。「おまえたちだってわかってんだよ。とっとと消えないと、警察呼《けいさつよ》ぶぞ！」

ダイは店内《てんない》にもどってきた。こぶしをにぎりしめ、ゆるめ、首をふりふりつぶやいた。「おい、ブロードウェン、やつら、どっちみちおれたちを追いだすぞ。おれはウェールズに帰れてうれしいよ。ほんと」

ブロードウェンが皿の最後の一枚《まい》をもとどおりにならべ、カウンターに向かって歩きだしたとたん、壁《かべ》がゆれて、外からお屋敷《やしき》ギャングどものはやし声が聞こえてきた。

「ダイ、どんくさダイ、どんくさダイ……ダイ、ダイ！」

ブロードウェンはあわてて皿のところにもどった。ダイ・エヴァンズは日よけのブラインドを下《お》ろすための鉤《かぎ》つき金棒《かなぼう》をつかんだ。「ようし、それまでだ、坊主《ぼうず》ども！　もうたくさんだ！」

ベンはわきにネッドをしたがえてダイのまえに立った。そして落ちついた声でいった。「そいつでやつらの頭をかち割《わ》ったら、ご主人のほうがめんどうなことになります。ぼくにまかせてください」

ダイは少年のしっかりした青い目を見つめながら、どうしたものかと迷《まよ》った。と、ウィン夫人《ふじん》が立ちあがった。「この子のいうとおりにして、ダイ。信用できるわ」

ベンが喫茶店《きっさてん》から歩きだすと、ダイ・エヴァンズは片側《かたがわ》によけてネッドを通した。黒いラブラドール犬《けん》は首まわりの毛を逆《さか》だて、低く、おそろしい声でうなっている。

ほんの一時《いっとき》、あたりが静かになった。と、悲鳴《ひめい》、どなり声、犬のほえ声、そしてバタバタと逃《に》げる足音。やがてベンがぶらぶらと店にもどってきて腰《こし》を下《お》ろした。ブロードウェンにウインクしていう。「アイスクリームのおかわりをください。それと、もう一杯《ぱい》ウィンさんにお茶を。今度はぼくがごちそうする番だ」

五分後、犬がもどってきて、テーブルの下にくたりと座《すわ》ってベンに気持ちを伝えた。

「やつらを追っかけて駅まで行ったらさ、待合室《まちあいしつ》に逃《に》げこんだんだ。でも、ぼくが帰るときには駅長に追いだされてたよ。ウィルフが逆《さか》らって、『犬に追われてるのに追いだすなんて、おやじにいいつけてやるっ』ていったけど、駅長は平気でさ、『オオカミの群《む》れが待ちかまえてても追いだす。ちゃんとした汽車の切符《きっぷ》を持たないものは駅構内《えきこうない》をうろつくな、どっかよそでワルふざけしろっ』っていってた。アイスクリーム残ってる？」

ネッドがこの場のヒーローだった。エヴァンズ夫婦《ふうふ》は紅茶《こうちゃ》も、アイスクリームも代金《だいきん》は受けとらなかった。ダイはテーブルわきにひざまずいて、皿にいっぱい盛《も》ったバニラアイスクリームに生クリームをかけて、ネッドにあたえた。ネッドはダイに耳のまわりをかいてもらいながら、ごきげんでアイスクリームをたいらげた。

「いい犬だ、おまえは。こんな犬がほしいねえ。この犬にどうやってあんなことやらせたんだい？」

エイミーがベンのかわりに答えた。「なんでもないのよ、エヴァンズさん。ネッドは騒々《そうぞう》しい音や行儀《ぎょうぎ》のわるいことはがまんできないの」

ベンはアイスクリームの皿ごしにエイミーを見て、にっと笑った。「よくできました、エイミー。ネッドのことがだいぶわかってきたようだね」

18

モード・ボウはつんとすましてスミザーズ家の食卓《しょくたく》についていた。スミザーズと夫人《ふじん》のクラリッサといっしょに、メイドが燻製《くんせい》ハムのサラダを取り分けるのを無言《むごん》で待っている。スミザーズは、昼だから大麦《おおむぎ》を使った果実酒《かじつしゅ》を飲みたいというモードと妻《つま》を無視《むし》して、赤ワインをついだ。

メイドが出ていってドアが閉《し》まると、モードはひとりでべらべらと話しはじめた。スミザーズはそれをいちいち否定《ひてい》し、意見をすべておさえこんだ。しかし、ウィン夫人とのいきさつという点では、論争《ろんそう》に勝ちかかっているのはモードのほうだった。

モードはシミひとつない真っ白なテーブルクロスを、優美《ゆうび》な指先でこつこつたたいた。「さっきもいったとおり、この件《けん》ではたいへんな費用《ひよう》がかかるでしょうよ！」

スミザーズはがぶりとワインを飲んで、ゲップをおしころした。「ばかな、お嬢《じょう》。万事順調《ばんじじゅんちょう》。おれが保証《ほしょう》するよ」

スミザーズ夫人はサラダをじっと見つめたが、若《わか》い娘《むすめ》が自分の夫《おっと》と議論《ぎろん》していることにいささかショックを受けていた。自分にけっして夫《おっと》に逆《さか》らったことはないのに！

だが、モードはいいはった。「ほかの村人に関《かん》しては、万事順調《ばんじじゅんちょう》かもしれないけれど、ウィン夫人《ふじん》は頑《がん》としてゆずりませんよ。めんどうを起こすにきまってます。だって、あの人がこちらの申《もう》し出《で》をことわるなら、正式な許可証《きょかしょう》が出るまで七日間は待たなくてはならないんです。パパがそういってるの。パパは法律《ほうりつ》にはくわしいんです。本当ですよ」

スミザーズはさらに赤ワインをついで、指でハムをつまんでほおばった。テーブルマナーのわるい男だった。油っぽい指でモードを指《ゆび》さし、いう。「いい人だ、あんたのお父さんは。いい人だ。だが、なんでもかんでもわかってるわけじゃない」

モードはこの育ちのわるい北部人《ほくぶじん》に対する嫌悪感《けんおかん》をおしころし、こましゃくれた口調《くちょう》でいいかえした。「パパは仕事に関してはプロですよ。パパが契約《けいやく》した建築《けんちく》会社はどこも、七日間の遅《おく》れをみとめてはくれません。ウィン夫人が立ちのき命令に記《しる》されている期日《きじつ》までに出ていかないようなら、契約違反《けいやくいはん》で罰金《ばっきん》を課《か》せられ、計画はひどい損害《そんがい》をこうむるでしょう。遅れのせいでどんなこまったことになるか、わかってらっしゃるのしら！」

つぎの瞬間《しゅんかん》、スミザーズ夫人は夫のかんしゃくのはげしさにすくみあがった。スミザーズはハムと赤ワインをまきちらしてどなった。

「おれに仕事を教えるようなまねするなっ！　アマッちょが！　おれはおまえやおまえのおやじなんかより、村の連中《れんちゅう》のことはわかってんだ。ふん、ウィンのばばあが、なに証明《しょうめい》するって？

なにもないんだよ！　裁判所《さいばんしょ》の命令をたたきつけてやりゃ、むだ金《がね》使わなくてもすむんだ。この郡《ぐん》の役所が決めたお涙金《なみだきん》で、あいつは家を手ばなすさ！　救護院《きゅうごいん》のほうは、もともとだれのもんでもないから、タダでいただきだ！　村のほかのやつらは、てんでんばらばらで敵《てき》にもならない。法律《ほうりつ》のことなんかなんにも知らないから、家屋敷《いえやしき》に決まった額《がく》はらってやりゃいい。はした金だよ。ほんと！」

そういって、スミザーズはいすに深く座《すわ》り、指の先で歯にはさまったハムのかけらをほじった。だが、モードはおじけづいたりはしなかった。ナプキンで上品《じょうひん》に口の端《はし》をぬぐうと、皿をわきにおしやって立ちあがった。「わたしは部屋《へや》へ行きますが、事態《じたい》はなにも変わってませんからね。期日《きじつ》までにあの老婦人《ろうふじん》を家から追いださなければなりません。二階に行って、この問題を少し考えてみます。あなたも、わたしのようになさったらいかがですか！」

それだけいうと、モードはさっさと食堂《しょくどう》から出ていった。残されたスミザーズは妻《つま》に向かって早口にまくしたてた。「なんてクソなまいきなアマだ。だれに向かって口きいてると思ってんだ！　どっかのお嬢《じょう》さま学校出て、まだ一年にもならんだろう？　こっちゃ、あいつが生まれるまえから苦労して財産《ざいさん》こさえてきたんだぞ。なあ？」

スミザーズ夫人《ふじん》は大麦《おおむぎ》を使った果実酒《かじつしゅ》を自分のグラスにつぎながら、怒《おこ》っている夫《おっと》に対して従順《じゅうじゅん》に答えた。「ええ、そうですよ。どう、この果実酒？　冷たくておいしいわ」

スミザーズは赤ワインをテーブルクロスにこぼしながらついだ。「そんなもん飲めるか！　おい、来たぞ、うちのやんちゃ坊主《ぼうず》が！」

ウィルフが庭の芝生《しばふ》から、フランス窓《まど》を通って入ってきた。真《ま》っ赤《か》な顔をして肩《かた》で息をしている。モードがさっきまで座《すわ》っていたいすにどさっと座って、目のまえの皿からハムをつかみ、それにマスタードをぬりたくると、パン二枚《まい》のあいだにはさんだ。パンを食《く》いちぎるのを見て、母親はお説教《せっきょう》した。

「まあ、ウィルフレッド、手も洗《あら》わずに。またお昼食に遅《おく》れたわね。そのサラダだめよ、ボウさんのでしょ。ヘティにいって、あなたの分持ってこさせるから。まあ、どうしたの、その顔……」

スミザーズは妻《つま》の説教に乱暴《らんぼう》に割《わ》って入った。「いいから、ほっとけ、クラリッサ。そうやいやいかまうんじゃない。おい、おまえ、食い物はそれでたりるか？」

ウィルフはハムサンドでいっぱいの口で、もごもごとつぶやいた。「レモネードとケーキがあるといいな」

スミザーズ夫人《ふじん》はテーブルから立った。「取ってきましょう」

部屋《へや》を出ていこうとする夫人に、スミザーズがどなった。「おまえが行くことはない。そのためにメイドに金はらってんだろ！」

夫人はまったく聞く耳を持たずに、キッチンに行ってしまった。

スミザーズはまたワインをついだ。「フン、女ってやつは！」

そして息子《むすこ》のほうに身《み》を乗りだすと、ひじで軽くつついて、ないしょごとのように小声でいった。

「それで、おまえたちはどのへんまでやった？　おまえと仲間は？」

ウィルフはよごれた手の甲《こう》で、口についたマスタードをふいた。父親には負けた話ではなく、勝った話をするほうがいいとわかっていた。「村にちょっとカツ入れてやったよ。エヴァンズのおやじ痛《いた》めつけてよ。ウェールズに帰りたいっていってるのが聞こえた」

スミザーズ夫人《ふじん》が、グラス入りのレモネードと、干しぶどうのケーキをたっぷりのせた皿を持って入ってきた。そしていましも腰《こし》を下《お》ろしかけたとき、スミザーズがきげんわるそうに妻《つま》を見つめた。

「昼食すんだか？」

とたんに、夫《おっと》がウィルフとふたりきりになりたがってるのだと察《さっ》していった。「はい、今夜のメニューをコックにわたしてきますね。ボウさんは、ローストビーフお好きかしら？」

スミザーズはフンと鼻を鳴らした。「好き嫌《きら》いなんか知るか。なんでも家で出すものを食《く》って、ありがたいと思え！」

夫人はうなずいて部屋《へや》から出ていった。

スミザーズは息子がレモネードをすすり、ケーキをぱくつくのを見まもった。「エヴァンズやほかのやつらにほっとけ。おれがうまくおさえてる。それより、ウィンだよ、目の上のたんこぶは。このところ、あいつの家に仲間たちと行ったか？　あいつを追いだしたいんだ」

ウィルフは食べるのをやめて、爪《つめ》のささくれをなめた。「あの家にゃ小僧《こぞう》がいてさ。そいつに黒い犬がついてるんだ。でっかいこわい犬。あいつらがいるから、なんにもできないんだよ。でもやってみるけどね」

父親の顔がこわばった。ウィルフの腕《うで》をきつくつかむ。「見たことあるぞ。いいか、犬なんか気にするな。おまえやおまえの仲間に噛《か》みついたら、おれに知らせろ。すぐに警察《けいさつ》につかまえさせて、始末《しまつ》させる。それにしてもあきれたな、おまえには。あの小僧はおまえの背丈《せたけ》の半分もない、小わっぱじゃないか。おまえみたいな大男なら、あんなやつ一発だろ。思い知らせてやれ。まさか、こわがってるんじゃあるまいな？」

ウィルフの顔がいっそう赤くなった。「おれが？　あのチビを？　ハッ！」

父親は笑顔《えがお》になった。「よーし、よくいった。おれの子どものころみたいだ。なんとかやつひとりをおびきだして、とことん痛《いた》めつけてやれ。泣かれても手ゆるめるな。おまえがボスだってわからせるんだぞ。いいな？　ええ？」

父親の言葉にあおられて、ウィルフは勢《いきお》いよくうなずいた。「やるよ、ちゃんと。あいつにたっぷりパンチお見舞《みま》いしてやる！」

スミザーズは息子《むすこ》の腕をはなした。そしてチョッキのポケットのなかをまさぐって何枚《まい》か銀貨《ぎんか》を取りだし、息子にあたえた。「ほら。仲間にこれでアメのひとつも買ってやれ。ウィンのばあさんをキリキリ舞《ま》いさせろってな」

ウィルフはケーキの二切れを一つにまとめてかぶりついた。ワル仲間はいつも、なぐりとばしていうことを聞かせており、アメなどやったことはない。この金は自分がもらう。

「ありがとう、父さん。みんなにやるよ」ウィルフはうそをついた。

19

ウィン夫人《ふじん》は、キッチンの棚《たな》にあった水差しから鍵《かぎ》を取りだした。「さあ、船長のお部屋《へや》を見てみましょう、ベン」

ネッドの耳が少し立った。「ぼくも行こうかな。部屋のなかをさがすのに、猟犬《りょうけん》が必要かもしれない」

ベンは犬の耳をそっとひっぱった。「おまえは猟犬じゃないよ、ネッド」

犬は軽く鼻をすすった。「猟犬じゃなくてよかった。あいつら悲しげな顔しちゃってさ。でも、ぼくも物をかぎわけるの、かなりうまいんだよ。さあ、行こう、兄貴《あにき》！」

ベンは夫人が階段《かいだん》を上《のぼ》っていくのに手を貸《か》しながら、その遅《おそ》さにイライラしているのを顔に出すまいとした。いつかは自分だって、年を取ってこうなるかもしれないじゃないか。そう自分にいいきかせたが、とたんにネッドの考えが伝わってきた。「年を取るって？　そんなときが来ますかね？」

部屋のドアは重いマホガニー材《ざい》で、何層《そう》にも塗《ぬ》られた黒っぽいニスでかがやいており、真鍮《しんちゅう》のかざりがぐるりとついていた。

ウィン夫人《ふじん》からわたされた鍵《かぎ》を鍵穴にさしこんで、ベンは思わず身《み》ぶるいした。海の風景《ふうけい》が頭にわきあがってきたのだ。船、波、風、はためく帆《ほ》。自分とネッドの昔《むかし》、昔の姿《すがた》。フライング・ダッチマン号の厨房《ちゅうぼう》に閉《と》じこめられたふたり。外ではヴァンダーデッケン船長が船員《せんいん》のフォーゲルを撃《う》ち殺《ころ》した……

と、ウィン夫人《ふじん》の手がベンの腕《うで》にかかって、魔法《まほう》が解《と》けた。

「ベン、あなた、だいじょうぶ?」

現実《げんじつ》がすっともどってきた。ベンは背《せ》すじをしゃんとのばすと、鍵を回した。「だいじょうぶです。鍵がちょっとかたくて。ああ、開いた。さあ、レディファーストです」
部屋《へや》はいかにも昔の船乗《ふなの》りらしく、きちんと整《せい》とんされていた。ウィン船長はきちょうめんな人だったと見え、なにもかもきちんと分け、かたづけてあった。額《がく》入りの証明書《しょうめいしょ》、賞状《しょうじょう》、さまざまな船の写真、念《ねん》入りにポーズを決めた乗組員《のりくみいん》たちの写真、それに船長自

身がおおぜいの友人と写った写真などすべてが、ぐるりの壁《かべ》に少しも曲がることなくかけられていた。かつて船室をかざった真鍮《しんちゅう》の手すりのついたテーブルもあった。上に六分儀《ろくぶんぎ》と地球儀《ちきゅうぎ》がのっていた。

部屋《へや》の片《かた》すみには、みがきこまれたべっこうのケースがあって、巻《ま》いた海図《かいず》や取っ手の丸く曲がったステッキなどがおさまっていた。そのそばにふたつの船用衣装箱《いしょうばこ》があった。ひとつはビルマ産《さん》のチーク材《ざい》を彫《ほ》った美しいもので、内側《うちがわ》には真珠貝《しんじゅがい》とクリーム色の象牙《ぞうげ》がはめこまれていた。もうひとつはかざり気《け》のない黒の、海軍支給《かいぐんしきゅう》の箱だった。上に白のエナメルで、「ロドニー・ウィン　イギリス海軍船長」ときれいに書かれていた。

ウィン夫人《ふじん》は机《つくえ》の上から巻《ま》き貝やオウム貝といったおもしろい物をいくつかどけて、ようやく小さな引き出しを開けた。なかから夫人は二本の鍵《かぎ》を取りだした。一本は実用的《じつようてき》でかざりのない物。もう一本は装飾《そうしょく》が多く、先から赤い絹《きぬ》の房《ふさ》が下《さ》がっていた。夫人はふたつの衣装箱を開けると、鍵をベンにわたした。

「船長の個人的《こじんてき》な書類《しょるい》は、みんな机と、このふたつの箱のなかに入っています。用がすんだら、もとどおり鍵をかけて、鍵をもどしてくださいね、ベン。わたしはここをさがすのはいや。思い出が多すぎるの。この年になると、亡霊《ぼうれい》が多すぎるのよ。そうね、あしたはここに入ってほこりをはたきましょうか。ウィン船長はほこりががまんならない人だったから。ああ、これ、ちょっと見てみる？　見てごらんなさい」

夫人《ふじん》は壁《かべ》ぎわの棚《たな》を開けた。食器《しょっき》棚のように見えたが、実際《じっさい》はつくり付けの衣装《いしょう》棚だった。船長の洋服が、正装《せいそう》用の制服《せいふく》からふだん着まで、ずらりとかかっていた。下のほうの棚には、小物がかざられていた。天候《てんこう》に合わせた木綿《もめん》や毛織物《けおりもの》の手袋《てぶくろ》、正式の場で必要な皮製《かわせい》白手袋、それにさまざまなタイ、蝶《ちょう》ネクタイ、勲章《くんしょう》、肩章《けんしょう》、かざりひも、星章《せいしょう》ほかいろいろな装飾品が、金糸《きんし》の腕章《わんしょう》とならんできちんと置かれていた。そのなかでもとりわけ、ベンはイギリス海軍の船長の剣《けん》と鞘《さや》に、金色の房《ふさ》までついた一式をすばらしいと思った。そのことをウィン夫人にいおうとふりかえると、夫人はもういなかった。

ネッドがいった。「下に行っちゃったよ。悲しそうな顔をして。いい人だなあ。ここに一生いたいよ。ねえ、ベン。こんな言葉知ってる？　家ほどいいところはないって。それがどういう意味か、わかってきたよ。ここ気に入ったな」

少年は、犬とならんでじゅうたんの上に座《すわ》りこむと、あごの下をなでてやりながら、やるせない思いを伝えた。「わかるよ、おまえの気持ち。でもおまえだってわかってるじゃないか。そのときが来たら、ほかへ行くしかないんだよ」

ふたりはしばらくだまって、さまざまな想像《そうぞう》に思いをはせた。どんなだったろう、自分たちがふつうの生き物だったら？　年を取って、大人《おとな》になって、ひとつところに暮《く》らして、まともな人生を生きてたら？

ネッドに胸《むね》のあたりをドンと突《つ》かれて、ベンの魔法《まほう》が解《と》けた。ベンはあおむけにたおれてしまった。わるふざけした犬がいう。「さあさあ、船仲間のお兄さん、この部屋《へや》のなかで手がかりを見つけて、ウィンさんと村を救《すく》うんじゃなかったの？」

ベンが船長の衣装箱《いしょうばこ》を開けた。「まずはこれからスタートだ」

海軍支給《かいぐんしきゅう》の衣装箱は、古い手紙、海図《かいず》、とうの大昔《おおむかし》の黄ばんだ新聞などが、ぎっしり順序《じゅんじょ》ただしくつまっていた。

ベンがそれらをぱらぱら見ていくのを、ネッドがじれったそうにして見まもった。「なんか値《ね》打《う》ちもんある、ベン？」

ベンは顔を上《あ》げていった。「いいや、あんまりないな。全部ウィン船長の仕事の書類《しょるい》だよ。海《かい》軍命令《ぐんめいれい》やら海上封鎖《かいじょうふうさ》計画やら。それにこの新聞。見ろ、一八五四年、イギリスとフランスがロシアに宣戦布告《せんせんふこく》。九月十四日、連合軍《れんごうぐん》がロシアのクリミア半島に上陸《じょうりく》。セバストポリの封鎖作戦《ふうささくせん》だ。そういうのがえんえんとつづく。インド大反乱《だいはんらん》から、一八七〇年代後半のアフリカ、ズールー戦《せん》争《そう》までずっと、まさにイギリスの歴史《れきし》だよ。ぼくらの助けになりそうな家族の歴史はないな。こっちのしゃれた箱のほうを見てみよう」

ベンは彫刻《ちょうこく》のある衣装箱を開けた。一見《いっけん》、こっちのほうがおもしろそうだった。バラやライラックの花のかおりがし、深紅《しんく》のうす紙で中身《なかみ》が仕切《しき》ってあった。ベンが包みをほどいてなかを見た。竜《りゅう》の刺繍《ししゅう》のあるガウン、青い絹《きぬ》のリボンで束《たば》ねた手紙、家族所蔵《しょぞう》の大きな聖書《せいしょ》、風景《ふうけい》や人物をえがいた子どものクレヨン画に、ジェームズ・ウィンと読めるたどたどしいサインが入ったもの、それに写真が、いくつかはハートや鳩《はと》をあしらったボール紙の額《がく》に入っていた。

ベンはこれらをみんなじゅうたんの上にならべて調べた。「ふーん、なんてかっこういいご夫婦《ふうふ》だ。若《わか》いウィン大尉《たいい》とその婚約者《こんやくしゃ》のウィニー。ブライトンの浜辺《はまべ》で撮影《さつえい》か。これは結婚式《けっこんしき》の写真だな。この家の写真、ウィンさんが庭に立っている。ああ、ふたりが乳母車《うばぐるま》おしてるよ。息子《むすこ》のジムが生まれたときのだな。ここには思い出が多すぎるってウィンさんがいったの、本当だったんだ。どう思う、ネッド？」

犬は鼻先で手紙の束《たば》をひっくりかえした。「これも見るかい？　たくさんあるよ」

ベンは首をふった。「いや、それは船長と夫人《ふじん》がつきあってたときのラブレターだよ。見るのは遠慮《えんりょ》しよう」ベンは手紙の束をわきにのけた。

「それより、机《つくえ》のなかを見たほうがいい。ここには役だちそうなものはないから」

ネッドは友の顔を責《せ》めるように見た。「聖書《せいしょ》以外はね！」

ベンは、犬がなにをいいたいのか一瞬《いっしゅん》わからなくて、「聖書？」とききかえした。

犬は聖書の上に前足をのせた。「ハイ、聖書ですよ。一家に一冊《さつ》、心やすらぐ、聖《せい》なる教えの本。ふつうはそこに家族の記録《きろく》ものせておくけどね」

ネッドはときどき、ベンにおとらぬほど知識《ちしき》のあるところを見せるのだ。

ベンは両手《りょうて》を使って、ばかでかい、皮表紙《かわびょうし》の家族の聖書を持ちあげた。「そうだった！　一家所蔵《しょぞう》の聖書だ！　でかした、ネッド！」

犬はのびをしてあくびした。「でかしたでしょ、ぼくがいなかったらどうなってたことか！」

ベンはその大きな本を机《つくえ》にのせて、いとおしそうに黒い大型犬《おおがたけん》を見た。「たぶんホーン岬《みさき》でおぼれて死んでた！」

それはみごとな聖書《せいしょ》だった。くすんだ銀の止め金《がね》つきで、各ページ、はげてはいるが金色のふちどりがあり、絹織物《きぬおりもの》のしおりもついている。ベンは自分のそでで表紙のほこりをはらうと、止め金をはずし、年代ものの聖書を開けた。扉《とびら》には、手書きの天使が昔《むかし》ふうのかざり文字で書かれた巻物《まきもの》を持っていた。

「この聖書は主《しゅ》とウィン一家のものなり。主を信じ、その御言葉《みことば》によって生きるものに祝福《しゅくふく》あれ」

ベンは黄ばんだページを注意ぶかくめくっていった。美しいかざりをほどこされた見出しやカラーのさし絵以外、とくにこれといって変わったところはなかった。だが、本のうしろのほうには何枚《まい》かの無地《むじ》のページと、何世紀にもわたっていろいろな人によって書きこまれたページがあるのが見つかった。誕生《たんじょう》や死、結婚《けっこん》のくわしい日付の記録《きろく》で、ウィン家の数百年にわたる系譜《けいふ》がほとんど完全にわかった。

ベンはそのいくつかを声に出して読んだ。

「聞いてろ、ネッド。『エドモンド・デ・ウィンはイヴリン・クラウリーと結婚。一六五五年。主はおそろしい黒死病《こくしびょう》からわれらを守られた。息子《むすこ》は国王にあやかってチャールズと名づける。

一六六九年。娘《むすめ》はエレノアと名づける』エドモンドは娘をさらにおおぜい持ったらしい。ウネフリード、チャリティ、グエンドリンほか三女だって。かわいそうだな、エドモンドは。なあ、ネッド。息子《むすこ》一人に娘が七人。たいへんだったろう、食べさせていくの」ベンは巨大《きょだい》な本を閉《と》じた。「これ見ても、なんの手がかりにもならないな」と、犬がピョンと立った。机《つくえ》に前足をのせ、鼻先でベンの手もとの聖書《せいしょ》の下を躍起《やっき》になってつついている。

「どうした？　おい」ベンが犬をおしのけようとした。「大事《だいじ》な聖書をヨダレでよごしたら、ウィンさんがなんていうと思う？」

だが、犬はやめようとせず、あせって伝えた。「本のうしろだ！　ぼくが座《すわ》ってたとこから見えたんだよ、ベン。本の背《せ》の、内側《うちがわ》！　なんか入ってる！」

ベンは急いで本を閉じ、縦《たて》にしてみた。背と本体のページのあいだをじっと見る。「ほんとだ！　なんかたたんだ紙みたいだな。待った！」

ベンは船長のみやげ物のなかから象牙《ぞうげ》の箸《はし》を見つけると、それを使って問題の紙をそろそろと取りだした。

ベンが慎重《しんちょう》に紙を広げるのを、黒い犬がのぞきこんだ。「羊皮紙《ようひし》の切れはしだな。二カ所小さな焼けこげがある。なんか書いてある。読んでよ、ベン。読んで！」

ベンはしばらくその書き物に見いっていたが、やがていった。「へんな出だしなんだ。いいかい、『なら、デ・ウィン家のために汝《なんじ》が宝《たから》をお守りください』だって」

ネッドはしっぽをはげしくふった。「宝！　それだ！　でも、『なら』ってどういう意味？」

ベンはまだ羊皮紙《ようひし》を見つめている。「そこが破《やぶ》れてしまってるんだ。『なら』はある長い言葉の最後の二文字じゃないかな。でも、これを聖書《せいしょ》のなかに見つけたのは、おまえのお手柄《てがら》だ」

ネッドはしっぽをふった。「フン、だれだよ、馬が人間のいちばんの友だっていったのは？　犬はどうなるんだよ？」

ベンは羊皮紙を下に置いて、犬に飛びかかった。そして床《ゆか》じゅうを転げまわって犬と取っ組みあった。これがネッドのお気に入りの遊びだった。

でも、ラブラドールのほうがうわてだった。ベンをじゅうたんの上でおさえつけると、顔をぺろぺろとなめだした。「あわれな犬めは、ほかになにをしたらよろしいでしょうか、ご主人さま？」

犬の舌《した》に耳のあたりをくすぐられて、ベンはくっくっと笑った。「はなせ、こいつ、ベロベロなめやがって！」

ふたりはあれこれさがしてみたが、ほかにはなにも見つからなかった。ベンが部屋《へや》をかたづけ、すべてもとどおりにしたころには夜もかなりふけていた。ベンは破れた羊皮紙をたたんで、ポケットに入れた。

「とにかく、これがスタートだ。書いてあることも、ふたつの焼けこげもよくわからないけど。

でも、とっかかりになる物だよ。時間切れにならないうちに、なんとかウィンさんと村のためにこの難問《なんもん》を解《と》きたいなあ。さあ、相棒《あいぼう》、寝《ね》る時間だ。ぼくは顔を洗《あら》ってくるよ」

ネッドが怒《おこ》ったようにベンの顔を見た。「たったいま、ぼくがきれいに洗ってあげたでしょ。ほんとうに恩知《おんし》らずなんだから！」

青い目の少年は、きびしい主人のふりをして犬を見るといった。「あとひとことでも口答えしてみろ、おまえの顔を石けんとブラシで洗ってやる！」

20

日曜の朝、ベンはウィン夫人《ふじん》のおともをして日曜礼拝《れいはい》に出かけた。新しい服を着、もしゃもしゃの髪《かみ》をぬらしてブラシで二つに分けたベンは、なんとなく気はずかしく感じていた。犬は家に残ってホレーショの相手をした。ウィン夫人は散歩《さんぽ》用の杖《つえ》を持って出た。丘《おか》のいただきにある教会までかなりの道のりだったからだ。

教会の敷地《しきち》の門のところで、ふたりは両親《りょうしん》と来たアレックスとエイミーといっしょになった。ウィン夫人はソマーズ夫妻《ふさい》を知っているので、その場で立ち話をした。

アレックスはベンがやや不安《ふあん》そうに教会の塔《とう》を見あげているのに気づいた。「ただの塔だよ、ベン。なにをそんなに見ているの？」

ベンの額《ひたい》に汗《あせ》がうっすらとにじんでいた。すこし青ざめた顔で、彼はいった。「鐘《かね》だよ。この教会は鐘があるの？」

ブレイスウェイト先生が、いつもの学者ふうのガウンでぶらぶらと寄《よ》ってきた。ちりちりの髪

をかきながら、メガネの上からベンを見る。
「ああ、なんだって？　ああ、鐘《かね》か、ええ？　ちがうよ、ええ、若《わか》い、ええっと、若い人。ここの鐘は、ええっと、聖《せい》ペテロ教会の鐘は、その、供出《きょうしゅつ》されてしまった、その、なんていうか、牧師《ぼくし》たちと教区民《きょうくみん》によってな、フランスのナポレオンの軍隊《ぐんたい》と戦《たたか》ったときに。そう、ええ、ええ、ウェリントン公爵《こうしゃく》ひきいるイギリスの軍隊《ぐんたい》の、武器《ぶき》をつくるためにな。鐘の金属《きんぞく》は、役に立つんだな。きわめていい。きわめていいんだ」
逆《さか》まく波、天使の声、そして霧《きり》のかかった大海原《おおうなばら》を波をけって進むフライング・ダッチマン号。そんな感じがどこかへ消えた。ベンはすっと楽《らく》になった。鳴らない鐘の塔《とう》なら心配《しんぱい》はない。エイミーがなかへ入ろうとそでをひっぱった。礼拝《れいはい》がはじまっていた。

聖《せい》ペテロ教会は、外から見た大きさのわりには、内部《ないぶ》はせまかった。アーチ形《がた》の木の天井《てんじょう》を八本の石灰石《せっかいがん》の柱が支《ささ》えており、そのあいだには通路《つうろ》がふたつあった。ベンチからは家具みがきのラベンダーのかおりがただよい、お祈《いの》り用のひざ布団《ぶとん》はすりきれたシェニール織《お》りだった。二、三のきれいに残されているステンドグラスの窓《まど》から、朝の光がさしこんで、ゆっくり舞《ま》う無数《むすう》のほこりを際《きわ》だたせていた。

ベンはふたりの友だちとならんで座《すわ》った。白髪《しらが》頭できびしい顔をしたマンデル牧師《ぼくし》が、仲間に対する慈善《じぜん》のすすめを説《と》いた。ベンはだれかに見られているような気がしてさっとふりかえり、うしろのほうの席を見た。ウィルフ・スミザーズがいた。母親とロンドンから来た女といっしょだ。オバダイア・スミザーズは日曜に教会へ来ることはなかった。いや、どの日でも来なかった。ベンはウィルフに向かってほほえんだ。おどろいたことに、ウィルフもほほえみかえした。

礼拝《れいはい》が終わると、ウィン夫人《ふじん》は立ちどまって、新しい鐘《かね》を買うための献金箱《けんきんばこ》にコインを入れた。ウィルフがうしろから来て、ベンのポケットに紙きれをねじこんだ。

「どうせ来ねえだろうな」そうベンの耳もとにささやくと、さっさと歩いていき、門のところにいた母親とモード・ボウといっしょになった。門の外には家へ帰る馬車が待たせてあった。

帰り道は、ソマーズさんが、親切にウィン夫人に手を貸《か》した。ベンは友だちふたりと先を歩きながら、ポケットから紙きれを取りだして読んだが、笑いだした。

「ウィルフが教会の外でぼくにこれをわたしたんだ。聞いて」ベンはへたくそな字で書かれたメモを読んだ。「『きょうの午後、四時、びびらなかったら戸書館のウラにこい。犬つれてくるな。話だけだから。おれはひとりでいく。こないなら、おまえは奥病もんだ。刺しだし人、おヤシキギャングのリーダー』」

ベンは坂になっている草地に座《すわ》って、首をふりながらくっくっと笑った。そのメモをエイミーにわたすと、エイミーも子どもっぽいなぐり書きを見て、にやりとした。

「だれかウィルフに『図書館』と『臆病《おくびょう》もの』って字を教えてやらなきゃ。ハハハハ！『刺しだし人』だって、『差しだし人』じゃなく」

だが、アレックスは青くなった。「もちろん行かないよね、ベン？」

夏のそよ風がベンの髪《かみ》の分け目をなくしてしまい、またくしゃくしゃにしていた。ベンは目にかかった髪をふりはらった。「いけないかい？」

アレックスは理由を心配《しんぱい》そうにいいたてた。「まず第一に、ウィルフはひとりじゃ来ない。子分を近くにかくれさせるよ。それに、話だけのはずがない。ボコボコにする気だよ。だから、ネッドを連れてくるなっていうんだ。きみが臆病ものでないのはわかってるよ。だから、ベン、行くことはない！」

ベンの不思議《ふしぎ》な青い目は笑っていたが、アレックスはその陽気《ようき》さのかげに、氷のようなものがあるのを見てとった。それは立ちあがって歩きだしたベンの声にも聞きとれた。「四時、そこに行くよ。なにがなんでも行かなくちゃ！」

「じゃあわたしたちも行く！」

ベンはエイミーをふりかえった。「ぼくにまかせてほしいんだけどな。でも、どうしても来たいのなら、ウィルフの仲間と同じようにかくれて、ぼくのうしろを見張《みは》っててくれ。助けがいるときは、大声でさけぶよ。約束《やくそく》する」

エイミーは体のわきでかたくこぶしをにぎった。「わたしたちも行くわよね、アレックス？」

ベンの目に、返事《へんじ》をするアレックスの足がふるえているのが見えた。「まかして！　きみを置きざりにして逃《に》げたりしないから！」

ベンはアレックスの肩《かた》に手を回してしっかり抱《だ》きよせた。「ありがとう。きみみたいな友だちがいっしょだと安心だ。ありがとう、エイミーも。これからお昼食べて、芝《しば》の上で昼寝《ひるね》するよ。じゃあ、四時に会おう！　あっと、ちがった。きみたちはかくれているんだから、会わないよね。でも、いるってわかってるだけで、ずっと気持ちが楽《らく》だ。じゃあね！」

ベンは向きを変えて、ウィン夫人《ふじん》に手を貸《か》しながら家のほうへ歩いていった。アレックスが歯をくいしばっていった。「今度は逃げないぞ、エイミー。残ってベンを助けるんだ！」

エイミーは、ふだんはおじけづく弟の手を取っていった。「こないだだって逃げたんじゃないわ。あんたは日に日に勇敢《ゆうかん》になっていく。ベンみたい」

正午《しょうご》に、ウィン夫人はベン、ネッド、ホレーショといっしょに芝生《しばふ》の上で昼食を取った。やわらかな夏の日曜日だった。光にあふれた静かな庭で、一同は気持ちよくつろいだ。

教会までの行き帰りで、老婦人《ろうふじん》はつかれきってしまった。二匹《ひき》のチョウが輪をえがき、フジウツギの青紫《あおむらさき》の花のまわりをいつまでも飛びつづけるのを見ているうちに、夫人《ふじん》はしきりにまばたきしはじめた。深紅《しんく》のバラと、黄色と紫のパンジーのあいだを、ハチがブンブンと眠《ねむ》そうな音をたてて飛ぶ。花のかおりが、昼まだ早い庭にかすかにただよっていた。

まもなく、夫人はデッキチェアに背《せ》をあずけ、すやすやと眠《ねむ》っていた。ベンとネッドは考えを交《か》わしあった。「さてと、おじいさん犬よ。きょうの予定は？」

大きな犬は芝《しば》の上で思うぞんぶん転がりまわった。「このあたりを猫族《ねこぞく》の友だちと歩いてみるよ」

ベンが眉《まゆ》をつりあげた。「とうとうホレーショと会話《かいわ》できるようになったんだな。あいつ、話はうまいか？」

ネッドの耳がたらりと下《さ》がった。「そうでもないよ。たまにまともなことというけど、たいていは意味不明《いみふめい》さ」そういって猫のしっぽを前足で軽くたたいた。「そうだろ、相棒《あいぼう》？」

ホレーショは金色の目を犬に向けた。

ベンは注目した。ふたりが会話してるのはたしかだ。「なんていってる、ネッド？」

犬は頭をふった。「いまいってることをそのまま通訳《つうやく》するよ。やついわく、『ニャオニャオ！チョウ、ネズミ、鳥、うまい。ニャオウウ！　ウィニーさんはホレちゃんにイワシ、ミルクティーくれる。うまい……』」

ベンはくすくす笑った。「その調子。いまに上達《じょうたつ》するって」

犬はわびしげに猫《ねこ》を見た。「いうことがちょっと野蛮《やばん》だよ。チョウやネズミや小鳥をばかにして。ウウ、やだ。きみはなにするの？　ここでゆっくりお昼寝《ひるね》かい？」

少年はデッキチェアから静かに立ちあがった。「いや、ぼくも少し調べて歩くよ。またあとで、ここで会おう。六時にしようか？」

ネッドは片方《かたほう》の前足をふった。「六時ね。夕食はたぶん七時だから。気をつけてね、ベン。なんかあったらぼくを呼《よ》んで」

ベンは元気に門のほうへ歩いていった。「はいよーっ。おまえも大声で呼ぶんだよ。じゃ、あとでな、相棒《あいぼう》！」

21

チャペルヴェール村の広場は、夏の昼さがりのなか、ひとけもなく静かだった。歩いているのはベンだけだった。広場をつっきり、ぶらぶらと救護院《きゅうごいん》の塀《へい》のそばまで行った。のびほうだいのライラックとイボタノキの茂《しげ》みだけが、ひん曲がって地面にめりこんでいる杭《くい》を支《ささ》えていた。

ベンは門のところに立って、この古びた建物をまじまじと見た。みすぼらしい、つぎはぎの建物だ。垂《た》れさがっている屋根の茅《かや》は、葺《ふ》きなおしの時期《じき》をとうの昔《むかし》に過《す》ぎていた。

ベンは門を閉《し》めておくためのはげた輪《わ》縄《なわ》の輪をはずした。いやがっているようにギーギー鳴るドアを開けて、雑草《ざっそう》だらけのじゃり道を進んだ。

と、荒々《あらあら》しい声が雷《かみなり》のようにあたりをつんざいた。

「出てけ！　出てけ！　家宅侵入《かたくしんにゅう》だ！　出てけーっ！」

ベンは立ちどまり、横に両手《りょうて》を広げた。「すみません、ぼくはただ……」

救護院《きゅうごいん》のドアのむこうなら、その声はおどすようにひびいた。「出てけっていったろ！　三つ数える。銃《じゅう》に弾《たま》こめるからな！　出てけ、聞こえるか？……一！……二！」

ベンは走った。門をひとっとびにまたいでこえた。うしろで、カチリと銃の撃鉄《げきてつ》が起こされる音がした。

おどし口調《くちょう》でさっきの声がさけんだ。「もどってきたら、弾を二発いっぺんにくらわすぞ！さあ、出てけ！」

銃が相手じゃ勝ち目はない。ベンは両手《りょうて》を深くポケットのなかにつっこみ、その場をはなれて広場を横ぎった。

エヴァンズ喫茶店《きっさてん》わきの小路《こうじ》に入り、石づくりの建物の裏手《うらて》に回った。広場をひそかに回りこんで、やがて救護院の裏のサンザシの木かげまでたどりついた。そこで数分間じっと立ったまま、だれにも気づかれていないことをたしかめた。

それから、音もなく飛びあがって裏門をこえ、深い草むらのなかにしゃがんだ。風雨《ふうう》にさらされ、曲がった木のよろい戸が救護院の裏窓《うらまど》をおおっていたが、そのむこうにはガラスもブラインドもなかった。ベンは四つんばいになってこっそり中央《ちゅうおう》の窓まで進んだ。古いニレ材《ざい》の羽目板《はめいた》は、節穴《ふしあな》や割《わ》れ目だらけで、そこから難《なん》なくなかをのぞくことができた。

高い、円形のステンドグラスの窓から、日光がくすんだ色になってさしこんでいた。ほかに明かりといえば、十字に組んだ梁《はり》からつるされた二個《こ》のランプだけだった。背《せ》の高い、年配《ねんぱい》の男がテーブルのそばにいた。がっちりした体で、たっぷりと白いあごひげを生《は》やし、すその広がったズボン、ぴったりした濃紺《のうこん》の船乗《ふなの》りふうシャツに、紅白《こうはく》の水玉のネッカチーフを巻《ま》いている。テーブルの上は、ダンボール箱、本、羊皮紙《ようひし》、紙クズなどでごったがえしていた。室内《しつない》はほこりだらけで、あちこちにクモの巣《す》が張《は》っていた。男はテーブルの上の書類《しょるい》に集中して、ひじをつき、エンピツをかまえていた。

急に男が背《せ》すじをのばし、何度も修理《しゅうり》したらしいメガネをはずした。外からの物音《ものおと》を聞きつけたのか、正面《しょうめん》のドアを見た。そろそろと立ちあがり、ドアにしのびよって耳をあてた。そしてポケットから子どものおもちゃを取りだした。安っぽい、バネのついたブリキのカエルだ。そしておもむろに深呼吸《しんこきゅう》すると、大声でどなった。

「そこにまだいるのはわかってんだぞ！　さっさと帰れ！　この銃《じゅう》で撃《う》ちそこなったことはないんだ！　そこをどかないと、ドアぶちぬいてお見舞《みま》いするぞ！　いいな！」そういって、カエルのバネをカチリ、カチリと鳴らした。ベンはおどろいて額《ひたい》にしわをよせた。まさに銃としか思えない音だ！　この年寄《としよ》りのペテン師《し》め！

侵入者《しんにゅうしゃ》が逃《に》げていったことに満足《まんぞく》し、大男はテーブルにもどった。テーブルの上の持ち運び用コンロに火をつけて、やかんをかけた。テーブルの下の箱から、大きなほうろうのマグカップ、茶色い砂糖《さとう》、練乳《れんにゅう》を取りだした。そうしながら渋《しぶ》いバリトンのいい声で歌を歌いだした。ベンもよく知っている古い船乗《ふなの》りの歌だった。

船長がいったよ、
ヤッサー、紅《べに》バラ、ヤッサー！
明日は出航《しゅっこう》だ、
ヤッサー、紅バラ、ヤッサー！
オオ、へなちょこ野郎《やろう》ども、
ヤッサー、紅バラ、ヤッサー！

大男は歌いやめ、あごひげをかきながら考えている。つぎの歌詞《かし》を忘《わす》れたのだ。もう撃《う》たれる危険《きけん》はないので、ベンはこの男にあとの歌詞を教えたくてたまらなくなった。そこで節穴《ふしあな》からどら声を出して歌った。

いまじゃホーン岬《みさき》あたりで船酔《ふなよ》いさ、
ヤッサー、紅バラ、ヤッサー！
ああ、生まれてきたのが運《うん》のつき、
ヤッサー、紅バラ、ヤッサー！
オオ、へなちょこ野郎ども、

ヤッサー、紅《べに》バラ、ヤッサー！

よろい戸のほうに動きながら、大男は顔にほほえみをうかべ、つぎの歌詞《かし》を引きとって歌いだした。

たったひとつ心残りは、
ヤッサー、紅バラ、ヤッサー！

そこで歌いやめたので、ベンは自分の番とばかりに引きとった。

かわいいあの子を残してくことさ、
ヤッサー、紅バラ、ヤッサー！

あとの二行はふたり声を合わせて騒々《そうぞう》しく歌った。

オオ、へなちょこ野郎《やろう》ども、
ヤッサー、紅バラ、ヤッサー！

老人《ろうじん》はタコのできた大きな手でバンッとよろい戸をたたいて、ベンを飛びあがらせた。そして、もう一度たたいて大声で笑った。「ホウホホホーッ！　チャペルヴェールみたいな田舎《いなか》に、船乗《ふなの》りの小唄《こうた》歌うやつがいるとはな。おーい、船仲間、おまえが乗った最初の船は？」

ベンは節穴《ふしあな》から大声で答えた。「フライング・ダッチマン号！　あんたは？」

よろい戸に背中《せなか》をおしつけ、ずるずるとすべりおりて床《ゆか》に座《すわ》った老人《ろうじん》は、まだ大声で笑っている。

「ホウホホホーッ、おまえのまねして大うそつくなら、答えはゴールデン・ハインド号、船長はフランシス・ドレークだ。ハハハハ！」

ベンはいっしょになって笑い、典型的《てんけいてき》な船乗りのあいさつをした。「そいで、おふくろさんにはカルタヘナのオウムをみやげに持ってきたかい？」

よろい戸からかんぬきがはずされ、つぎの瞬間《しゅんかん》、ベンは自分と同じくらい青い目と見つめあっていた。いれずみの入った手を、男は自分の右耳からぶらさがっているイヤリングにあてた。

「おい、小僧《こぞう》、なんでこんなものつけてるか、いってみろ。はやりでつけてるわけじゃないぞ」

ベンは首をふった。「そう。万一《まんいち》どこか遠い浜辺《はまべ》に死体となって流れついたとき、埋葬《まいそう》してもらう費用《ひよう》になります」

老人はベンに手を貸《か》して窓《まど》からなかに引きいれると、力強く握手《あくしゅ》した。「おれはジョナサン・

プレストン。船仲間うちじゃジョンだ。船大工《ふなだいく》だよ。そう、五十年間もな、イギリス海軍《かいぐん》にも、商船《しょうせん》にも乗り組んで、一日も休まなかったぞ」

「ベン・ウィン。この村にしばらく滞在《たいざい》してます。叔母《おば》のウィニフレッドさんのところに」

ジョンはもうひとつマグカップを取りだして、きれいにふいた。

「ホーッ、そいじゃ失礼《しつれい》のないようにしよう。この建物の持ち主《ぬし》の甥《おい》ごさんじゃな。やかんの湯がわいた。お茶の時間だ。どうだ？」

ふたりはテーブルについて、熱く甘《あま》い紅茶《こうちゃ》をすすった。ジョンは考えをめぐらせながら少年を見ていたが、ついにいった。「きみはいろいろと海の知識《ちしき》があるようだな。どうしてベテラン船《ふな》乗《の》りしか知らないようなことを知ってるんだ？　ええ？」

ベンはまたうそをつかなければならなかった。本当のことはまともな人なら信じてくれない。

「沿岸《えんがん》ぞいに何度か旅しました。それに本もたくさん読んだから。小さいときから本が好きで、とくに船乗りや海の本が大好きでした」

ジョンはごつい顔をにっとほころばせた。

「おれと逆《ぎゃく》だな。おれは五十年海で暮《く》らし、それからいまになって、その国のことや歴史《れきし》を勉強してるんだ。ウィン船長なんだよ、おれにこの宿《やど》をくれたのは。船乗りやめたとき、ここをただ

で貸《か》してくれたんだ。表向《おもてむ》きは管理人《かんりにん》てことなんだが、まあ、見張《みは》り番だな。けど、そのうち退《たい》屈《くつ》してな、図書館《としょかん》に行きだしたんだ。ブレイスウェイト先生のおかげで、地元《じもと》の歴史《れきし》に興味《きょうみ》を持つようになったんだよ。いま夢中《むちゅう》でチャペルヴェールの歴史やなんかを調べてるんだ」

ベンはテーブルの上の紙きれや本に目をやった。「なるほど。そのようですね。二、三、手がかりをくれませんか。ぼくも叔母《おば》のところに泊《と》まってから、興味がわいてきたんです」

老船大工《ろうふなだいく》の声が急に深刻《しんこく》になった。「それじゃ、この村の事情《じじょう》については聞いてるだろう？ もし、あの腰巾着《こしぎんちゃく》ヤロウのスミザーズとロンドン仲間たちが思いどおりにしたら、勉強する村もなくなってしまうんだ。悪党《あくとう》ども！ ここを石切り場とセメント工場に変えちまう気だ！」

ベンは紅茶《こうちゃ》をひと口飲んだ。「わかってます。ほんとうに残念《ざんねん》だ。でも、ぼくは叔母を助けるためにできることをやろうとがんばってるんです。チャペルヴェールの人はだれも気にしてないか、状況《じょうきょう》をわかってないみたいです。でなければ、あんまり心配《しんぱい》だから考えないようにして、そのうち消えるのを待ってるのかもしれない」

ジョンは満足《まんぞく》げにベンの肩《かた》をたたいた。「いやあ、よかったあ。おれのほかにも船長夫人《ふじん》を助ける気のあるやつがいて。その気だよな、だろ？」

ベンは答えるまでもなかった。ただこの新しい友人の目をまっすぐ見つめるだけでよかった。ジョンは青い目をした少年の視線《しせん》の強さにひるんだ。その目はあふれるほどの知識《ちしき》と知恵《ちえ》をたたえているようで、教師《きょうし》のまえにいる生徒《せいと》になったような気がした。ジョンは自分で自分の問《と》いに答えた。

「そうだ。その意気《いき》だ、ベン。それじゃ、これまでおれが見つけたことを見せてやろう」

テーブルの上の箱をあれこれさがして、ジョンはお目あてのものを見つけた。その紫檀《したん》の箱は、かつて葉巻《はまき》が入っていたもので、ラベルに「ビルマ葉巻」とあった。ジョンはその箱を開けて、たたまれた黄色い厚紙《あつがみ》のようなものを取りだした。

「これを見ろ。本物の子牛の皮《かわ》でできた紙。金持ちしか使えなかった紙だ。いつのものか知りたいか？　よし、おれが読んでやる。ブレイスウェイト先生がラテン語から翻訳《ほんやく》してくれたんだ。ラテン語ってのはその昔《むかし》、教会関係の人たちが使ってた言葉さ。ええっと、ここ、ここだ！」

葉巻《はまき》の箱から、紙を二枚出した。学校の演習《えんしゅう》帳《ちょう》から破《やぶ》いた紙だ。少し目を細めて、ジョンは声に出して読んだ。

「『これは恵《めぐ》みの年一三四一年に、すばらしきイギリス国王エドワード三世《せい》の牧師《ぼくし》、アルジャーノン・ペヴェリル司教《しきょう》の手により、神の子なるわがよき友、王の忠実《ちゅうじつ》なるしもべにして船長、地《じ》主《ぬし》となったキャラン・デ・ウィンに送られた手紙なり。

兄弟よ、貴下《きか》の土地の境界線《きょうかいせん》を地図上に記《しる》した。それは、スライスの戦《たたか》いで、フランス艦隊《かんたい》を破《やぶ》り、敵《てき》をとらえた貴下の武勲《ぶくん》に対して、国王があたえるものである。貴下の所有地《しょゆうち》を〝チャペルヴェール〟と呼《よ》ぶのがよかろう。われわれがくわだてたとおり、教会の建立《こんりゅう》には今後誠実《せいじつ》な人々からの協力《きょうりょく》が得られることと思う。友なるキャランよ。チャペルヴェールと聖《せい》ペテロ教会の名を世界じゅうに鳴りひびかせよ。それは主《しゅ》への賛美《さんび》と、三への感謝《かんしゃ》と、わが真実《しんじつ》の友なるキャラン・デ・ウィンの恵《めぐ》みを増《ま》すことになるだろう。冬の雪がとけたら、衛兵《えいへい》をつけて荷馬車《にばしゃ》を貴下《きか》に送ろう。それには、われらが国王による署名封緘《しょめいふうかん》された地図、証書《しょうしょ》、貴下の土地の名前が入っているだろう。さらに、われらが教会の祭壇《さいだん》をたたえるおくりものもいっしょに送ろう。この宝《たから》は、貴下に対する崇拝《すうはい》と尊敬《そんけい》のしるしとして、わたしがあたえるものである。貴下の宮廷《きゅうてい》の友なるアルジャーノン・ペヴェリルより』」

ジョンは得意《とくい》げだった。「ほーら、な？　これをどう思う？」

「すばらしい、ジョン。どこでその牛皮紙《ぎゅうひし》を見つけたんですか？」

大工はつい最近補修《ほしゅう》したらしい床《ゆか》を指《ゆび》さした。「おれが修理《しゅうり》した床材《ゆかざい》の下からだ。古い箱に入って、しっかり封《ふう》がしてあった。ラッキーな発見だよな、な？」

ベンはうなずいた。「とってもラッキーです。でも、それで所有者《しょゆうしゃ》の証明《しょうめい》になるのかなあ？　王の署名のある証書と宝はどうしたんですか？　キャランはそれらを受けとったんでしょうか？」

マグカップのなかの紅茶《こうちゃ》をがぶりと飲んで、ジョンが答えた。「まだわからないんだよ、ベン。もっと手がかりはないかとさがしているんだがね。それがむずかしいんだよ。床下《ゆかした》の箱のなかにあともうひとつ、あったんだが、あんまり役に立ちそうもない。きみはどう思うかな」

ジョンは葉巻《はまき》の箱のなかから最後の紙きれを取りだした。「ただの古い、破《やぶ》れたうす紙だがね。

小さな焼けこげが二個《こ》と、下のほうにとちゅうまでの書きつけがあるんだ」ジョンは少年がテーブルの端《はし》をぎゅっとにぎっているのに気づいた。「どうした？　だいじょうぶか？」

ベンがポケットからおもむろに、そっくり同じような紙きれを取りだして広げたのを見て、ジョンは目をむいた。「なんだっ！　ベン、どこでそんなもの手に入れた？」

「ウィン船長の家の聖書《せいしょ》の背《せ》にあったんです！」

ふたりは二枚《まい》の紙きれをぼうぜんと見つめた。ベンが紙の上で手をふりまわした。「あなたのほうが歴史《れきし》研究家《けんきゅうか》としては先輩《せんぱい》です。ふたつをくっつけてみてください！」

ジョンは重労働《じゅうろうどう》でたくましくなった手をふるわせて、二枚をくっつけた。ぴったりと合った。いちばん下の文はこう読めた。

主《しゅ》よ、それが主の御心《みこころ》でありよろこびであるなら、
デ・ウィン家のために汝《なんじ》が宝《たから》をお守りください。

ふたりはこの一文を長いあいだ見つめ、意味するところを理解《りかい》しようと頭をしぼった。ジョンが頭をかいた。「問題は、その宝っていうのがなにかも、それがどこにあるのかも書いてないってことだよ。でも、なんであれ、どこであれ、その宝といっしょに証書《しょうしょ》があるのは賭《か》けてもいい

な。ベン、それをいっしょにさがそう、きみとおれだけで。なあ？」

ベンは老人《ろうじん》のがっちりした握手《あくしゅ》を受けいれたが、こういいそえた。「いや、ふたりだけじゃなく、ほかにも興味《きょうみ》持ってる人たちがいるんです。ぼくの友だち、エイミーとアレックス・ソマーズ。それからウィニー叔母《おば》さん。ブレイスウェイト先生もきっと力になると思うし。ああ、あと、ぼくの犬のネッド。物をさがすのうまいんだ。その紙きれを見つけたのもネッドなんです。きっと気に入ると思います」

老大工《ろうだいく》は首をふってくっくっと笑った。「気に入るだろうな、飼《か》い主《ぬし》に似《に》た犬だったら。アレックスにエイミーに、ブレイスウェイト先生に、ウィン夫人《ふじん》もだな。これはけっこうなチームができたな。いいのか、村じゅうの人を入れてやらなくても？」

少年はにっと笑った。「来たい人は来るでしょう。自分たちでなんとかしようと立ちあがる人は歓迎《かんげい》ですよ。ただ手をこまねいてるんじゃなく」

ジョンは古いが重宝《ちょうほう》しているらしい懐中時計《かいちゅうどけい》を取りだして、時間を見た。「そろそろ四時だ。正式なお茶の時間だな。どうだ、コンビーフサンドに、エヴァンズ喫茶店《きっさてん》のスコーンは？　きのう買ったんだが、まだまだいけるぞ」

ベンは四時の約束《やくそく》があったのを思い出した。「お茶をいただきたいけど、行かなきゃならないところがあるんです。じゃ、こうしましょう。あした、そうだな、十一時にここで会いましょう。友だちと犬を連れてきてもいいかな？」

窓《まど》わくに飛びのったベンに、ジョンが手をふった。

「よし。じゃあ、あしたの朝な、相棒《あいぼう》！」

ベンが行ってしまってから、老水夫《ろうすいふ》は腰《こし》を下《お》ろしてふたつの紙きれを見つめた。いままで長いあいだ、スミザーズを負かして船長夫人《ふじん》を救《すく》おうとがんばってきたが、なんら結果《けっか》は出せなかった。しかしいま、不思議《ふしぎ》な少年があらわれたことで、事態《じたい》は動きはじめていると思った。ジョンはあごひげをなでながら、開いた窓《まど》をじっと見つめた。なにか神秘的《しんぴてき》な力によって、おれを助けるため、あの青い目の少年がつかわされたにちがいない。

22

チャペルヴェール村学校は、見ばえのしない灰色火山岩《はいいろかざんがん》の小さな学校で、ドアに一八〇二年と創立《そうりつ》の年号が彫《ほ》りこまれていた。とても素朴《そぼく》な、ただ二、三の長方形の教室が廊下《ろうか》をはさんでならんでいるだけの、典型的《てんけいてき》な田舎《いなか》の建物だった。校舎《こうしゃ》のうしろには校庭があり、そのむこうに図書館《としょかん》が背《せ》を向けて建っている。図書館はあとに建てられたもので、こちらは少しは立派《りっぱ》だった。縦《たて》に仕《し》切《き》りのついた窓《まど》がならんでいて、この窓ごしに、ブレイスウェイト先生が机《つくえ》に向かって本を調べているのが見えた。

校庭は低い石垣《いしがき》で囲《かこ》まれており、その上から茂《しげ》みがおおいかぶさっていた。ウィルフ・スミザーズは、一見《いっけん》したところひとりきりで、土の校庭に立っていた。

遠くはなれたところ、となりあった図書館の屋根のかげにかくれて、アレックスとエイミーはウィルフを見ていた。と、村の暴《あば》れもののウィルフがとびはねて、両《りょう》のこぶしを高く突《つ》きあげた。

レジーナ・ウッドワージーと思える声がどなった。「たたきのめしてやれ、ウィルフ！」

ウィルフは校庭はずれの壁《かべ》の上に茂《しげ》っているライラックをふりかえり、おさえた声でいった。「うるさい！　頭下《さ》げてろ！」

アレックスが青くなった。「あいつ！　やっぱりうそついたんだな。きたないよ。ここにひとりで来るっていったじゃないか！」

姉が返事《へんじ》しかかったとき、ふたりがかくれているそばをベンが通りかかった。口をほとんど動かさずにベンが静かにいった。「心配《しんぱい》ないよ、きみたちだって来てるだろ。静かに！」

ウィルフが片手《かたて》をさしだし、獲物《えもの》に向かって校庭を歩いてきた。ベンが握手《あくしゅ》すると、ウィルフはせせら笑った。「やあ、やあ、まさか来るだけの肝《きも》っ玉《たま》があるとはな！」

いいながら握力《あくりょく》をぎゅうぎゅう強めて、ピッと口笛《くちぶえ》をふいた。お屋敷《やしき》ギャングの一団が石壁を乗りこえ、ベンを取りかこんだ。

笑顔《えがお》のままベンは一同にうなずいた。「へえ、助《すけ》っ人《と》を連れてきたんだね」

レジーナがベンの背中《せなか》をするどく指でつついた。「助っ人が必要なのはおまえだよ、バーカ！」

ベンの手をきつくにぎったまま、ウィルフは大声でいった。「犬は来てねえな？」

トモがキイキイ声で報告《ほうこく》する。「いない。だいじょうぶだよ、ウィルフ！」

ウィルフにどんどん手をしめつけられても、ベンはひるまなかった。「きみの手紙にはひとりで会いたいって書いてあった。話だけだって」

ウィルフは目を細め、意地悪《いじわる》そうにいった。「そうかい？　ちょっとばかしうそついたのよ。いいか、おまえにビシッと教えてやる。人のことによけいな鼻つっこむな。もっとも、おれにやられても鼻が残ってりゃの話だがよ」

図書館《としょかん》の裏《うら》の窓《まど》が開いたので、レジーナがウィルフに注意をうながした。「気をつけて。ブレイシーのじじいだ！」

ブレイスウェイト先生は、日曜だというのに図書館で研究《けんきゅう》していた。時間も、ものごとのなりゆきも、この浮世《うきよ》ばなれした学者には関係ないのだ。先生はメガネごしに校庭の若《わか》いものたちを見ていった。「ちょっと。その、ええ、そこでなにしてるのかね。ええ、けんかじゃないだろうね。よくないよ、けんかは」

レジーナが小さな子どものような声を出した。「ちがうの！　遊んでるだけなの！」

司書《ししょ》であり校長でもある先生は、もさもさの頭をかいた。「ああ、それなら、よろしい。よろしい。よくないからね、その、けんかは！」そういって窓を閉《し》め、自分の研究にもどってしまった。

ベンはふいに、ウィルフのつま先をふんづけると、ぎゅっとねじり、つかまれていた手をはなして赤くなった顔に笑いかけた。「聞いたかい？　けんかはよくないってさ！」

ウィルフがみんなに聞こえるような歯ぎしりをして、まえに飛びだし、敵《てき》の顔に強烈《きょうれつ》なパンチを浴《あ》びせた。が、空《くう》を切った。ベンは横にのいて、両《りょう》のてのひらを大きく開けたまま、やわらかな口調《くちょう》でなだめるようにいった。

「落ちついて。きみと戦《たたか》いたくないんだ」

ギャング仲間はひどくいきりたって、口々《くちぐち》にさけんだ。

「なぐっちまえ、ウィルフ！」

「鼻血出すまでぶちのめせ！」

「やれやれっ、ウィルフ。この気どりやをやっちまえ」

ウィルフはかんかんに怒《おこ》った雄牛《おうし》のようになって、両《りょう》のこぶしをびゅんびゅんふりまわした。だが、そのつど、ベンはすばやく頭を下《さ》げるか横にかわすかした。

壁《かべ》のかげでは、アレックスががっかりして泣きそうになった。「ベンは受けて立たない。弱虫だよ」

エイミーも弟と同じ気持ちになりかかった。だからまえに進みでて、両のこぶしをかたくにぎり、ウィルフがよろめくたび、ベンが相手に一発くらわしてくれるのを待ちかまえた。だが、ベンは作戦《さくせん》を変えようとしない。相手のまわりでひらりひらりと動いて、てのひらは開いたままだ。

「いったろ、きみと戦いたくないって！」

ウィルフは肩《かた》で息をしながら、あえぎあえぎいった。「それ……は……おまえが……弱虫だか

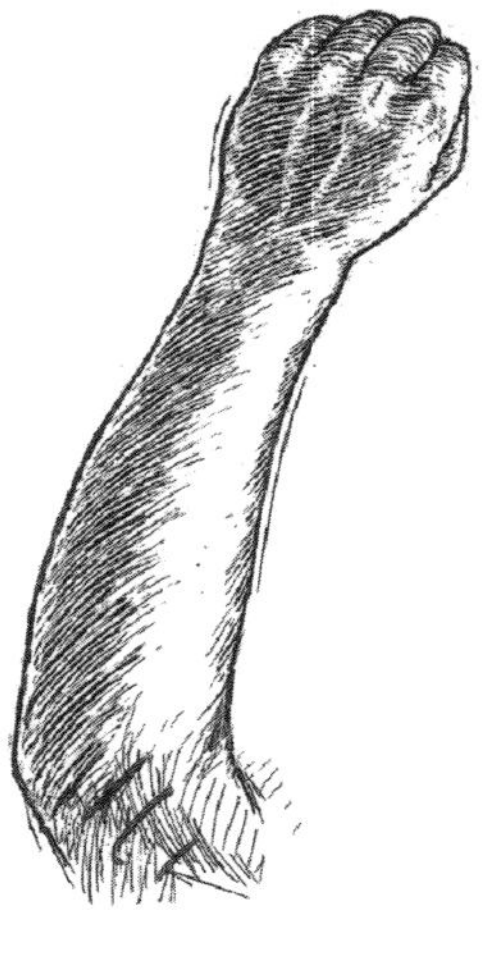

らだ。来い！　戦《たたか》え！　腰《こし》ぬけ！」

今度は敵《てき》は作戦を変え、野蛮《やばん》な手に出た。ベンがひょいと身《み》を沈《しず》めたとたん、レジーナがその肩《かた》をおし、そこですかさずウィルフがけりあげたのだ。ベンはすねをけられたが、たいした痛手《いたで》はなかった。だが、背後《はいご》を無防備《むぼうび》にしておくのはまずいな。

エイミーが、つづいてアレックスが、けんかの場に飛びだしてきてどなった。「きたない、きたないよ、スミザーズ！　足を使うな！」

ふたりをけんかに巻《ま》きこみたくなかったので、ベンはうしろへ下《さ》がっていき、学校の壁《かべ》ぎわまで来た。レジーナはエイミーとアレックスをおしのけて高笑《たかわら》いした。「早くやつを取りかこめ！ハハハ、とうとうやつを追いつめたね、ウィルフ！」

そのとおりだった。ベンは壁に追いつめられ、まわりを半円形《はんえんけい》に囲《かこ》まれてしまった。ウィルフが真正面《ましょうめん》にいた。ベンは左にも、右にも、うしろにも行けなかった。

と、ウィルフがまえから飛びかかってきて、右のこぶしをベンの顔めがけてたたきつけた。ベンはヒョイと首をすくめた。ブシッ！　と肉のぶちあたる音。痛そうな悲鳴《ひめい》。エイミーは青くなって、思わず目をそむけた。

ウィルフ・スミザーズがキャイン、キャインと泣きさけび、ほえながら、左手で右ひじを支《ささ》えている。顔は赤カブのように赤い。その場に立ちつくして痛みに体をくねらせているが、右手は力が入らずくたっと垂《た》れている。

ブレイスウェイト先生が、ほこりっぽい学者ふうのガウンをひらめかせて校庭に走りでてきた。

「ああ、うう、どうした、スミザーズ？」

だが、ウィルフはまともに話ができる状態《じょうたい》ではなかった。あいかわらず悲鳴《ひめい》をあげ、身《み》をくねらせている。ベンが無傷《むきず》でまえへ出てきて、説明した。

「ぼくたち、遊んでたんです。そしたらウィルフがまちがって壁《かべ》をなぐってしまったんです。手をケガしてるんじゃないかな。だいじょうぶか、ウィルフ？」

ブレイスウェイト先生はモップのような髪《かみ》をかきまくって、しきりにフケをまきちらした。

「手か？　ええ、きみ、名前は……ええと、ウッドワージーか。だれか呼《よ》んできなさい。すぐに。そう、いますぐ、ああ、そうだ」

レジーナは校庭を飛びだし、散歩《さんぽ》に出ていたエヴァンズ夫婦《ふうふ》に出くわした。

奥《おく》さんのブロードウェンは、きっぱりとした態度《たいど》で、痛《いた》みに声も出ずのたうっている少年のそばに行った。夫《おっと》のダイがつづく。ブロードウェンはこの場をしきって、ブレイスウェイト先生にいった。「どうしたんだい、この子はまあ？」

「ああ、それが、その、手なんだなあ。そう！」

ブロードウェンは先生を軽く横におしのけると、ウィルフのケガしたほうの手をぐいとつかんで調べた。ウィルフは最後に金切《かなき》り声《ごえ》をあげて、気絶《きぜつ》した。

ブロードウェンは手ばやく診断《しんだん》を下《くだ》した。「ちょいと。この手、骨《ほね》が折れちまってる。ダイ、ブレイスウェイト先生、この子を医者《いしゃ》んとこ運ぶの手伝《てつだ》って。そりゃ、きょうは休みだよ。けど、ドアをたたいてりゃ出てきてくれるさね」

意識《いしき》のないウィルフの両足《りょうあし》を持ちあげて、ブロードウェンは先生をにらみつけた。「右手持つんじゃない。肩持《かたも》つんだよ！」

三人は四苦八苦《しくはっく》して、ぐったりしたお荷物《にもつ》を校庭から運びだした。

レジーナがベンに向きなおった。「おまえのせいだよ。おまえが正々堂々《せいせいどうどう》と戦《たたか》わないからじゃないか！　弱虫！」

エイミーがベンとレジーナのあいだに割《わ》って入った。「ばかいわないで。ウィルフが自分でやったんじゃないの！」

レジーナはエイミーの顔めがけて手をふりおろしたが、ベンの手がそれをじゃました。そしてレジーナの耳と首のまんなかあたりにふれた。と、みるみるうちにレジーナがつま先立ちになっていく。ベンは少し曲げたひとさし指に力を入れている。エイミーはおどろいた。レジーナが石のようにかたまって、あごを少し上《あ》げ、口もきけずに苦しそうな顔をしている。

ベンの声は静かだったが、鋼《はがね》のような冷たさがにじんでいた。「レジーナ、よく聞いて。いま、きみの神経《しんけい》のツボをおさえている。痛《いた》いだろ？　ぼくだって、きみを痛い目にあわせたいわけじゃないんだ。だからいってごらん、もうけんかはしませんって。そしたら、はなしてあげる」

レジーナはあごを動かすことができなかったから、「おうヘンハはしはへん」としかいえなかった。ベンがはなすと、わっと泣きながら走っていった。子分どももふてくされた顔をしてそのあとを追った。

アレックスはすっかり感心していた。「いったいどこであんなこと習ったの？　あれをやればウィルフもイチコロだったのに。やって、やって、見せて、ベン！」

ベンは両手《りょうて》をポケットに深くつっこんで、そのたのみを無視《むし》した。「だめだよ。あんなことを覚えたら、まわりの人の手足を麻痺《まひ》させてしまうだけだ。自分の言い分を通すために戦《たたか》い、けり、なぐるなんて意味ないよ。おたがいにケガするだけで、なんにも解決《かいけつ》しないじゃないか。さあて、もう帰らなきゃ、夕飯《ゆうはん》だ。体をきれいにしなきゃ。ウィンさんをがっかりさせちゃいけない」

三人は通りの角《かど》まできて別れた。エイミーはベンがウィン夫人《ふじん》の家へと大またで遠ざかっていくのを見おくった。

アレックスは姉の顔を見ていった。「じゃあ、ベンは弱虫じゃないんだね？」

エイミーはゆっくり首をふった。「とんでもない！」

「じゃあ、どうしてウィルフと戦わなかったの？　秘密《ひみつ》のわざでやっつけられたじゃないか！」

ベンはもう角を曲がって見えなかった。

エイミーはしばらく弟の顔を見つめていたが、やがていった。

「ねえ、ベンにはわたしたちが想像《そうぞう》している以上に、たくさんの秘密があると思う。なんか、独特《どくとく》の雰囲気《ふんいき》があるでしょう。自信《じしん》なのよ、それって。なんだってできるってふうにふるまうでしよ。もちろん、ウィルフなんか負かしたわよ。でも勝てるってわかってたから戦《たたか》わなかったのよ。だって自分に証明《しょうめい》してみせることはないから。ああ、ああいうふうになれたらすてきだなあ。ウィルフに会いにくるときも、本当はわたしたちの助けなんか必要なかったのよ。でも、来るのをゆるしてくれた。わたしたちの助けが必要だっていって。わかる、アレックス？　わたしたちに自信《じしん》を持たせてくれようとしたのよ。わたしのいってること、わかるでしょ？」

アレックスは顔をしかめた。「ふーん。よくわかんないや。でも、ひとつははっきりわかってることがあるよ。ベンみたいな子には、いままで会ったことがない！」

23

黒いラブラドール犬《けん》は、家のまえの道でベンをむかえ、手をかいだ。「昼からずっとどこ行ってたの、若《わか》いご主人さま？」

少年は笑顔《えがお》を見せていっしょに歩きながら、たがいに気持ちをやりとりした。

「なんかうまいものを持ってきたんじゃないかって、においをかいだんだろ。残念《ざんねん》でした。ぼくは救護院《きゅうごいん》の主《ぬし》と友だちになったんだ。名前はジョン。おまえも好きになるよ。うわさとちがって、狂《くる》ってなんかいなかった。あした会いに連れてってやるよ」

ベンは犬の背中《せなか》を荒《あら》っぽくなでた。「友だちのウィルフは手をケガした。ぼくをなぐろうとしてレンガ塀《べい》をなぐったんだ」

ネッドが口をはさんだ。「ふん。知ってるよ」

ベンが立ちどまった。「どうして？」

犬は片目《かため》をつぶった。「ホレーショがチャペルヴェールを案内《あんない》してくれたんだ。スミザーズの家にも行ったんだよ。駅をこえてずっと行ったとこ。大きな敷地《しきち》に建った新しいお屋敷《やしき》だった。そのまわりをクンクンかいでいたら、ダイ・エヴァンズともうひとり、医者《いしゃ》だと思うけど、ウィルフを親のもとに運んできたんだ。いやあ、あいつ、壁《かべ》によっぽどすごいパンチくらわしたんだな。見せたかったな、あいつの姿《すがた》。包帯《ほうたい》をぐるぐる巻《ま》いて、腕《うで》には添《そ》え木《ぎ》しちゃって、ミルクみたいな白い顔してた。

とにかく、あっと気がついたら、あのまぬけな猫《ねこ》がやつらのあとについて家のなかに入っていっちゃったんだ。ぼくは玄関《げんかん》のまえあたりまで入っていったんだけど、スミザーズが熊手《くまで》持ってわめきながら出てきたから、さっと逃《に》げた。で、ホレーショをさがそうと裏《うら》に回ったんだ。そしたらさあ、やつときたら、ヘティとかいう娘《むすめ》さんにミルクをごちそうになってたんだよ。

でも、その娘さんがいい人でさ、ぼくをなでてくれて、いい子だっていってくれたんだよ。もちろん、ぼくはいい子さ。それでぼくに、まだいっぱい肉のついている燻製《くんせい》ハムの骨《ほね》をくれたんだ。それから、これできょうは仕事おしまいっていって、コートと帽子《ぼうし》をかぶった。ヘティはどうやらホレーショのこと知ってるみたいでね、やつはたまにあそこへ行って食べさせてもらってるんだ。あのちゃっかりもの。とにかく、ヘティはホレーショを抱《だ》きあげて、家に連れてかなくちゃっていった。で、ぼくもいっしょに帰ってきたってわけ。そういえば、ぼくのことは抱いてくれなかったなあ」

ベンはネッドのしっぽをねじった。「そりゃ当然《とうぜん》さ。で、ヘティはいまどこ？」

犬はよたよたと小道を上《あ》がって家へと向かった。「ウィニーといっしょ。きみも会ったほうがいいよ」

ヘティはやせて角張《かどば》った女性《じょせい》だった。えりにキツネの毛がついた、暗い緑色の長いコートに、編《あ》みあげのブーツ、緑色のくたびれたフェルトの帽子《ぼうし》というかっこうだった。キッチンテーブルにウィン夫人《ふじん》と座《すわ》り、ポットの紅茶《こうちゃ》と切りわけたフルーツケーキをまえに、にぎやかにおしゃべりしていた。

ウィン夫人がベンに紹介《しょうかい》した。

「ベン、こちらがヘティ・サリヴァンさん。わたしの昔《むかし》からのお友だち。わたしが結婚《けっこん》したてで、息子《むすこ》のジムが小さかったころ、お母さんがここでメイドをしてくれたのよ。ヘティはいまスミザーズ家でメイドをしてるけど、帰りがけによくお茶を飲みによってくれて、おしゃべりするのよ。さあ、ここへ来て座って」

ベンはいすを引いて座ると、ウィン夫人に紅茶をついでもらいながら、ヘティのぐちを聞いた。ヘティは話好きで、とりわけぐちの種《たね》ならいくらでもあるようだった。

「スミザーズときたら！　あの一家の話はしないでください！　ヘティ、これしろ、ヘティ、あれしろ。もう、一日じゅうこきつかうんですから。この家で奥《おく》さまのために働きたいですよ、母のように。この家は昔から大好きなんですす！」

ウィン夫人はヘティにもっと紅茶をついでやりながら、残念《ざんねん》そうにいった。「わたしだって働いてもらいたいけど、イギリス海軍《かいぐん》の年金《ねんきん》で暮《く》らしている身《み》ですもの。でも、スミザーズのとこで働くのがいやなのはよくわかる。わたしならごめんだわ」

ヘティは口をすぼめてお茶を飲んだ。

「当然《とうぜん》です！　あのオバダイアときたら、えばりくさったいやなやつでね。いつでもわたしに部屋《へや》を出てけ、出てけって。仕事の話があるっていうんですよ。それにあの若《わか》い女、モード・ボウときたら、なにからなにまでやらせるんですよ。ロンドンに帰りたがってるけど、帰りゃいいんですよ。それに息子《むすこ》のウィルフレッドときたら、タオルはきたない、靴《くつ》は泥《どろ》だらけ、行儀《ぎょうぎ》はわるい。毎日あの子が使うトイレのよごれようったら。でも母親はちっともしからないんですよ。家のなかをふらふら歩いて、公爵夫人《こうしゃくふじん》みたいに命令するんです。『昼は燻製《くんせい》ハムを出しなさい、ヘティ』『このジャガイモ、粉《こな》っぽくなるまでゆでて、ヘティ』『お茶いれて、ヘティ』ふんっ！　たかがヨークシャーの袋業者《ふくろぎょうしゃ》の娘《むすめ》だっていうのに。ええ、いろいろ目にしてますよ。スミザーズの家で、わたしが知らないことはないんですから！」

ベンは同情《どうじょう》してうなずいた。「あの家族のために働くのは楽《らく》じゃないでしょう、ヘティ？」

ヘティは長くのびたつやのない髪《かみ》を、手で整《ととの》えていった。「ええ。そのとおりです、ベンさん」

ベンはメイドを気づかうようにいった。「スミザーズが計画を実行《じっこう》してセメント工場のために村をのっとったら、あなたの仕事はどうなるんですか？　家も仕事もなくなるんでしょう？」

ヘティは棒《ぼう》のような指でテーブルの上をたたいた。「スミザーズがなんていったと思います？あの家の空《あ》き部屋《べや》に住んでもいいが、部屋代を給料《きゅうりょう》からさしひくって。どうでしょう！　どう思います？」

ベンはこのうわさ好きのメイドを、つり糸の先にかかった魚のようにあやつった。「というと、すべてうまく進んでいるのかな。彼《かれ》、新しい事業《じぎょう》の話をよくするんですか？」

ヘティは、だれかに聞かれてはまずいというふうにあたりを見まわしたが、やおら口のそばに片手《かたて》を寄《よ》せて、ないしょ話のように声をひそめた。「ここだけの話だけど、やつはその話しかしないんです。わたしはうわさ話したり、告《つ》げ口したりする女じゃないけど、今朝《けさ》の朝食の席でまあ、スミザーズとモード・ボウがしたいい争《あらそ》いときたら！　おっかなかった！　ほんと、おっかなかった！」

ウィン夫人《ふじん》はベンがうなずいたのをしおに、すかさずベンの役まわりを引きとり、ヘティのほうに共謀者《きょうぼうしゃ》のように身《み》を乗りだした。そうしてベンを行かせようと、「ベン、あっちへ行って、手と顔を洗《あら》っていらっしゃい」といった。

ベンが部屋を出ていくと、ウィン夫人はメイドにつぶやいた。「まあ、かわいそうなヘティ。よほどこたえているのね、洗いざらい話してごらんなさい」

その夜の七時半だった。ヘティは自家製《じかせい》の黒すぐりジャムとウィン夫人のなぐさめの言葉をみやげに、帰ってしまっていた。ベンは足もとにネッドを、ウィン夫人《ふじん》は同じくホレーショを足もとにはべらせて座《すわ》っていた。みんな、ウィン夫人の出した子羊肉《こひつじにく》のローストに温野菜《おんやさい》、生クリームぞえのスポンジケーキという日曜のごちそうを、おなかいっぱいに食べて大満足《だいまんぞく》だった。

ベンは好奇心《こうきしん》をおさえて、夫人がさっきヘティ・サリヴァンから聞いたことを教えてくれるのを待った。ウィン夫人はホレーショがひざにのってくるのをゆるしてなでながら、メイドの話を伝えてくれた。

「残念《ざんねん》だけど、いい知らせじゃないわ。どうやらヘティはひとこと残らず聞いたみたいね。ふたりは大声でののしりあったらしいの。スミザーズはチャペルヴェールののっとりには自信《じしん》があって、モードがわたしのことを、すぐにもなんとかしなければいけない、っていったのを無視《むし》したようなのよ。どうやら、わたしは目の上のたんこぶなのね。

スミザーズはほかの村人たちはみんな降参《こうさん》するって思ってる。法律用語《ほうりつようご》や、裁判所《さいばんしょ》の命令、ロンドンの協力《きょうりょく》会社の大金をふりまわして、村人たちをせめたてる気よ。でも、わたしを思いどおりにするのがむずかしいのはわかってるみたい。わたしだけだ

もの、あいつに盾《たて》ついてるのは。ねえ？」

不思議《ふしぎ》な少年の青い目に、根性《こんじょう》のある老婦人《ろうふじん》に対する称賛《しょうさん》がうかんだ。ベンは夫人《ふじん》に向かってウインクしていった。「そして、スミザーズやロンドンのやつら相手に、とことん戦《たたか》う気なんだ。りっぱだなあ！」

ホレーショがウィン夫人のひざから飛びおりた。夫人はつかれたように首をふった。

「ほかの人たちには見せないけれど、本当は少しこわいの。この家はわたしのものだし、それは証明《しょうめい》できます。でも、ほかはどう？　みんなあいまいなのよ。ウィン船長はわたしよりいろんなことを知っていたから、生きていたら助けてもらえたのに。救護院《きゅうごいん》も村の土地も全部、昔《むかし》からウィン家のものと思われてきたの。それがあたりまえのことだと思ってきたわ。それを証明する書類《るい》を出せ、所有権《しょゆうけん》を確認《かくにん》できるものを出せなんて、いわれたことがないの。スミザーズとロンドンの知りあいとやらが乗りこんでくるまではね。この先、戦いをつづけるには、所有権をちゃんと証明するものが必要なのよ！」

老婦人《ろうふじん》は古い結婚指輪《けっこんゆびわ》をしきりにいじった。「モード・ボウは、期限《きげん》までにわたしを追いだし、救護院を自分たちのものにしないと、契約《けいやく》が全部なかったことになってしまう、とスミザーズにいったんですって。それを聞いてスミザーズはからいばりをして怒《おこ》ったらしいけど、どう解決《かいけつ》したらいいかは、わからないらしいの。そしたらモードが、わたしを追いだせる友だちがロンドンにいるっていったとか」

ベンはもの問《と》いたげにウィン夫人《ふじん》を見た。「友だち？」

夫人は心配《しんぱい》そうな顔で先をつづけた。「そうよ、友だちっていったらしいの。でも、どういう連中《れんちゅう》かスミザーズはわかってる。そして、その申《もう》し出《で》をけったのよ。自分は村でも尊敬《そんけい》され、地《ち》位《い》のある男だ。ロンドンからやくざものたちに来てもらうことはないって！」

これは思いがけない展開《てんかい》だった。でも、ベンはおどろかなかった。目標《もくひょう》を達成《たっせい》するためなら手《しゅ》段《だん》を選ばない、大都市《だいとし》の会社がやりそうなことだ。心配を顔に出すまいとつとめて、ベンはきいた。「へえ。それでその友だちっていうのは、なにをするんですか？」

老婦人《ろうふじん》はエプロンのひもをいじった。「モードがいうには、わたしをおどして家から追いだすそうよ。スミザーズは、もしそんなことが世間《せけん》に知れたら、自分はまったく知らなかったっていう気だって。そしたらモードが、あんただって、息子《むすこ》やワルがきを使って追いだしにかかってるじゃないの、それと同じことですっていったのね。それでスミザーズがだまってしまったらしいの」

「そいつら、いつチャペルヴェールに来るんですか？」

夫人は肩《かた》をすくめた。「ヘティはいわなかったわ。でも、ウィルフがきょうの午後もどってきたとたん、モードが二階へ上《あ》がっていって手紙を書いたって」

ベンはしばらく考えていた。「ここからロンドンまで手紙が着くのに二日はかかるとして、そいつらがまとまるのにもう一日、そしてここまで旅してくるのにまる一日。ということは四日間だ。じゃ、今週の木曜日、夕方だろうな」

ウィン夫人《ふじん》は立ちあがって、テーブルから皿をかたづけはじめた。

「わたしたち、どうすればいいの、ベン？」

窓《まど》のむこうのかがやかしい夏の夕暮《ゆうぐ》れをながめながら、ベンは犬の頭をなでた。「ぼくたちにまかしておいてください！」

24

ジョナサン・プレストンが救護院《きゅうごいん》の裏窓《うらまど》からよろい戸をはずすと、朝日がいっぱいさしこんだ。ジョンは思った。いいことだ、梁《はり》からランプをはずして消し、この古い建物に光と新鮮《しんせん》な空気を入れるのは！

床材《ゆかざい》の一部がテーブルの上にあった。上にレンガふたつが重石《おもし》がわりにのっている。それをジョンは持ちあげてわきにのけた。そして、うまくつなぎあわせ、うす紙の台紙をつけた二枚の紙を満足《まんぞく》げにながめた。紙を明かりにかざし、四つの穴《あな》を見てひとりごとをいった。

「新品同然《しんぴんどうぜん》だ。書いてあることはみんなつながった」

主《しゅ》よ、それが主の御心《みこころ》でありよろこびであるなら、
デ・ウィン家のために汝《なんじ》が宝《たから》をお守りください。

ジョンはそれをしばらく見ていたが、下におろすと、目のまわりを指でもんだ。「この四つの小さな穴《あな》がなんなのかわかればなあ！」

それからお茶をいれようと、やかんを火にかけ、パンとチーズを切った。と、窓《まど》のところにベンの顔があらわれた。

「おはよう、なかに入ってもいいかな？　友だちを連れてきたんだ」

ジョンは片手《かたて》を腰《こし》のうしろにあてて背《せ》すじをのばした。「ああ、入って、入って！」

エイミーとネッドがベンといっしょに窓から入ってきた。アレックスはちょっとためらってから入ってきた。

一同の紹介《しょうかい》が終わると、ジョンは折りたたみナイフでチーズの皮《かわ》の部分を切ってネッドにやり、耳のうしろを勢《いきお》いよくかいた。「こいつは上等《じょうとう》な犬だな、ベン。なあ、そうだろ、おまえ？」

ネッドはジョンを慕《した》うように見あげると、ベンに気持ちを伝えた。「なんていい人だ、犬のあつかいかたがうまいよ。うーん！　もっとやって。もっと左、そこそこ。久《ひさ》しぶりだなあ、こんなにうまくかいてもらうの！　うーん！」

ベンは片足《かたあし》で犬をつついた。「もうちょっとそっちへ行けよ。しっぽがぼくのこと、めったやたらたたいているじゃないか！」

それからテーブルの上のつないだ紙を指《ゆび》さした。「うまくつないでくれたんですね。ほかに手がかりか情報《じょうほう》は見つかりました？」

ジョンは首をふった。「なにもないんだよ。でも、ここを徹底的《てっていてき》にそうじすれば、なにか見つかるかもしれない。きみと、友だちもそうじを手伝《てつだ》ってくれるかな？」

エイミーはそでをまくりあげた。「いいわよ、なにすればいいの？」

床《ゆか》を掃《は》くことはできそうになかった。ほこりがひどく舞《ま》いあがるからだ。それより古い材木《ざいもく》を外に積まなければならなかった。ベンとエイミーがせっせと窓《まど》から外に手わたすのを、アレックスとジョンが壁《かべ》に寄《よ》せて積んでいった。

一同は午前中ずっと働き、正午《しょうご》にはささやかな昼食になった。ジョンがパンとチーズと紅茶《こうちゃ》を出してくれた。みんな窓の張《は》りだし部分に腰《こし》かけた。あたりを金色の点々のようにほこりが舞っている。ジョンはここまでの仕事におおいに満足《まんぞく》していた。

「ぐっときれいになったなあ。昔《むかし》の床板《ゆかいた》の材木がかたづいたから、おれのテーブルをすみにおけるなあ」

アレックスがジョンに対する人見知《ひとみし》りも忘《わす》れて、テーブルを指《ゆび》さした。「あのテーブルの脚《あし》、見てよ。あれじゃ直すか、取りかえるかしなきゃね」

ジョンが問題の脚を見つめた。いままで材木のかげになっていた脚だ。「そうだな。長さがちょっとたりないなあ。ブリキのビスケット缶《かん》でつっかえ棒《ぼう》してたんだな。おれが引《ひ》っ越《こ》してきたときからずっとああだったんだ。気がつかなかった。どれどれ」

重石《おもし》がわりに使っていたレンガを二個《こ》、重ねると、ちょうどそれが四角いビスケット缶の高さになった。「ベン、アレックス、そのテーブルちょっと持ちあげていてくれ、これを下に支《か》うから」

重いテーブルだった。少年ふたりは持ちあげながらあえいだ。エイミーがビスケット缶《かん》をどかすと、ジョンがレンガ二個《こ》をその位置《いち》におしこんだ。「いいぞ、ふたりとも。ゆっくり下《お》ろせ、気をつけろ！」

ジョンがテーブルをゆすってみたが、どっしりとして動かなかった。

「完ぺきだ！　さあて、今度はそのさびた古い缶を見てみよう、エイミー」

エイミーが缶をテーブルの上に置いた。「なんか入ってるみたい！」

ジョンがブリキ缶のふたのまわりを指でなぞっていった。「すっかりさびついてるな。わあ！　ウェハースの缶だったんだ。さて、なかを見るのに方法はただひとつ」

ジョンは折りたたみナイフの束《たば》のなかから、役に立ちそうな缶切《かんき》りを取りだし、ふたのへりにそって勢《いきお》いよく使いはじめた。ブリキ缶は見た目よりずっと頑丈《がんじょう》で、缶切りのたてるいやな音に三人はちぢみあがってうめいた。ジョンはかまわずつづけて、ついに缶の三辺を切った。
「書類《しょるい》だ！」
ジョンはシャツのそでの端《はし》でてのひらをおおって、ブリキ缶のふたをねじると、缶をふって中《なか》身《み》をテーブルにぶちまけた。すぐさま、四人は書類《しょるい》の仕分《しわ》けにかかった。古い時代のものらしく、紙は黄色くなっていた。エイミーがそのひとつを調べた。

「昔《むかし》の《チャペルヴェール新聞》だわ！　見て、これ。一七八三年だって。『ピットの弟のほうがイギリスの首相《しゅしょう》となる』、『アメリカ独立承認《どくりつしょうにん》される』、『モンゴルフィエ、気球《ききゅう》で空を飛ぶ予《よ》定《てい》』。ブレイスウェイト先生が見たらよろこぶわ」

ジョンはそれらの新聞記事をひとまとめにしたが、がっかりしている。「そのほかの人の役には立たないようだな。さあ、みんな。先生のとこに持っていこう」

歴史家《れきしか》であるブレイスウェイト先生は、この発見にとてもよろこんだ。夢中《むちゅう》になってわしづかみにしようとしたが、手がぶつかって、新聞がばらばらと滝《たき》のように寄木細工《よせぎざいく》の床《ゆか》になだれ落ちた。

「ああ、おや、これは、うう、失礼《しつれい》、プレストンさん。ついうっかりと！」

だが、ジョンはそんな言葉を聞いてはいなかった。新聞の束《たば》のなかから落ちた四角い布地《ぬのじ》のようなものをかざしている。「こんなもの見つけたぞ！」

アレックスはそれがなにか、すぐにわかった。「それは刺繍《ししゅう》の練習用の布だよ。子どもが名前のアルファベットを刺繍するやつ。なんてったっけ？」

エイミーがジョンのそばにひざをついて、読めるところだけを声に出して読んだ。「『イヴリン・デ・ウィン　一六七三年』ベン、これウィン家の人が刺繍したのよ！」

この刺繡《ししゅう》した字はとてもきれいだった。イヴリン・デ・ウィンなる人は刺繡が得意《とくい》だったらしい。でも、あとのところは妙《みょう》に古風《こふう》で読みにくく、S《エス》などはf《エフ》のように見えた。

ここでとつぜん、ブレイスウェイト先生が、さえない司書《ししょ》から古文献《こぶんけん》の学者に変身した。ペンと紙を手にすると興奮《こうふん》していった。「こっちに貸《か》して。わたしが翻訳《ほんやく》してあげよう。エイミー、そこに腰《こし》かけて書きとりなさい、さあ！」

例《れい》の「ああ」や「うう」や、いいよどみもまったくなしに、ブレイスウェイト先生は、ゆっくり、はっきりとエイミーに読み聞かせた。

戒《いましめ》の歩《ほ》を西に取れ
祝福《しゅくふく》された名前の場所よりはなれて
天の双子《ふたご》が立ちて
ソルの死《し》に顔《がお》をながめているところに向かえ。
三番めの福音書記者《ふくいんしょきしゃ》がしたように
石にゆかりの家に向かい
ことそことのあいだで、立ちどまり飲むべし、
錠《じょう》をはずした最初のほうびを。

ブレイスウェイト先生はもしゃもしゃの髪《かみ》をかいた。「ふーん。一六七三年か。イギリスのカトリック教徒《きょうと》と、非国教徒《ひこっきょうと》が弾圧《だんあつ》された年だ。同じ年、救護院《きゅうごいん》は聖《せい》ペテロ教会ではなくなり、丘《おか》の上に新たに建てられた教会がチャペルヴェール教会と名づけられた。でも、地元《じもと》のカトリック教徒たちは、その新しい教会を聖ペトロ教会とかくれて呼《よ》んでいたんだ。それが現在《げんざい》まで残っている」

ジョンは刺繍作品《ししゅうさくひん》を示《しめ》していった。「どうもありがとさんです。これはおたくの図書館《としょかん》に保管《ほかん》しておいてください。おれたちはエイミーの翻訳《ほんやく》のほうで間に合うから」

ブレイスウェイト先生はまた、いつもどおりの司書《ししょ》にもどってしまった。「ああ、そう、ええ、それは、どうも。ええーと、はい。けっこう、けっこう！」

25

救護院《きゅうごいん》にもどってきたみんなは、かたづけなどそっちのけにして、大きな楕《だ》円形《えんけい》のテーブルを囲《かこ》んで刺繍《ししゅう》の詩に取りくんだ。エイミーが最初の一行をゆっくりと読みあげる。「『戒《いましめ》の歩《ほ》を西に取れ』だって」

ジョンが肩《かた》をすくめた。「なんだ、〝戒〟の歩って？」

ベンは答えの見当《けんとう》がついていたが、アレックスに答えさせた。「十歩ってことだよ。だって聖書《せいしょ》の〝十戒《じっかい》〟があるじゃないか！」

「そうだ、そうだ」ジョンは満足《まんぞく》げにうなずいた。

ベンはアレックスにウインクした。「すばらしい！」

「『祝福《しゅくふく》された名前の場所よりはなれて』」と、エイミーが先をつづける。

アレックスはがっかりした顔でいった。「それはちょっとむずかしいなあ」

エイミーが考える。「どこにしても、そこから十歩はなれなきゃならないのよ。名前の場所、名前の場所。なんかわかる、ベン？」

ベンはこほうにくれた顔になった。「名前の場所。ふうーん。それってある場所の名前？　それともぼくやきみの名前みたいなものかな、エイミー、アレックス、ジョンみたいな……」

ジョンが口をはさんだ。「若《わか》いころは自分の正式な名前がいやだったなあ。だってジョナサンだぞ。おふくろは『あなたの洗礼名《せんれいめい》はジョナサンなんだから、ジョナサンなのっ』っていってたがね。洗礼名は変えられないもんなあ！」

ネッドはテーブルの下で昼寝《ひるね》しかかっていたが、じれたベンがテーブルをたたいてそのじゃまをした。

と、アレックスが頬《ほお》をひっぱたかれたみたいにハッとなった。「洗礼！　命名《めいめい》の場所！　赤《あか》ん坊《ぼう》に名前をつける場所だ！」

エイミーはキャーッと声をあげてよろこび、アレックスを抱《だ》きしめた。「わたしの弟はなんて頭いいんだろ。天才だわ！」

アレックスは真《ま》っ赤《か》になって姉の腕《うで》をふりほどいた。「このへんだと洗礼の場所はどこ、ジョン？」

ネッドがご主人に考えを伝えた。「このテーブルの真下だと思うよ。このぼこっとした石のかたまりは、なんかもっと大きなもののこわれたもんだと思う」

そういって、犬はほかに昼寝の場所をさがそうと、のそっとテーブルの下から出てきた。「もちろん、ぼくがまちがってるかもしれないけど。ためしに見てもいいんじゃない？」

ベンは頭のなかで犬に返事《へんじ》をかえした。「ありがとう。でも、ぼくたちの秘密《ひみつ》をバラさずに、どうやってみんなに伝えようかな」

ジョンはあごひげをなでながら、あっちこっち見まわしていた。

「ふーん、洗礼《せんれい》のときに赤ん坊に水をかける、聖水盤《せいすいばん》か。どの教会にもあるが、この建物にあるなんて知らなかったな」

ベンは横をのっそり歩くネッドの背中《せなか》をなでながら、ほかの三人に聞こえるような大声で犬にいった。

「どうした、じいさん犬、そこじゃ楽《らく》じゃないのか？　どれどれ、見てやろう」と、四つんばいになってテーブルの下にもぐる。「あれあれ！」

ベンのおどろきの声にエイミーがしゃがんで、テーブル下を見た。「なんかある？」

「あるみたいだ。なんか四角い物だけど、割《わ》れた部分がまんなかに突《つ》きでてる。なんだと思う、ジョン？」

「それだよ、きっと。このテーブルをどかそう。きみたち、そっち持って。足の下のレンガ二個《こ》をたのむ。そのまま、ベン！」

テーブルがどかされると、ベンが聖水盤の遺物《いぶつ》のそばに四つんばいになって、ほめてもらいたそうにエイミーを見あげていた。でも、エイミーが抱《だ》きしめたのは犬のほうだった。

「えらいわねえ、ネッド、あんたのおかげよ。いい子！」

犬がニヤニヤ笑えたら、ネッドもそうしたろうが、かわりにしっぽをご主人のほうにさかんにふって気持ちを伝えた。「わるいねえ。でも、手柄《てがら》は立てたもののところにおさまるもんだからね。ああ、かわいい女の子に抱《だ》きしめられるのって最高！」

でも、ベンは犬と冗談《じょうだん》をいいあうよりも、なぞときに集中していた。見ると、ジョンが折りたたみナイフの刃《は》で、石灰岩《せっかいがん》の台座《だいざ》部分に彫《ほ》られた字をなぞりながら、声に出して読んでいる。

「『イン・ノミネ・パトリス、エト・フィリウス、エト・スピリタス・サンクタス』つまり、『父と子と精霊《せいれい》の御名《みな》により』だ。子どものころに行った日曜礼拝《れいはい》で覚えたよ。この石みたいなものはたぶん、聖水盤《せいすいばん》の支《ささ》えの柱だろうと思う。その詩はどうなってたっけ？」

「『戒《いましめ》の歩《ほ》を西に取れ、祝福《しゅくふく》された名前の場所よりはなれて』」

アレックスがそばに来て聖水盤のそばに立った。「ここから十歩西へ。だれか磁石《じしゃく》持ってない？」

ジョンがちょっと反対するような顔になったので、アレックスがぽかんとした。「だって、西がどっちか、どうしたらわかるの？」

ジョンはほほえんでいった。「海に出たことがないって、

まるわかりだな。教えてやれ、ベン」

ベンはあたたかい午後の日がさしこんでいるうしろの窓《まど》を向いていった。「西は太陽が沈《しず》むところ。あっちだ」

アレックスは真剣《しんけん》な顔で十歩計《はか》った。エイミーはベンのとなりに座《すわ》ってささやいた。「ジョンのいいかたって、あなたが海で暮《く》らしてたみたい。そうなの、ベン？」

ベンは肩《かた》をすくめて質問《しつもん》をはぐらかした。「海？　ううん、ちょっとね。たいしたことないんだよ、ほんと」

エイミーはベンのかげりのある青い目を、めずらしいものでも見るようにのぞきこんだ。ベンはまた、あの苦しいもの思いにとらわれた。でも、どうして打ち明けられようか。風、波、嵐《あらし》、あの水の世界の記憶《きおく》を。口のきけない少年と飢《う》えた犬は、フライング・ダッチマン号の厨房《ちゅうぼう》でうずくまっていた。船長は冬の嵐に挑《いど》んでホーン岬《みさき》を回ろうと、天に向かって呪《のろ》いの言葉を吐《は》いていた。荒《あ》れる海での殺人《さつじん》、そして甲板《かんぱん》に舞《ま》いおりてきた天使。はげしくうねる緑の海に投げだされた、しびれるような衝撃《しょうげき》……

ジョンが太い腕《うで》を肩《かた》に回したので、現実《げんじつ》に引きもどされた。「おい、だいじょうぶか」

恐怖《きょうふ》は遠のいた。ベンは身《み》ぶるいした。「うん、だいじょうぶだ。テーブルをどかしたときに頭ぶつけたみたい。だいじょうぶ。なんでもない」

でも犬はベンの気持ちがわかっていた。だからエイミーの好奇心《こうきしん》をそらすため、ひざにのって顔をなめはじめた。

エイミーは笑いながら、犬をおしのけようとした。「いやよ、わたし、そんなによろこばれることしたかしら？　下《お》りてよ」

ベンはネッドの首に手を回しながら、指をふりふりいった。「こいつを責《せ》めちゃだめだよ。きみだよ、やたら抱《だ》いたのは！」

アレックスが大声で呼《よ》んだ。「この窓《まど》から一メートルくらいなんだけど。これで十歩。このあとどうすればいい？」

ジョンが引きとった。十歩歩いてアレックスの先へ行き、開いている窓から教会の庭に出た。「きみの足幅《あしはば》はあの詩を書いた人より小さかったんじゃないかな。おれのほうがちょっと長いから、このへんだと思うよ」

みんなはジョンのそばに集まった。エイミーが手もとの翻訳《ほんやく》を見てつぎの部分を読んだ。「『天の双子《ふたご》が立ちて、ソルの死《し》に顔《がお》をながめているところに向かえ』」

アレックスはジョンにウインクした。「これは海とまったく関係ないだろ。さあ、これを解《と》いてみせてよ！」

老大工《ろうだいく》と内気《うちき》な少年のあいだに、本物の友情《ゆうじょう》が生まれかかっていた。

ジョンはアレックスの髪《かみ》をばさばさとかきみだし、あたりを見まわした。「ちょっと時間をくれ。かならず解いてみせる！」

犬はベンに気持ちを伝えてにやっと笑った。「天の双子《ふたご》って、ぼくたちのことだ！」

ベンは笑いをおしころして肩《かた》をすくめた。「天の？　おまえが〝天〟って柄《がら》か？　さあ、ふざけてないで、力を貸《か》せ」

エイミーは窓《まど》の敷居《しきい》に腰《こし》かけていた。「天の双子……それって、あのふたつの星じゃないの、ほら、双子座《ふたござ》。あれは昔《むかし》から天の双子って呼《よ》ばれてるでしょ」

ジョンが空を見あげ、大きな声でひとりごとをいった。「その問題点はだ、この詩は昼の明かりをうたってるってこと。夜の星がどうしてソルの死《し》に顔《がお》を見られるんだ？」

アレックスが草を一本引きぬき、はしっこを嚙《か》んだ。「なに、ソルって？」

ベンはこの表現《ひょうげん》をまえに耳にしたことがあった。そこでアレックスに説明した。「ソルっていうのは、太陽につけられた名前なんだ。太陽が西に沈《しず》むって知ってるよね。死にゆく太陽が西に沈む。そのいいまわしは何度も本で読んだよ」

エイミーがうなずいた。「ベンのいうとおりよ。だから、さがしているのはふたつのものだわ。天の双子がじっとソルの死にかかっている顔を見ている」

そういって、教会の庭に出ていった。長いスカートが草とすれあってさわさわと音をたてた。

ベンがそのあとを追う。ふたりは庭のまんなかあたりで立ちどまり、苔《こけ》むしてかたむいた墓石《はかいし》のひとつによりかかって、救護院《きゅうごいん》の裏《うら》をながめた。ベンはすぐ双子を見つけたが、エイミーが気づくまでちょっと待った。

エイミーはぴょんと飛びあがって指《ゆび》さした。「あったわ、あれ！　まんなかの窓《まど》の下。双子《ふたご》！」

優美《ゆうび》な縦溝《たてみぞ》のある石灰岩《せっかいがん》の円柱《えんちゅう》が二本、窓の両側《りょうがわ》をかざっていた。その下に、円柱を翼《つばさ》で支《ささ》える形で、二体の天使の石像《せきぞう》があった。両手を祈《いの》りの形に組み、顔を天に向けている。エイミーがかん高いさけび声をあげたので、そばをうろついていたカラスが飛びたった。「天の双子がソルの死《し》に顔《がお》をながめている！」

ネッドがご主人をなじるように見て、気持ちを伝えた。「エイミーがさけぶまえにわかってたんだろ、天使の居場所《いばしょ》がどこか。でも、本物の天使を見ちゃってるもん、あのふたつは本物とはほど遠いよね」

ベンが眉《まゆ》をつりあげた。「この石工《いしく》さんにわるいよ、ネッド。きっと天使なんて見たことないんだよ」

「『三番めの福音書記者《ふくいんしょきしゃ》がしたように、石にゆかりの家へ向かい』」アレックスが大声で読んだ。「これはほんとうにわからない。福音書記者なんて、ひとりも知らないよ」

ジョンはポケットから銀の時計を取り出して時間を見た。「さあて、みんな家に帰って考えるとしよう。もうじき夕食だろう。あしたここでまた会おう、同じ時間に」

アレックスはちょっと不服《ふふく》そうだった。答えが出かかっていると思ったからだ。でもジョンのいうとおりにしよう。ベンと犬、エイミーが壁《かべ》のむこう側《がわ》で待っているなかで、アレックスはジヨンに手をさしだしてさよならをした。

「じゃあ、あしたの朝会おうね、ジョン。心配《しんぱい》しないで、きっと解《と》いてみせるから。ぼくたち、なんとかしてウィンさんの村を救《すく》いたいんだ」

アレックスの手は、老大工《ろうだいく》の大きな手のなかにすっぽり包まれてしまった。ジョンは目のまわりをしわだらけにしてほほえみ、握手《あくしゅ》した。「うん、相棒《あいぼう》、きみが助けてくれりゃこわいものなしだ！」


スミザーズ家ではもう夕食がすんでいた。モード・ボウは庭へ出て腰《こし》を下《お》ろし、《すてきな女性《じょせい》のためのファッション》という雑誌《ざっし》のさし絵を見ていた。見た目にはいかにも田舎《いなか》の生活を楽しんでいるようだったが、本当はロンドンに帰りたくてたまらなかった。

息子《むすこ》のウィルフがだらしない態度《たいど》で庭に出てきた。添《そ》え木《ぎ》をして包帯《ほうたい》でぐるぐる巻《ま》きにした右手を、三角巾《さんかくきん》でつっている。モードを見て顔をしかめながら鉄製《てっせい》のいすにドサリと座《すわ》ると、靴《くつ》のかかとをいすの足にぶつけて大きな音をたてた。モードが本から顔を上《あ》げた。

「ウィルフレッド、そんなやかましい音たてなくてもいいでしょ？」

そういわれてウィルフは、なおいっそう強く、金属製《きんぞくせい》のかかとをぶつけて大きな音をたてた。目は挑《いど》むようにモードをにらんでいる。「ウィルフレッドじゃねえ。ウィルフ！」

モードは本を閉《と》じ、つんとした顔でウィルフをにらんだ。「わかったわ。でもそのとんでもない音やめてくれない、ウィルフ？」

彼は音をたてるのをやめ、ニタリと笑うと、またガンガンとぶつけはじめた。「好きなことやるさ。おれの家だ、おまえんじゃない！」

「お父さまにいいつけてやる！」

「いいつけな、平気さ！」

モードは優美《ゆうび》なしぐさでこめかみのあたりをもんだ。かんしゃくを起こしかかっている。とうとう足をふみならした。

「どうして自分の部屋《へや》に行かないの？　ケガしたんじゃなかった？　寝《ね》てなさい！」

ウィルフはこのいやがらせが楽しくて、かかとをもっと速く打ちつけた。「おふくろが、新鮮《しんせん》な空気を吸《す》いなさいってさ。おまえこそ、自分の部屋に上《あ》がれ！」

モードは勝ち目はないとさとって自室《じしつ》に行こうとしたが、ウィルフを見おろして意地悪《いじわる》くののしった。「バカな田舎《いなか》もん！　ウィルフレッド！　ウィルフレッド！　ウィルフレッド！」

ウィルフレッドはかかとをガンガンとぶつけながら、ニタッと満足《まんぞく》そうに笑った。

「モーディ、高慢《こうまん》チキの気どりや！」

もういっさい口をきかずに肩《かた》をそびやかして出ていきながら、モードは心のなかでせわしく考えをめぐらせていた。パパの用心棒《ようじんぼう》たちがロンドンから来たら、なにか口実《こうじつ》をつくり、偶然《ぐうぜん》のふりをしてウィルフにパンチをくらわしてもらおう。あの人たち、そういうことはうまいんだから。

モードが行ってしまうと、ウィルフは三角巾《さんかくきん》のなかからエンピツと紙を取りだし、左の手でなんとか書こうとした。でも、書けなかった。そうだ、レジーナに書いてもらおう。今度という今度はベンを徹底的《てっていてき》にやっつけてやる。暴力《ぼうりょく》も口げんかもなしに。ウィルフは座《すわ》ったまま、自分の仲間が来るのを待った。

26

夕暮《ゆうぐ》れになった。レースのカーテンを引いた窓《まど》の外では、夜鳴《よな》きうぐいすのメロディに、ときおり合いの手のようにホーホーとフクロウの鳴き声が入った。窓わくでは、なかの明かりに近よりたい蛾《が》が、粉《こな》っぽい羽《はね》をばたつかせていた。

そろそろウィン夫人《ふじん》が寝《ね》る時間だった。夫人はキッチンでベンがなぞときをする手伝《てつだ》いをしていた。ベンはここまでエイミー、アレックス、ジョンといっしょに解《と》いたことを話した。でも、老婦人《ろうふじん》はつかれていて元気がなかった。

「それがわかったところで、わたしも村も救《すく》われるのかしら？　時間は一日一日せまってきてるのよ。スミザーズやロンドンの会社のゴリおしぶりにくらべると、こっちはちょっとおとぎ話みたいじゃない？　広場に張《は》りだされた立ちのき命令を見たけど、いかにもえらそうで、法律用語《ほうりつようご》がいっぱい。『しかるののちに』とか『以下同文《いかどうぶん》』とか、わけわからなくて目が回っちゃう！　ああ、こんな推理《すいり》ばかりじゃなく、もっと具体的《ぐたいてき》なものを突《つ》きつけてやりたいわ！」

老婦人はいまにも泣きだしそうだった。不安《ふあん》でおびえているのだ。ベンは夫人の手を取った。

「あせらないで、ウィンさん。万事《ばんじ》いい方向に向かっていますよ。さあ、この問題を解《と》くのを手伝《てつだ》ってください。『三番めの福音書記者《ふくいんしょきしゃ》がしたように、石にゆかりの家へ向かい』これはなんのことかわかりますか？」

ウィン夫人《ふじん》は立って牛乳をあたためはじめた。「福音書記者、つまり新約聖書《しんやくせいしょ》でイエスの教えである福音を記《しる》した人は、四人いるの。マタイ、マルコ、ルカ、そしてヨハネ。この四人はいつでもこの順《じゅん》で呼《よ》ばれてるのよ。だからルカが三番めの福音書記者にちがいないわ。これでなにかわかる？」

ベンは夫人がポットにスプーンでココアと砂糖《さとう》を入れるのを見ながらいった。「そう、そう、そうなんだ！　だったら、ルカはどっちを向くんでしょう？　東西南北、右、左、前、後ろ？」

ネッドは両《りょう》の前足にあごをのせて寝《ね》そべっていたが、これを聞いてクスクス笑った。「それが問題だ。どっちをルカは見るか。ルカが見る《ルック》。わかる？」

ベンは犬をきびしい顔で見た。「冗談《じょうだん》いってる場合じゃない。助けにならないんなら、だまって寝てろ」

ネッドは両目《りょうめ》をつぶったまま考えた。「ルカは英語《えいご》読《よ》みならルークだろ。ルーク・ルックス・レフト、つまり左《レフト》だ」

ベンがその考えに答えた。「どうしてそんなことわかる？」

犬は目を開けた。「説明はできないけど、そうだろうって気がするんだ。ちがう？　ルーク・ルックス・レフト」

ベンは大声でいってみた。「ルーク・ルックス・レフト。どう思います、ウィンさん？」夫人《ふじん》はあたためた牛乳をつぐ手を止めた。「ふーん、ルークが左を見るね……そうだわ。レフトもルークもL《エル》ではじまるから、そうにちがいないわ。でかしたわね、ベン！」

ネッドは大きく鼻を鳴らして、また目をつぶった。でもまたすぐに目を開けた。夫人がボウルにホットココアをついでくれたからだ。夫人はホレーショにもあたたかい牛乳をついでやった。

「この子はココアが好きじゃないの。だからあたたかい牛乳をやるのよ」

ネッドはココアを騒々《そうぞう》しく音をたてなめながら、考えを伝えた。「ふん、ばかだな、この猫《ねこ》は！」

夫人はもうなぞときをつづける元気がなかった。ベンは夫人の手を取って、寝室《しんしつ》まで連れていった。もどってくると、ネッドがしゃきっと立ってドアを見ている。

「静かに。だれか外にいる！」

バタバタと逃《に》げていく物音《ものおと》に、ベンはドアにかけよった。開けてみると一瞬《いっしゅん》だが、トモらしき人かげがコソコソと門の外に逃げるのが見えた。手紙がドアに鋲《びょう》で止めてあった。ネッドを外に出してほかにあやしい人間がいないかどうかたしかめさせると、ベンは手紙をはずして読んだ。

ウィルフの手は使いものにならないので、レジーナに書きとらせたらしい。つづりも文法《ぶんぽう》もウィルフよりひどいくらいだった。ベンはお粗末《そまつ》なエンピツ書きの手紙を、ほほえみながらじっくり読んだ。

手ケガしてっからケンカはムリ。けど、話あっから、エヴァンズん店のソトにあした夜、まよ中十分まえにこい。オヤシキギャング団長《だんちょう》。W・S

いいか、セッタイこい！


ネッドが庭から小走りに入ってきた。「だれもいないよ、ベン。手紙はなんだって？」

ベンは手紙をたたんでポケットにつっこんだ。「またウィルフの遊びだよ。あした話してやる。さて、もう寝《ね》ようか？」

犬はだるそうにしっぽをふった。「そうだね。おや、だれか窓《まど》のとこにいる！」

ホレーショだった。ネッドのあとについて庭に出たはいいが、ベンが気づかずにドアを閉《し》めてしまったのだ。猫《ねこ》は窓わくをたたき、悲しげに鳴いている。ベンが窓からなかに入れてやると、ホレーショはひとっとびで流し台をこえて、ふわっと床《ゆか》に下《お》りたち、ネッドをにらみつけた。

ベンが笑ってきいた。「なんていってる？」

ネッドは猫の考えを翻訳《ほんやく》した。「わけのわかんないいつもの口ぐせ。イワシ、ミルク、チョウチョ、ネズミとかなんとか。夜、外に出ていくのは好きだけど、家のなかにあるミルクを飲みきってしまいたい、だってさ」

ネッドはボウルのココアをなめきった。

「かしこい猫《ねこ》だ。ネッド、もう寝《ね》よう。おやすみ、ホレーショ」

ネッドはご主人について二階へ上《あ》がっていきながら、ぶつくさいった。「かしこい猫だって？　冗談《じょうだん》でしょ！　まぬけな毛玉《けだま》ってとこじゃないのかな！」

27

早朝の買い物をする人たちが、チャペルヴェールの広場に行きかっていた。店主《てんしゅ》たちは水おけの水を、店のまえや入り口あたりにまいた。市場の青物商《あおものしょう》は、とれたての野菜《やさい》や花を八百屋《やおや》に配達《はいたつ》した。青物商の馬の、蹄鉄《ていてつ》をつけたひづめがパカパカと敷石《しきいし》の道にあたって火花を散らせた。

やや沈《しず》んだ気分で、ベンが救護院《きゅうごいん》の裏《うら》に着くと、アレックス、エイミー、それにジョンがもう集まっていた。しかも、エイミーは「ルークがレフト」問題をもう解《と》いていた。ベンは落胆《らくたん》を顔に出さず、村人が自力《じりき》で解決《かいけつ》したほうがいいのだと、自分にいいきかせた。そしてエイミーに笑いかけていった。

「よく考えついたね。L《エル》のルークに、Lのレフト。ぼくもゆうべ寝《ね》ながらなんとか解決《かいけつ》しようとしたけど、なんにもうかばなかった。たいしたものだよ、エイミー」

ジョンは窓《まど》わくに座《すわ》って、ひげをなでつついった。「ほんと、エイミーは頭がいい。けど、これでも問題解決じゃないんだ。ベン、左を向いてみな。なにが見える？」

ベンはいわれたとおりにして、まっすぐ左のほうに目をやった。「うーん、たいしたものはないなあ。いつもどおりの田舎《いなか》の景色《けしき》。木、畑、原っぱ、それに丘《おか》の上に教会だ」

エイミーがベンのわきに立つ。「石にゆかりの家をさがしているのよね。でも、それがなんだかさっぱりわからない」

アレックスが思いついた。「どっかにジブラルタルって名の家か小屋があるんじゃないのかな。ジブラルタルって石があるだろ。それに、スペインにジブラルタルって町もある。行ったことのある土地の名前を、自分の家につけるってことあるじゃないか。それとか、信心《しんじん》ぶかい人が自分の家を、賛美歌《さんびか》にあるみたいにロック・オブ・エイジズ、つまり『ちとせの家』って名づけるとかさ」

ベンはうなずいた。「そうかもしれないな。そんな場所あった？　石にちなんだ名前の？　だれが知ってるかな？」

ジョンが立ちあがった。「ブレイスウェイト先生ならわかるだろう。行ってきいてみよう」

一同が救護院《きゅうごいん》の重たいドアを閉めかかったとき、声が聞こえた。「いやあ、若《わか》い衆《しゅう》！　きょうはこいつがよく走る、よく走る！」

赤ら顔の元気な男が、牛乳配達《はいたつ》のスモックと長靴姿《ながぐつすがた》で立っていた。茶色の雌馬《めすうま》につないだ、見ばえのする馬車の手綱《たづな》を引いている。エイミーとアレックスが走りだした。そのあとをベンが追う。

「おはよう、ウィル」エイミーが馬のわき腹《ばら》をなでた。「デリアはおなか痛《いた》かったの、治《なお》った？とても元気そう！」

ウィルと呼《よ》ばれた男は馬をやさしい目で見た。「このデリアは、あんたのお父さんのおかげですっかり元気だよ。お父さん、薬になに入れてくれたか知らんが、腹痛《はらいた》が治っちまった。どうだい、ちょうど配達《はいたつ》が終わったとこだから、家に遊びにこないか？　アイリーンがよろこぶよ。よう、ジョン、隠居《いんきょ》じいさん。うちの牧場《ぼくじょう》でたまにゃ、まともなお茶とスコーンはどうだい？」

まもなく、みんなは馬車に乗りこみ、空《から》の牛乳缶《かん》やたまごの木箱《きばこ》の上に腰《こし》かけていた。デリアがむこうの丘《おか》めざして、元気に道をかけていく。

アレックスがあたりを見まわした。「ネッドはどこ？」

ベンは肩《かた》をすくめた。「ああ、あいつね。どっかに探検《たんけん》に行っちゃったんだ。心配《しんぱい》ないよ。こっちに用があれば来るよ。牧場までは遠いの？」

アレックスが前方を身《み》ぶりで示《しめ》した。「丘のまんなかくらいかな。ヒルサイド牧場って名前でね、ウィル・ドラマンドさんは地元《じもと》の牛乳屋さんなんだ。ドラマンド家は代々《だいだい》、何百年もそこに家を持ってる。うちのパパがよく家畜《かちく》を診察《しんさつ》するんだよ。ウィルのことは、いい人だっていつもいってる。きみも気に入ると思うよ。ウィルのお母さんなら、石にゆかりの家のことを知ってるかもしれない。なんでも知ってる人だから」

ウィルの妻のアイリーンは陽気《ようき》で、ほほえみを絶《た》やさない人だった。二才になったばかりの赤《あか》ん坊《ぼう》を抱《だ》いて、外まで出てきてむかえてくれた。「ほうら、ウィラムちゃん、パパでちゅよう！お友だちもいっちょだねえ。おいで、デリア。おまえには、ほら、リンゴだよ！」

一同の紹介《しょうかい》のあと、ベンとアレックスはウィルが空《から》の牛乳缶《かん》やたまごの箱を下《お》ろすのを手伝《てつだ》い、それからお茶をごちそうになるため家のなかに入った。

アイリーン・ドラマンドのスコーンは、とろっとしたクリームとイチゴジャムをかけて食べると最高のごちそうだった。みんなで食べながら、ベンはチャペルヴェール救出作戦《きゅうしゅつさくせん》と、いままでわかったことを説明した。しかし、時間があまりないうえ、「石にゆかりの家」がわからない。

梁《はり》の低い、古い家は、日をさえぎっていてひんやりとすずしかった。壁《かべ》は白く塗《ぬ》られ、床《ゆか》はタイル、窓《まど》ガラスには中心に吹《ふき》ガラス特有《とくゆう》の輪のような突起《とっき》があった。ウィルの母親サラは、暖炉《だんろ》わきの大きなひじかけいすにゆったりと座《すわ》り、ひざの上に聖書《せいしょ》をのせて、ベンが話しおえるまで注意ぶかく耳をかたむけていた。頭のよい、小柄《こがら》な婦人《ふじん》で、動作《どうさ》も速く、小鳥のようだった。

細い肩《かた》に巻《ま》いた毛糸編《あ》みのショールのまえを引きよせると、ジョンと三人の若者《わかもの》たちに向かって、だめですねえ、といわんばかりに首をふった。そうして聖書を意味ありげに指先でトントンとたたいた。

「石にゆかりの家？　ふん、あんたがたがちゃんと聖書を読んでないってわかるよ。べつにおどろくにはあたらないけどね。近ごろの人は主《しゅ》の言葉を読む時間がないらしいから！」

ウィルがやんわりと母親をしかった。「まあまあ、母さん、そんなにきびしくしないで。若《わか》い人が聖書《せいしょ》読んでないからって、わるい人って決まったもんじゃない。おれをみろ、あんまり読まないが、正直《しょうじき》で働きものだよ」

母親はきびしい目で息子《むすこ》を見た。「読めばもっといい人になれるんだよ。あんたも友だちもみんな。主《しゅ》が弟子《でし》たちになんていったかもわかってたと思うよ。『汝《なんじ》はペテロ。この石の上にわたしの教会を建てよう』そう聖書に書いてあるんだ。ところでみんな、丘《おか》の上の教会の名前はなんだね？」

ウィルが早口でいった。「聖ペテロ！」

老婦人《ろうふじん》は少し得意《とくい》げな顔で、いすに深く座《すわ》りなおし、聖書をトントンたたいた。「ほかのなぞをいってごらん」

アレックスが覚えていた文をそらんじた。

「『ここそことのあいだで、立ちどまり飲むべし、錠《じょう》をはずした最初のほうびを』」

アイリーンは力いっぱいテーブルをたたいた。紅茶《こうちゃ》のポットがひっくりかえりそうになった。

「わかった！」

赤《あか》ん坊《ぼう》のウィラムはそれがよっぽどおもしろそうに見えたのか、きゃっきゃっと声をあげながらテーブルをたたきはじめた。アイリーンは赤ん坊をウィルにわたした。「パパんとこに行きな。いい子だから。

わかったよ、そのなぞの答えが。このヒルサイド牧場《ぼくじょう》に、昔《むかし》から救護院《きゅうごいん》と教会のちょうどまんなかにあるんだ。このあたりで井戸《いど》があるのは、うちだけだよ！」

ウィルは赤《あか》ん坊《ぼう》をひざの上でぽんぽんとはずませながらいった。「なんて頭いいんだ、おまえの母さんは！」

ジョンは紅茶《こうちゃ》とスコーンをそっちのけにして、テーブルごしに身《み》を乗りだした。「ここに井戸があったとはなあ」

ウィラムが父親のひざからすべりおりてエイミーのほうによちよち歩いていったが、ウィルは好きにさせておいた。「この牧場と同じくらい大昔《おおむかし》からあるよ。さあ、行こう、見せてやる」

牧場から乳しぼりの小屋までのあいだにまたべつの石の建物があって、倉庫《そうこ》として使われていた。ウィルはランプをともして、中央《ちゅうおう》の梁《はり》からつりさげた。周囲《しゅうい》には壁《かべ》にそってジャガイモ、ニンジン、カブ、根菜類《こんさいるい》の袋《ふくろ》が積まれていた。チーズは木の棚《たな》に、ハムは垂木《たるき》からぶらさがっている。

そのまんなかに井戸があった。円形の石壁に囲《かこ》まれ、バケツと滑車《かっしゃ》がついている。アイリーンはその上からのぞいて身《み》ぶるいした。「暗くて古い井戸。でも水は冷たくておいしいよ」

ウィルがバケツを滑車で下《お》ろした。パシャ！　下の水に届《とど》いた音がした。それを巻《ま》きあげると、ふちまでなみなみと水が入っている。

「国じゅうでいちばんうまい水だよ。地下の水脈《すいみゃく》から来るんだが、石灰岩《せっかいがん》でろ過《か》されて純粋《じゅんすい》な水になるんだ。あんな下になにをさがすんだ？」

ジョンが暗がりをじっと見つめた。「最初のほうび」

アイリーンがくすくす笑った。「あんたにゃほうびは取れないよ、ジョン。あんた、大男だからバケツに入らないもん」

即座《そくざ》にベンが申《もう》しでた。「ぼくが下《お》りていく！」

小さなランプをひとつ持って、ベンは水のバケツにまたがった。ジョンとウィルが滑車《かっしゃ》のハンドル係となり、ウィルが指示《しじ》を出した。「バケツにおれの道具をいくつか入れとくから、必要なら使いな。気をつけて、ロープにしっかりつかまってろよ」

滑車がキイキイ鳴って、男ふたりはベンを井戸《いど》のなかに下《お》ろしていった。エイミーはウィラムの手をにぎって、そばに立っていた。

「下はどんな感じ、ベン？」

ベンの声がこだまして上《あ》がってきた。「ごくあたりまえの丸い古井戸だね。とくに目につくものはないな。下りていくときに片側《かたがわ》を見、上がっていくときにもう片側を見るよ。あっ、止めて、ウィル。足が水に着いた！」

ジョンはずっと下の光を見おろした。ロープがピンと張《は》って、左右にゆれだした。「そうっとやれ、ベン。あんまりはねるんじゃない！」

「向きを変えて反対側《はんたいがわ》を見ようとしてるだけでーす」声がこだまする。「よし、これでいい。ゆっくり上《あ》げて！」

ウィルとジョンは背中《せなか》を丸めて引きあげはじめた。一巻《ま》き、二巻き、ふたりが四巻きもしないうちにベンがさけんだ。「ストップ！　ちょっと下《さ》げて……もうちょい！……そう、そこ！」

アレックスが頭をつっこんだ。「なんなの、ベン？　なにがあった？」

「壁《かべ》の石が、ひとつだけほかのより大きいんだ。二倍くらいある。ほかのみたいにセメントで埋《う》めこまれてない。鉛《なまり》でくっつけてある。ちょっと待って！」

ハンマーとノミをふるっているらしい、にぶい音が上《あ》がってきた。そしてベンの声。「やっぱり鉛だ。かんたんに取れる。古くてだめになってるから、手でも取れるくらいだ」

ポシャンと水のはねる音が上がってきた。つづいてベンの声。「ごめん、ウィル、少し水のなかに落ちちゃった」

ウィルは井戸《いど》のへりから身《み》を乗りだした。「心配《しんぱい》ない。流れていっちゃうよ。石も落としてくれていいぞ」

ベンが重い石をなんとかぬきとろうと、うめいている音がする。石を前後におし、ノミをテコ

がわりに使い、そうしながらようすをつぎつぎに伝えてくる。「半分くらい出てきた！　フーッ、大きな石だ。でも、かなり動いてきた。これ、バケツに入れようか、ウィル？」

「いや、重くなりすぎるとまずい。落として！」

つづいてバッシャーンと大きく水のはねる音。ベンがさけんだ。「ああ、すずしくなった。ずぶぬれだ！　待って。いま石のあったところに手を入れてるけど、あっ、なんかある！」

わっとあがる歓声《かんせい》に、小さなウィラムまでいっしょになってさけんだ。ベンはさわぎに負けぬ大声でさけんだ。「取ったよ。上《あ》げて、引き上げて。取った！」

アレックスとエイミーまでいっしょになって、ウィルとジョンがハンドルを回すのを手伝《てつだ》った。ベンが井戸《いど》から出てきた。にこにこ顔だ。「みんな、明かりのなかでちゃんと見てみよう！」

アイリーンはそばにあったテーブルの上をかたづけ、へんてこな物体《ぶったい》をその上にのせた。ふつうのレンガの二倍はある、泥《どろ》だらけのかたまりだ。

ベンが一同をせかした。「だれか、なんだかわかる人？」

アイリーンは赤《あか》ん坊《ぼう》がテーブルに上《のぼ》ろうとするのを引きとめた。「きたない、昔《むかし》のものだね。母さん、これなんだと思う？」

サラは棒《ぼう》のような指をのばしてその表面《ひょうめん》を少しこすると、手を顔に近づけた。「ふむ。獣脂《じゅうし》を取らなきゃわからないよ」

アレックスがきょとんとした。「ジュウシ？」

サラはひとさし指と親指をこすりあわせていった。「そう、動物の脂肪《しぼう》からできたロウのことさ。獣脂《じゅうし》」

ジョンが折りたたみナイフを取りだした。「その獣脂のなかに、なんかがあるっていうのかな？　じゃ、見てみよう。なるほど、ロウねえ。これなら永久保存《えいきゅうほぞん》できる」

アイリーンがジョンの手をおさえた。「切っちゃだめ。なかのものに傷《きず》がつくかもしれない。溶《と》かしてみるよ」

さっそく、その物体《ぶったい》は鉄なべに入れられた。それをウィルが石づくりの炉《ろ》の上に置いた。みんながそれを取りかこんで見まもる。

ベンは室内《しつない》が息苦しいほど暑くなってきたのを感じた。ランプの油のにおいと、海水にぬれた衣類《いるい》をかわかすにおいが、脳裏《のうり》にしのびこんでくる。足もとの甲板《かんぱん》がうねりにゆれる……荒《あ》れくるう海がたてるはてしない音と混《ま》じりあって……

「あら、大きな金の指輪だ！」

エイミーの歓声《かんせい》に、ベンは現実《げんじつ》に引きもどされた。サラがエプロンをふっている。

「フーッ、これ家の外に出して。金の指輪だかなんだか知らないけど、くさい！」

ウィルは布《ぬの》きれを手に巻《ま》いて、なべの取っ手を持って運びだす。鉄なべは相当《そうとう》な熱《あつ》さになっていて、ロウはみるみるうちに溶けだしていた。

ベンは新鮮《しんせん》な空気のなかに出られてほっとした。ロウのまわりのヘドロが溶けて、いやなにおいをはなっていたのだ。

溶《と》けたロウのなかにあるものが見えてきた。指輪ではなかった。エイミーが見たのは本体のへりだったのだ。

それは黄金《おうごん》でできたカップ、教会の祭壇《さいだん》にそなえる聖餐杯《せいさんはい》だった。

ジョンが小枝《こえだ》を二本使って、それをロウのなかからひっぱりだし、ウィルから布《ぬの》をもらっててていねいにふいた。

「どうだい、こりゃ！　聖ルカさまはなんてすばらしいものをくださったんだ！」

聖餐杯はほとんど新品同様《しんぴんどうよう》に見えた。美しい純金製《じゅんきんせい》で、こった彫《ほ》りこみ細工《ざいく》がほどこされている。同じく純金の台には、四つの大きなたまご形《がた》のルビーがはめこまれていた。

エイミーはうやうやしく聖餐杯を持ちあげると、日の光に高くかざした。金とルビーがきらめいた。

「最初のごほうびね。でもこんなものがどうして、井戸《いど》のなかにあったのかしら？」

ベンは肩《かた》をすくめた。「さあね。でも、とにかくこのことをウィンさんに知らせてあげなきゃ。見たがるに決まってるもの。たいへんな値打《ねう》ちものなんだろうな」

アイリーンがいい提案《ていあん》をした。「じゃ、おどろかしてあげよう。今夜みんなに夕食をごちそうするから、ウィンさんもご招待《しょうたい》するって伝えて。うちのウィルがあんたたちふたりをむかえにいく。母さんも長いことウィンさんには会ってないから。ねえ、母さん？」

ウィルの母親はあわてて母屋《おもや》に向かいながら、大きな声でいった。「ウィニーに会いたいねえ。でも、お部屋《へや》をきれいにそうじしとかなきゃ。ライラック水《すい》を少しまこう。獣脂《じゅうし》のにおいを消さなきゃ」

家にもどると、ネッドが首を長くしてベンを待っていた。ベンは犬の頭をなでた。「どこ行ってたんだ？　ドラマンドさんとこのミルクティーとスコーン、すごくおいしかったぞ。そうだ、大事《だいじ》な話がある」

犬はなでられながら、気持ちを伝えた。

「先にぼくの話を聞いてよ、ベン。スミザーズの家に行って、裏《うら》の垣根《かきね》にいたらさ。ウィルフのやつが、芝生《しばふ》で子分どもと相談《そうだん》してるのが聞こえちゃったんだ。これがおかしいんだよ、あいつら、ジョンがこわくてたまらないんだね。まえにもめたことがあるらしくて、ジョンのこと〝狂《くる》った教授《きょうじゅ》〟って呼《よ》んでた。でも、連中《れんちゅう》はきみがもうジョンに会ったことは知らない。だから、ウィルフは真夜中《まよなか》にきみを救護院《きゅうごいん》に行かせようとたくらんでるんだ。ジョンに生《い》けどりにされて食《く》われるって思ってるんだよ。ま、きみに知らせとこうって思ったわけ」

ベンは首をふってニッと笑った。「じゃあ、ぼくは行けとそそのかされたら、じゅうぶんこわがればいいんだね。わあ、ジョンが聞いたらなんていうか、楽しみだな。ところで、ぼくがきょう、なにを発見したと思う……？」

28

ウィン夫人《ふじん》はいっとき、なやみごとを忘《わす》れた。夕食会に招待《しょうたい》されてうれしかったからだ。でも現実《げんじつ》には、村の公共《こうきょう》の建物という建物に張《は》られた立ちのき命令文が、日増《ひま》しに目立つようになっていた。

ドラマンド家とは親しかったが、ウィン船長が亡《な》くなってから、家へ行くことはなくなっていた。ベンがとても重要《じゅうよう》な手がかりを見つけたらしいので、心がおどったが、くわしくきいてもベンはそれ以上教えてくれなかった。

ベンは犬に口笛《くちぶえ》をふいて合図《あいず》してから、家の外の道をどんどん行ってしまった。今夜の作戦《さくせん》についてジョンと打ちあわせをしたかったのだ。老婦人《ろうふじん》は少年と犬をながめながら、海からさまよってきたふたりをわが家に引きとってよかった、と思った。なにかが動きかかっている。なにかが起きる。夫人はそんな期待感《きたいかん》に思わず身《み》ぶるいした。

そのあと午後はずっと、衣装《いしょう》さがしに夢中《むちゅう》になった。なにかきれいな服を着て夕食会に出かけたかった。

夫人《ふじん》が髪《かみ》に仕上げのピンを止めていると、ウィルがデリアを走らせて門までむかえにきた。アレックスとエイミーもいっしょだった。犬は出ていってデリアに会うと、すぐに仲よくなってずっとそばにいた。

ジョンは快活《かいかつ》に坂を上《あ》がってきた。ひげをきれいに整《ととの》え、新しい赤いスカーフを首に巻《ま》いている。彼《かれ》に手を取られて、夫人は馬車に乗りこんだ。

夕食会はアイリーンとサラのおかげで大成功《だいせいこう》だった。献立《こんだ》てはローストビーフにポテトと付けあわせ野菜《やさい》。そのあと、イチゴにクリームをかけたデザートだった。ウィルとジョンが食事のあとかたづけをしている横で、女たちはエイミーとアレックスの母親からもらったハーブ酒をグラスについで楽しんだ。赤《あか》ん坊《ぼう》のウィラムはソファで眠《ねむ》ってしまい、ベンは若《わか》い友だちふたりにレモネードをついでやった。ジョンとウィルはやがて、それぞれビールのグラスを手に、キッチンから入ってきた。

食後、ウィルが聖餐杯《せいさんはい》を取りだして、暖炉《だんろ》の上に置いた。なかには水が入っており、白いバラが六本いけてあった。ウィン夫人はうっとりとながめていった。「まあ、なんて美しい！　これ、あなたのおうちに伝わるもの、サラ？」

ウィルの母親はほほえんだ。「いいえ、あなたのおうちに伝わるものよ、ウィニー！」アイリーンとサラが興奮《こうふん》して、発見したいきさつを披露《ひろう》しているうちに、ウィルはほかの人たちにあるものを見せた。

「ウィンさんだけじゃないよ、今夜びっくりするのは。ほら、なべからロウを捨《す》てたとき、こんなものがあった」そういって、ウィルは長さ二十四センチ、幅《はば》三センチくらいの、平《ひら》たい木の棒《ぼう》をテーブルにのせた。それは黒く、油っぽく、まわりを包んでいた獣脂《じゅうし》のせいで保存《ほぞん》がよかった。ベンがひっくりかえして、親指で棒をなぞる。「なんか彫《ほ》りこまれてる。でも、はっきり読みとれないなあ」

アレックスがポケットからちびたエンピツを取りだした。「ちょっとやらせて」

一同はランプを引きよせて、アレックスがエンピツの芯《しん》を、板の彫りこみに入れてなぞっていくのを見つめた。

エイミーがその結果《けっか》を調べた。「なんだかU《ユー》って字みたいのが、八つも縦《たて》に書かれてるわね。両端《りょうはし》に、なんか生き物みたいなのがある。棒みたいな足をした、雑《ざつ》な絵だわ。二匹《ひき》の犬に見えるんだけどな」

ネッドはフンとばかにして鼻を鳴らすと、ベンの手を前足でたたいた。「犬だってさ！　ぼくが犬で、あんなふうに見えるんなら、おぼれて死んだほうがましだよ。これは馬じゃないのかな。いってやって、ベン。友だちだろ、犬を弁護《べんご》して！」

そこでベンが弁護《べんご》すると、ウィルとジョンも同じ意見にかたむいた。テーブルの端《はし》ではウィン夫人《ふじん》が、手にした聖餐杯《せいさんはい》をほれぼれと見つめていた。「ありがとう、みなさん。まったくすばらしい発見だわ。でも、ばちあたりなことをいうようだけど、こんなに美しくなくてもいいから、もっと役に立つものが見つからないものかしら。チャペルヴェールの権利書《けんりしょ》とか。それこそほんとうに必要な物だわ」

ウィルのふだんは陽気《ようき》な顔がくもった。

「まったく、あの悪党《あくとう》のスミザーズ、うちのヒルサイド牧場《ぼくじょう》をいくらで買いとる気かもいってこないんだぞ。あんなやつ、うちの牧場の柵《さく》から一歩もなかに入れてやるか！

そうはいっても、やつらが石切り場と工場をつくっちまったら、ここを出ていかなきゃならない。昼も夜も機械《きかい》がガチャガチャ回るようになったら、こんな牛乳屋の商売《しょうばい》、できるわけがない。これはまちがってる、ぜったいまちがってる！」

アイリーンが眠《ねむ》っている赤《あか》ん坊《ぼう》をソファから抱《だ》きあげた。「わかってるよ、でもやつらには法律《ほうりつ》と、ロンドンの仲間たちがついてる。それに大金《たいきん》も。わたしたちにあるのは、きれいな心とあとわずかな時間だけ」

ベンが口をはさんだ。「でも、こちらには金の聖餐杯と、このなにかの手がかりになる棒《ぼう》がある。あきらめるわけにはいかない。だって、つぎには権利書が出てくるかもしれないよ。その聖餐杯の価値《かち》と、土地の権利書とで、すぐにやつらをやっつけられますよ」

ジョンはひげをかきながら、棒《ぼう》をじっと見つめた。「でも、どこを見ればいい？　この棒にカギがあるかもしれないが、言葉も、ゴロあわせも、なぞもない。ひょっとしてこの彫《ほ》りこみはどこか場所をあらわしているのかな。八つのU《ユー》の字と、馬みたいなもの……それってどこだ？」

ウィルの母親が「この一帯《いったい》の地図があれば役に立つかしら？」といった。

ベンはなんだか期待《きたい》できそうな気がした。「あるんですか？」

返事《へんじ》もしないで、サラは自分の寝室《しんしつ》に行き、額《がく》入りの絵を持ってきた。子どもがかいた絵で、丘《おか》の上の聖《せい》ペテロ教会がエンピツでえがかれ、クレヨンできれいに塗《ぬ》られていた。

ウィルが髪《かみ》のつけねまで赤くなった。「やだなあ、母さん、そんなの見せないでよ。おれはそれを学校でかいたとき、たったの十才だったんだぞ」

母親は頭をふって、絵の上に書いてあることを読みあげた。「ウィリアム・ドラマンド。九才。三年A《エー》組」

ベンが絵をまじまじと見た。「九才にしてはとてもうまいよ、ウィル」

ウィルの母は爪《つめ》で額の裏《うら》にのりづけされている補強《ほきょう》テープをはがした。「そう。ウィルがわたしのためにえがいてくれてね、大事《だいじ》にしてきたよ。でも、それが見せたいわけじゃないの。これ見て」

息子の作品のうしろから、サラは古くなって黄ばんだ一枚《まい》の紙を出した。

「これが、チャペルヴェール村とその周辺《しゅうへん》の古地図！」そういって、三つ折りになっていた地図を上下に広げた。

「小さいころ、これをよく見てたんだよ。これをだれがそこに入れたのか、どこから来たのか知らないけど、見てわかるとおり、この地図は額《がく》より大きい。だから、そこへしまった人は額に合うように折らなければならなかった。とっても古い地図だけど、駅と二、三の細《こま》かい点を別にして、チャペルヴェールはほとんど変わってないよ。だから、ねえ、エイミー、折りたたまれていた部分に書かれてる字、読んでもらえる？　わたしの目じゃ読めないから」

エイミーは地図をランプの明かりにかざして、つっかえつっかえ読んだ。『Ｅ・Ｄ・Ｗ　西《せい》暦《れき》……一六六一年』だって！　上にはそう書いてある。

いちばん下には二行ある。

主《しゅ》よ、それが主の御心《みこころ》でありよろこびであるなら、
デ・ウィン家のために汝《なんじ》が宝《たから》をお守りください」

ジョンの声が興奮《こうふん》のあまりふるえた。「ベン、そいつはおれがのりでくっつけた二枚の紙に書いてあったのと、同じ言葉だ！　ほら、ちょっと見て。ここに持ってる」

ズボンのうしろポケットから補修《ほしゅう》した紙を取り出すと、勝ちほこったように読みあげた。

主《しゅ》よ、それが主の御心《みこころ》でありよろこびであるなら、
デ・ウィン家のために汝《なんじ》が宝《たから》をお守りください。

「一字一句たがわず、同じだ。いやあ、ぶっとんだーっ！」

ベンは友だちのよろこぶ姿《すがた》に笑いながらいった。「まだぶっとばないで、このふたつを見てみよう。字の形は同じようだな。E・D・W、ああ、これはエドモンド・デ・ウィンだ！」

アレックスがここでとても的《まと》を射《い》た提案《ていあん》をした。「ジョン、その紙、うすくてトレーシングペーパーみたい。地図にのせて、筆跡《ひっせき》もぴったり合うかどうか見たら？」

ジョンが紙をエイミーにわたした。「興奮《こうふん》して手がふるえる。きみがやってくれ」

額《ひたい》にかかる黒い髪《かみ》の毛をはらいながら、エイミーはテーブルに地図を広げた。そして注意ぶかくうす紙を上にのせて、そっとずらしつつふたつの文が重なりあうまで動かした。

「ぴったり合うわ。デ・ウィンの点も丸も。上から下までぴったり」

アレックスが二枚《まい》の紙の端《はし》を両方《りょうほう》の親指でおさえていった。「ぼくがおさえているから、だれかエンピツない？」

大工のジョンは、よくけずったエンピツをいつも耳のうしろにさしていたから、それを出してアレックスにウインクした。「わかったぞ、考えてることが。うす紙についた四つの焼けこげの穴《あな》を上からエンピツでさして、地図にしるしをつけるんだろ？　しっかり持っててくれよ」

ジョンがけんめいにうす紙ごしにしるしをつけるのを見ながら、ベンには犬からの考えが伝わってきた。

「見てごらん、ウィニーさん。希望《きぼう》にあふれた顔だ。なんとかなるかもしれないってほんとうに信じてる」

ベンは考えを返した。「そう。ウィンさんだけじゃない。ウィルとお母さん、それにみんなだってそうだよ。天使がぼくたちをここに送りこんでくれてよかった。スミザーズとロンドン仲間はまだ知らないけど、この人たちはやすやすと負けるような人たちじゃないって、じきに思い知るだろうね」

ウィルがうす紙をはずした。みんながエンピツの点のついた地図を取りかこむと、ウィルは最初の点を指で軽くたたいた。「見ろ、これはうちの牧場《ぼくじょう》だ。そして井戸《いど》。おれたちはもうなぞを少し解《と》いちゃったじゃないか、ねえ？　となると、つぎはなんだ？　さあ、若《わか》い人たち、がんばって。なぞとき、気に入ったよ」

ウィルの母親も両手《りょうて》をたたいていった。「わたしもさ。宝《たから》さがしに参加できるとは思わなかったねえ」

アレックスは平《ひら》たい棒《ぼう》で手をたたき、地図をにらんだ。「ふーん。最初の聖者《せいじゃ》は解いた。ルカ。だから、この牧場のある場所にルカって書きこもうよ」

ジョンが感心してうなずいた。「えらい！　となると残りはマタイ、マルコにヨハネだ。これは時計まわりの位置《いち》にならぶんだろうな」

かしこい老婦人《ろうふじん》の目が、ちかっと光った。エンピツの先をちょっとなめながら、「時計まわりねえ。じゃあ、こうだよ」といって、ほかの三つの点の上にこう書きこんだ。

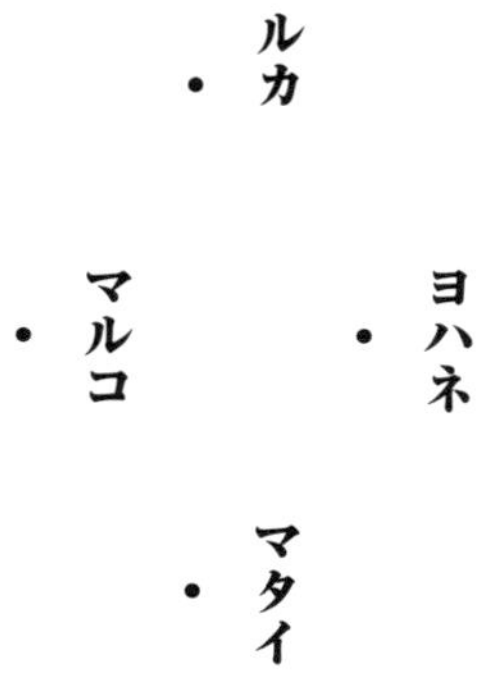

それからみんなは問題を解《と》きにかかった。ウィルは腕組《うでぐ》みをして無言《むごん》で立っていたが、だしぬけにいった。
「時計まわりならつぎに見るのはヨハネだろ。ただの考えだが、ヨハネのしるしはいま鉄道が走ってるところじゃないかな」
ウィルの妻《つま》はヨハネのしるしをじっと見ていたが、やがていった。「まだ学校に通ってたころ、ブレイスウェイト先生が、あそこは昔《むかし》、鍛冶屋《かじや》とその馬小屋があったとこだっていってたよ」

それを聞いてベンは、U《ユー》の字のなぞが解《と》けた。アレックスの手から平《ひら》たい棒《ぼう》を取りあげると、いった。「そうだよ！　二頭の馬とたくさんのU！　Uっていうのは馬の蹄鉄《ていてつ》のことだ！」

ウィン夫人《ふじん》がベンの手をにぎりしめた。「すばらしい！　ああ、あなたみたいに頭が回ったらどんなにいいか。でも、いまおそろしい考えがうかんだわ。もし馬小屋の上に鉄道を敷《し》いてしまっていたら、どうなるのかしら？」

アイリーンが顔をしかめた。「そうなってないことを祈《いの》ろうね。まだそんなにあせらないで。ブレイスウェイト先生に会いにいこう。先生ならきっとわかるよ」

ウィン夫人はため息をついた。「そのとおりね。なりゆきを見ましょう。おいしいお食事ありがとう、アイリーン、サラ。夜もふけてきたし、おいとましましょう」

ウィン夫人は聖餐杯《せいさんはい》をきれいなナプキンで包んだ。弁護士《べんごし》のマッケー氏《し》にあずけて、安全に保管《ほかん》してもらうつもりだった。客はみんな馬車に乗りこんで、ウィルが家まで送った。

ベンには真夜中《まよなか》のウィルフとの対決《たいけつ》の作戦《さくせん》ができていた。ウィルが、ウィン夫人が馬車から降《お》りるのに手を貸《か》しているとき、ベンはエイミー、アレックス、ジョンにウインクしてささやいた。

「じゃ、あとでね」

ウィン夫人を部屋《へや》まで連れていったときは、まだ十時だった。夫人はベンにお礼《れい》をいった。

「今夜はとっても楽しかったわ。朝にはいい知らせが待っているといいわね。でも、あんまり夜《よ》ふかししてはだめよ。寝《ね》るまえにはちゃんと鍵《かぎ》をかけてね。ああ、くたびれた！」

29

ベンはキッチンのテーブルをまえに座《すわ》っていた。足もとには黒いラブラドール犬《けん》。ともにそれぞれの考えにひたっていた。ホレーショはしっぽを両《りょう》の前足のまわりに丸めて、一匹《ぴき》の蛾《が》が室内《しつない》の明かりに近づこうと、窓《まど》ガラスにバタバタぶつかってくるのを見ていた。廊下《ろうか》の柱時計《はしらどけい》が十一時半を打ってから十分たっていた。

ベンはまばたきして目をこすった。「行こう、ネッド。時間だ」

キッチンの鍵《かぎ》をフックからはずして、静かにドアを開け、家の裏《うら》に出た。

ホレーショがあとをついてきた。ニャーオ。犬が考えを伝えた。「ついてきちゃだめだよ」

猫《ねこ》も頭のなかで返事《へんじ》した。「ニャーオ。ホレちゃん、チョウつかまえる」

窓にぶつかっていた大きな蛾《が》が、キッチンに飛びこんでランプのまわりを回りだした。ネッドは猫を前足でおして向きを変えさせていった。「ほら、蛾だよ。チョウより太ってるぞ。つかまえてこい。でもむりだろうな！」

ホレーショは軽蔑《けいべつ》したようにしっぽを丸めた。「ニャーオ。ホレちゃん、チョウつかまえる。ガ、もっとやさしい。みてろ!」

猫《ねこ》は家のなかに走りこんだ。テーブルの上に飛びのって、前足で蛾《が》をたたこうとする。「ニャー、すぐつかまえる、ガチョウ!」

大きな犬はうなずいた。「そうだ、ホレーショ。おまえはガチョウとやらをつかまえてお夜食《やしょく》にしろ。じゃあな! ふん、ガチョウだと。あーあ、おまえとつきあってると、こっちまでぼけてきそうだ!」

ベンはキッチンのドアに鍵《かぎ》をかけ、友をけげんそうに見つめた。「なんだったんだ?」

ネッドはやりきれないという目をした。「蛾のことをガチョウだってさ。きみにはわからないと思うよ。さあ、行こう。友だちがおおぜい待ってるぞ」

夜の暗やみのなかで、ウィルフ・スミザーズとその子分たちは待っていた。エヴァンズ喫茶店《きっさてん》わきの小路《こうじ》だ。

レジーナは誕生日《たんじょうび》プレゼントにもらった、おしゃれな時計を取りだして時間を見た。「もう十二時十分まえだよ。来なきゃおかしい」

やせた、神経質《しんけいしつ》そうな少年、アーチーが、親指の爪《つめ》をかじりながらいった。「来ないよ。おれたち、帰ったほうがいいんじゃない？　うちのパパもママも、おれがこっそり出てきたの、知らないんだもん」

ウィルフはアーチーの耳たぶをつかんで、つま先立ちになるまでひっぱりあげた。「びくつくんじゃねえ。それがおまえのわるいとこだ、アーチー。さあ、逃《に》げかえってみろ、もう仲間じゃねえからな！」

トモがアーチーにアカンベエをした。「とっとと帰れ。おまえなんか来るな、このヤセンボが！」

ウィルフはアーチーをはなし、今度は太った少年をばかにした。「よけいな口きくな、この風《ふう》船玉《せんだま》！　おまえのほうが二倍びくついてるように見えら」

「さあ、一倍半くらいじゃないかな。なあ、トモ？」

ウィルフがギョッとなった。かげのなかから青い目の少年があらわれたのだ。急いで落ちつきを取りもどすと、どなった。「どうやって入ってきた？」

黒い犬、エイミー、アレックスらが暗がりから出てくるのを見ながら、ベンはほほえんだ。「きみたちと同じ方法さ。ねえ、その手まだ痛《いた》むかい？」

ウィルフはかすかに笑った。「手のことはどうでもいい。今夜呼《よ》んだのは、あのときのけんかじゃ、おまえがきたない手つかったからだ。けど、今夜はごまかせないぞ。おまえは弱虫だから、挑戦《ちょうせん》を受けて立たねえだろ」

ベンは肩《かた》をすくめた。「どうして受けて立たなきゃいけない？」

レジーナがウィルフのうしろからあざけった。「だって、受けて立たなきゃ、おまえが弱虫だってわかっちゃうからだよ」

アレックスがやりかえした。「ベンは弱虫じゃない！」

レジーナはせせら笑った。「だまれ、アレキサンドラ！」

エイミーが自分より大柄《おおがら》な少女に向かってどなった。「あんたこそ、だまりなさい！　この図体《ずうたい》のでかいいじめっ子！」

ベンがまんなかに割《わ》って入った。「こんな悪口のいいあい、やめなよ。きみの挑戦を受けるよ。ただし、ばかばかしいことならやらないよ。教会の屋根に上《のぼ》って、頭っから飛びおりるとか、素手《すで》で学校の壁《かべ》に穴《あな》あけるとか」

ひとり、ふたり、ギャング仲間のなかにクスクス笑うものがいた。ウィルフはキッとにらみつけてだまらせると、ベンに向かっていった。「そんなんじゃねえ。そんなばかな挑戦じゃねえ。だから受けるか？」

ベンは目にかかっていた髪《かみ》の毛をはらっていった。「じゃあ、なんだい？　いってみて」

ウィルフはレジーナの時計を取りあげてちらっと時間を見た。「あと二分か。いいか、真夜中《まよなか》きっかりに、狂《くる》った教授《きょうじゅ》が住む救護院《きゅうごいん》のなかに入っていけ。ひとりで。おれたちは外で見ている。

さあ、やるか？」

ベンはためらって、少しあとずさったように見えた。

ウィルフはオオカミのような表情《ひょうじょう》でニタッと笑った。「ふん、おじけづいたか？」

ベンは自信《じしん》なさげだった。「いや、そうじゃない。その、あの、ただ救護院《きゅうごいん》のなかには入りたくないわけがあるんだ」

レジーナが指をふりつけた。「弱虫、弱虫！」

アレックスがベンのまえに立った。顔は青ざめ、ひざはふるえ、聞きとれないくらいのかすれ声でいう。「やめろ。ベンは弱虫じゃないって、もう証明《しょうめい》しただろ。ぼくがかわって受けて立つよ。ぼくがやる！」

ウィルフがばかにしたようにアレックスを見た。「おまえが！　ハハハ。ひざがガクガクいってるのが聞こえてるぞ。おまえがあそこへ入っていくってのか？」

アレックスはかたくこぶしをにぎりしめ、ごくりとつばをのみこんでうなずいた。

ウィルフは両手《りょうて》をかぎ爪《づめ》のように丸めて突《つ》きだし、アレックスにせまってきた。目を見ひらき、さもおそろしげな声を出す。「あの古い救護院になにがいると思う。毒《どく》グモ、おばけネズミ、大《おお》昔《むかし》の幽霊《ゆうれい》……それに狂《くる》った教授《きょうじゅ》だ！」

子分の何人かはくすくす笑い、おっかながって身《み》ぶるいした。ヒューヒューと幽霊が出しそうな音を出すものもいた。ウィルフは手下《てした》どもをにらみつけてだまらせると、アレックスに向きなおった。

「そうだ、ひげづらの狂《くる》った大男。すげえ銃《じゅう》持ってるんだぞ。でも、相手がおまえみたいなチビじゃな。そうだ、やつは肉切り包丁《ぼうちょう》、ナタ、首つりの縄《なわ》も持ってた。さて、どれを使うかな、真夜中《まよなか》、真《ま》っ暗《くら》な家のなかに入ってきた小僧《こぞう》に」

ベンはアレックスの腕《うで》をつかんで、おびえた声でいった。「だめだよ。アレックス、ぼくが挑《ちょう》戦《せん》されたんだ……ぼくが行く！」

だがウィルフは、アレックスをいじめるほうがおもしろくなっていた。ベンをアレックスから引きはなそうとする。

「いやいや、おまえはもう挑戦にしりごみして、弱虫だって証明《しょうめい》してくれたからな。こいつに行って、殺《ころ》されてもらうさ。こいつの身《み》がわりに行くんだよな、アレキサンドラ？」

エイミーが弟をかばって腰《こし》をうかしかけたが、ベンが目で止めた。アレックスが答えた。

「ぼくが行く。でも、ぼくが行ったら、きみもおかえしにきもだめしを受けて立つ？　きもだめしにきもだめしで、おあいこだろ？」

そりゃそうだといわんばかりのざわめきがワル仲間から起きた。当然《とうぜん》だ。ウィルフは自分たちのリーダーだ。体も大きいし、力も強いのだ。勇気《ゆうき》があるに決まってる。

ウィルフはここでことわったら子分たちの手前《てまえ》、かっこうがつかないとさとった。アレックス・ソマーズのような小ネズミ相手にしっぽをまくわけにはいかない。ウィルフはせせら笑ってみせた。

「わかった。けど、おまえの仲間がいったみたいに、ばかばかしいのはだめだぞ。なんだ、おまえのきもだめしは？　ええ、いくじなしのおちびちゃん？」

子分のあいだから笑い声が起きた。ウィルフは胸《むね》をふくらませて、自分はこわくないとばかりに笑った。

アレックスは勇気《ゆうき》をふるい起こすように深呼吸《しんこきゅう》した。「きもだめしっていうのはね。ぼくが救護院《きゅうごいん》に入っていって二分以上たったら、きみが入ってきてぼくを連れだすんだ」

レジーナがばかにした。「ふん、おまえができることは、ウィルフもできるんだ。おまえがこわくないなら、ウィルフだってこわくないさ」

そうだ、そうだの声が子分どもからあがった。自分たちのリーダーを心から信頼《しんらい》している。でも、運《うん》わるく、ウィルフは自分を信頼してはいなかった。まずい！　こんなきもだめしなど持ちだすんじゃなかった……

ベンがそんなもの思いに割《わ》って入った。「もう真夜中《まよなか》だよ。ぼくたち、救護院のとこまで行ったほうがいいんじゃないか？」

レジーナがあきれたようにベンを見た。「ぼくたち？　おまえは犬と好きにしなよ、弱虫！」

ラブラドールはご主人に考えを伝えた。「かかとに嚙《か》みついちゃおうか？」

少年は犬をなでた。「いや、いいよ。万事《ばんじ》うまくいっている。アレックスは役者《やくしゃ》だよ」

一同は救護院《きゅうごいん》のこわれかかった鉄の扉《とびら》のうしろに、かたまってかがんだ。ライラックの枝《えだ》が茂《しげ》っているあたりだ。レジーナが時計を見た。「十二時になったよ。さっさと行け！」アレックスは鉄の扉を開けて、救護院の玄関《げんかん》ドアに向かっておずおずと歩きだした。ワル仲間からクスクス笑いが起きる。レジーナがせいいっぱい大きな声でいった。「どんどん行け！　食《く》われやしないよ！」

玄関ドアまで行ったアレックスは、深呼吸《しんこきゅう》すると、手を上《あ》げて弱々《よわよわ》しく二度ノックした。ドアがバーンと開いて、ジョンが立っていた。悪夢《あくむ》に出てきそうな姿《すがた》だった。毛布《もうふ》を肩《かた》に巻《ま》きつけて長いマントのように垂《た》らし、顔は小麦粉《こむぎこ》で白く、目の下には黒いスミを入れ、上の前歯に牙《きば》のようにナッツをはめている。そんな男が、気が狂《くる》ったように笑ったかと思うと、アレックスをとっつかまえて引きずりこみ、ドアをビシャンと閉《し》めた。

効果《こうか》てきめんだった。ウィルフとレジーナを先頭に、お屋敷《やしき》ギャングどもは悲鳴《ひめい》をあげて広場を逃《に》げていく。ネッドは黒い矢のように走って裏《うら》へ回り、エヴァンズ喫茶店《きっさてん》の小路《こうじ》の端《はし》に行って、一味《いちみ》の行く手をとおせんぼした。ベンとエイミーは、広場をつっきって追いかけていき、うまく連中《れんちゅう》をせまい小路へと追いこんだ。

ベンがエイミーにウインクした。「きみにウィルフをまかせる。レジーナはぼく！」

エイミーは右往左往《うおうさおう》している一味のあいだをおしのけて進み、ウィルフを見つけた。うなっているネッドのまえで、身《み》うごきできずに棒《ぼう》立ちになっている。エイミーは彼《かれ》のシャツの胸《むな》もとをつかんでゆさぶった。

「救護院《きゅうごいん》にもどって、弟を助けてよ！　あんたがこの計画、思いついたんだからね。さあ、あんたがこのきもだめしに決着《けっちゃく》つけるの、見せてもらうわ」そういって、ちぢこまって壁《かべ》に体を寄《よ》せているウィルフをひっぱって立たせた。

みんなが見ていた。ウィルフは地面にくずれおちると、包帯《ほうたい》した手をかばいながら赤《あか》ん坊《ぼう》のように泣いた。「ワアアア！　ぼくは病気なんだ。手が痛《いた》いよ、はなしてくれ。おねがいだ。家へ帰りたいよう、ワアアア！」

レジーナは仲間のいちばんうしろに行きたいとあせっていた。なんとかして広場に逃《に》げたい。だが、ベンに手をつかまれた。「きみがアレックスを助けたらどうだ？　きみじゃないか、人をボロクソにいってたのは。ウィルフにかわってきもだめし、受けて立ちなよ」

レジーナは泣きだした。「あたしは関係ないよう！　ウィルフが考えたことだもん。あいつがやろうっていったんだ！」

ベンはほかのみんなに声をかけた。「エイミーとぼくとで救護院《きゅうごいん》にもどる。きみたちはひとっ走りして助けを呼《よ》んでくれ。おまわりさんをたのむ。急いで！」

おまわりと聞いただけで、立ちはだかるこわい犬もなんのその、みんな泣きさけびながら暗がりに散っていく。

「パパはおれが外にいるって知らないんだ！」

「いやだよ、警察《けいさつ》行くの！」

「ぼくは関係ない、ウィルフだ！」

ネッドは子分たちが散っていくのをほうっておいた。エイミーは泣いているウィルフのわきで仁《に》王立《おうだ》ちになっていたが、片足《かたあし》で彼《かれ》をわきにおしのけた。「どいてよ、弱虫！」

ベンが手をはなすなり、レジーナは泣きながら逃《に》げていった。またたくまに、小路《こうじ》は人かげがなくなり、あとにエイミー、ベン、そして犬だけが残った。

エヴァンズの店の裏口《うらぐち》ドアから錠《じょう》をはずす音がすると、犬は暗がりに消えた。明かりがついて、金色の光が小路にこぼれた。ナイトガウンを着たブロードウェン・エヴァンズの大きなかげがドアロにあらわれた。窓《まど》の日よけ用の鉤《かぎ》つき棒《ぼう》を片手《かたて》に、寝間着《ねまき》用の帽子《ぼうし》をもう片方の手に持って、目を細めてベンを見た。

「なんだい、まあ、さっきからの大さわぎは？」

ベンはくしゃくしゃの髪《かみ》をふりはらうと、むじゃきな笑顔《えがお》を見せた。

「ごめんなさい、うるさくて。ぼくの犬が逃げちゃって、呼《よ》んでたんです。見なかったかな？」

近くから低く犬のほえ声がした。とたんにベンはそっちの方向へ走りだした。エイミーがそのあとを追う。「ここよ、ネッド！　いい子ねえ。ここよ！」

エヴァンズの奥《おく》さんは首をふりふりドアを閉《し》めた。「ちゃんとつかまえてよ。こっちは寝《ね》たいんだからさ」

30

ベンとエイミーとネッドが救護院《きゅうごいん》の裏窓《うらまど》から入っていくと、ジョンとアレックスがココアを用意して待っていた。小路《こうじ》でのできごとを話してきかせ、ウィルフがケガした腕《うで》をかばいながら家へ帰りたいと泣いたようすをエイミーが語ると、ジョンとアレックスは腹《はら》をかかえて笑った。

ベンはココアを飲みながら、アレックスにウインクした。「あした、きみが狂《くる》った教授《きょうじゅ》に会った話をしてごらん。もう二度とお屋敷《やしき》ギャングもウィルフも、きみに手出しはしないよ。

それに、エイミー、きみがあのワルと堂々《どうどう》と対決《たいけつ》して、子分のまえで泣かせたとこはすごかったね。これから連中《れんちゅう》はきみたちを尊敬《そんけい》するよ」

アレックスは空《から》になったマグカップを下《お》ろした。「それもきみのおかげだよ」

ベンはその肩《かた》を快活《かいかつ》にたたいていった。「なにいってるんだよ。ぼくはちょっとヒントを出しただけだ。あとはきみがやったんだ。自分に自信《じしん》をもって。そうだろ、ネッド？」

犬がうなずいた。ジョンはココアのマグカップから顔を上《あ》げていった。「いまのもやっぱり、首輪がかゆかったからかい、ベン？」

ベンはまばたきした。「そのとおり！」

アレックスは眠《ねむ》くなってきた。まばたきして「そのとおりって、なにが？」ときいた。

ラブラドール犬《けん》は窓《まど》わくに飛びのった。ベンがクスクス笑いながらあとにつづく。「あしたの朝いちばんに図書館《としょかん》で会おうってこと。そしたらブレイスウェイト先生と話ができるだろ？　おやすみ、みんな。ねえジョン、アレックスとエイミーを家まで送ってくれる？」

ベンとネッドはふたつのかげのように夜のなかに消えた。

エイミーは開け放《はな》たれた窓をじっと見つめた。「ベンってなにかへんだわ。あのふたりは魔法《まほう》みたい。どう思う、ジョン？」

ジョンはぬれた布《ぬの》で目の下に残った黒いスミをふきとりながらいった。「ベンはきみやアレックスやおれと同じで、魔法なんかじゃない。とってもいい子で、頭がいいんだ。こんないい年したおれでもあいつからいろいろ教わったし、覚えた。さあ、ふたりとも。家まで送ってやろう」

「家までじゃなくていい」とアレックスがいった。「芝生《しばふ》のとこまでね。食料室《しょくりょうしつ》の窓からしのびこむから」

ジョンはごつごつした顔をくずしてほほえんだ。「ほらな、覚えが早いよ」

翌朝《よくあさ》、メイドのヘティは郵便物《ゆうびんぶつ》を食堂《しょくどう》に届《とど》けた。スミザーズの皿のわきに手紙の束《たば》を置き、ちょこんとおじぎして出ていった。

スミザーズ夫人《ふじん》はウィルフのいすを心配《しんぱい》そうに見た。「かわいそうなウィルフレッド。ベッドから起きてこないのは、ぐあいがわるいからだわ。ヘティにいって、お盆《ぼん》を上へ持っていかせましょう」

「いや、いかん！」スミザーズはたまごでよごれたナイフで、せかせかと手紙の封《ふう》を切った。「腹《はら》がへったら下《お》りてくるさ。ちゃんとテーブルについて食事をさせろ。あいつめ、壁《かべ》をなぐったり、自分の半分しかない小僧《こぞう》っ子にやられたりしおって。ああ、レジーナからみんな聞いた。おれはもう、顔を上《あ》げて村を歩けんぞ。敵《てき》の鼻と学校の壁の区別《くべつ》もつかんような息子《むすこ》じゃな。フン！」

モード・ボウはゆでたまごのからをスプーンで上品《じょうひん》にたたきながら、とげとげしくいった。

「あんなばかに期待《きたい》するほうがおかしいわ」

スミザーズは手紙を小皿にバシンとたたきつけた。小皿が割《わ》れた。スミザーズはモードをにらみつけていった。「あんたのご意見なんぞきいとらんよ、お嬢《じょう》さん。うちの客でいるあいだは、うちの家族をとやかくいうのはやめてもらおう！」

またロげんかがはじまるかと、スミザーズ夫人は部屋《へや》からそっと出ていった。ウィルフレッドにはわたしがお盆を持っていってやろう。

モードはスミザーズに向かって挑戦的《ちょうせんてき》にあごを突《つ》きだした。「ばかはばかですよ、どこまでいっても。そのばかが、しつけのわるいばかなら、なおさらです。それがわたしの意見ですわ、お気にめそうと、めすまいと！」

スミザーズはもう聞こえないふりをして、手紙の束《たば》から一通を取りだし、テーブルごしに投げた。「あんたあてだよ、お嬢《じょう》。字から見て、お父さんからだ」

モードはポケットから爪《つめ》ヤスリを取りだして、手紙をきれいに切って開けた。それからスミザーズをにらみつけていった。

「それはそうと、わたしの名前をきちんとお教えします。わたしの名前はモード。モードと呼《よ》んでくださってけっこう。モードさん、ボウさんでもけっこう。でも、お嬢とかお嬢さんはやめてください。今後はそういう表現《ひょうげん》をひかえていただきます！」

スミザーズは手紙を読みつづけているふりをして、ナイフで手紙をたたいた。
「郡《ぐん》の役所からだ。二日後のチャペルヴェール強制買収《きょうせいばいしゅう》を許可《きょか》する、最終的な書類《しょるい》だよ。むろん、条件《じょうけん》は、主《おも》な土地所有者《とちしょゆうしゃ》がふたつ以上の所有地の権利《けんり》書《しょ》を持っていな

いことだ。ふん、ウィンのばあさんだって、これにはグウの音《ね》も出んだろ。あれは自分の家の所《しょ》有権《ゆうけん》しか証明《しょうめい》できん。救護院《きゅうごいん》やほかの土地の証書《しょうしょ》がないんだから。友人がちゃんとした方法で調べてくれた。ほら、この手紙に正式な告示《こくじ》がついている。古いのをはがして、これを張《は》りだそう。ええ？　進歩じゃないか？　あんたのお父さん、なんていうかねえ？」

モードは読んでいた手紙をていねいにたたんで、テーブルの上に置いた。「パパがなんというかって？　あした夕方の汽車で、わたしがたのんでおいた四人が到着《とうちゃく》するそうです。四人の汽車賃《ちん》ほか、経費《けいひ》はパパが立てかえてあって——」

スミザーズのかんしゃくがあとの言葉を断《た》ちきった。「ふざけんな、一ペニーもはらうもんか。お嬢《じょう》よ、おれがどう思ってるか、もういったろ？　ロンドンからやくざもんなど送ってくれるなって。そいつらがこの仕事にからんでるってわかったらどうなると思う？　おれはおしまいだぞ。あんたのおやじさんも、ロンドンのお仲間も。そしたらどうなる？　ええ？　答えてもらおう、お嬢さん！」

モードの黄色がかった肌《はだ》が、怒《いか》りのあまり青白くなった。「聞きなさい……スミザーズ！　あんたはこんなど田舎《いなか》でケチな仕事やってふんぞりかえっているけど、これは大きな仕事なんですよ。だからロンドンの一流会社がついて、それでうまくやってきてるんじゃないですか。パパの会社は、必要ならなんだってやりますよ。法律《ほうりつ》なんて関係ありません。現代《げんだい》ではそうやって仕事をかたづけていくんです。それと、いかにも自分だけ正しいみたいな顔をするのはやめなさい。

自分だって子どもやその仲間を使って、ことを運ぼうとしてたじゃないですか。報酬《ほうしゅう》はなんだったの、アメ玉、それとも小銭《こぜに》？

まあ、それももうおしまい。あんたはいまや、のるか、そるかの勝負のまっただなか。あんたの考えなんかにしたがってたらしくじるし、すべてをプロの手にまかせればうまくいく。あのウィンとかいうおばあさん、わたしがパパにいいつけたおかげで、あなたが思ってるよりずっと早く、永久《えいきゅう》に姿《すがた》を消してくれますよ。だから、ばかみたいに駄々《だだ》こねるのはおやめなさい。もっとも、それって、おたくの血すじのようですね！」

モードは足首まである長いタフタのドレスをガサガサいわせながらいすを立ち、部屋から出ていった。

スミザーズは、あまりの無礼《ぶれい》に口をぽかんと開けて見おくったが、ぼってりした顔がみるみるどす黒くなった。傷《きず》ついた水牛《すいぎゅう》もこうはほえまいと思うほどの声でほえると、両手《りょうて》でテーブルの上のものをなぎたおし、食器《しょっき》やナイフを飛びちらせた。

ベッドで上半身《じょうはんしん》を起こして座《すわ》っていたウィルフは、このさけび声と物の割《わ》れる音を聞いた。思わずビクンとはじかれたとたん、朝食の盆《ぼん》がひっくりかえった。牛乳、トースト、レモンジャム、半熟《はんじゅく》のたまごふたつが、ひざの上に散らばった。

この惨状《さんじょう》のなかでのたうちながら、ウィルフは泣いた。すっかり落ちつきを失《うしな》っていた。ゆうべのことをおやじは知ったろうか。二度めのばかな計略《けいりゃく》が失敗《しっぱい》したことは？

ソマーズの弟のやつがのこのこ入っていって狂《くる》った教授《きょうじゅ》に殺《ころ》されたからって、おれのせいじゃない！　警察《けいさつ》は来たろうか？　尋問《じんもん》されるかな？　レジーナと子分どもは、みんなおれのせいにするに決まってる。おれがリーダーなんだから。そうなったらどうなる？　裁判《さいばん》？　牢獄《ろうごく》？

朝食がめちゃめちゃになっているのも目に入らずに、ウィルフはかけぶとんを頭からひっかぶり、なにもかも、なかったことになってくれ、と必死《ひっし》に祈《いの》った。涙《なみだ》、たまご、牛乳、レモンジャムが顔の上でぐちゃぐちゃに混《ま》じった。

と、ドアに小さくノックの音。ウィルフは飛びあがった。

「お食事すみました、ウィルフレッド坊《ぼっ》ちゃま？」ヘティだった。

よごれたふとんの下から、こもった悲鳴《ひめい》がした。「あっちいけーっ！」

31

ウィン夫人《ふじん》の弁護士《べんごし》マッケー氏《し》は、小柄《こがら》でとびっきり身《み》ぎれいな男だった。ぴしっと折り目のついた細《ほそ》じまのズボンと、八つボタンの黒のベストには銀時計《ぎんどけい》と鎖《くさり》がみごとに決まっていた。ぱりっとのりのきいた白いシャツのえりもとには、濃紺《のうこん》のスカーフ。バネつきの折りたたみ鼻メガネに黒い絹《きぬ》のリボンをつけて首にかけ、黒い燕尾服《えんびふく》の胸《むね》ポケットからは、真っ白いハンカチの折り山がのぞいていた。黒くそめた髪《かみ》をまんなか分けにして、口ひげも日に二度はそるらしく、いつでも髪油《かみあぶら》のかおりがただよっていた。

村人たちにいわせると、マッケー氏はかわいた棒《ぼう》を思わせる男だった。動作《どうさ》はきびきびと小鳥のよう、話しかたはパキパキと正確《せいかく》で、法律用語《ほうりつようご》がしきりに混《ま》じった。そのマッケー氏が、いま事務所《じむしょ》の机《つくえ》に置かれた聖餐杯《せいさんはい》を見つめている。ウィン夫人から発見の話を聞いたのだった。マッケー氏は鼻メガネをはずして黒いリボンの先に垂《た》らした。

マッケー氏はまわりの面々《めんめん》を見まわした。ウィル、アイリーン、ウィン夫人、ジョン、エイミー、アレックス、ベン。

「つまり、昔《むかし》の鍛冶屋《かじや》と馬小屋の場所を、ブレイスウェイト先生から聞きだしたいということですな？　ではそうなさい。男の子たち、ひとっ走りして、ブレイスウェイト先生をここにお連れしなさい。しかしながら、わたしもその方面では少しお力になれるかもしれませんぞ。あそこを駅に変えた際《さい》に、鉄道会社の代理《だいり》として仕事をしましてね。その書類《しょるい》は保管《ほかん》してあるんですよ」

ベンとアレックスは、犬をしたがえて法律事務所《ほうりつじむしょ》を出た。

口を動かさないようにしながら、ベンはアレックスに小声でいった。「ほら、エヴァンズの小路《こうじ》んとこ、見てごらん。お屋敷《やしき》ギャングたちだよ。救護院《きゅうごいん》のほうをうかがって、きみの死体がほうりだされるとこを見ようとしてんだな。こっちにはまだ気づいていない。手をふってやったら？」

アレックスはつかつかと小路のほうへ歩いていきながらいった。「それよりいい考えがある。あいつらの目のまえに飛びでて、あいさつしてくるよ」

アレックスはさけんだ。「おーい、みんな！　ちょっと待って。話があるんだ！」

ワルがきどもは、びっくりした鹿《しか》のように逃《に》げていった。

ベンが肩《かた》をすくめた。「へんだなあ。殺《ころ》された子どもの幽霊《ゆうれい》と話せる、いいチャンスなのになあ」

ふたりは腹《はら》をかかえてケラケラと笑った。

ふたりに連れられて、ブレイスウェイト先生がマッケー氏《し》の事務所《じむしょ》にやってきた。あいかわらず髪《かみ》をかいて、ガウンの肩《かた》にフケを雪のように散らしている。

「わたしは、ああ、その、あんまり、長居《ながい》は、ああ、できないんだな、ああ。図書館《としょかん》の、その、仕事が……」

声が次第《しだい》に消えて、目が机《つくえ》の上の聖餐杯《せいさんはい》にくぎづけになった。まわりのものには目もくれず、先生は聖餐杯をうやうやしく持ちあげると、少しもつかえずにすらすらと話しはじめた。

「なんとみごとな杯《さかずき》！　すばらしい！　じつにすばらしい！　十世紀のビザンチン様式《ようしき》だ。腕《うで》のいい金細工師《きんざいくし》によりつくられた、遠い昔《むかし》の宝石細工《ほうせきざいく》。なんという美しい作品だ。この鳩《はと》のたまごのようなルビー、この宝石は値《ね》がつけられない。このつる草もようの彫《ほ》りこみ。異国情緒《いこくじょうちょ》たっぷりでみごとだ。いったい、だれがこんなものを見つけたのかな？　どこで発見した？　ぜひとも教えてほしい！」

ジョンが発見談《はっけんだん》をくわしく語って、ブレイスウェイト先生にこれまでのようすを教えた。老学者はもじゃもじゃの髪をかいた。はじめの興奮《こうふん》はおさまって、いつもの先生にもどっていた。

「ふうむ、よろしい、よろしい！　ではその、きみたちは、知りたいんだな、その、正確《せいかく》な昔の馬小屋の、ああ、位置《いち》とだな、その、鍛冶屋《かじや》の、位置だな、つまり？」

マッケー氏が法律文書《ほうりつぶんしょ》らしい紙を一枚《まい》かざしていった。「あまり駅から遠くないはずなんだよ、わたしの記録《きろく》によると」

ブレイスウェイト先生は、もさもさの眉《まゆ》をつりあげて、マッケー氏《し》の小ざっぱりした姿《すがた》を、はじめて見るような顔で見た。「いや、いや、ちがう。ああ、その、わたしの、その、研究《けんきゅう》によるとだな、その、鍛冶屋《かじや》は、つまり、まさにいま駅があるところに、あったんだなあ、いや、本当」

マッケー氏はすべてにわたってむだがなかった。背《せ》はけっして高くはないが、すっくと背すじをのばすと、記録《きろく》を机《つくえ》の上に広げて、よく手入れの行きとどいた指先で位置《いち》関係の図をたたいた。

「それならば、ご自分でたしかめられたらよいでしょう。わたしの記録は否定《ひてい》できませんぞ」

ブレイスウェイト先生はたちまち、マッケー氏の地図に熱中《ねっちゅう》してしまった。頭をかきかき思案《しあん》にふけり、フケを地図にまきちらした。「たしかにそうだ、いや、いや、わたしの計算がまちがっていた、ということかな、いやはや。負けました。これからは、その、もっとあなたの、ええ、専門的《せんもんてき》な知識《ちしき》をお借《か》りせんと、いや、わたしの歴史《れきし》研究の、その、土地の特定《とくてい》にですな、いや、あつかましいお願いではありますが」

「いやいや、どうぞ」とマッケー氏はいつものテキパキした口調《くちょう》で答え、書類をもとどおりくるくると巻《ま》いた。

ウィン夫人《ふじん》はこの少し横柄《おうへい》な弁護士《べんごし》がお気に入りだった。マッケー氏もこの宝《たから》さがしに興味《きょうみ》を抱《いだ》いたのがわかったので、「あなたもその土地、ごらんにならない？　専門家のご意見をいただけるとありがたいわ」といった。

弁護士《べんごし》の顔にうっすらとほほえみがうかんだ。「おもしろそうなお招《まね》きだ。乗りましょう！」

ウィン夫人《ふじん》はブレイスウェイト先生に向かっていった。「あなたも来て、助けてくださるとありがたいのですけど」

髪《かみ》をかきかき、自分の顔を指《ゆび》さして、老学者《ろうがくしゃ》は少年のようににんまりした。「ええ、わたし？いやいや、ああ、いいですねえ、どうぞ、つれてってください、お願いします！」

法律事務所《ほうりつじむしょ》からぞろぞろと、へんな取りあわせの一隊《いったい》が出ていった。向かうのはチャペルヴェール駅。おりしも、オバダイア・スミザーズと妻《つま》のクラリッサが、村の広場で馬車のなかから姿《すがた》を見せた。妻は買い物に、夫《おっと》のスミザーズはマッケー氏《し》の事務所に行くところだった。

マッケー氏がほかのものといっしょに馬車に乗りこむのを見て、スミザーズは急いで近づいていった。片手《かたて》で最新《さいしん》の立ちのき命令文をふりまわし、もう一方の手でシルクハットのてっぺんをおさえていた。

「ちょっと待った、マッケーさん。どこへ行くんだね？　ちょうど、あんたのとこに相談《そうだん》に行くとこだったのに」

マッケー氏はスミザーズが好きではなかった。いばりくさった横暴《おうぼう》なやつと思っているから、いまも馬車の上からよそよそしい顔で見おろした。「予約《よやく》もなしにわたしに相談？　むりにきまってるでしょう！　ほかの仕事があるんだから！」

スミザーズは告示《こくじ》をふりまわした。「けど、これこれ！　これが今朝《けさ》、郵便《ゆうびん》で届《とど》いたんだよ。広場に張《は》りだしてもらいたい」

マッケー氏《し》は鼻メガネの上からスミザーズをにらみつけた。「だったら、自分で張りだしたらよろしい。それくらい、じゅうぶんできるんじゃないですかな。そのためにくぎも板もあるんだから。いまの告示をそのままにしておくか、破《やぶ》って新しいのを張るか。わたしはほかの用事があるんでね。ではまた。さ、さ、行ってください、ドラマンドさん！」

スミザーズが言葉を失《うしな》って真《ま》っ赤《か》な顔をしているのをあとにして、馬車は軽《かろ》やかに走りだした。ウィン夫人《ふじん》とアイリーンはハンカチで口をおさえて笑いをかみころした。だが、馬車のほかの面《めん》面《めん》はそうはいかなかった。全員腹《はら》をかかえて大笑いした。

「はは、思い知ったろ、ハハハハハ！」

「あの顔見た？　赤カブみたいだったわ」

「見ろ、あいつ、まだこっち見て、紙きれふりまわしてるぞ！　ハハハ！」

だが、マッケー氏はこのうかれさわぎに加わらなかった。鼻メガネをみがきながら、馬車の上の仲間たちをきびしい顔で見まわした。「新しい告示の内容《ないよう》を見たかったな。これはチャペルヴェールにとっても、あなたにとっても、笑いごとではありませんぞ、ウィン夫人。もどったら見てみましょう！」

一同は駅を通りすぎ、ふみきりをわたった。ネッドはエイミーに頭をなでられながら、ベンに気持ちを伝えた。「なにをさがしてるにせよ、ぼくが発見してみせるよ。ところで、いったいなにをさがしてるんだっけ？」

少年は答えた。「さあねえ。駅付近の広い、たくさん木々の茂《しげ》ってるようなところをさがさなければならないと思うよ。彫《ほ》りこみのある古い棒《ぼう》きれだけを手がかりに。鼻のきくやつの助けが必要だよ」

マッケー氏《し》の命令で、ウィルは馬を止めた。鉄道の線路から二十メートルほどはなれた、なんのへんてつもない土地に見えた。

ジョンとウィルが、ドラマンド家から持ってきた地図を、マッケー氏とブレイスウェイト先生が調べていた、鉄道会社の所有地《しょゆうち》の地図の横にならべて広げた。赤《あか》ん坊《ぼう》をおしゅうとめさんにあずけて出てきたアイリーンが、馬車に座《すわ》ってふたりの少年を見まもっていた。わきで、エイミーと犬はエニシダの茂るあたりに飛びだした。

マッケー氏は自分の地図の一点を指《ゆび》さした。

「ほら、ここが、鉄道会社の所有地の境界線《きょうかいせん》だ。ウィルがさっき、さびれた道で馬車を止めたが、あそこから三メートルほどの地点だ。だから、ここはみんな公《おおやけ》の土地だ」

ブレイスウェイト先生はふたつの地図を見くらべた。「ふーむ。ここだ、ここに、ああ、ちがいない。けっこう！　ほれ、ああ、木がある。ほら、両方《りょうほう》の地図にある木だ。そう」

ジョンが、公有地《こうゆうち》のはずれに一本だけポツンと立っている木を指さした。「おい、あの木かい？」

　マッケー氏《し》は疑《うたが》わしげに首をふった。「その地図は一六六一年となっている。まさか、あの貧《ひん》弱《じゃく》な木が、そんなにまえから生《は》えていたわけがあるまい」

　ブレイスウェイト先生は、歴史学者《れきしがくしゃ》だけでなく植物学者としても腕《うで》を発揮《はっき》できるのがうれしかった。「いやあ、それに関《かん》しては、ちょっとご意見が、ちがうかもしれません。ええ、ちょっと、見てみましょう、ふむ、ふむ、木だ、木」

　三人はぞろぞろと、ベンたちが待っている木の下まで行った。それは幹《みき》のねじれた古い木で、赤い実をつけたふぞろいな細い葉がこんもりと茂《しげ》っていた。こぶのある幹はとても太く、一見《いっけん》、何本もの細い木が歳月《さいげつ》をへてくっついてしまったようだった。

　ジョンはひと目で木の正体《しょうたい》をいいあてた。「これはイチイの木だ。これと同じ木が救護院《きゅうごいん》の裏《うら》手《て》に生えてる」

　ブレイスウェイト先生はとたんに学校の先生らしくなって、若《わか》い人相手に指をふりふり講義《こうぎ》した。

「そのとおり。学名はタクサス・バッカータ、イギリスのどこにでもあるイチイだ。この種《しゅ》は千年まえから記録《きろく》に残っている。昔《むかし》、この木の枝《えだ》は長弓《ながゆみ》の材料《ざいりょう》となって、百年戦争《せんそう》中、アザンクールの戦《たたか》いでフランス軍をやっつけるのに使われた。ジョン、その彫《ほ》りこみのある棒《ぼう》と、折りたたみナイフをこっちにくれないか」

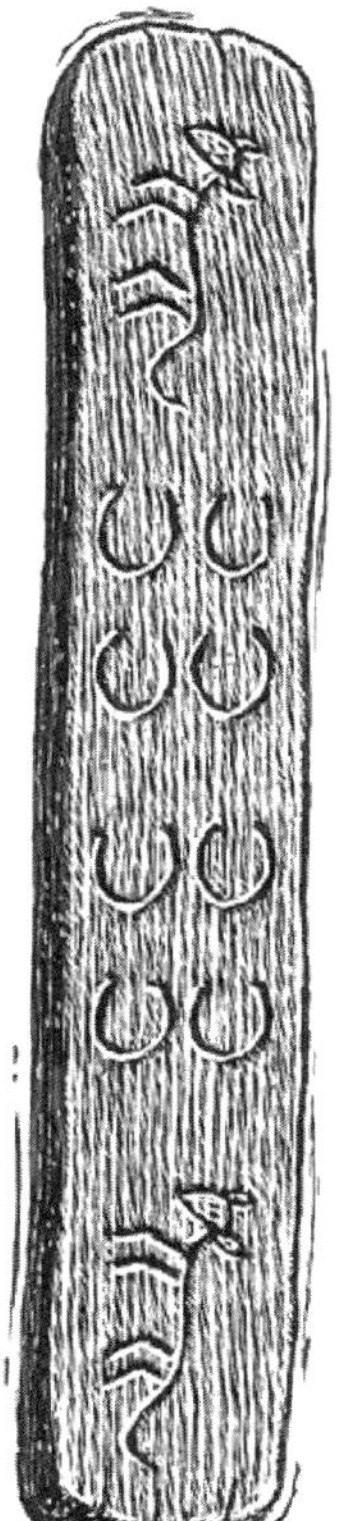

ブレイスウェイト先生は、棒《ぼう》の彫《ほ》りこみのないほうの面をナイフでけずって、きれいな木目《もくめ》が出てくると、今度は木の幹《みき》の皮《かわ》をそいで、下の木目を出した。

「両方《りょうほう》ともありふれたイチイだ。ほら！」

ウィルはてのひらで木をぽんとたたいた。「幸先《さいさき》いいじゃないか。でもいったい、なにをさがしてるんだ？　どこをさがすんだ？」

エイミーが腰《こし》に両手をあてていった。「この木のまわりだと思うなあ」

ベンがぴょんと立って、広がっている枝《えだ》をつかんだ。「でなければ、この木の上だよ！」そういって、木に登《のぼ》りはじめた。

ほかのみんなはイチイの根もとのまわりをさがしはじめた。アレックスはすぐにあきてしまい、ベンに手を貸《か》してもらって木を登りだした。犬は見あげてご主人と話した。「落ちて骨折《ほね》っても、ぼく知らないからねえ！」

幹も根もとの地面も半時間以上さがした。ウィン夫人《ふじん》はあきらめて馬車にもどり、アイリーンとなならんで座《すわ》った。

ウィルは背中《せなか》をのばし、腰《こし》のあたりをおさえながらいった。「思ったよりむずかしいなあ。上になんか見つかったかい、ベン？」

ベンが木を伝って下《お》りてきた。「なんにも。なにをさがしているかわかると、もっと楽《らく》なんだけどなあ」

ベンより背が低いアレックスは、下りるのに苦労していたが、幹《みき》の反対側《はんたいがわ》に回っていって低い枝《えだ》を見つけた。そこににじりよって両手《りょうて》でぶらさがり、幹と正面《しょうめん》から向かいあった。

ジョンが下に立って両手《りょうて》を上にのばした。「さあ、手をはなしな、受けとめてやる」

だがアレックスは枝にぶら下《さ》がったまま、幹に顔を向けてさけんだ。「見つけた！　ここだっ！」

ベンはサルのようにするすると木を登《のぼ》っていった。アレックスのいる場所まで回りこんで、のぞきこむと、木の皮《かわ》から小さなこぶのようなものが見えている。ベンは歓声《かんせい》をあげた。「棒《ぼう》と同じしるしだ。やったーっ！」

ウィルが妻《つま》を大声で呼《よ》んだ。「アイリーン、馬車をこっちへ持ってこい、木の下だ！」

32

せまい馬車の上にまっすぐ立つと、四人の男たちは木の幹《みき》のしるしをかんたんに読みとることができた。ジョンは指でそれをなぞり、それから折りたたみナイフの先でしるしの一カ所にふれた。

「金属《きんぞく》だ！　蹄鉄《ていてつ》のくぎを幹に打ちこんだものだ。上に樹皮《じゅひ》がかぶさってしまったが、しるしは残ったんだ」

マッケー氏《し》はズボンのひざについた枯《か》れ草を神経質《しんけいしつ》にはらった。「ただし、ひとつちがうのは、下を向いた矢じるしがあるということです。これはイチイの根もとを、矢の向きのとおりに掘《ほ》れということでしょう」

ウィルは馬車をその位置《いち》から下《さ》がらせた。そしてシャベルをつかんで、雑草《ざっそう》を掘りかえしはじめた。

「このへんだな！」ジョンは手にツバをすると、馬車からもう一本シャベルを持ってきた。

でも、アイリーンはちがう意見だった。「そんなとこ掘っても、時間のむだだよ、ウィル。木は一六〇〇年代より太くなってるはずだろ。当時埋《う》めたものをさがすんなら、幹《みき》の下に決まってるじゃないか。むだ骨《ぼね》折らないの。あんたもよ、ジョン・プレストン」

ウィルはがっくりしてシャベルを投げだした。「そりゃそうだ」

ベンは、ネッドがくんくん地面をかぎながら小またに歩いているのに気づいた。

「なにやってんだ?」

犬は答えないで、においをかぎつつ前進している。やがて立ちどまったのは、ちょっとはなれた地点だった。「みんなにいって。たぶん矢は真下を向いていたんじゃなく、どっかこのあたりをさしていたんだと思うよ」

ベンは犬をじっと見つめた。「おまえのいうとおりかもしれない。でも、どうしてそこなんだ? もっとはなれたところかもしれないだろ?」

ネッドは草に鼻をつけ、湿《しめ》った、苔《こけ》むした板きれをひっくりかえした。「だって、ここが昔《むかし》、鍛冶屋《かじや》があったところだからさ」

少年は友人たちをふりかえった。「もし、矢が下を向いてたんじゃなくて、外を向いてたらどうだろう? それがいまネッドが座《すわ》っているあたりだったら?」

ブレイスウェイト先生は、例の棒《ぼう》とそこに彫《ほ》られているしるしを見ていた。

「ふうん、馬一頭分の長さ、蹄鉄《ていてつ》八つ分、それにもう一頭分の長さ。ふむ、どう思いますか、マッケーさん?」

弁護士《べんごし》はメガネをかけて棒《ぼう》をじっと見た。「そういうことかもしれませんな。少なくとも、その説《せつ》をたしかめるのに、都合《つごう》よく馬がいるじゃないですか！」

馬車をわきに寄《よ》せて、ウィルはデリアの引き具をはずした。馬の後足のひづめを持ちあげると、イチイの小枝《こえだ》をあてて同じ長さに折った。それから、デリアをしっぽがイチイの幹《みき》につくまで後退《こうたい》させた。

「ジョン、この小枝を持ってくれ、これが蹄鉄《ていてつ》の幅《はば》だ。うちの馬の前足があるところから、その幅を八つ分取ってみてくれ」

ジョンはいわれたとおりにして八つ分取ったところに小枝をさした。「ここだ、ウィル」

ウィルは馬をまえに連れてきて、しっぽが小枝の真上にくるように立たせた。

犬が見あげると、真上にデリアの鼻づらがあった。ぺろりとなめてから、ベンのほうを見て気持ちを伝えた。「いっただろ？　ぼくがちゃんとかぎわけるって！」

アイリーンがクスクス笑った。「あんたの犬、わたしら全員合わせたより頭いいみたいね」

ジョンとウィルはその場を掘《ほ》りはじめた。

アイリーンはデリアをもとどおり馬車につないだ。「さあ、行きましょ、ウィニー。ヒルサイド牧場《ぼくじょう》にもどって、穴掘《あなほ》り班《はん》のためにお昼ごはん用意して待ってましょうよ」

ベンとエイミーの手を借《か》りて、ウィン夫人《ふじん》は馬車に乗りこんだ。馬車がガタゴト走りだすと、夫人《ふじん》はみんなに手をふっていった。「なんか見つかったら、すぐに牧場に持ってきてよ！」

ジョンとウィルはまっすぐ六十センチほど下に、四角い穴《あな》を掘《ほ》った。カツン！　穴の側面《そくめん》の土をならそうとしていたウィルのシャベルが、なにかにあたった。「ちょっとはずれていたようだな、ジョン。犬の座《すわ》っていた位置《いち》はちがってたみたいだぞ！」

ネッドがフンフンとかいだ。「ちょっと待ってよ。ちゃんと場所は教えてあげたろ？」

ベンはその考えを聞きつけて、あいづちを打った。「犬にそんな細《こま》かいとこまで期待《きたい》するなって、なあ。気にするな。おまえはみごとにあてたんだ！」

ふたりはまた掘りはじめた。今度はウィルのシャベルがなにかにあたった場所だ。数分間、けんめいな作業《さぎょう》をつづけると、砂岩《さがん》のブロックがあらわれた。それを男ふたりが持ちあげてはずした。アレックスが手できれいにすると、E・D・Wの字が見えてきた。ベンがその字の上を指でなぞった。「地図にあったとおりだ、ウィル！　ウィニーさんの聖書《せいしょ》の最後のページにあった名前と同じだ！　エドモンド・デ・ウィン、息子《むすこ》一人に娘《むすめ》が七人いた人だ！」

その先の考えはジョンの動きで水をさされた。ジョンが両手《りょうて》で、石があったところの下に埋《う》めこまれたものをひっぱっている。「なんかあるぞ。おい、みんな。古い衣装箱《いしょうばこ》だ！」

ウィルが手伝《てつだ》って衣装箱をひっぱりだした。それは鉄の衣装箱だったが、腐食《ふしょく》が進んで周囲《しゅうい》の土とくっついてしまっていた。取りだしてジョンがシャベルで二、三度軽くたたいただけで、すぐにへこみができて、ふたが開いた。

ブレイスウェイト先生はひざまずいて、中身《なかみ》を取りだした。羊《ひつじ》の皮《かわ》に包まれ、かたまった獣脂《じゅうし》でしっかりおおわれたそれは、形からして明らかに十字架《じゅうじか》だった。

真昼の日光が牧場《ぼくじょう》のキッチンにさしこんでいた。ウィルの母親は手をかざして日ざしをさえぎると、庭のほうを見わたした。「みんなが来たわよ、ウィニー。やかんかけて、お湯をわかしなおして、アイリーン」

おさないウィラムがよちよち歩いていき、ウィルの手をつかんだ。「パーパ！」

牛乳屋は息子《むすこ》を高い高いして、自分の広い肩《かた》で肩車した。「おれたちの昼めし、みんなたいらげてないだろうな。腹《はら》ぺこだ！」

だが、アイリーンがめざとく包みに気づくなり、食事はあとまわしになってしまった。

「見つけたのね、男たち。よくやったわ！」

エイミーがおさないウィラムを父親から引きとった。「あら、わたしはどうなの？」

ウィルの母親は手についた小麦粉《こむぎこ》をエプロンでふいた。「そう、あんたもよ。よくやったね。さあ、なにを見つけたか、見てみようかね。ミートポテト・パイはもうじきできるよ」

ベンが包みをテーブルの上に置いた。「獣脂《じゅうし》を溶《と》かすのに、またお湯がいるかな、ジョン？」

今度もなにかと便利《べんり》な折りたたみナイフを取りだして、ジョンは作業《さぎょう》にかかった。獣脂でコチコチになった油っぽい糸にナイフを入れていく。「うまくいけば、自然にはがれるよ」

ブレイスウェイト先生が、巻《ま》かれた糸をほどく役をまかされた。羊《ひつじ》の皮《かわ》の端《はし》を見つけて引くと、

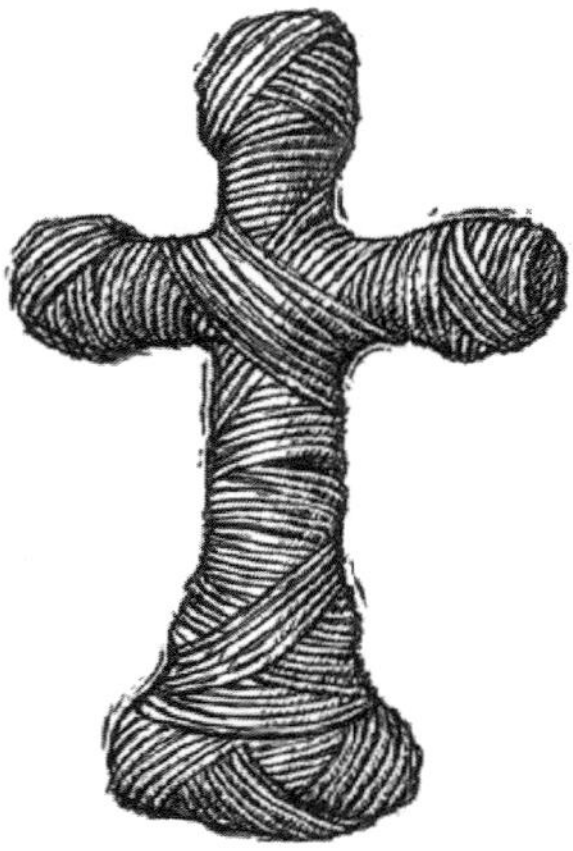

金《きん》があらわれた。一分もしないうちに、羊《ひつじ》の皮《かわ》と獣脂《じゅうし》が完全にはがれていた。

それは小さな台までついた、完ぺきな十字架《じゅうじか》だった。上と左右の腕《うで》の先には、聖餐杯《せいさんはい》と同じように、たまご形《がた》のルビーが埋《う》めこまれていた。台にはみごとな彫《ほ》りものの金の鳥が、半分翼《つばさ》を広げて十字架を支《ささ》え、かぎ爪《づめ》で純《じゅん》金《きん》の半球《はんきゅう》につかまっていた。

十字架を持つ老学者《ろうがくしゃ》の手がふるえた。「ユダヤの王ナザレのイエス」と記《しる》された浮《う》き彫《ぼ》りのイエス・キリスト像《ぞう》をじっと見つめている。「いにしえの十字架！　聖餐杯をつくったのと同じ、ビザンチン時代の作家の作品だ！　みんな、わかっているかな？　十七世紀以降《いこう》、われわれがはじめて目にしたんだよ！」

ジョンとベンは獣脂まみれの羊の皮をつぶさに調べていた。ウィルの母親がそんなふたりを見て、鼻にしわを寄《よ》せた。「なにやってんの、そんな古い羊の皮をいじくりまわして？」

少年は目を上《あ》げずに答えた。「つぎの手がかりだよ。でも、ここにはないなあ。ジョン、なにか見つかった？」

大工はいれずみの入った腕を羊の皮のなかにつっこんでさがしたが、「なんにもないな。十字架だけで、あとは空《から》だ。このなかにあると思ったんだがなあ」といった。

アンックスはテーブルにほおづえをついて、目をふせたままいった。「どっかでつぎの手がかりをなくしちゃったんだ」

犬がしっぽをふりふり、ベンを見あげた。「みんなにいって。鳥の足もとの半球《はんきゅう》があるだろ。あの裏《うら》になんか書いてあるよ。こっから見えるんだ。きみも床《ゆか》に寝《ね》ころがったら見える。ブレイスウェイト先生が持ちあげてくれてよかった！　ぼくがいなかったらどうなってたと思う？」

ベンは床に座《すわ》って、いとしげに犬をなでた。「おまえは世界一いい犬だ。ネッド。じゃ、これからみんなにいうよ」

ベンは目を細めて十字架《じゅうじか》の底《そこ》を見ると、興奮《こうふん》したようにさけんだ。「見て！　鳥が立ってる半球の底に、字が彫《ほ》ってある。ほら！」

ブレイスウェイト先生があわてていった。「鳥？　そいつは福音書記者《ふくいんしょきしゃ》、聖《せい》ヨハネのワシのことだ。どれどれ！」

そして十字架を逆《さか》さにした。肩《かた》ごしにマッケー氏《し》がのぞく。ブレイスウェイト先生がきざまれた文を声に出して読みあげた。

そはまたいまわしき悪党《あくとう》どもの運命《うんめい》に
鐘《かね》は一度も鳴ることはなし、
されど弔《ちょうしょう》　鐘は鳴りひびく

踊《おど》りまわるものたちのために。
屍肉《しにく》をついばむカラスは止まる
地の下の灯《あか》り持ちの上に。

ウィン夫人《ふじん》があたりを見まわした。「さあて、これはどういうこと？」

弁護士《べんごし》はこの文章をきちょうめんに紙に書きうつしてから、十字架《じゅうじか》を手に取った。

「これはわたしの事務所《じむしょ》でしっかり保管《ほかん》しよう。ウィル、事務所まで馬車で送ってもらえないか？」

「まず昼食を食べてください」とアイリーン。「それからウィルがみんなを送るから」

あつあつのミートポテト・パイを食べながら、ブレイスウェイト先生は自分用にもう一枚《まい》なぞの文章を書きうつした。「ふーむ、けっこう、けっこう。いや、図書館《としょかん》へ、その、もうもどらなくては。いや、まず、研究《けんきゅう》して、それから、その、みなさんに教えよう。けっこう。たいへんけっこう！」

エイミーがきれいな字でみんなの分を書きうつし、自分とアレックスにも配った。昼食後、きょうはこのなぞを解《と》くことにしようということになった。まだ時間がある。

ウィルはまずウィン夫人を家まで送った。ベンは馬車のなかに残り、広場でみんなといっしょに降《お》りたった。マッケー氏《し》は事務所からさほどはなれていない掲示板《けいじばん》に、告示《こくじ》が張《は》られているのを見つけた。

一同に向きなおったマッケー氏《し》の顔は暗かった。「きょうから二日後に立ちのきがはじまる。つまり、スミザーズとロンドンの仲間、郡《ぐん》の役人、立ちのきの執行官《しっこうかん》らがここに来るってことだ。家を明けわたす店主《てんしゅ》たちに支払《しはら》いがなされ、建物は取りこわされ、チャペルヴェールはもう村としては存在《そんざい》しなくなる。そして石灰岩《せっかいがん》の石切り場とセメント工場になるのです。これはまぎれもない現実《げんじつ》ですぞ、みなさん」

ベンは青い目をきっと見ひらいた。「そこをなんとか助けましょう！」

33

スミザーズはモード・ボウの部屋《へや》のドアをそっとノックし、横柄《おうへい》なだみ声をせいいっぱいやさしくして呼《よ》びかけた。「おいでですか、ボウさん。あなたとちょっと居間《いま》のほうで話がしたいんだが」

モードがドアをちょっとだけ開けると、すぐ目のまえにスミザーズの心配《しんぱい》そうな顔があった。「まず最初にあやまっていただきますわ、今朝《けさ》のわたしに対する侮辱《ぶじょく》を」

あやまるなんて、しゃくでならなかったが、ほかに手はなかった。「いや、ああその、わたしはちょっとせっかちだったかな。ゆるしてください。ときどき、きげんがわるくなるんだ。男どものあいだで仕事しているせいかな。あなたに向かって声を荒《あ》らげてはいけなかった。お嬢《じょう》、いや、ボウさん」

モードはじっとにらみつけながら、この勝利《しょうり》を一瞬《いっしゅん》楽しんだが、すぐにぴしゃんとドアを閉《し》めた。「すぐに下《お》りていきます」

オバダイア・スミザーズは深呼吸《しんこきゅう》し、こぶしをにぎりしめると、廊下《ろうか》をつかつかと息子《むすこ》の部屋《へや》まで歩いていった。ドアをふきとばす勢《いきお》いで開け、無言《むごん》でベッドに近づくと、ウィルフのふとんをはねのけた。ウィルフは散らかったままの朝食のよごれのなかで、背《せ》を丸めて横たわっていた。息子がしくしくしく泣くのを見て、スミザーズは不愉快《ふゆかい》なあまり、口をへの字に結んだ。ウィルフが泣きついた。

「おれじゃない。あいつが自分から入っていったんだ。おれは関係ない、ほんとだよ！」

「もういい、うそはたくさんだ。今朝《けさ》、レジーナのおやじと村で会った。娘《むすめ》が真夜中《まよなか》すぎにこっそりもどってきたのを、つかまえたそうな。だから、もううそついてもだめだ。ゆうべ、救護院《きゅうごいん》であったことは、なにからなにまでわかっている！」

ウィルフはベッドの上でちぢみあがり、真《ま》っ青《さお》になった。「レジーナはうそつきだ。あいつがアレックスが殺《ころ》されるように仕向《しむ》けたんだ。おれじゃない、ほんとだよ！」

父親のカミナリが落ちた。「なにばかいってんだ！　殺しだとっ！　おまえの話してる子、獣医《じゅうい》の息子には会ったよ。ぴんぴん元気で友だちと牛乳屋の馬車に乗ってた。だから、その殺しの大うそはもうやめるんだな！」

ウィルフは一瞬《いっしゅん》、言葉につまった。ぽかんと口を開いて座《すわ》っているうち、現実《げんじつ》がどっとおしよせてきた。アレックスは生きている！　じゃ、おまわりは来ない！　裁判官《さいばんかん》も、法廷《ほうてい》も、それに、牢獄《ろうごく》もない！

父親ははげしい言葉をくりだしていた。

「がっかりだ！　おまえにはがっかりさせられてばかりだ！　自分の半分もないような小僧《こぞう》にやられたかと思えば、今度はばかげた殺人《さつじん》のすじがきをでっちあげおって！　それでも、ある意味じゃおれがわるい。おれがおまえの年にゃ、もっと根性《こんじょう》があったからな。甘《あま》えん坊《ぼう》のおぼっちゃまだよ、おまえってやつは。だが、それももう、ここいらでやめにしよう。いいか。もうメイドに世話《せわ》され、母親のスカートにかくれて甘えてる暮《く》らしとはおさらばだ。寄宿《きしゅく》学校へ行け。そこで根性たたきなおしてもらえ！」

ウィルフは父親の説教《せっきょう》の後半だけ聞いた。ベッドから飛びでると、恐怖《きょうふ》を顔にうかべていった。

「き、きしゅく学校？」

父親は息子《むすこ》の腕《うで》をむんずとつかむと、風呂《ふろ》へと追いたてた。「ああ、寄宿学校だ！　スコットランドにいいとこがあるらしい。きょうすぐにも手配《てはい》しよう。さあ、さっさと体洗《あら》ってきれいにしろ。そして部屋《へや》をかたづけて、荷づくりしろ。スミザーズの名が、村の田舎《いなか》ものどもに笑いものにされてたまるか。母さんにうったえてもむだだ！　おれの決定が最終決定！　最終だっ！」

ぼうぜんとしている息子の鼻先でびしゃんとドアを閉《し》め、スミザーズは階段《かいだん》を下《お》りて裏《うら》の芝生《しばふ》へ出た。そこで夏の空気を深く吸《す》いこみ、のりのきいたえりをまっすぐにした。

モード・ボウがつんとすまして座《すわ》っていた。きょうもまた、若《わか》い女性《じょせい》向けの身《み》だしなみの本をひざに、髪《かみ》はひとすじの乱《みだ》れもなく、頬《ほお》に上気《じょうき》した赤みもない。スミザーズを見て本をきっぱり閉《と》じると、表紙《ひょうし》の上で両手《りょうて》を組んだ。

「お話ってなんですの？」

両手を腰《こし》のうしろで組んで、スミザーズはモードのいすのまわりを何度か回った。それからようやく正面《しょうめん》から向きあった。

「あの、ああ、ロンドンから呼《よ》んでいるというお仲間のことなんだが……」

落ちつきはらって、モードはスミザーズをまっすぐ見すえた。「はい？」

スミザーズは目をふせて、声を落とした。

「来て仕事をしてもらってください。だが、手ちがいや失敗《しっぱい》はいけない。チャペルヴェールに来たら、すぐにすませて、できるだけ早く出ていってもらいたい。わかるかな？」

モードは勝利《しょうり》の快感《かいかん》に酔《よ》った。「ジャックマン・ダニング・アンド・ボウは、一流《いちりゅう》のロンドンの会社です。手ちがいや失敗はいたしません。どこかのおかたのように……」

かっと血が上《のぼ》ってくるのを、スミザーズはなんとかおさえつけた。くるりと向きを変え、室内《しつない》にもどりながらいった。「あなたにまかせましょう……お嬢《じょう》さん！」

黒猫《くろねこ》が垣根《かきね》のかげの草むらのなかからあらわれ、のどを鳴らしながら、わき腹《ばら》をモードのやわらかい子牛皮《こうしがわ》のブーツにすりよせた。モードはシッと本をふって猫を追いはらった。

ホレーショはのそのそともとの垣根にもどっていき、細いすきまから出ていった。「ニャーオ、ホレちゃん、かえる。ウィニーがミルクくれる、イワシくれる、ゴロゴロ」

黒いラブラドール犬《けん》が、ライラックの茂《しげ》みのかげからゆっくりとあらわれた。「じゃあ、行けよ、毛玉《けだま》くん。おまえのたわごとはもうじゅうぶん聞いたよ。イワシだって？　ゲッ！　あんなヌルヌルしたいやなものをよく食べるねえ！」

ウィン夫人《ふじん》は居間《いま》で昼寝《ひるね》をしていた。ベンは外の芝生《しばふ》で日ざしを浴《あ》びながら、エイミーが写しとってくれた詩を広げて考えた。

そはまたいまわしき悪党《あくとう》どもの運命《うんめい》に
鐘《かね》は一度も鳴ることはなし、
されど弔《ちょう》　鐘《しょう》は鳴りひびく
踊《おど》りまわるものたちのために。
屍《し》肉《にく》をついばむカラスは止まる
地の下の灯《あか》り持ちの上に。

急に額《ひたい》に玉の汗《あせ》がういてきて、暑い夏の日ざかりなのに寒くなった。一度も鳴らなかった鐘……死体をついばむカラス……死のまぼろしが脳裏《のうり》にうかびあがってきた。悪人《あくにん》づらをした連中《れんちゅう》がどこからともなくあらわれ、はげしい波音でなにも聞こえなくなった。遠い昔《むかし》のヴァンダーデッケン船長、ペトロス、スクラッグス、ジャミル、みんなにらみ、ののしっている。

だが、フライング・ダッチマン号の乗組員《のりくみいん》にまじって、ほかの人間たちもいた。もっと古い時代の、暗くてよく見えないその人かげは、世界じゅうの悪党《あくとう》どもの姿形《すがたかたち》だった。

ベンは目をかたくつぶって、芝生《しばふ》にあおむけになった。地面が船の甲板《かんぱん》のようにゆれた気がして、身《み》ぶるいした。

あたたかい吐息《といき》と湿《しめ》った舌《した》が頰《ほお》にふれて、ベンはおそろしい金《かな》しばりからまともな世界に引きもどされた。「ほら、ほら、だいじょうぶかい？」

すべすべしたものが手にあたった。ベンは体を起こした。まともな世界にもどれてうれしかった。ネッドがとなりに座《すわ》っていた。ホレーショが家のなかに姿を消すのが見えた。とたんに、ベンは気持ちが楽《らく》になり、ネッドの首を抱《だ》きよせた。

「もうだいじょうぶだよ、おまえがいてくれるから。またあのまぼろしだよ、あの十字架《じゅうじか》の底《そこ》の詩を読んでいたら」

「フライング・ダッチマン号？」

ベンはもしゃもしゃの金髪《きんぱつ》を指でかきあげた。

「ああ、ヴァンダーデッケンたちだった。でも、ほかにも見たことのない顔や、こわい顔が出てきたなあ。おまえが来て、夢《ゆめ》からひきもどしてくれてよかった。きっと

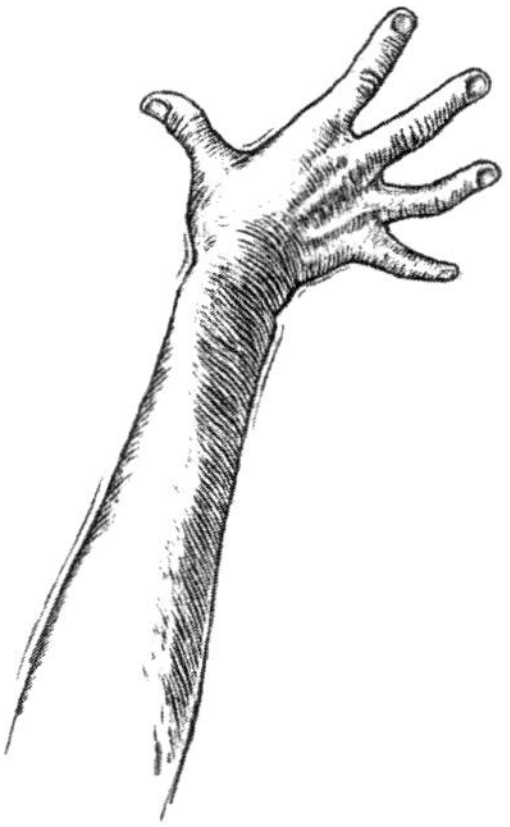

詩を読んだせいだな」

一匹《ぴき》のハチが鼻に興味《きょうみ》を持って寄《よ》ってきたのを、ネッドは前足ではらいのけた。「じゃあ、読まないでよ。なぞときはほかの人たちにまかせて。頭のいい人ぞろいだ。マッケーさんもブレイスウェイト先生も秀才《しゅうさい》だし。こっちはあしたのことを心配《しんぱい》しよう。ロンドンからこわいやつらが来るの、忘《わす》れた？」

ベンはてのひらでぽんと自分のおでこをたたいた。「そうだった。四人衆《しゅう》がロンドンから来るんだった。なぞときや、ウィルフとの対決《たいけつ》にいそがしくて、すっかり忘れてた。どんなようすなんだい？」

犬はウインクした。「それそれ。スミザーズ家の芝生《しばふ》んとこで、とても収穫《しゅうかく》があったよ。あのけんかはすごかったな。それより、もうお茶の時間でしょう？　この話はあとでするよ。でも、ウィルフの心配はもうなくなったよ」

ベンはネッドのあとについて家のなかに入っていった。「ウィルフがなんだって？」

ネッドは皿の水を飲んだ。

「あとで話すよ。やかんを火にかけて、ケーキを切ってよ。おばちゃんはどこ？」

ベンは新しいテーブルクロスをテーブルに広げた。「居間《いま》で眠《ねむ》ってるよ。起きたら、おいしいお茶を出してあげよう。ネッド、ホレーショに足もとをうろつくなって、いってくれないか？」

ネッドは首をふった。「あいつはなにいってもだめだ。イワシのこと以外」

34

木曜日の朝九時には、もう真昼のように暑かった。めったにないほど暑い夏だった。

ジョンはエンピツを耳にかけ、テーブルのまえに座《すわ》って、詩をにらみながら目をしばたいた。あごひげをなでながら紅茶《こうちゃ》をすすり、ベーコンサンドにかぶりついた。

若《わか》い仲間たちが裏窓《うらまど》から入ってくる音がしたので、ジョンはふりかえりもせずにいった。「おいおい、おてんとうさまは六時にゃお目ざめ。おれも六時にゃ起きてた。おまえたちはいまごろお出ましかい？」

ジョンはサンドイッチのパンの耳とベーコンの端《はし》をちぎって、仲間より先にやってきてテーブルの下にもぐりこんでいたネッドにあたえた。「おれの朝食のほうが、おまえんちのよりうまいだろ、ええ？」

エイミーは工作台の端にちょこんとすわって詩に目をやった。「もうなぞは解《と》けた、ジョン？

聖《せい》マタイのメッセージは？」

ジョンは茶目《ちゃめ》っけたっぷりにほほえんだ。「まだだよ。だれかもう解《と》けたかな？」

ふたりの少年は首を横にふった。ジョンは、エイミーがかかとを工作台の脚《あし》にぶつけて音をたてているのを見とがめて、いった。「おや、きれいなお嬢《じょう》さん。もうわかってるのに教えてくれないのかな？　どうして聖マタイのメッセージだってわかった？」

弟のアレックスが少しふきげんな声を出した。「そうだ。どうしてわかった？　どうしてなんにもいわなかったの？」

ベンもわざとこわい顔をした。「ぼくにもいわなかったね！」

エイミーはジョンの耳のうしろからエンピツを取って、みんなに向かってふった。「だってアレックス、あんたは寝《ね》てたじゃないの。それにベン、あなたにはいえるわけないでしょ、その場にいなかったもの。だから、みんながそろったらいおうと思ったの。さあ、見ててね」

エイミーはジョンの手もとの詩を見、最初の一行の単語《たんご》のあいだに二本斜線《しゃせん》を入れた。

そは／また　い／まわしき　悪党《あくとう》どもの運命《うんめい》に

「さあ、ふたつの斜線にはさまれた文字をいってみて、ジョン」

ジョンはいわれたとおりにした。「またい！　マタイだ！　頭いいな、エイミー！　何時間もにらめっこしてたが、まるで気づかなかった。どうしてわかったんだい？」

エイミーはひょいと肩《かた》をすくめた。「言葉さがしのゲーム。わたしたち、先学期よくやったのよ。ひとつづきの文のなかにかくされた、ほかの言葉をさがすの」

青い目の少年は感心してさかんにうなずいた。「よくやったね、すごい！」

エイミーは工作台から飛びおりた。「そんなでもないわ、ベン。それしかわからなかったもの。ほかになにかわかった？」

「いや、ぼくはほかに考えることがあったからね。あとで教えるけど。ブレイスウェイト先生がもう解《と》いたんじゃないかな」

ジョンがサンドイッチの残りをネッドに投げあたえた。「さっき行ってみたんだけど、図書館《としょかん》にはいなかったなあ。もう来てるかもしれないから、みんなで行ってみよう」

救護院《きゅうごいん》の表玄関《おもてげんかん》から出ると、デリアの引く馬車がマッケー法律事務所《ほうりつじむしょ》のまえで辛抱《しんぼう》づよく待っていた。エイミーは馬に走りよってなでた。

「こんな早くから、ウィルはマッケー事務所になんの用かしら？」

ドアが半分開いて、アイリーンが顔を出した。「みんなそろってるか、見にいくところだった。さあ、どうぞ。みんなそろったね！」

ブレイスウェイト先生、マッケー氏《し》、ウィルの三人が机《つくえ》を囲《かこ》んでいた。マッケー氏がみんなにあいさつした。「おはよう、みなさん。ドラマンドの奥《おく》さんがあなたたちをさがしにいこうとしていたんです。わたしは早めに来て、古い測量地図《そくりょうちず》を出して、なにか手がかりがないかと見ていました。

　ブレイスウェイト先生とドラマンド夫妻《ふさい》が手伝《てつだ》ってくれましてね。どうやら結論《けつろん》が出そうなので、みなさんをむかえにいこうと思ったわけです。ところで、そちらでも解《と》けましたか？」

　ジョンは詩の写しを机《つくえ》に広げていった。「エイミーが解いたよ。われわれがさがしている宝《たから》は、最初の福音書記者《ふくいんしょきしゃ》、聖《せい》マタイのだってわかった。でも、そこまでなんだ。見てください、最初の一行を」

　ブレイスウェイト先生は髪《かみ》をかきかき、ならんだ言葉を調べた。

「聖マタイか。ああ、そうか、そうか、けっこう。ああ、けっこう。秘密《ひみつ》の言葉さがしだ。ふむ、それを、ほかのだれも気づかなかった。けっこう、たいへんけっこう！」

　エイミーはじれているのをかくせなかった。「マッケーさん、結論が出そうだっておっしゃったけど、なにが見つかったんですか？」

　おしゃれで小柄《こがら》な弁護士《べんごし》は、もったいぶってせきばらいした。

「まず、われわれは鐘《かね》をさがしているんだというふうに考えた。ふたつめの行が『鐘は一度も鳴ることはなし』って書いてなかったかな？　だが、つぎの行を見ると、この場合の鐘というのが、

比喩《ひゆ》であることがわかる。『されど弔鐘《ちょうしょう》は鳴りひびく』というやつだ。この弔鐘というのは、よくなにかが終わるという意味で使う。たとえば、キャラン・デ・ウィンが持っていたチャペルヴェールの証書《しょうしょ》が見つからなかったら、それは村全体に弔鐘が鳴りひびくということになる。わかるかな？　だが、この詩はそのような場所のことではなく、人のことをいっている。『されど弔鐘は鳴りひびく、踊《おど》りまわるものたちのために』」

ウィルは思わずまくし立ててしまった。「待った！　おれが小さいとき、おじいさんが古い歌を歌ってくれたのを思い出した。首つりの木につられて踊りまわった悪党《あくとう》の歌だった！　おっと、話に口はさんで申しわけない！」

マッケー氏《し》は鼻メガネの上からほほえんでいった。「いや、かまわんよ。ブレイスウェイト先生、われわれの結論《けつろん》を話してあげてください」

ブレイスウェイト先生はガウンのすそをひっぱった。「そうですか、ええ、その、どうも。ああ、わたしたちも同じく、首つりの木という結論に達《たっ》したのだよ。ただし、その『踊りまわるものたち』というところに目をつけてな。つまり、ひとり以上の人、ああ、たくさんの悪人《あくにん》どもが、その首つりの木につられたということだな……」

とたんにベンはひらめいた。「ということは、さがしているのは処刑《しょけい》の場所だ！　どう思う、ジョン？」

「そうだ、相棒《あいぼう》！」とジョンがあいづちを打った。「処刑場、あるいは首つりの木があったところ。近くにいやな鳥がいるところだよ。つぎの行に『屍肉《しにく》をついばむカラスは止まる』ってあるように。でも、最後の行はどういう意味だろ？　『地の下の灯《あか》り持ち』って？」

アイリーンが熱《ねつ》のこもった口調《くちょう》でいった。「正しい場所を掘《ほ》ればわかるよ。あんたは小さな穴《あな》の開いた紙きれ持ってるだろ、ジョン。こちらには地図があるよ」

一同は四つ穴のあいた紙と、ウィルの家から出てきた古い地図とを重ねあわせた。

「ここに〝牢獄《ろうごく》〟とある」とウィルがつぶやいた。「首つりの木がありそうな場所だな。でも、チャペルヴェールに牢獄なんて聞いたことがないが。おまえは、アイリーン？」

ウィルの妻《つま》は首をふった。「とうの昔《むかし》に取りこわしたんでしょ」

マッケー氏《し》は大きな測量地図《そくりょうちず》を広げ、それと古い地図を見くらべていたが、「牢獄はここだ！」と、測量地図の上にエンピツでしるしをつけた。「ここ、いま警察《けいさつ》がある場所」

ベンとアレックスはもうドアに向かって歩きだしていた。「そう！　グズグズしてられないよね」とアレックスがいった。

35

警察署《けいさつしょ》は灰色火山岩《はいいろかざんがん》でできた小さな建物で、十九世紀のはじめに建てられたふたつの家にはさまれていた。ひとつが警察署長の家だったが、署長はほかの町や村に出張《しゅっちょう》することが多かった。もうひとつが巡査《じゅんさ》の家で、彼《かれ》が警察の窓口《まどぐち》となって苦情《くじょう》の受けつけにあたり、記録《きろく》をつけた。

ジャッドマン巡査は家のまえのバラ園を手入れしていた。でっぷりと太った巡査は、庭いじりが大好きな中年男《ちゅうねんおとこ》だ。いましもふたりの少年が牛乳屋の馬車の先を走ってくるのを見て、巡査はふきんで手をふくと、制服《せいふく》を着て、二段腹《にだんばら》のあたりから太い首までボタンをはめた。窓《まど》わくのそばにかけてあった帽子《ぼうし》を取ってかぶり、警官《けいかん》らしい威厳《いげん》をもって庭の小道を歩いていった。

巡査はアレックスに向かって、うなずいていった。「おはよう、若《わか》いの。どうかしたのか？」

馬車が止まって、マッケー氏《し》が降《お》りたった。「いや、だいじょうぶだよ、巡査。この子たちはわたしたちといっしょだから」

警官《けいかん》はかしこまって帽子《ぼうし》のひさしに手をやった。以前からマッケー氏《し》のことはひそかに尊敬《そんけい》していた。弁護士《べんごし》は並《な》みの人より上だと思っているからだ。

「マッケー先生、どうなさったんですか？　なんか問題でも？」

弁護士は黒のネクタイをまっすぐに直した。「いやいや、巡査《じゅんさ》。なにも問題はない。ちょっと質問《しつもん》したいことがあってね」

警官はおなかをひっこめて胸《むね》をふくらませたので、もう少しで胸のボタンがはじけそうになった。「質問っ！　ハイッ、なんなりとっ！」

「昔《むかし》からあるチャペルヴェールの牢獄《ろうごく》はどうなったんだ？　わたしの測量地図《そくりょうちず》によると、この近くにあったはずなんだが」

ジャッドマン巡査は、太い親指でうしろの灰色火山岩《はいいろかざんがん》の建物を示《しめ》していった。「なんもなっておらんです。あれです。むろんずっと警察《けいさつ》のもんでしたが、もう長いこと、牢獄に閉《と》じこめておくような犯人《はんにん》がいなかったもんですから」

マッケー氏は重々《おもおも》しくうなずいた。「しかし、かつては牢獄で、処刑場《しょけいじょう》だったと聞いているんだが」

巡査は指で、両端《りょうはし》のはねあがったひげをなでた。「パターソン署長《しょちょう》もそうだったといっとります。しかし、それは本官《ほんかん》の生まれるまえの話で、いや、それは署長も同じです」

弁護士《べんごし》は鳥のようにすばやく左右を見ていった。「いったいどこが処刑場《しょけいじょう》だったのだろう？」

ふたたび巡査《じゅんさ》の親指がうしろをさした。「パターソン署長《しょちょう》は裏庭《うらにわ》、つまり警察署《けいさつしょ》の裏だといってます。殺人犯《さつじんはん》はそこで絞首刑《こうしゅけい》になったそうであります」

アイリーンがスカートのすそを上《あ》げ、ほほえみながら馬車から降《お》りてきた。「巡査は勇敢《ゆうかん》なのねえ。殺人犯がつるされた場所のそばで暮《く》らせるんだから。わたしだったらこわくていや」

巡査はこのおせじに赤ら顔をいっそう赤らめ、胸《むね》をなおいっそうふくらませた。

「なんてことありませんよ、奥《おく》さん。ただの裏庭ですから。毎日、裏手の寝室《しんしつ》の窓《まど》からながめて、庭に水やってます。きちんとしとくのが好きでしてね」

「ええ、さぞかしきれいにしとられるんでしょうね。そこを、ちょっと見せてもらえない？」

巡査はアイリーンのたのみにうろたえた。「さあ、それはちょっとなんとも。あそこは警察の所有地《しょゆうち》でしてね、一般人《いっぱんじん》は立ち入り禁止《きんし》なんです。本官《ほんかん》が勝手《かって》に一般人を入れたと、パターソン署長に知れるとこまるんです」

この発言に、一同は気まずくなって、だまりこくってしまった。と、当《とう》の署長が自転車に乗って帰ってきた。

パターソン署長は三十代なかばの明るい男だった。背《せ》が高く細身《ほそみ》で、髪《かみ》はもじゃもじゃの赤毛、顔に細くほおひげを生《は》やしていた。とくに陽気《ようき》になると、スコットランドの国境《こっきょう》あたりのなまりが少し出た。いまも、制帽《せいぼう》のひさしに軽くふれると、集まっているみんなにほほえんでいった。

「おはよう。きょうもまた暑くなりそうだなや」

パターソン署長《しょちょう》は巡査《じゅんさ》にうなずいてから、まじめな口調《くちょう》になった。

「たったいま鉄道のむこう側《がわ》に行ってきたんだが、荷馬車《にばしゃ》三台分もの建築資材《けんちくしざい》や機械《きかい》が届《とど》いていた。みんな、ロンドンのジャックマン会社からスミザーズあてだよ。全部村の広場に集めて、そこに積んでおく気らしい。だから、駅長に作業《さぎょう》を中止させるようにいった。

例のスミザーズがいたから、ひと泡《あわ》ふかしてやった。あした正式に裁判所《さいばんしょ》の命令が下《くだ》るまで、積《つ》み荷《に》から一本のくぎたりとも下《お》ろしてはならんといってな。そしたら、あのスミザーズ、野牛《やぎゅう》みたいにほえよったから、騒乱罪《そうらんざい》を引きあいにして、『さわいで法律《ほうりつ》にしたがわんと、逮捕《たいほ》して監獄《かんごく》に送りこむ』っていってやった。どうもあの男は気に入らんな。えばりくさった大ぼら吹《ふ》きで。こんなことといってはなんだが、マッケーさん」

弁護士《べんごし》はうなずいた。「いや、わたしも同感です、署長」

パターソン署長は庭の塀《へい》のわきに自転車を止めた。「巡査、これから駅に行って、あの荷馬車の荷を見張《みは》ってくれ。ああ、移動禁止《いどうきんし》の張り紙も持っていけ。それを荷物に打ちつけてきたまえ。いいか、そこで止めておくんだぞ！」

巡査はその必要もないのに敬礼《けいれい》していった。「ただちに直行《ちょっこう》します。おまかせください。自転車を借用《しゃくよう》してよいですか？」

署長は、ほほえみをかみころしたような顔になった。「借用を許可《きょか》する。巡査、行けっ！」

一同が見おくるなか、ジャッドマン巡査《じゅんさ》はこたこたしながら自転車で遠ざかっていった。署長《しょちょう》はクスクス笑った。

「見たまえ、あの男の姿《すがた》。あれはわたしの自転車に乗るのが、なによりの楽しみなんだ。さあて、みなさん、ご用件《ようけん》はなにかな？」

アイリーンが答えた。「わたしら、昔《むかし》の処刑場《しょけいじょう》を見たかったんですよ。でも、巡査があまりいい返事《へんじ》をくれなくて」

ウィルが胸《むね》とおなかをふくらませて、さしさわりのないていどにジャッドマン巡査のまねをした。「警察《けいさつ》の土地に入りこむとは、百姓《ひゃくしょう》どもの反乱《はんらん》だ！」

署長はわざとしかめっつらをしていった。「おお、そいつはたいへんだ。みなさん、まあ、なかに入りなさい、お茶をいれるから。そこでうかがいましょう。ちょっと待った」

署長はポケットからひとつリンゴを出して馬にあたえ、鼻づらをやさしくなでた。「この反乱には知らん顔して、おとなしくしてろや。うちの監獄《かんごく》にゃ、おまえは入れてやれねえ」

警察署内部の壁《かべ》は、何度となく塗《ぬ》りかさねられた白い粗壁《あらかべ》で、ぼってりと厚《あつ》かった。木でできた部分も、長年にわたって何度も濃紺《のうこん》に塗りなおされており、黒鉛《こくえん》を塗った鉄の暖炉《だんろ》のまわりでは水ぶくれ状《じょう》のものができていた。窓《まど》ぎわには掲示板《けいじばん》があり、新旧《しんきゅう》とりどりの役所からの知らせが張《は》られていた。

署長《しょちょう》が紅茶《こうちゃ》をいれて、ブレイスウェイト先生、マッケー氏《し》、ウィル、アイリーンを面談室《めんだんしつ》のいすに座《すわ》らせた。エイミーとアレックスはジョン、ベンといっしょに長いベンチに座った。ネッドは机《つくえ》の下に寝《ね》そべって、太い羊《ひつじ》の骨《ほね》をかじりながらご主人に考えを伝えた。「いい人だ、パターソン署長は。どう思う？」

ベンは茶色い陶器《とうき》のマグカップでお茶を飲みながら返事《へんじ》をかえした。「なんだかわからないけど、どうもいごこちがわるい。体が冷たくなって汗《あせ》が出てきた」

犬は机の下から骨をくわえたまま出てきた。「ふーん、ぐあいわるそうだね。ここは気味《きみ》わるいとこだから、外のお日さまのなかに出よう。デリアのところへ」

エイミーはふたりが出ていくのを見て、あとをついていった。「だいじょうぶ、ベン？　顔が青いわ」

ベンは庭の塀《へい》によりかかって、ゆっくり深呼吸《しんこきゅう》した。「もうだいじょうぶだ。ありがとう。あそこの雰囲気《ふんいき》なんだね。なんだか知らないけど、気持ちわるかった」

エイミーがベンの手をぽんぽんとたたいた。「いやなら、なかにもどらなくてもいいのよ。わたしたちはここにいても、ほかの人たちが署長と話をしてるでしょう。

あなたって不思議《ふしぎ》な人ね、ベン。村のだれともちがう。もちろんわたしや弟ともちがう。きいても怒《おこ》らないでね。あなたはどこで生まれたの？　ほかにどんなところにいたの、ここに来るまえ？」

少女の視線《しせん》を避《さ》けて、ベンは遠くに目をやった。

「話したいとは思うんだけど、エイミー……でも……」

ベンの底《そこ》なしに深い青い目がくもった。嵐《あらし》が近づいた遠い海のようだった。なぜかわからないが、エイミーの心に、この不思議《ふしぎ》な少年に対するあわれみがわいてきた。「ベン……ごめんなさい」

ベンがふりむいてエイミーを見たとき、その目はもう澄《す》んで、頬《ほお》にも赤みがもどっていた。なによりよかったのは、エイミーがすっかりとりこになっていた、あの笑顔《えがお》がもどっていたことだ。

「いいんだよ。きみはぼくの友だちだ。それがいちばん大事《だいじ》なことさ」


ジョンが話のほとんどを語ってきかせたが、アレックス、アイリーン、ウィル、そしてブレイスウェイト先生やマッケー氏《し》が、細《こま》かい点で話をつけたすたびに、署長《しょちょう》は右に左に、話し手のほうに顔をふりむけて聞いた。

署長は座《すわ》ってマグカップの底《そこ》の茶がらを見つめていたが、やおら口を開いた。

「みなさん知ってのとおり、わたしは四年まえにこの署に赴任《ふにん》してきた。ここはすばらしい村ですっかり気に入ってたんだが、あした、ここに近代化《きんだいか》の波がおしよせてくる。しかし、連中《れんちゅう》がわれわれをこの署から追いだすことはできない。ここは国王のものなんだから。とはいえ、このあたりがほこりっぽいセメント工場になってしまったら、だれが暮《く》らしたいと思うだろう？

ジャッドマン巡査《じゅんさ》は年を取っているから、退職金《たいしょくきん》を受けとって警察《けいさつ》をやめ、どこかへ引《ひ》っ越《こ》すだろう。わたしはたぶん、べつの署《しょ》に転任《てんにん》となるだろうが、そうなったらほんとうに悲しい。みなさん、わたしにできることがあれば、なんでもしよう。裏《うら》の処刑場《しょけいじょう》を見たいっちゅうことであれば、どうぞ遠慮《えんりょ》なく見てください！」

ジョンは遠足に出かける子どものようだった。署から走りでて、いれずみのある大きな手をうれしそうにもみながら、エイミーとベンを呼《よ》んだ。「さあ、行くぞーっ！　出航《しゅっこう》だあ。裏手を捜《そう》査《さ》する許可《きょか》が出た、いや、署長《しょちょう》の祝福《しゅくふく》がもらえたぞーっ！」

ベンとアレックスはうれしそうな顔をしたが、あまり乗り気ではなかった。「先に行ってよ。ぼくたちは建物の外を回ってから行くから。じゃあ、あとでまた！」

ジョンのごつい顔が心配《しんぱい》そうになった。ベンのくしゃくしゃの髪《かみ》の毛をばさばさと手で乱《みだ》して、「だいじょうぶか？」といった。

ベンはどうにか元気そうな笑顔《えがお》をつくった。「元気、元気、最高だ！」

ジョンはちょっとふたりを見くらべていった。「わかった、あとで会おう！　おい、見ろ、あそこにいるネッドを。じいさまみたいに、いびきかいて寝《ね》てる！」

犬は馬車のなかで丸まって、座席《ざせき》のかげで眠《ねむ》っていた。エイミーは同情《どうじょう》して鼻にしわをよせた。「ネッドはずっとデリアの相手してたもの。かわいそうに、この暑さでのびちゃったのね。寝かしといてあげましょう」

36

壁《かべ》で囲《かこ》まれた警察署《けいさつしょ》の裏庭《うらにわ》は、日がささず、陰気《いんき》なほど暗かった。昔《むかし》の処刑《しょけい》場《じょう》を囲む壁は四メートルもの高さがあり、全体にツタでおおわれているため、石灰岩《せっかいがん》ではなく植物でできているかのように見えた。外に出る重い木のドアがついていたが、これには濃紺《のうこん》のペンキが何度となく塗《ぬ》りかさねられていた。

ジョンがさびついたかけ金《がね》とかんぬきを相手に奮戦《ふんせん》したすえ、ようやくドアがきしみながら開いた。ベンとアレックスがなかに入った。ベンは警察署内で感じたような恐怖《きょうふ》を、さっきよりいちだんと強く感じた。この気持ちのわるい場所から、遠くへ逃《に》げてしまいたい！　でも、すぐに思いなおした。エイミー、アイリーン、署長《しょちょう》、そしてほかの仲間たちがいっしょにいてくれるじゃないか。ベンは苔《こけ》むした敷石《しきいし》の上をずんずんと進んだ。

パターソン署長が一同に向かって話していた。

「残念《ざんねん》ながら、この古い場所の歴史《れきし》は、わたしにもわからない。じつはここに着任《ちゃくにん》したとき、湿《しっ》気《け》とカビで古い記録《きろく》がだめになっていた。署を清掃《せいそう》して整理《せいり》することもわたしの任務《にんむ》だったから、そのしっけた記録類《きろくるい》を燃《も》やしてしまったんだよ。いやあ、あのときのジャッドマン巡査《じゅんさ》の顔を見せたかったね。二週間、口をきいてもらえなかったよ。マッケーさん、あの詩をもう一度読んでもらえませんか？」

弁護士《べんごし》は鼻メガネをかけると、もったいぶってせきばらいをした。

そはまたいまわしき悪党《あくとう》どもの運命《うんめい》に
鐘《かね》は一度も鳴ることはなし、
されど弔《ちょうしょう》鐘は鳴りひびく
踊《おど》りまわるものたちのために。
屍肉《しにく》をついばむカラスは止まる
地の下の灯《あか》り持ちの上に。

ブレイスウェイト先生は申《もう》しわけなさそうに肩《かた》をすくめた。「だから、ええ、ごらんのとおり、署長《しょちょう》、われわれはその、首つりの木をさがしているのです。つまり、その、絞首台《こうしゅだい》ですな。ふむ、けっこう、ひじょうにけっこう」

アイリーンは身《み》ぶるいして、二の腕《うで》の上のあたりをそわそわとさすった。「どこで死刑《しけい》にしたのか、どこにもしるしがないわね。ブルル！　でも、なんか感じるよ。お母さんも、来てたら感ごたろうね」

　ウィルは庭全体を見わたし、同感だとばかりにうなずいた。

　あたり一帯《いったい》に、消すに消せない死の雰囲気《ふんいき》がただよっていた。壁《かべ》と地面の境目《さかいめ》の、なめらかな石灰岩《せっかいがん》に、カタツムリやナメクジが銀色のあとを残していた。地面の土は主《おも》に粘土質《ねんどしつ》で、水がしみでていた。まばらに生《は》えた藪《やぶ》は、生気《せいき》のないキングサリや紫色《むらさきいろ》のシャクナゲが上から垂《た》れさがるなかで、必死《ひっし》に生きのころうとしていた。あたり一帯の雰囲気はうっそうと暗く、閉所恐怖《へいしょきょうふ》にとりつかれそうなくらいうす気味《きみ》わるく、静かだった。

　署長《しょちょう》は弱々《よわよわ》しくほほえんだ。「あまり見るものがないだろう。最後の処刑《しょけい》から百年はたっているからねえ。燃《も》やすまえに古い記録《きろく》にざっと目を通したが、昔式《むかししき》のくねくねした字で、よく読みとれなかったんだ。おい、ソマーズのごきょうだい、どうやって処刑したか知りたくないか？」

　アレックスは処刑を想像《そうぞう》して首をふりながら、つばをのみこんだ。

　署長はスコットランドなまりを渋《しぶ》くひびかせて、刑《けい》の執行《しっこう》のもようを語った。

「いざ、刑執行にあたっては、治安判事《ちあんはんじ》、教会の司祭《しさい》、警察署長《けいさつしょちょう》、警官《けいかん》が立ちあわなければならない。むろん、処刑執行人もだがね。あのドア、さっきジョンが開けたドアから一般《いっぱん》の民衆《みんしゅう》が入ってきて、わるいことをしたものがどういう目にあうか、見物するのをゆるされた。やがて、罪人《ざいにん》が牢獄《ろうごく》から鎖《くさり》につながれたまま引きだされてくる。

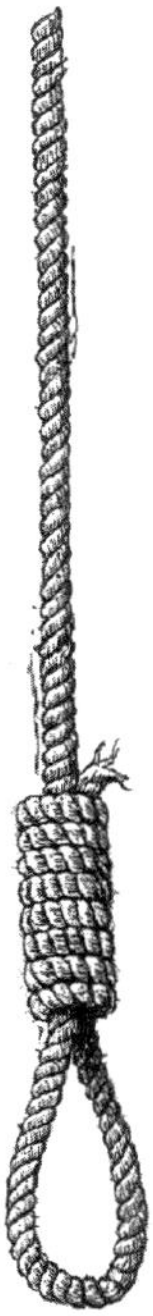

そう、おそろしい儀式《ぎしき》だった。恐怖《きょうふ》にふるえる罪人《ざいにん》は、首つりの木の下に置いた箱の上に立たせられる。執行人《しっこうにん》がその首のまわりに首つりの縄《なわ》の輪をかける。すると治安判事《ちあんはんじ》が死刑宣告文《しけいせんこくぶん》を読みあげる。そしてわきにのくと、司祭《しさい》が罪人とともに祈《いの》りの言葉をとなえる。それがすむと、ふつう、罪人は見物人に向かって、ひとことということをゆるされる。たいてい、どんなに自分がわるいやつだったか、こんな刑《けい》に苦しむことになってどんなに後悔《こうかい》してるかをいう。そして、見物人たちにいい人生を送るよう、この処刑《しょけい》がためになるようにというんだよ。

それがみんなすむと、治安判事は処刑人に向かってうなずく。処刑人は死刑囚の足もとの箱をける。それで終わりだ！」

エイミーはまるで処刑を目撃《もくげき》したみたいに、両手《りょうて》で顔をおおった。「いやっ、すごくこわい、残酷《ざんこく》！」

アイリーンは少女の肩《かた》に手を回していった。「ほんとだね。本で読んだけど、小さな村なんかではやりかたが原始的《げんしてき》でさ、罪人はすぐには死ななかったらしいよ。それだから、あの詩に『踊《おど》りまわるものたち』って書いてあるんでしょう。宙《ちゅう》をける足が動かなくなるのに、十分くらいかかったんだって。ああ、おぞましい。どうしてそんなものを見たがったのかねえ！」

ウィルがぱんと両手をたたいて、一同にかかった魔法《まほう》を解《と》いた。「もうじゅうぶんだ！　それよりさがそう、みんな。このあたりに首つりの木、またはふつうの木か、でなければ柱みたいなものはないかい？　なかったら万事休《ばんじきゅう》すだ！」

37

はげしいほえ声と庭木戸《にわきど》をひっかく音がした。ジョンは急いで木戸を開けた。犬が飛びこんできて、まっすぐご主人のもとに行った。そういえば、ベンがみんなの話しあいに加わっていない。だまって警察署《けいさつしょ》の石段《いしだん》に座《すわ》っていたのだが、そこで気を失《うしな》ってしまっていた。

犬は一心不乱《いっしんふらん》にご主人の顔をなめて、気持ちを送りこんだ。「ベン、ベン、起きて。目を開けて、おねがい！」

ジョンが石段に腰《こし》を下《お》ろして、少年の頭を自分のひざにのせた。アイリーンは急いでふたりのまえを走っていき、冷たい水の入ったカップと湿《しめ》らせた布《ぬの》を持ってきて、布をベンの額《ひたい》にあてがった。ジョンは頬《ほお》を軽くたたいてささやいた。「おい、起きろ、おい、相棒《あいぼう》！」まぶたが何度か動いて、ベンは正気《しょうき》にもどった。エイミーはその手をつかんでさすった。「ジョン、ここから運びだして。この場所のせいで気を失ったんだわ。きっとそう！」

ベンは庭のひとすみ、角《かど》になっているあたりを指《ゆび》さした。「いや……待って……あそこだ！」

ジョンの手から体をふりほどくと、エイミーと手をつないだまま、そのひとすみまで歩いていった。そしてかかとで掘《ほ》るようにして地面にしるしをつけた。「ここ……ここ掘って！」犬によりかかり、少女と手をつないで、ベンは外へとひっぱられていった。アレックスが心配《しんぱい》そうについていく。

アイリーンが水を持ってあとからいくと、一同は小道のデリアの横に座《すわ》っていた。「まあ、どうしたの、いったいなにがあったの？」

ベンは水をひと口飲んで落ちついた。「庭に入っていったら気分がわるくなってね。立っていられなくなったから、石段《いしだん》に座ってた。署長《しょちょう》が、どうやって罪人《ざいにん》を処刑《しょけい》したかって話をしてたとき、いきなり、庭のあの角《かど》を見ろって感じで引きずりこまれて。そしたら黒い人かげが立っていた。目がそらせなかった。じっと見てれば見てるほど、人かげははっきりしてきて……」

「それ、なんだったの、ベン？」アレックスがかん高い声でさけんだ。

「男だった。ボロボロの昔《むかし》の服を着て、両手《りょうて》と両足は鎖《くさり》につながれ、地面から六十センチくらいのところにいた。頭をがっくり片側《かたがわ》にたおし、顔はおそろしくゆがみ、舌《した》が口から飛びでていた。そうしてばかげた踊《おど》りを踊るみたいに足をジタバタさせていた。その男がじっとぼくをにらんでたんだ。両手をぴくぴく動かし、足もとの地面を指《ゆび》さしてた……あんなおそろしいものを見たのははじめてだ。そのときだと思う、気を失《うしな》ったのは」

ベンはネッドをなでて、その首にもたれかかった。「いいやつだ、おまえは。助けてくれたんだね。おまえが飛んできてくれるのがわかったよ、遠くからほえながら」

アイリーンは片手《かたて》を頬《ほお》にあてて、不思議《ふしぎ》そうにいった。「そう感じたの、ベン？　でも、犬はどうしてわかったんだろうね？」

返事《へんじ》をするまえに、ジョンの声が壁《かべ》のむこうから聞こえてきた。「見つけたぞ！　あった！　これで解決《かいけつ》だ！」

ウィルとジョンはシャベルをふりながら走ってきた。あとにマッケー氏《し》とブレイスウェイト先生がつづく。ふたりは泥《どろ》だらけの服で、派手《はで》な緑色のバケツを下《さ》げている。パターソン署長《しょちょう》が体をふたつに折ってバケツの底《そこ》をおさえている。底がぬけてなかの物がこぼれないようにしているのだ。三人はベンの座《すわ》っている草の上にたおれこんだ。ベンはそれにさわってみた。

「なんですか？」

署長は額《ひたい》に手をあてていった。「ああ重かった！　古い青銅《せいどう》のバケツ。青銅か銅かどっちかだ。な、青いだろ？　とてもぶあつかったにちがいない。一、二カ所しか穴《あな》が開いてないんだから。この重さにはびっくりするよ」

エイミーが笑った。「獣脂《じゅうし》がいっぱいつまってるからじゃないの？」

ウィルはバケツを持ちあげて、芝《しば》の上でひっくりかえした。

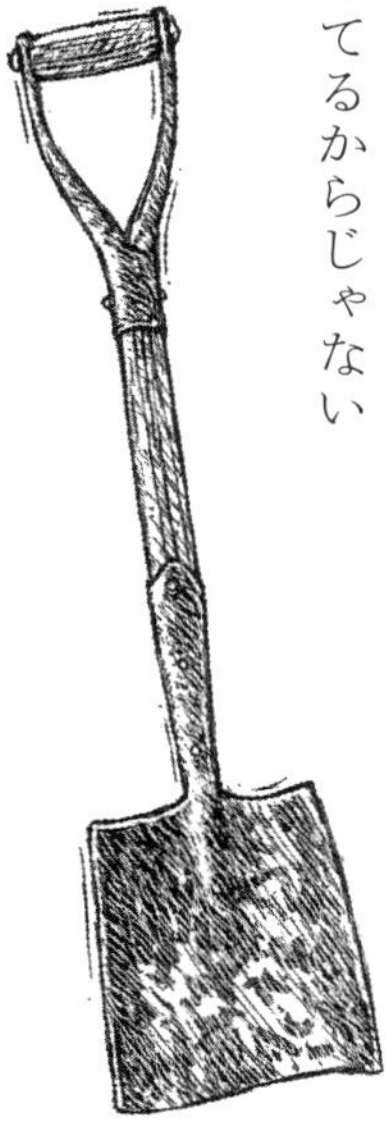

「それもすぐにわかるよ。はずしてくれ、ジョン」

ジョンはシャベルで、バケツのまわりをそっとたたきはじめた。それからバケツの底《そこ》を強くたたいて持ちあげた。ちょうど子どもが海辺《うみべ》で、バケツを使って砂《すな》のお菓子《かし》をつくっているみたいだった。

獣脂《じゅうし》は、なかにしみこんだ土と泥《どろ》のせいで黒くよごれていた。

ウィルが署長《しょちょう》にいった。「大きなナイフありませんか？　ジョンの折りたたみナイフは小さすぎて、これはむりだ」

署長は署内にもどっていき、かなり大きい、おそろしげな刀《かたな》を持ってきた。

「ロシアとのクリミア戦争《せんそう》で使われた銃剣《じゅうけん》だ。ジャッドマン巡査《じゅんさ》のみやげだよ。やつがどうやってこれを見つけたかって話、聞くたびに変わるんだがね」

銃剣はみごとに役に立った。ジョンが慣《な》れた手つきで獣脂の層《そう》を切りひらいていき、ついに、台のついた、ふたつの細長くて重いものを取り出した。まだ獣脂がこびりついている。

マッケー氏《し》がすぐにその正体《しょうたい》をいいあてた。「地の下の灯《あか》り持ち……一対《つい》の燭台《しょくだい》だ！」

若者《わかもの》三人は、はがされた獣脂のなかをさがした。ブレイスウェイト先生が、そのまわりを心配《しんぱい》そうにうろうろしている。

「ないかな、もう、手がかりは、ああ、その、ああ、書きつけとか、紙きれとか？」

エイミーが顔を上《あ》げた。「ないわ。たぶん、つぎの手がかりは燭台の裏《うら》じゃないかしら、十字《じゅうじ》架《か》と同じに」

ジョンは燭台《しょくだい》を署長《しょちょう》に手わたした。「これを熱《あつ》いお湯のたらいに入れてください。きれいにすれば、ちゃんと見ることができるから」

ブレイスウェイト先生はパターソン署長について、ほこりっぽいガウンをひらひらさせながら署内にもどっていった。「けっこう、けっこう。ああ、気をつけて、署長。その、落とさないように。貴重品《きちょうひん》ですぞ、ええ、たいへんな貴重品！」

石けんと熱いお湯で洗《あら》われると、燭台はじつにみごとなものだった。金の円柱部《えんちゅう》分は下の優美《ゆうび》な台へと広がっており、それぞれに血のように赤い、鳩《はと》のたまご大のルビーが埋《う》めこまれていた。聖餐杯《せいさんはい》と十字架《じゅうじか》とこの燭台はおそろいだったのだ。ブレイスウェイト先生はうっとりとして、細《こま》かいビザンチンのもようから重々《おもおも》しい金の燭台へと指を走らせた。だが、底《そこ》を見ると、面はすべすべとして、どちらにも文章は彫《ほ》られていなかった。

静まりかえった昼の空気のなかで聞こえるのは、地面をけるデリアのひづめの音だけだった。六人は聖マタイの宝《たから》が日に映《は》えて、赤いルビーが火のように燃《も》えるのをじっと見つめて座《すわ》っていた。

ベンが沈黙《ちんもく》を破《やぶ》って、しょげている仲間にいった。「ねえ、一日じゅうこうやって宝物《たからもの》をながめて座ってたって、解決《かいけつ》にはならない。こんなに長いこと、必死《ひっし》で働いたんだ。あきらめるわけにはいかない」

ウィルが立ちあがってデリアのくつわをつけた。「そのとおり。でも、つぎはどうしようか？」

服から泥《どろ》を落としていたマッケー氏《し》が、すっくと立った。「いままでの証拠品《しょうこひん》をもう一度、ていねいに点検《てんけん》してみたらどうだろう。庭の穴《あな》をさがし、バケツを点検し、獣脂《じゅうし》をもう一度さらってみる。細い毛の歯ブラシで燭台《しょくだい》をたんねんに調べる。異議《いぎ》がなければだがね、もちろん！」

アイリーンが馬車からバケツを取ってきて、デリアのために水を入れた。「それがいいよ。努《ど》力《りょく》しないで結果《けっか》は得られないからね。さあ、ベン、あんたは燭台を見なさい。ウィル、ジョンと署長《しょちょう》といっしょに、掘《ほ》った穴を調べなさい。先生とマッケーさんは、あの古い銅《どう》のバケツになんか文字が書いてないか調べてください。アレックス、あんたはわたしとあの獣脂をさらってみようね」

エイミーは自分を指《ゆび》さして、「あら、わたしはどうなるの？」といった。

「ああ、忘《わす》れてたよ。ここにベンと残って、燭台を調べるの手伝《てつだ》ってあげて。また気を失《うしな》わないよう気をつけてやってね。さあさ、みんな、仕事にかかって！」

犬はベンに考えを送った。「ぼくのことも忘れてるみたい。でも、ぼくはここに、きみとエイミーといっしょに残る。でも、そのまえにちょっと失礼《しつれい》。デリアのバケツからちょっと水飲ましてもらうよ」

38

警察署《けいさつしょ》から南に八十キロの地点を、ひとりの少年が自分の家に向かってぶらぶらと歩いていた。背《せ》は小さいががっちりした体格《たいかく》の八才の少年は、見なれない光景《こうけい》を目にして立ちどまった。右に左にゆれながら、ブーブー音を鳴らして、その機械《きかい》が彼のほうに向かってくる。石油《せきゆ》で動くとかいう、新式《しんしき》の〝自動車〟だ。車体《しゃたい》は派手《はで》な緑色で、皮製《かわせい》の幌《ほろ》屋根は下《お》りていた。少年は急いで道の端《はし》に寄《よ》って、垣根《かきね》につかまったが、そのそばをガタガタ通りすぎていった車がキーッと音をたてて止まった。

車には四人の男が乗っていた。そのうちのひとり、長いコートと手袋《てぶくろ》を身につけ、帽子《ぼうし》を後ろ前にかぶっている男が車から降《お》りてきた。うす茶色いレンズのメガネをかけていたが、それを帽子の上におしあげると少年に近づいてきた。少年は、男がかがんで自分のほうにのしかかってきたので、思わずすくんで垣根に身《み》を寄せた。

「オハヨーッ。おい、あそこがチャペルヴェールかい？」

男は遠くに見える教会の塔《とう》を指《ゆび》さした。少年は首をふった。

男はあごの不精《ぶしょう》ひげをかいた。「わかった。じゃあ、なんてんだ？」

「教会」

この答えに男はむっとなった。「わかってら、教会だってことくらい。けど、その教会がある村のことをなんていうんだ？」

少年はちょっと考えてからいった。「チャペルヴェールじゃないよ」

別の男が車から降《お》りてきた。派手《はで》な緑のチェック柄《がら》のスーツ、エンピツのように細い口ひげを生《は》やし、まんなか分けの髪《かみ》はぴったり頭にはりついている。男は連れに大声でいった。「よせ、グリッパー。ガキはなんにもわからねえ。さ、行こうぜ！」

グリッパーがどなりかえそうとしたとき、道のずっと先の農家《のうか》の門に農夫《のうふ》があらわれた。ものすごい大男で、まくりあげたそでから口からたくましい腕《うで》が見えている。門扉《もんぴ》をバシンと音をたてて開けると、グリッパーめがけて突進《とっしん》してきて、太い指を突《つ》きつけた。

「おい、おまえ！　うちのせがれに手を出すんじゃない！」

グリッパーはあわててあとずさった。「なにもしてねえ。おれはただ、チャペルヴェールがどこかきいただけだよ」

少年は父親のそばにかけより、片方《かたほう》の足にしがみついた。男は少年の頭を荒《あら》っぽくなでながら答えた。「チャペルヴェールだと。うちのジョージーが知ってるわけねえだろ。まだほんの子どもだぞ！」

グリッパーは愛想《あいそ》よくほほえんだつもりだったが、せせら笑いにしか見えなかった。

「そいじゃ、あんたが教えてくれよ、チャペルヴェールはどっちか。ねえ、お仲間」

父親はよそものが好きではなかった。大きな手をにぎりしめてこぶしをつくり、いった。「知らねえな、おれはお仲間じゃねえ。とっととうせろ！」

グリッパーは背《せ》すじをのばして余裕《よゆう》たっぷりなふうをよそおい、エンジンがかかったままの車のほうにもどっていった。「ばかな野郎《やろう》だぜ、てめえのケツがどこにあるかもわかんねえだろ！」

農夫《のうふ》が道端《みちばた》から石を拾った。グリッパーはあわてて派手《はで》な身なりの仲間を車のなかにつっこみ、自分もつづいて飛びのると、速度を上《あ》げて遠ざかった。

グリッパーが運転手だった。ならんで助手席に座《すわ》っているのが、フラッシュ。フラッシュは派手という意味だが、まさに名前どおりの男だった。後部座席《こうぶざせき》にはふたりの男。片方《かたほう》はチャンク。頭のわるそうな顔をした大男で、きつそうな服を着、つるつるにそった頭に銀灰色《ぎんばいいろ》の山高帽《やまたかぼう》をかぶっていた。もう片方はチェズ。イタチに似《に》た小男で、ぶかぶかの燕尾服《えんびふく》に細じまのズボンだった。えりのかわりに、もともとは白かったシルクのスカーフを首に結んでいた。始終《しじゅう》、見るもの聞くもののすべてにケチをつけて、ぐちった。いまも石から無事《ぶじ》にのがれたとたん、ケチをつけだした。

「おらおら、迷子《まいご》だぜ。な、いったとおりだろ、グリッパー？」グリッパーは真鍮《しんちゅう》のハンドルをぐっとにぎりしめて、目のまえの道路に集中していた。「うるせえんだよ、チェズ。だまらねえと横っつら張《は》りたおすぞ！」

だが、チェズはだまらなかった。「『汽車なんかで行くこたねえ、汽車賃《ちん》はいただいといて、車ぬすんでいこうぜ』っていったよな。『まかせろ、チャペルヴェールくらい見つかる』ってな。ふん、いつ着くんだよ、来週か？　おらおらおら！」

グリッパーが急カーブを曲がろうとした。全員が片側《かたがわ》になぎたおされ、車は深い草むらの土手《どて》にぶつかって止まった。グリッパーがいらだってどなった。「うるせえ！　おい、チャンク、このジクジクうるせえやつに、一発かましてくれ！」

チャンクはチェズの貧弱《ひんじゃく》な首すじを、太い腕《うで》でぐいっとしめあげていった。「どこにかませろって？　目か？」

チェズは泣きついた。「やめてくれ、やつは本気じゃないって！」

「いやあ、本気だ」とグリッパー。「好きなとこやってくれ、チャンク！」

大人を痛《いた》めつけるのに、チャンクはいつでも鼻をやっつけるのが好きだった。そこでチェズの大きなワシ鼻を、うれしそうになぐりまくった。チェズはひいひい泣いて座席《ざせき》にたおれ、どばーっと鼻血を出した。その鼻にきたないスカーフをあてがった。「どうしてこんなまねするんだ？　鼻が折れたぞ」

チャンクはチェズに対して同情《どうじょう》などしなかったが、かといって悪意《あくい》があるわけでもなかった。

「グリッパーがやれっていったから、やったまでよ。そうだよな、グリップ？」

グリッパーは道路に目をやったまま運転をつづけた。「そうだ、チャンク。これでなまいきな口たたくのはやめるだろう！」

フラッシュが道しるべに気づいた。「チャーチヘーヴンまであと八百メートルってあったぞ、グリップ。そこじゃねえのか」

一行《いっこう》はチャーチヘーヴンの村に乗りいれて、郵便局《ゆうびんきょく》の外で停車《ていしゃ》した。グリッパーがなかに入っていって道をきいた。親切そうな白髪《しらが》の女性局員《じょせいきょくいん》が、道に出てきて説明してくれた。

「チャペルヴェールですって。まあ、まだまだ先ですよ。どちらから見えましたか？」

グリッパーはしびれを切らしていたが、けんめいに礼儀《れいぎ》ただしくして、「ロンドンです。でも、チャペルヴェールはどっちですかね？」といった。

老婦人《ろうふじん》は首をふって、せつなげにいった。「わたしはまだロンドンへ行ったことがないんですよ。すばらしい町なんですってね、セントポール大聖堂《だいせいどう》、バッキンガム宮殿《きゅうでん》。あんなところで暮《く》らせるなんてうらやましいわ。ヴィクトリア女王さまに会ったことあります？」

フラッシュが車のなかから身《み》を乗りだしていった。「ああ、何度もあるよ。先週も会ったよ、なあ、グリッパー？」

グリッパーはフラッシュを殺《ころ》しかねない目つきでにらむと、調子を合わせていった。

「ああ、おれたちは女王陛下《へいか》の使いだからねえ。それでチャペルヴェールに行かなきゃなんないんだ。だから、道を教えてくれよ」

郵便局員《ゆうびんきょくいん》は王室《おうしつ》の使いと知って、はりきって教えてくれる。

「ええ、もちろんですよ。このままハイストリートをまっすぐ行って、突《つ》きあたりを左折《させつ》してね。そしたらサトリーに出ます。それからサトリー・オンザ・マーシュね。そこで右折《うせつ》してヴェッリー・オンザ・ウォールドに向かってください。そして、そこに行ったら……」

グリッパーは車に乗りこんだ。「もういい。そこからまたさがすから。どうも、奥《おく》さん」

局員は車のなかのチェズに気がついた。「あらたいへん、ご友人は鼻から血が出てますよ。ケガなさったの？」

グリッパーは運転用のメガネをかけていった。「いや、だいじょうぶだ。こいつは車がスピード出すと鼻血出すんだよ。時速四十キロで走ってきたからな」

その速さを想像《そうぞう》して、女性《じょせい》の局員は息をのんだ。「時速四十キロ！　よくみなさん死なないで来ましたね。ちょっと待って。その人にぬれタオルと飲み水を持ってきてあげましょう」

局員は郵便局のなかにそそくさともどっていった。グリッパーは車を出した。

後部座席《こうぶざせき》のチェズが文句《もんく》をいった。「待ってもよかったろ。おれ、水一杯《ぱい》、飲みたかったんだぞ」

一行《いっこう》は敷石道《しきいしみち》のハイストリートをガタガタ音をたて、排気《はいき》ガスをもうもうと出しながら進んだ。

仲間どうしの言い争《あらそ》いはつづいた。

「いいか、水なんか忘《わす》れろ。一日じゅう遊んではいられないんだよ！」

「おれは死ぬほど鼻血出てるんだぞ。ちょっと待てば見てもらえたんだ！」

「うるせえ！　だまらねえと車止めて、また一発かますぞ。おい、どこで左折《させつ》っていわれたっけよ、フラッシュ？　サトフォード・オンザ・ウォルド？　ヴェツリー・インザ・マーシュ？」

「知らねえよ。おまえ聞いてたんじゃねえのか。おい、おまえのカミさんがつくったサンドイッチ、こっちにくれ、チャンク」

「おれのためにつくってくれたんだ。おまえらにじゃねえ。どっちみち全部食《く》っちまった。だから水がほしいんだ」

「なんだよ、食《く》い意地《いじ》のはったデブが。聞いたか、グリップ？　こいつ、サンドイッチひとりじめしやがったぜ、きたねえ野郎《やろう》だ」

「うるせえ！　おめえら三人！　考えられねえじゃねえか。だまれ！」

「道路のむこうにどうして垣根《かきね》があっか、考えてるかよ、グリップ？　あのおばさんが左折しろっていったのに、おまえは右折《うせつ》したからだよ。車をバックさせろ」

「そうはいかねえ。やりかたがわからねえ。みんな車から降《お》りて、うしろにおしてくれ。おい、おめえら三人、おい！」

ほかの仲間が探索《たんさく》しているあいだに、ベンとエイミーは燭台《しょくだい》のひとつを持ってきて、上から下まで徹底的《てっていてき》に調べた。細《こま》かいもようも、そのなかになにか秘密《ひみつ》の文字がかくされているのではないかと見た。ネッドはもうひとつの燭台《しょくだい》を鼻でおした。と、燭台がたおれて小道わきの草むらに転がった。犬は追いかけていって、燭台の上のほうをくわえた。

アイリーンは夢中《むちゅう》になって獣脂《じゅうし》のかたまりのなかを調べていた。アレックスは一度調べたので、もうやる気をなくしていた。と、犬が燭台をくわえているのに気づいた。あわてて犬のそばに行き、燭台の下のほうをつかんでひっぱった。

「これをどこへ持ってく気だったんだ？　わるい子だなあ。さあ、こっちによこせ。はなせ、ネッド！」

でも、犬ははなそうとしない。前足で草地にしっかりふんばって、負けずにひっぱりかえす。そうしながらベンにうったえた。「まったくずるいんだから、この子。はなすようにいってよ。この子は獣脂の係でしょ。燭台はぼくたちの仕事。いってやって、ベン！」

ベンがふりかえると、アレックスとネッドが燭台をうばいあっている。と、その瞬間《しゅんかん》、ポンッとびんからコルクがぬけるような音がして、両方《りょうほう》ともしりもちをついた。それぞれ燭台を半分ずつ持っている！

「見つけた！　見つけた！」ベンとアレックスの歓声《かんせい》にみんなが走ってきた。

大きな犬はベンに上の半分をゆだねながら、不満《ふまん》をご主人にぶつけた。「見つけたって？　よくいうよ。見つけたのはぼくだよ！」

ベンは犬の首を抱《だ》きよせながら、答えをかえした。「もちろん、おまえだ。家へ帰ったら、ウィニーおばさんにとびっきりのごちそうを出してやってくれっていうよ」

犬はベンの顔をなめた。「そうこなくちゃ。話がわかるねえ、兄貴《あにき》！」

マッケー弁護士《べんごし》が、ベンが持っていた燭台《しょくだい》のなかをのぞいた。「ああ、やっぱり、やっぱり。巻紙《まきがみ》が入っている。ピンセットがあれば取りだせるんだが」

「わたしにやらせて、おねがい」とエイミー。

弁護士は燭台をエイミーに手わたした。細い指とかたい爪《つめ》を使うと、巻紙はすぐに出てきた。とてもうすく、ほとんど透明《とうめい》な弱い紙だった。それをジョンに手わたすと、ジョンは一同が息を殺《ころ》して見つめるなかで慎重《しんちょう》に広げた。

ウィルがジョンの肩《かた》ごしにのぞきこんで見たが、がっかりして大きなため息をついた。「文章はない。短い線がいっぱいあるだけだ」

しばらくのちに、一同は面談室《めんだんしつ》にもどって、パターソン署長《しょちょう》にまたお茶をいれてもらった。机《つくえ》の上に広げたうす紙を、今度はブレイスウェイト先生が見つめている。「ふーん、線と点々か。それが、ああ、妙《みょう》なぐあいに散らばっているな。ふーむ」

線と点々とのあいだにはなんのつながりもないように見えた。

署長《しょちょう》はお茶の入ったカップをみんなに配りながら、ちらっとそれを見た。
「じつにへんだなあ。どう思う、みんな？」
目を紙にくぎづけにしたまま、ベンはいった。「今度という今度はほんとうになぞだ！」

39

その日の午後、ウィルの母親は孫《まご》のウィラムを連れて、ウィン夫人《ふじん》の家をおとずれた。ベンからも、ほかのだれからも連絡《れんらく》がなく不安《ふあん》だった夫人は、ふたりが来てくれてよろこんだ。お茶をいれ、バターつきのあたたかいマフィンを出した。ウィラムはこれにイチゴジャムをつけてもらうと、じゅうたんに座《すわ》り、顔じゅうジャムだらけにしてうれしそうに食べた。ホレーショに目をつけ、ジャムでベタベタの手でつかまえようと、夢中《むちゅう》になって這《は》いまわる。「ネコ、コ、ネコ、コ」

数分後、もうひとりお客が来た。スミザーズ家のメイド、ヘティ・サリヴァンだった。ウィン夫人は急いでお茶のポットにお湯をたし、マフィンをもっとあたためた。心やさしいヘティは、猫《ねこ》をウィラムの追っかけから救《すく》うと、庭に逃《に》がしてやった。

ヘティにぬれタオルで顔や手をきれいにしてもらいながら、ウィラムはじたばた逆《さか》らった。

「ネコ、ネコがいいいっ！」

女三人がようやく落ちついてお茶を囲《かこ》んだとき、外の道にデリアのひづめの音がした。ウィン夫人《ふじん》はまいったとばかりに両手《りょうて》を上《あ》げてみせた。「まあ、かんべんしてよ。きょうはお茶会の日みたい。みんながおしよせてくる」

とはいえ、ヘティには、夫人が木曜の昼さがりにこんなにおおぜいの客が来て、うれしがっているのがわかっていた。「ここにいらしてください。わたしが出ますから」

ウィン夫人は腰《こし》をうかしかけたが、やめて座《すわ》った。「ありがとう、ヘティ。でも、マフィンは全部食べちゃったから、食料室《しょくりょうしつ》からフルーツケーキとぶどうパンを出すわ。ああ、それと、紅《こう》茶《ちゃ》のポットを大きいのに変えましょう」

ドアマットで靴《くつ》の泥《どろ》を落として、ベンと仲間たちがぞろぞろ入ってきた。明るい顔をしたアイリーンが、ウィラムにかけより、抱《だ》きしめた。「あら、どうちたの、こんなとこに来てるなんて！」

ウィン夫人は頬《ほお》をバラ色に上気《じょうき》させながら、ベンの手を取った。「うれしいわ、こんなにおおぜい来てくれて！　なにか成果《せいか》はあった？」

ベンはエイミーにウインクした。「見せてあげて」

エイミーはもったいぶって二本の燭台《しょくだい》をテーブルの上に置いた。「聖《せい》マタイの宝物《たからもの》。地の下の灯《あか》り持ち！」

ウィン夫人はさわるのがこわいかのように両手《りょうて》を高く

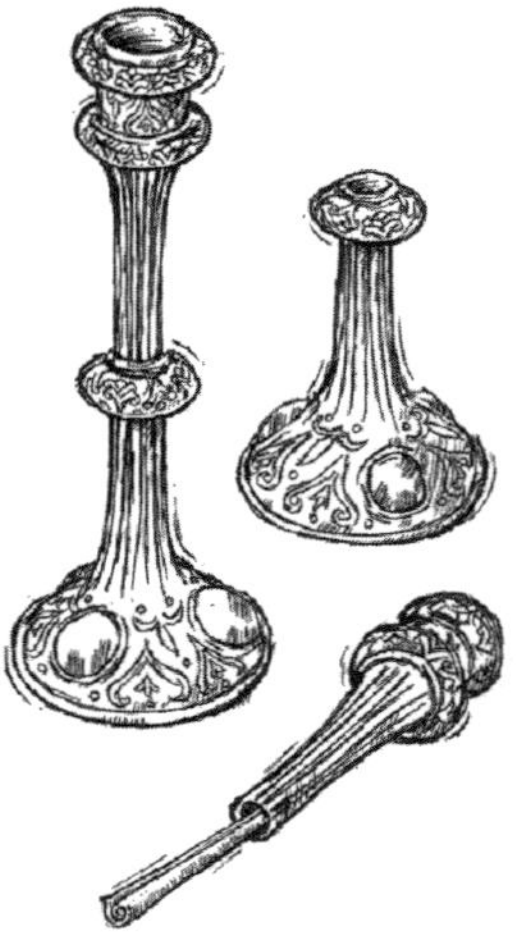

上《あ》げた。「ああ、すごい！　なんて美しいの！」

ブレイスウェイト先生は一本の燭台《しょくだい》を持ちあげ、そでで指紋《しもん》をふいて消した。「ああ、まことに美しい。ビザンチンですな。ああ、みごとな職人《しょくにん》のわざです。ふーん、もういまはない芸術《げいじゅつ》のきわみ。みごとです！　みごと！」

マッケー氏《し》は上着《うわぎ》のすその下で両手《りょうて》を組んで、あちこち歩いていたが、こう切りだした。

「残念《ざんねん》ながら、ウィン夫人《ふじん》、あなたの土地の証書《しょうしょ》はまだ発見できないでいるのです。国王エドワード三世《せい》よりペヴェリル司教《しきょう》を通じてたまわった、三つの宝物《たからもの》はそろいました。聖餐杯《せいさんはい》、十字架《じゅうじか》、そして、一対《つい》の燭台。どれも、のちに救護院《きゅうごいん》となった教会の祭壇《さいだん》をかざるはずだったものです。しかしながら、われわれがいま必要としているのは、国王みずからが出した権利書《けんりしょ》です。それがないのです！

宝のそれぞれがつぎの宝の手がかりを教えてくれました。ルカからヨハネへ、そしてマタイへ。だが、燭台から見つかった手がかりはひじょうにあいまい、意味不明《いみふめい》で、先へ進めないのです。あしたの朝が最終期限《さいしゅうきげん》だと思うと、まことに残念です」

そういって、マッケー氏は自分の予測《よそく》を伝えた。「それまでに勅令《ちょくれい》が見つからなかったら、チャペルヴェールの村は開発会社のものとなります」

老婦人《ろうふじん》はお茶のカップをテーブルに置いた。「燭台はどこで見つかったんですか？」

アレックスが答えた。「警察《けいさつ》の庭だよ。ジャッドマン巡査《じゅんさ》はなかに入れてくれなかったけど、パターソン署長《しょちょう》が掘《ほ》っていいって。おまけに自分も手伝《てつだ》ってくれたんだ」

ヘティが、お茶とケーキののったワゴンをおして入ってきた。「パターソン署長？　あの人、いい人だわ。いまどこにいるの？」

アレックスはフルーツケーキをひと切れ取った。「警察《けいさつ》にもどってるよ。ボタンの機械《きかい》に知らせが入ってくるって」

「電報《でんぽう》でしょ？」とエイミーが弟の言葉をいいなおした。「電文《でんぶん》を見たら、こっちにも来るっていってたわ」

ウィルの母親がだんだんじれてきた。「さあ、そのあいまいな手がかりとかいうの、どこにあるの？　見せてもらえないの？」

「はい、これだよ、サラ。なんかわかるかな？」ジョンがうすい紙きれをわたした。

寄《よ》り目になりながら、サラは真剣《しんけん》に見つめていたが、ウィン夫人《ふじん》にわたした。「点々と線ばかり、なんだかさっぱりわからない」

そのとき、ドアに警察署長の到着《とうちゃく》をつげるノックの音がした。

ヘティが若《わか》い署長にお茶を出した。署長は胸《むね》ポケットから電報を取りだした。

「駅に行っているジャッドマンのとこに向かってたら、郵便局《ゆうびんきょく》のタルボットさんに呼《よ》びとめられてね。ここから八十キロ行った、チャーチヘーヴンの局の女性局員《じょせいきょくいん》から電報が入ってたんだ。それによると、今朝早《けさ》く、四人の女王陛下《へいか》の使いがそこを通ったらしい。道に迷《まよ》ってな。それで自動転で云っていってしまったというんだ。道案内《みちあんない》もちゃんと聞かずに。妙《みょう》な話じゃないか」

「それが、この村がセメント工場や石切り場になることと関係ありますかね？」

署長《しょちょう》はウィルの質問《しつもん》を考えながら電報《でんぽう》をたたんだ。

「いやあ、女王陛下《へいか》はうちの村の名前だって聞いたことはないだろう。わたしの知るかぎり、この村に王室《おうしつ》の使いが見えたことはない。そんなことがあるなら、ロンドンから警察《けいさつ》に連絡《れんらく》が来るはずだ、郵便局《ゆうびんきょく》じゃなく。ところがわたしはなにも知らせを受けてない」

署長は電報をポケットにつっこんだ。「この話はなんかへんだ。もどってもう少し調査《ちょうさ》してみよう」

「ぼくもいっしょに行っていいですか？」ロンドンというひとことに、ベンが反応《はんのう》した。

エイミーがテーブルの上の紙をたたいた。「でも、このなぞときはどうなるの？」

ベンはいいわけした。「すぐにもどるよ。どうしても署長に話さなければならないことがあるんだ。こんなに頭のいい人がそろっているんだ、ぼくがもどってくるまえになぞは解《と》けるよ。がんばってください、ブレイスウェイト先生！」

老学者《ろうがくしゃ》は目をしばたき、そでのなかで両手《りょうて》をそわそわ動かしながら、ベンと犬、署長が出ていくのを見おくった。

「ああ、がんばれって？　おお、ああ、はい、けっこう、けっこうだ」

玄関《げんかん》のドアが閉《し》まった。サラはさっきからずっと、ものめずらしげに紙を見ていた。「ねえ、どこでこれを見つけたって、ウィル?」

「燭台《しょくだい》の片方《かたほう》さ、どうして?」

「どっち?」

アイリーンがその燭台を取りあげた。「これだと思うけど」

アレックスが首をふった。「ううん、もうひとつのほうだよ。ネッドの歯のあとが少し残ってるだろ。ふたつをもとどおりくっつけたとき、わかった。ほらね?」もうひとつの燭台についたかすかな歯のあとを指《ゆび》さした。

ウィン夫人《ふじん》はお茶をつぎたした。「そのなかに紙があったのね、ジョン?」

「はい。そのなかです」

夫人はお茶をひと口飲んだ。「じゃ、どうしてもうひとつのほうを見なかったの? そっちはふたつに割《わ》れないの?」

アイリーンがほがらかに笑った。「ハハハハ! 頭いいっ、ウィニー。わたしら、なんてバカだったんだろ!」

ジョンとウィルがそれぞれ燭台の端《はし》をつかんで、クリスマスのクラッカーをひっぱる子どものようにひっぱりあった。燭台はすぽっとふたつに分かれ、ウィルはしりもちをつき、ジョンはマッケー氏《し》にぶつかった。

ごめんなさいとあやまることも忘《わす》れて、一同は床《ゆか》に落ちた細い巻紙《まきがみ》をじっと見つめた。

40

パターソン署長《しょちょう》は気さくないい人だった。ベンは署長に、モード・ボウの策《さく》略《りゃく》を知ったいきさつを説明した。ロンドンから四人のやくざを送りこんで、ウィン夫人《ふじん》をむりやり立ちのかせようという策略。

署長はベンとならんで村の広場に向かって歩きながら、ベンの顔を見ないでいった。「どうしてもっとまえに、このことを話してくれなかったんだ？」

ベンは一生けんめい考えてから答えた。「なにしろ、署長には今朝《けさ》はじめてお会いしました。でも、署長があの電報《でんぽう》を受けとり、ロンドンから四人の男が来るっておっしゃったので、このことをお知らせすべきだと思って、いまお話ししてるんです」

署長はうなずいた。「そりゃそうだ。こんなことをきいてもいいかな。きみはそもそも、そいつらをどうしようと思ってたんだ？　ヘティがウィン夫人《ふじん》に告《つ》げ口したことが、本当だとしたらの話だが」

ベンは青い目を細めた。「なんとかしようと思ってました」

署長《しょちょう》はさらに質問《しつもん》した。「ほかにだれかに話したかね、ジョンとかウィルに？」

「いいえ、この話をするのは署長がはじめてです」

警官《けいかん》は少年の勇気《ゆうき》に感心した。「それで、自分ひとりでなんとかしようとしてたんだね？」

ベンは立ちどまって警官を見つめた。「ぼくとネッドでなんとかします！」

少年と犬、このふたり組にはなにか特別《とくべつ》な雰囲気《ふんいき》があった。主人のそばによりそう大きな黒い犬。そして少年の青い目にやどる、りんとしたかがやき。

パターソン署長はほほえんだ。

「きみたちならやれるだろう。しかもいまやわれわれ三人だ。わたしは正義《せいぎ》の番人だ。わたしもロンドンのぶっそうな地区、イーストエンドに四年間巡査《じゅんさ》として勤務《きんむ》したことがある。少し加勢《かせい》させてもらおう」署長はそういって手をさしだした。「それでいいかな？」

ベンは署長と握手《あくしゅ》した。「けっこうです、署長。いいな、ネッド？」

ラブラドールは前足をさしだして、びっくりしている署長としっかり握手した。署長が笑った。

「ハハハハ！　こりゃ頭のいい犬だ！」

瞬間《しゅんかん》、犬はご主人に答えた。「この若《わか》い署長もかなり頭いい！」

一同が郵便局《ゆうびんきょく》に着くと、局長《きょくちょう》のタルボットさんが新たな情報《じょうほう》を教えてくれた。「たったいま、ドレークハンプトンの局から連絡《れんらく》が入った。例の自動車の四人組は自分たちがだれなのか、わかっておらんらしい。局員《きょくいん》にチャペルヴェールへの道をきいたが、今度は〝競走馬《きょうそうば》の買いつけ人〟と名のった。そこから出て、道をわたろうとしていた老人《ろうじん》を、もうちょっとでひきそうになった」

署長《しょちょう》はベンに向かっていった。「駅までわたしの使いで行ってくれないか？　ジャッドマン巡査《じゅんさ》にまだ任務《にんむ》を解《と》くな、そのまま駅にいろと伝えてくれ。ここの電報《でんぽう》を使って、ドレークハンプトンから四人の人相《にんそう》と自動車について、くわしくきいてみよう。それからロンドン本部に連絡《れんらく》して、そいつらの身《み》もとを割《わ》りだそう」

ジャッドマン巡査は水を得た魚のようにはりきっていた。荷馬車《にばしゃ》に自分で張《は》りつけた「移動禁止《いどうきんし》」の張り紙の見えるところで、自転車をおさえて立っていた。

「署長の命令がなければ、ぜったい持ち場をはなれません」とベンにいい、こうつけくわえた。「署長に伝えてくれ。必要とあらば、徹夜《てつや》してでも見張りますってな」

ベンと犬が郵便局《ゆうびんきょく》にもどると、署長がにこにこして待っていた。犬がベンに考えを伝えた。「ぼくが牛の骨《ほね》をもらうときも、あんなふうににこにこするんだろうな」

少年は思わず頰《ほお》をゆるめていった。「ああ、そうだよ！」

その先のやりとりは、署長が話しかけてきたのでとぎれてしまった。「おい、きみのいうとおりだったぞ。やつらはジョージ・ピアソン、あだ名はグリッパー、フレデリック・ロイド、あだ名はフラッシュ、チャールズ・ハイランド、あだ名はチェズ、そしてエリック・ウォードル、あだ名はチャンクだ。登録番号《とうろくばんごう》ＢＬＨ98の自動車を運転しているが、これはゆうべ、ロンドンの南ハンプステッド・クレセントの、シモンズ陸軍大佐《りくぐんたいさ》の家からぬすまれた盗難車《とうなんしゃ》だ！」

署長《しょちょう》はベンの肩《かた》をたたき、犬の頭をなでながら、はずむ足どりで郵便局《ゆうびんきょく》をあとにした。「いやいや、やつらは何度もつかまったことがある悪党《あくとう》だよ、ベン。札《ふだ》つきの犯罪者《はんざいしゃ》だ！」

署長が大またでどんどん歩いていくので、ベンは小走りになってついていった。「で、つぎはどうしますか、署長？」

署長は肩をいからせた。「歓迎会《かんげいかい》だよ。ロンドンからの客を、あたたかく歓迎してやらないとな。ハハ、巡査《じゅんさ》にあの銃剣《じゅうけん》や、昔《むかし》の軍隊《ぐんたい》の武器《ぶき》を手入れしとけ、なんていったら、どうなると思う？　あれは駅で見張《みは》っていたほうがいい。興奮《こうふん》と刺激《しげき》。ベン、それこそ人生の薬味《やくみ》だよ！」

「つぎ、どこへ行くかきいて、ベン」

ベンは犬の考えをキャッチして署長にきいた。「これからどこへ行くんですか？」

「ウィン夫人《ふじん》の家だ。燭台《しょくだい》のなぞを解《と》いたかどうか、見てやろう、な？」

たのもしい署長について元気に歩きながら、ベンは心からほっとしていた。ロンドンのやくざものどもをどうしたらいいのか、実際《じっさい》にはあてがなかったからだ。ウィン夫人のまえでは自信《じしん》たっぷりの態度《たいど》をとったが、あれは夫人を安心させたい一心からだった。現実《げんじつ》にはチャペルヴェールの村人と同じで、いやなことを心のすみに追いやって、ヘティのたわごとだと思いこみたかったのだ。だから、パターソン署長《しょちょう》に打ちあけられて、ほんとうによかったと思った。

「あんまり自分を責《せ》めないでよ」犬がベンの気持ちをくんでいった。「少年と犬なんて、大人《おとな》の悪党《あくとう》四人が相手じゃ勝ち目はうすいよ。警察《けいさつ》にまかせよう。見てよ、署長ははりきってるじゃないの！」

ベンはネッドのしっぽをひっぱった。「ちょっと、きみ、あんまりぼくの考えに割《わ》りこんでこないでよ」

犬はベンのかかとにじゃれていった。「じゃあ、ぼくの考えはどうなるの？ ぼくだってきみと同じくらい、このことが心配《しんぱい》だったんだ。よかったよ、警察が味方《みかた》になってくれて！」

ウィン家にもどると、居間《いま》ではみんながテーブルの上に広げた紙を囲《かこ》んで、考えこんでいた。

ベンは期待《きたい》をこめてジョンの顔を見た。「なんかわかった？」

「うん、もうひとつの燭台《しょくだい》に、くるくる巻《ま》いて入ってたんだ。これなんだが、わかるか？」

その紙はほとんどの部分が無地《むじ》で、一カ所だけ、二列にわたって小さくちぢこまった字がならんでいた。

ベンが声に出して読んだ。「『心よき人たれ、純真《じゅんしん》な炎《ほのお》のごとく。聖《せい》マルコの火がわが言葉をあなたがたに届《とど》けるように。E・D・W』」

署長《しょちょう》が紙を手に取って調べた。「しっかりした上質《じょうしつ》の紙だ。もうひとつの燭台に入っていたうすい紙よりはるかにいい。両方《りょうほう》の紙を合わせてみたかな？」

ブレイスウェイト先生がテーブルの上にうすい紙を置いた。「いま、ちょうどその、そうしようとしていたんだ。そう、そのとおり、そう！」

ブレイスウェイト先生とマッケー氏《し》が紙あわせにとりかかった。ほかのみんなから出る意見や注意に気を配りながら、ふたりは紙二枚《まい》を横にならべ、重ね、半分ずらして重ね、およそ考えられる方法すべてを試《ため》してみた。

結果《けっか》は、まったくのむだだった。

ウィル・ドラマンドは両手《りょうて》をかたくにぎり、目を閉《と》じて腹立《はらだ》たしげにさけんだ。「聖《せい》マルコさん、あんた、聞いてんのかい？　おれたちゃみんなよい人ぞろいだよ。だから、あんたの秘密《ひみつ》教えてくれてもいいんじゃないのかな、ええ？　チャペルヴェールがなくなっちゃうまえに！」

ウィルの母親はきびしい顔でたしなめた。「ウィル！　イエスさまのお弟子《でし》にそんな失礼《しつれい》な態度《たいど》するんじゃない！　そんなことといったらバチがあたるよ！」

ベンはその言葉の重みに、頭がジンとしびれるような気がした。遠い、遠いあの日、あの場所で、ひとりの男が天を呪《のろ》い、ののしった。そして、その結果どんなことになったかを、ベンはけっして忘《わす》れていなかった。

アイリーンはネッドの背中《せなか》にまたがろうとしていたウィラムを抱《だ》きあげた。「母さんのいうとおりだよ、ウィル。みんなであれこれいうばかりじゃ、ちっともまえへ進めないよ。ほかにやることあるんじゃないの、男衆《おとこしゅう》は？」

パターソン署長《しょちょう》が提案《ていあん》した。「ご婦人《ふじん》がたとブレイスウェイト先生はなぞときをつづけてください。男たちはキッチンに移動《いどう》して。わたしから話があります」

ウィン夫人《ふじん》はこっそりヘティと顔を見あわせてほほえんだ。「けっこうですね、署長。このお皿をついでに持っていって洗《あら》ってくださる？　またお茶がほしくなったら、お知らせしますから、よろしくね」

署長はドアのところで立ちどまった。「了解《りょうかい》。ベン、アレックス、皿を持っておいで。きみたちももう男の仲間だ！」

エイミーが弟にお茶のカップと受け皿を手わたした。「はい。どうぞ」

アレックスは真剣《しんけん》な顔つきで姉を見かえした。彼《かれ》ももう「男」と見なされたのだ。


夕やみがせまっていた。グリッパーが急ブレーキをかけたため、車内のみんながまえにつんのめった。

「おいフラッシュ、ちょっともどって、さっきの標識《ひょうしき》になんて書いてあったか、見てこい！　さっさと行け！」

フラッシュはまばたきし目をこすった。「ゆっくり行こうぜ、グリッパー。おれ寝《ね》てたんだ」

グリッパーはげんこつをふりあげた。「ほんとに眠《ねむ》らせてやるぞ、バカヤロ。おまえが外を見てる役だろが！」

フラッシュはしぶしぶ降《お》りて、来た道をもどっていった。グリッパーはモードの父からわたされた、手書きのチャペルヴェールの地図を広げた。うす明かりのなかで、やぶにらみになりながら見つめ、「近いとこまで来てるはずだがなあ、ええ？」といった。

答えのかわりにうしろの座席《ざせき》から、チャンクの大いびきが聞こえてきた。グリッパーは皮手袋《かわてぶくろ》をはずして、それで眠《ねむ》っているふたりをなぐりはじめた。「おれだけか！　ちゃんと起きてるやつは？　起きろっ！」

グリッパーのパンチは、チャンクの無神経《むしんけい》な顔面《がんめん》からはねかえった。チャンクが片目《かため》をあけた。

「なんだ、もう着いたのか？」

チェズはフンフンと鼻をすすり、きたないそでロでくちびるの上をふくと、そのそでを調べて文句《もんく》をいった。「また鼻血が出てきた。どうしてこんなまねするんだよ？」

フラッシュがもどってきて運転席の横に座《すわ》ったので、チェズのぼやきがとぎれた。「アドフォードだってよ。それでわかるか？」

グリッパーは油っぽくよごれた手で地図をなぞりながら、つぶやいた。「ふーん、アドフォード、アドフォードねえ、どこだ……ハハハ！　あった！」

地図のずっと上のほう、チャペルヴェールから出ている道路に「ハドフォード道路」とあった。グリッパーは、チャペルヴェールに行くにはまるであべこべの方向にいることに気がついた。ハドフォード道路はチャペルヴェールの北にあったのだ。ロンドンからだったら、南の道、つまり鉄道と並行に走っている道から入るべきだったのだ。

だが、グリッパーはこのことを仲間にはいわず、得意《とくい》そうにさけんだ。「なあ、迷《まよ》っちゃいねえっていったろ？　道にはくわしいんだからよ」

仲間が返事《へんじ》しないのを納得《なっとく》したものととって、グリッパーはそのまま車を走らせたが、しばらくするとフラッシュがエンジン音と張《は》りあってさけんだ。「けど、四時間で着くっていったじゃねえか。おれたちゃ今朝《けさ》の五時から乗りっぱなしだ！」

グリッパーはいつもどおりのへらず口でいいわけした。「ああ、そうだよ。だが、どれだけ道きくのに止まったと思う？　百姓《ひゃくしょう》に石投げられた。牛に道ふさがれた。まちがって畑につっこんで、おまえらに車おしてもらった。郵便局《ゆうびんきょく》に入っておばさんに道きいた。みんなみんな時間くってんだよ！」

チャンクがせつなそうなため息をついた。「あの郵便局のおばさん、いい人だったなあ。水くれるっていったもんなあ。ああ、水飲みてえなあ」

フラッシュが力なく笑った。「飲むならビールがいい。ああ、飲みてえ。ステーキにミートパイも食《く》いてえ。朝トースト一枚《まい》食ったっきりだ」

チェズが傷《きず》ついた鼻をスカーフでおさえていった。「ああ、おれも腹《はら》へった。食い物買いにも止まんないんだからな、一度も」

あたりはみるみるうちに暗くなってきていた。グリッパーは歯をくいしばって、道の前方《ぜんぽう》に横たわっていた枯《か》れ枝《えだ》を乗りこえた。

「食《く》い物のことはいうな。食い物、食い物、おまえら食い物しか頭にねえのか。もうひとことでもいってみろ。車とめて、げんこつサンドをたっぷり食らわすからな。どうだ、ええ？」

「ホーッ！」

グリッパーは、その音が近くにいたフクロウの鳴き声だとは気づかなかった。「おまえだな、チェズ。だまってろ！」

「なにもいってねえよ！」

グリッパーはうなずいた。「ああ、いわねえほうが身《み》のためだ。おい、あそこ、まえに見えるのは丘《おか》の明かりだよな？」

チャンクが答えた。「アドフォードだろ。あそこへ行ったら食い物もらえるか？」

グリッパーは道路から目をはなさずにいった。「ああ、あそこで止めればな。けど、あそこでは止めない。ボウさんのお嬢《じょう》さんが、おれたちはどこへ行っちまったかって心配《しんぱい》してる」

フラッシュがいやそうな顔をした。「ああ、あいつか。なまいきな女だ。『パパの命令です、パパのいいつけです』ばかりいいやがって。おれたちをきたないもの見るみたいに見てよ」

グリッパーがフンと鼻を鳴らした。「どんなふうに見られようと関係ねえ。金さえきっちりは

うってくれりゃいい。ばあさんをおどして追いだすのに、ひとり五ギニーだぜ。ケチな仕事にしちゃ、わるくねえだろ」

チャンクの腹《はら》の虫がエンジンより大きな音で鳴いたので、みんなの耳に入った。チャンクはおなかをさすって悲しそうにいった。「五ギニーなんかどうでもいいから、たっぷりフィッシュ・アンド・チップス(注)食《く》いてえよ。塩と酢《す》かけてさあ」

「腹いっぱいにすることしか考えられねえのか、このデブが！」

またまたおなかが鳴りだして、グリッパーの言葉もかき消されてしまった。チャンクはうしろに飛びすさる田舎《いなか》の風景《ふうけい》をわびしげにながめた。「だって、しょうがないだろ。おれの胃袋《いぶくろ》はおまえのよりでかいんだから、グリッパー」

「ああ、おまえの脳《のう》が胃袋なみにでかかったら、この国の親分《おやぶん》になってら。首相《しゅしょう》になってるぜ、いまごろ！」

「ええ？　首相は胃袋でかいのか、グリップ？」

「首相は……いいから寝《ね》てろ、チャンク！」

フラッシュが両足《りょうあし》をダッシュボードに上《あ》げていった。「おれも寝ていいかな、グリップ？」

グリッパーはハンドルから片手《かたて》をはなして、フラッシュのむこうずねを思いっきりたたいた。

「だめだ！　おまえは目を開けて標識《ひょうしき》を見てろ！」

(注)揚げた魚(フィッシュ)にフライドポテト(チップス)をそえた、イギリスで人気があるファーストフード。

41

「『心よき人たれ、純真《じゅんしん》な炎《ほのお》のごとく。聖《せい》マルコの火がわが言葉をあなたがたに届《とど》けるように。Ｅ・Ｄ・Ｗ』」エイミーが読みあげるのも、これで三度めだった。ブレイスウェイト先生と女たちは、沈《しず》んだおももちでじっと紙を見つめていた。

ベンが火のついたロウソクを持って部屋《へや》に入ってきた。「ジョンが持っていってやれって。暗くて目をわるくするといけない」

ウィン夫人《ふじん》の家にはガスも、最近町に通った電気もなかった。夫人は古いやりかたが好《この》みで、居間《いま》にはかざりのついたオイルランプを四つ置いていた。ベンはその全部に火をつけた。暖炉《だんろ》の上のランプ、ふたつの窓《まど》ぎわそれぞれにあるランプ。そして中央《ちゅうおう》のテーブルにある、ガラスの長い煙出《けむりだ》しのついた大きいランプ。なぞの紙が置かれているテーブルの上で、ランプはやわらかな光をはなった。

ベンはくすくすと笑った。「これでちゃんと考えられますよね。ウィンさん、ぼくは男の人たちと出かけるこ」

夫人《ふじん》は心配《しんぱい》そうに眉《まゆ》をひそめた。「そう、それをみんなで話しあっていたのね。署長《しょちょう》が自動車で来た四人組の電報《でんぽう》を読んでくれたときに、ピンときました。気をつけてね、ベン。署長のいうとおりにしてよ。こわいやつらなんだから」

少年の青い目を見ていると、この子は何度もこわい目にあってきたのだと夫人にはわかった。肩《かた》を軽くさわった少年の手がたのもしい。

ベンがいった。「ぼくたちでなんとかします。ジョン、ウィル、マッケーさん、アレックス、署長、そしてぼく。心配ありません。

相手をたしかめないでドアを開けちゃいけませんよ、ウィンさん。万一《まんいち》にそなえて、ネッドを置いていきます」

小さなウィラムは遊びつかれ、ソファの上でクッションにもたれて眠《ねむ》ってしまった。母親のアイリーンがチェック柄《がら》の小さな毛布《もうふ》をかけてやると、ネッドが来てそばに座《すわ》った。

アイリーンは犬の頭をなでた。「ネッドが守ってくれたら、だれも近づかないもんね。ベン、行きなさい。わたしたちは安全よ。うちの人に、デリアのくつわと水のバケツ忘《わす》れないようにいってね」

エイミーがベンの手にふれた。「気をつけてね、ベン。幸運《こううん》を祈《いの》るわ」

ベンはドアロで立ちどまり、目にかかる髪《かみ》をはらった。「きみもね。心配しないで。アレックスのことはちゃんと守るから。ネッド、おすわり！」

ネッドはベンにウインクした。「わかってるって。ただドアのところまで見おくりたかったんだよ」

みんなが出かけたあと、ブレイスウェイト先生が急に、部屋《へや》のなかを歩きはじめた。ヘティがささやいた。「ほら、また頭かいてますよ、奥《おく》さま。あのガウンの肩《かた》、ベビーパウダーふったみたい！」

ウィン夫人《ふじん》は笑いをかみころした。「シーッ、真剣《しんけん》に考えてられるんだから！」

ブレイスウェイト先生は立ちどまり、指を一本あげて、いましも演説《えんぜつ》をはじめようとする人のようなかまえを取った。「ふむ！　ああ、ええ、ご婦人《ふじん》がた。この燭台《しょくだい》のひとつに、ええ、ロウソクを立てて、火をつけたらどうだろう？　うう、いいねえ。いい。聖《せい》マルコの火がなにか、その、ええ、言葉を教えてくれるかもしれない。どう？」

ウィン夫人はテーブルの引き出しを開けた。「べつに問題はないでしょう。ロウソクならここに入れてありますよ」

ブレイスウェイト先生はロウソクを一本取りだした。図書館《としょかん》の鍵《かぎ》を使って、ロウソクの根もとのロウをけずり、金の燭台にぴたりとおさまるようにした。そして火をつけると、片手《かたて》に燭台、片手に例の紙を持った。

「そう、これでいい、ここまでは。ああ、ああ、ふーむ」

はて、つぎはどうしたらいいのだろう？　ウィルの母サラが助けに入った。声が興奮《こうふん》してうわずっている。

「貸《か》して、こっちに貸して。答えがわかると思うよ！」と、燭台《しょくだい》と紙をひったくるようにして手に持った。

エイミーはサラが紙をロウソクの炎《ほのお》の上にかざすのを、不思議《ふしぎ》そうに見つめた。「気をつけて。燃えちゃう！」

サラは紙を自信《じしん》たっぷりに前後に動かした。「小さいころ、友だちとこうやって見えない手紙をやりとりしたものだよ。お酢《す》かレモン汁《じる》を使って書くだけのこと。たまごの白味《しろみ》でもいいんだよ。ほら、やっぱり出てきた。見てごらん。ほら！」

ロウソクの炎の熱《ねつ》で、書いてあったものがうきでてきた！　うっすらではあったが読みとれる。興奮《こうふん》したメイドは泣き声になってエイミーを抱《だ》きしめた。「ああ、これでスミザーズのやつらをやっつけられたらどんなにいいか！　ねえ、なんて書いてあるんですか、ブレイスウェイト先生？　なんですか？」

紙にざっと目を通して、先生は首をふった。「いやあ、べつになにも。ただの、形と、その、点々だけだなあ！」

女たちはテーブルをぐるりと囲《かこ》んで、妙《みょう》なもようを見つめた。

ヘティはがっかりした。「わたしは読み書きを習わなかったけど、これが字じゃないってくらいわかるわ。これはだれにも読めるようなもんじゃないわよね」

サラはブレイスウェイト先生を横目で見てきいた。

「どう思うかね？」

先生はぼうぜんとしてもようを見ていたが、「ああ、ああ、こちらのかたと、ええ、同じ意見です」といった。

サラはエイミーにきいた。「ねえ、あんたはどう思う？」

エイミーはさきほどの、線と点々の書かれたうす紙を取りあげた。

心よき人たれ、純真な炎のごとく。
聖マルコの火がわが言葉をあなたがたに届けるように。E・D・W

「わたしならこの紙をその紙の上にのせて、点々の位置《いち》がぴったり合うかどうか見るわ」

アイリーンがポンと手をたたいた。「わたしもよ。さあ、やってみよう！」

エイミーは厚《あつ》い紙の上にうすい紙を重ね、最初の点を、一の紙の点の上に重ねあわせた。

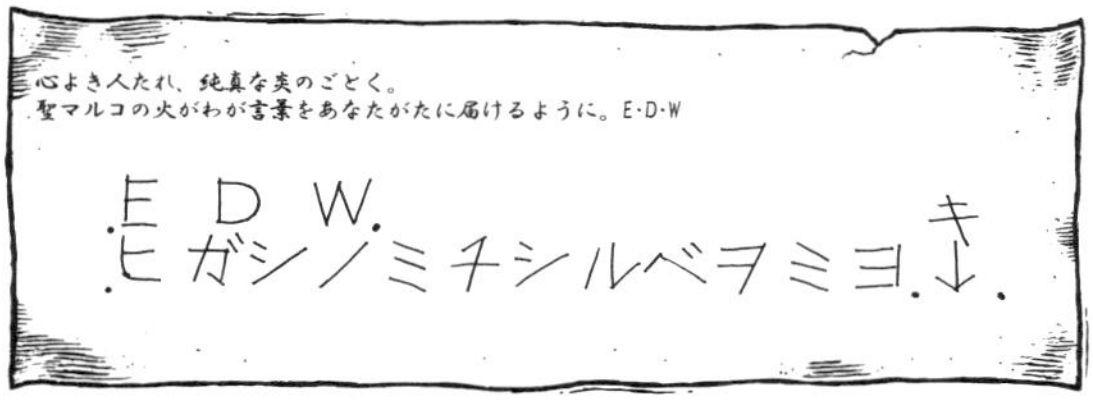

心よき人たれ、純真な炎のごとく。

ヒガシノミチシルベヲミヨ.

ウィン夫人《ふじん》がエイミーにキスした。

「ありがとう、おりこうな美人さん！」

ラブラドール犬《けん》は両前足《りょうまえあし》をテーブルにのせて見ていたが、のそのそと入ってきたホレーショに感想《かんそう》を伝えた。「昔々《むかしむかし》のエドモンド・デ・ウィンさんにも感謝《かんしゃ》しなきゃねえ、だろ？」

「ミャーオ、イワシ、ミルク、ミャーオ！　ホレちゃん、ペコペコ！」

ネッドは鼻を猫《ねこ》に寄《よ》せていった。「あんまり考えるな。おまえ、脳《のう》みそがだめになるぞ」

ブレイスウェイト先生はどさりとひじかけいすに座《すわ》って首をふった。

「厚紙《あつがみ》の上にうす紙をのせて、しるしを合わせてみる。まいったな……その、こんなこともわからんようじゃ、そう、わたしも年取ってきてるんだなあ……年だ」

42

窓《まど》のブラインドが下《お》りていると、村の広場の店はみな眠《ねむ》っているように見える。サンザシの木《こ》の葉《は》にはほこりが積もったままで、そよとも風がなかった。

窓からマッケー法律事務所《ほうりつじむしょ》のなかを見ると、時計が真夜中《まよなか》の十二時十分すぎをさしていた。黒い雲が淡《あわ》い三日月《みかづき》をぼやかしている。あたりは静かだが、長い夏日のほとぼりで暑かった。

悪人《あくにん》づらをした男が、ものかげの馬車に座《すわ》って手綱《たづな》を持っていた。つばが垂《た》れたボロボロの帽子《し》の下から、もつれたあごひげが見えている。男は手綱をさばいて、あっちこっちにある広場の入り口を見張《みは》れるよう、方向を変えていた。

ハドフォード道路わきの藪《やぶ》にかくれていたベンとアレックスが最初に、遠くから近づいてくる自動車のエンジン音を聞きつけた。とたんに、ふたりはならんでチャペルヴェールに走っていった。

ふたりがかけよってきたのを見て、悪人づらの男は目を上《あ》げた。「見えたか？」

「いや、でも自動車の音を聞いた！」

「ハドフォード道路を来てる。もうすぐここに着くよ！」

男はうなずいた。「よくやった。駅まえの道路にいるマッケーさんに来てもらってくれ。アレックス、おまえは学校まえの通りからウィルを連れてこい。みんな警察《けいさつ》で落ちあおう。さあ行け。でも、わかってるな。かくれているんだぞ！」

グリッパーは広場のちょっと手前で車を止めた。手袋《てぶくろ》とメガネをはずすと、額《ひたい》をハンドルにくっつけてしみじみとため息をついた。「チャペルヴェールだ、やっと！」

チャンクがやや疑《うたが》わしげにいった。「着いたのか、ええ、グリッパー？　どうしてわかる？」

フラッシュはチャンクの無知《むち》にあきれて頭をふった。「だって、チャペルヴェールって書いた標識《ひょうしき》のそばを通ったろ。どうせ、おまえは寝《ね》てたんだろうな」

チャンクは山高帽子《やまたかぼうし》をまっすぐにして、のびをした。「寝ててわるいか。もう夜だぜ。腹《はら》がへりすぎて、いてえのよ。どこ行ったらなんか食《く》える？　グリップ、おまえ約束《やくそく》したろ？」

グリッパーは両手《りょうて》でこめかみをもみほぐした。「チャンク、もうやめろ。腹ぐあいのことはちょっと忘《わす》れろ。おい、チェズ、おまえは寝てなかったろ？」

「ヘッ！　こんなに鼻血出してて眠《ねむ》れるか。こいつになぐれなんていっちゃいけなかったんだ、グリップ。痛《いた》いよう！」

グリッパーは指を一本立てておどした。「もうひとことでもいってみろ、チェズ。いってみろ！」

フラッシュがグリッパーのそでをひっぱった。「グリッパー、グリッパー！」

グリッパーはその手をふりはらった。「いるだろ、ここに。上着《うわぎ》破《やぶ》れるだろ。なんだ？」

フラッシュが指《ゆび》さした。「なんかへんなじじいが、馬車に乗ってこっち見てるぜ。ほら、見ろ！」

グリッパーは車から降《お》りて、仲間たちにうなずいた。「こっちは四人、あっちは一人だ。なんの用かきいてみる」

悪漢《あっかん》ふうに変装《へんそう》したジョンが、馬車の御者席《ぎょしゃせき》からじろりと四人のワルたちを見おろした。冷たくせせら笑っていう。「そうか、やっと着いたか。仕事にかかるってのに、なにをグズグズしてたんだ、ええ？」

「おれたち、迷《まよ》って……ううっ！」

フラッシュはグリッパーにひじで突《つ》かれて、息が止まりそうになった。グリッパーはせいいっぱい強い男に見せようと気どって、地面にツバを吐《は》いた。「大きなお世話《せわ》だぜ、じいさん。ちょっとトラブルがあっただけだ。さあ、そのばあさんの家ってのはどこだ？　おれたちの仕事だ、よけいな口出しは無用《むよう》だぜ。さあ、道案内《みちあんない》しろ」

ジョンはあわれむように首をふって、男たちを上から下までまじまじと見た。「それで会社の用心棒《ようじんぼう》か、ええ？　ふんっ。今夜はなににするにももう遅《おそ》い。スミザーズさまとモード嬢《じょう》さまが家でお待ちだよ」

「食《く》い物あるだろうか、食い物？」

ジョンはチャンクにウインクした。「食いたい放題《ほうだい》。山ほどある！」

「ああ、包帯《ほうたい》なんかもあっかなあ？」

ジョンは意地悪《いじわる》そうにくっくっと笑った。「あるだろうよ。でも、おまえさんのでっかい鼻がかくれるほどあるかなあ。転んだのか、ええ？」

グリッパーは皮《かわ》で巻《ま》いた短いこん棒《ぼう》をポケットから取りだし、おどすようにそれでてのひらをぴし、ぴしとたたいた。

「おい、じいさん。あんまり人のことに首つっこむな、痛《いた》い目にあうぞ。さあ、その家に連れてってくれ、ええ？」

ジョンが馬車を示《しめ》した。「よし、乗れ。連れてってやる」

グリッパーは馬車に乗りこもうとするフラッシュを、服のうしろをつかんでとめた。「こっちにゃ自動車がある。おまえは行け。おれたちはあとをついていく」

ベンやアレックスといっしょに、マッケー氏《し》は警察《けいさつ》の外、ドアの横にあるバラの茂《しげ》みにかくれていた。パターソン署長《しょちょう》

から借《か》りた警棒《けいぼう》で武装《ぶそう》したマッケー氏《し》は、しゃがれ声で面談室《めんだんしつ》の窓《まど》に向かっていった。「来たぞ！」

グリッパーは灰色火山岩《はいいろかざんがん》の建物をあやしそうに見ていった。「こりゃ、金持ちの家にゃ見えねえ！」

ジョンは馬車から降《お》りた。「そりゃそうだよ、おれの家だ。スミザーズさまは、おまえたちみたいなのにお屋敷《やしき》をうろつかれたくないんだよ。どうする、おまえら図体《ずうたい》のでかいごろつきどもが、車で夜あかしするかい？」

グリッパーはエンジンを切って車から降り、指をふりつけた。「おい、ごろつきとはだれに向かっていってんだよ、じいさん。おい、おまえら、行くぞ」

一行《いっこう》はむとんちゃくに道を歩きだした。あとをついていくジョンには、連中《れんちゅう》がまったく警戒《けいかい》していないのがわかった。

グリッパーがドアについているライオンのノッカーを持ちあげた瞬間《しゅんかん》、ドアがさっとなかから開いて、パターソン署長《しょちょう》が彼《かれ》を引きずりこみ、さけんだ。「いまだ！」

ウィルがまえに飛びかかってチャンクをつかまえた。ジョンとマッケー氏もチェズとフラッシュをつかまえて署内に引きずりこんだ。少年たちが窓《まど》からのぞくと、署長がドアを閉《し》めて鍵《かぎ》をかけたところだった。

グリッパーはおどろきと怒《いか》りで青ざめた。いままでの経験《けいけん》から、そこが警察《けいさつ》のなかだとわかったのだ。「なんのまねだ？　おれたちゃなんにもわるいことはしてない。弁護士《べんごし》呼《よ》べ！」

署長《しょちょう》はグリッパーのまえに腕組《うでぐ》みして立ちはだかったが、笑顔《えがお》でいった。「バスビー・ハイス・シモンズ大佐《たいさ》、ですな？」

グリッパーは人ちがいをされたのだと思った。「人ちがいだ、署長。おれはバスビーなんとかいう大佐じゃない！　そんなやつは聞いたこともない！」

パターソンはわけしり顔にうなずいた。「それはよかった。これでひとつはっきりしましたな。では、どうして大佐の車に乗っているんです？　登録番号《とうろくばんごう》はＢＬＨ98、ゆうベロンドンの南ハンプステッド・クレセントの大佐の家の外に置いてあったのをぬすまれた車ですぞ」

フラッシュがうめいた。「だからいったじゃねえか、汽車で行こうって」

グリッパーは殺《ころ》しそうな目でにらんでフラッシュをだまらせると、署長にいった。「おれたちを逮捕《たいほ》なんてできねえぞ。罪《つみ》おかしてないんだから。あの車は見つけたんだ」

署長はいぜんとして愛想《あいそ》よい口ぶりでいった。「見つけた、ですか？　どこで？　チャーチへーヴンの郵便局《ゆうびんきょく》の外かな？」

チャンクがそのときのことを思い出して、うれしそうに口をはさんだ。「そうなんだ、署長。おばさんが水一杯《ぱい》くれるっていったんだ。いい人だったあ」

少年ふたりは窓《まど》の外から、クスクス笑いながら見ていた。署長がいった。「そうか、きみは女王さまの使いの四人組のひとりか、それともドレークハンプトンの郵便局で道をきいた競走馬《きょうそうば》の買いつけ人か？　どっちだ、考えろ！」

チャンクは山高帽《やまたかぼう》をぬいで、坊主頭《ぼうずあたま》をかいた。「いやあ、まいったせ、グリップ。ちゃんと調べがついてら！」

グリッパーはチャンクの足をブーツでふんづけた。「だまってろ、バカヤロ。もうなにもしゃべるんじゃねえ、おめえら！」

署長《しょちょう》は机《つくえ》のまえのいすに腰《こし》かけた。いままでの愛想《あいそ》よい雰囲気《ふんいき》はあっというまに消えて、早口でまくしたてた。「くだらんいいわけはそこまでだ！　ジョージ・ピアソン、フレデリック・ロイド、チャールズ・ハイランド、エリック・ウォードル。おまえたちを自動車窃盗《せっとう》の容疑《ようぎ》で逮捕《たいほ》する。今後の捜査《そうさ》でさらなる犯罪事実《はんざいじじつ》が判明《はんめい》するまで、おまえたちはここに留置《りゅうち》され、その後《ご》、治安判事《ちあんはんじ》の法廷《ほうてい》に出頭《しゅっとう》するものとする。容疑について、なにかいいぶんはあるか？」

フラッシュがグリッパーにささやいた。「おれたちの名前、ちゃんと知ってんぜ。どうしてわかったんだろ？」

グリッパーはまわりにも聞こえるほどの歯ぎしりをしていった。「うる……せえっ！」

パターソン署長は四人を真《ま》っ向《こう》から見すえた。「もう一度いう。容疑についてなにかいいぶんはあるか！」

グリッパーはふてぶてしくにらみかえした。「弁護士呼《べんごしよ》べっ！」

マッケー氏《し》が四人を、さもうさんくさそうにじろじろ見た。「わたしがチャペルヴェールただひとりの弁護士《べんごし》だ。だが、刑事事件《けいじじけん》に専門外《せんもんがい》だ。おまけに、いまはさばききれないほど依頼人《いらいにん》をかかえておる。となると、みなさんはどうするおつもりかな？　ええ？」

チェズの鼻血はもう止まっていた。注意ぶかく鼻をすすると、せきを切ったようにしゃべりだした。「ロンドンのおれたちの会社、ジャックマン・ダニング・アンド・ボウが弁護士送ってくれるよ。ほんもんの弁護士、こんな田舎《いなか》のケチなやつじゃない」

グリッパーがうめいた。両手《りょうて》をかたいげんこつにしてチェズにせまった。「このばか、おしゃべり野郎《やろう》めが！　こいつ……」

チェズはさっと横っとびにかわして、ウィル・ドラマンドの巨体《きょたい》のかげにかくれた。

「やつを近づけないでくれ！　自動車ぬすんだのはやつだ。やつしか運転できねえんだ。おれはなんもしてねえ。おれはごめんだぞ、気どりやのモード・ボウとおやじさんの会社の責任《せきにん》、おっかぶせられんのは！　それから、あいつらとつるんでる村のおえらがたのドジもかぶらねえからな！」

そのとき、ジャッドマン巡査《じゅんさ》が警察署《けいさつしょ》のドアをたたいた。ジョンが開けてなかに入れた。

「当番を解除《かいじょ》に来てくれると思ってましたが、署長《しょちょう》！　おや、こんばんは！　どうしたんですか、これは？」

パターソン署長はチェズをしっかりおさえていった。「くわしい話はあとでする、巡査。この三人を留置場《りゅうちじょう》に入れろ。この男はここに残る。わたしにもっと話したいことがあるようだからな」

署長《しょちょう》はそういって、マッケー氏《し》から警棒《けいぼう》を受けとった。

「みんな、ご協力《きょうりょく》ありがとう。でも、子どもたちはもう寝《ね》る時間だぞ。お父さんは、きみがこんなに夜遅《おそ》く出あるいているのを知ってるか、アレックス？」

窓《まど》のところでベンと立っていたアレックスはいった。「だいじょうぶです、署長。ぼくたち、ベンとウィン夫人《ふじん》の家に泊《と》まるっていってあるから」

署長はベンにウインクした。「すぐに寝《ね》かせてやれよ。きみもだぞ！」

ベンはちょっとなまいきに笑顔《えがお》でいった。「寝る？　こんな時間から？　もう真夜中《まよなか》すぎてるんですよ。いまはもう金曜日。チャペルヴェール立ちのきの最終期限《さいしゅうきげん》の日ですよ。ウィンさんや仲間たちがなぞを解《と》いたか、きかなきゃ！」

少年ふたりは走りだした。そのあとを男たちが追う。ウィル、ジョン、マッケー氏《し》。「おーい、待ってくれ！　おれたちも行く！」

43

サラは赤《あか》ん坊《ぼう》のウィラムを、一階のウィン夫人《ふじん》のベッドで寝《ね》かしつけていた。それまで赤ん坊が寝ていたソファに、いまはブレイスウェイト先生が、ぬいだガウンを上からかけてまどろんでいた。ヘティは先生にチェック柄《がら》の小さい毛《もう》布《ふ》をかけてあげた。「いい人だわ。ロウソクに火をつけるって考えたのは、この先生だものね。それがきっかけなんだから」

マッケー氏《し》は軽くうなずいていった。「でも、あなたがた女性《じょせい》の力ぞえがなかったら、ここまではできなかったでしょう。みなさん、りっぱなものです！」

エイミー、アイリーン、ウィン夫人の三人は、興奮《こうふん》してしまって寝《ね》るどころではなかった。なぞときの成果《せいか》を男たちに説明し、男たちは男たちでロンドンの悪党《あくとう》どもをつかまえた話をした。

ベンは問題の紙の文字を見、それから四つの点がある古い地図を見た。「ここに〝東の道〟とある。これ、どこかな？」

アイリーンがランプの明かりのなかでもわかるくらいに顔を赤らめた。「ああ、そこはね、ウィルとわたしが恋人《こいびと》どうしだったころ、よく歩いたきれいな小道よ」

マッケー氏《し》はそのあたりにくわしかった。「ああ、東の道ね。たしか、村の広場へ出る、昔《むかし》の乗合馬車《のりあいばしゃ》の通り道じゃなかったかな？」

ジョンも加わっていった。「そう、そのとおり。ハドフォードから通じる新しい道ができてからは、あの道はすたれてしまったんだ。もう百年以上もまえの話だから、道は草ぼうぼうで、道しるべさがすのも骨《ほね》が折れるだろう」

ウィルが首をふった。「いや、かんたんさ。ある晩《ばん》走ってたら、そいつにつまずいて足をくじいたことがあるんだ」

エイミーが笑った。「アイリーンを追っかけていたの？」

ウィルの大柄《おおがら》で陽気《ようき》な女房《にょうぼう》は、どんとエイミーを突《つ》いて、もうちょっとでたおしそうになった。

「いいえ、わたしが追っかけてたのよ！」

マッケー氏が、恋愛《れんあい》の話はもういいとばかりにせきばらいした。「エッヘン！　そう、用意しなければならんな。シャベルやランプや、ほかにもいろいろ必要だ。さっそく取りかかるか？　もう時間がない！」

馬車は荷物《にもつ》を積み、出発するばかりとなった。ベンは玄関《げんかん》で見おくるウィン夫人《ふじん》のそばに立った。夫人がとてもつかれているようだったので、ベンはやさしく抱《だ》きしめた。「部屋《へや》にもどってゆっくり寝《ね》てください。これはぼくたちにまかせて。なにか見つけたら、かならず知らせに帰ってきますよ、すぐにね！」

夫人《ふじん》はベンの頬《ほお》にキスした。「朝ごはんを用意しておきますからね」

ネッドはホレーショと頭のなかで会話《かいわ》しているようだった。一行《いっこう》が馬車に乗りこむとき、ベンは犬に目くばせしてきいた。「なにを話してたんだ、ネッド？」

犬はベンのひざにあごをのせた。「ぼくたちが留守《るす》のあいだ、ちゃんと見張《みは》るんだぞっていったんだ」

ベンは犬の耳のうしろをかいた。「やつはまた、わけのわからないことといったんだろ？　イワシ、チョウチョ、ネズミとか。かわいそうに、あいつはよっぽど単純《たんじゅん》だな」

ネッドは首をふった。「いや、おどろいたことに、家は見張る、なんかあったら追いかけてきて知らせるっていったよ。やっとホレーショもまともになったね。一生イワシとチョウチョじゃ、どうしようもないもん」

デリアは暗い村を走りつづけ、救護院《きゅうごいん》を通りすぎ、草ぼうぼうの道へと向かった。行く手はますます暗く、両《りょう》わきから垂《た》れさがる木々の葉で鬱蒼《うっそう》としていた。ベンは、その昔《むかし》はどんなだったろうと想像《そうぞう》をめぐらせていた。客と郵便物《ゆうびんぶつ》を乗せた乗合馬車《のりあいばしゃ》。商人《しょうにん》や紳士《しんし》たち。荷台《にだい》には野菜《やさい》が積まれている。こんなさびしい木かげの道をゆくのはおそろしかったにちがいない。山賊《さんぞく》や盗人《ぬすっと》がひそんで待っていたかもしれない。見あげる少年の目に、木《こ》の葉《は》の屋根を通してさしこむ三日《みか》月《づき》の光が映《うつ》った。

思わず、ベンの心はさまよっていった。フライング・ダッチマン号、ヴァンダーデッケン、悪党《あくとう》ぞろいの船乗《ふなの》りたち。彼《かれ》らなら、楽しく追いはぎ稼業《かぎょう》をやったろう。

馬車が止まったとたんに、エイミーの体がぶつかった。「寝《ね》ちゃだめよ、ベン。目的地《もくてきち》に着いたみたい」

ランプが三つ持ちだされ、ジョンがそれに火を入れて、若手《わかて》三人組それぞれに手わたした。

「はい。おまえたちが明かりと地図の係だよ。マッケーさん、この子たちのそばにいてください。おれとウィルで掘《ほ》りますから。ウィルはどこ？」

アイリーンはデリアをくびきからはなして、自由に草を食べられるようにしてやった。それから指《ゆび》さした。

「ほら、あそこよ。道の反対側《はんたいがわ》、ヘティといっしょ」そして大声で「ねえ、見つかった？　ウィル？」といった。

ウィルも大声で妻《つま》に返事《へんじ》した。「いや、まだだ。アイタッ！」

ヘティの笑い声が聞こえた。「見つかったわね、ウィル。またつまずいた。でも今度は足をくじかないでよ」

ウィルはあたりが暗くて、自分の顔が赤くなったのが見えなくてよかったと思った。「だいじょうぶだ。こっちへ明かり持ってきてくれ！」

そこへ行くと、古いカシの巨木《きょぼく》が道におおいかぶさるように立っていた。広がった枝《えだ》の下に、半分土に埋《う》まった道しるべの石があった。何百年にもわたって立っていた道しるべだ。

ベンがランプを石に近づけた。「これだ！　見て！『チャペルヴェールまで二キロ』。ほら、キロの〝キ〟の字の下に、矢じるしが書いてあって下をさしてる！」

犬は観察《かんさつ》して、意見をご主人に伝えた。「それとも、外をさしてたのかな？　ほら、鍛冶屋《かじや》のとこの木みたいに？」

ベンは弁護士《べんごし》の顔を見あげた。「どう思いますか？　下に掘《ほ》るべきか、それともこの矢はほかの場所を意味してるんでしょうか？」

鼻メガネの位置《いち》を手でなおしながら、マッケー氏《し》は石を見おろした。

「どうだろう。わたしにはよくわからない。どう思う、ジョン？」

ジョンは馬車から持ってきたシャベルとつるはしを下に置いた。

「さあねえ。ほかの場所だとしたら、何歩あるけとかなんとか、手がかりがなくちゃねえ」

ヘティが話しあいに決着《けっちゃく》をつけた。エプロンのポケットからペニー硬貨《こうか》を取りだすと、いった。「あとは運《うん》まかせよ。コインを投げて、裏《うら》なら下を掘る。表《おもて》なら矢じるしからはなれたとこを掘る」

ヘティがコインをひょっとひねって投げた。落ちたところに、アレックスがランプの明かりを近づけた。「裏だ！」

44

朝日が寝室《しんしつ》にさしこんでいた。モード・ボウは鏡《かがみ》のまえに座《すわ》って、こった髪型《かみがた》の仕上げに、最後のヘアピンをさした。スミザーズ家はワルがきがいなくなって、平和《へいわ》で静かな家になった。ウィルフは母親につきそわれて、寄宿学校《きしゅくがっこう》へと旅立《たびだ》ったのである。母親が学校の近くに宿《やど》を取り、彼女《かのじょ》の言葉によると、ウィルフが落ちつくまで滞在《たいざい》するということだった。

モードは鏡のなかの自分を見ながらほほえんだ。きょうで終わりだわ、このへんぴな田舎《いなか》にいなきゃならないのは！

「ヘティ！　ヘティ！　いったいどこ行きやがった？　朝食用意しろ！」

一階に下《お》りてくると、スミザーズが真《ま》っ赤《か》な顔をしてふきげんそうにいった。「ボウさん、うちのメイドに会いましたか？　二階でそうじしてますか？」

モードはシュッとスカートの音をたてながらスミザーズの横を通り、キッチンに入っていった。

「いいえ、いませんよ。もっとも、家から二キロはなれたとこにいても、そのどなり声なら聞こえるでしょうけどね」

スミザーズはあとについてきて、モードがやかんを火にかけ、パンにバターを塗《ぬ》るのを見ていた。「なにやってるんですか、お嬢《じょう》？」

モードはパンの一枚《まい》を三角形に切って、皿にのせた。「見ればわかるでしょ、朝食をつくっているんですよ。さすがのあなたにも、ヘティがなんらかの理由で来られないのはおわかりでしょ」

スミザーズは手をむやみにふりながらいった。「しかし、テーブルの用意はない。おれの服は出てない。なにも用意できとらん。ワイングラス、ワインの卓上《たくじょう》びん、皿にきれいなテーブルクロス。どこにあるんだ？　昼すぎにはここでパーティを開くことになってるんだ。郡《ぐん》の役人《やくにん》、判事《はんじ》、計画を実行《じっこう》する仕事関係者《かんけいしゃ》が来るんだぞ！」

モードはポットにスプーンでお茶の葉を入れた。「わたしはあなたのメイドではありません」

スミザーズは赤くなりかけている額《ひたい》の汗《あせ》をふいた。「トースト一枚に紅茶《こうちゃ》なんてもので、大《だい》の男が戦《いくさ》をまえに食《く》う朝食になるか！」といったが、モードの冷《ひ》ややかな視線《しせん》に合って、目をしばたいた。

「だったら、ご自分で朝食ご用意なさいませ。これはわたしの朝食です！」

お茶をいれたモードは、それをトーストといっしょにお盆《ぼん》にのせると、庭に出ていってしまった。それからしばらくして、スミザーズも庭にあらわれた。大きなパンのかたまりにジャムをべったりつけて、ビール用のジョッキに入れた牛乳を持っている。鉄製《てっせい》のテーブルのまえへ行き、モードのとなりにふきげんな顔でだらりと座《すわ》った。

「ヘティめ。あのメイドはクビだ！　荷物《にもつ》まとめて追いだしてやる！」

スミザーズがジョッキをかたむけた。牛乳がこぼれてあごからしたたり落ちるのを見て、モードはいやな顔をした。スミザーズはそでで口のあたりをふいた。

「えらそうに、人に向かってなにいやな顔してんだ？　ええ、つんとすましちゃって、気どりやのお嬢《じょう》さん。あんたのいってた、ロンドンのワル仲間はどうしたんだ？　来なかったじゃないか、ええ？　まあ、なにがなんでも、きょうの計画は実行《じっこう》だ。全部、自分だけでばっちり手配《てはい》したからな。あんたのお助けなしにな、お嬢！」

モードがやりかえそうとしたとき、粗《あら》い麻《あさ》のエプロンをした荷車《にぐるま》の運搬人《うんぱんにん》が門のところに姿《すがた》を見せ、さけんだ。「すいません、スミザーズさま、アドフォードから送らせなさった荷物をあずかってるんですがね。村の広場に六時半から積まれたままなんですよ。どうしますかね？」

スミザーズはばかでかい懐中時計《かいちゅうどけい》をポケットから勢《いきお》いよくひっぱりだした。「もう七時二十分だ。出かけなきゃ。おい、駅に九時十分までに行って、役人たちと会うんだ。遅刻《ちこく》するなよ、聞いてるか？」

モードは皿に寄《よ》ってきたスズメを追いはらった。「パパに会うのに遅刻なんかしませんよ」

スミザーズは歩きだしていたが、ぎくっとして立ちどまった。「パパ？　きょう来るなんて、ひとこともいわなかったじゃないか！」

モードはピカピカにみがいた指の爪《つめ》をながめた。「パパはロンドンの仲間たちといっしょに、村人たちに対する支払《しはら》いがきちんとおこなわれるかどうか、確認《かくにん》しにくるのです。到着時刻《とうちゃくじこく》は八時五十分。九時十分に来る郡《ぐん》の役人、判事《はんじ》たちを出むかえるんですわ。わたしが広場まで案内《あんない》しますから、それまでに万事整《ばんじととの》えておいてください」

スミザーズが発作《ほっさ》を起こすのではないかと、モードは思った。真《ま》っ赤《か》な顔をしてふるえていたからである。「支払いを確認しにくる？　おれを信用していないのか？」

モードは自分の爪《つめ》が申《もう》し分《ぶん》なく美しいのに満足《まんぞく》して、冷たくいいはなった。「仕事のことになると、パパはだれも信用しませんの！」

八時十五分、ブロードウェン・エヴァンズは喫茶店《きっさてん》の玄関《げんかん》ドアを開けて、ほうきで石段《いしだん》の上を掃《は》きはじめた。そして手を止めて、広場の人の動きを見た。掲示板《けいじばん》のまんまえに二台の馬車が止まっていた。男たちが馬車からテーブル、いす、そして三方を囲《かこ》った日よけ用のテントを下《お》ろした。スミザーズがふたりの男を指揮《しき》して、ベニヤ板になにやら書いた大きな看板《かんばん》を立てている。

ブロードウェンは亭主《ていしゅ》を呼《よ》んだ。「あんた、見て見て。あそこでなんかやってるよ！」

亭主のダイが、指についた粉《こな》をはらい落としながらあらわれ、深いため息をついた。「ほう！　見ろ。うちの広場がよそものでいっぱいだ。あの看板になんて書いてあるのか、読んでくれ、ブロードウェン。メガネがないんだ」

ブロードウェンはゆっくりと読みあげた。「『進歩《しんぽ》開発会社《かいはつがいしゃ》より。チャペルヴェール地域内《ちいきない》の土地および不動産所有者《ふどうさんしょゆうしゃ》に対する支払《しはら》いはここでおこなわれる。補償金《ほしょうきん》の受けとり希望《きぼう》のものは、各自《かくじ》土地、不動産の正式な権利書《けんりしょ》を持参《じさん》すること。それを持たないものには支払いはおこなわれない』」

ブロードウェンはエプロンのへりで鼻をかみ、目をふいた。「悲しいねえ、あんた。村にこんな日が来るなんて思ってもみなかったよ」

ダイは女房《にょうぼう》の肩《かた》に手を回した。「よし、よし、おまえはお茶をいれてくれ。おれは店の権利書をさがしてくる」

ブロードウェンは、スミザーズが近づいてくるのを見ながら、背後《はいご》の亭主《ていしゅ》に声をかけた。「権利書は衣装棚《いしょうだな》の上の青い帽子箱《ぼうしばこ》のなか！」

スミザーズは足どりも軽く、上きげんの笑顔《えがお》だった。帽子のふちにふれて愛想《あいそ》よくブロードウエンにいった。「おっはよう、奥《おく》さん！　きょうも気持ちよく晴れそうですなあ。朝食と大きなポットのお茶を注文《ちゅうもん》したいんだが、早すぎますかね？」

ブロードウェンはただでさえ背《せ》が高いのに、ぐんと背すじをのばしていっそう大女になると、

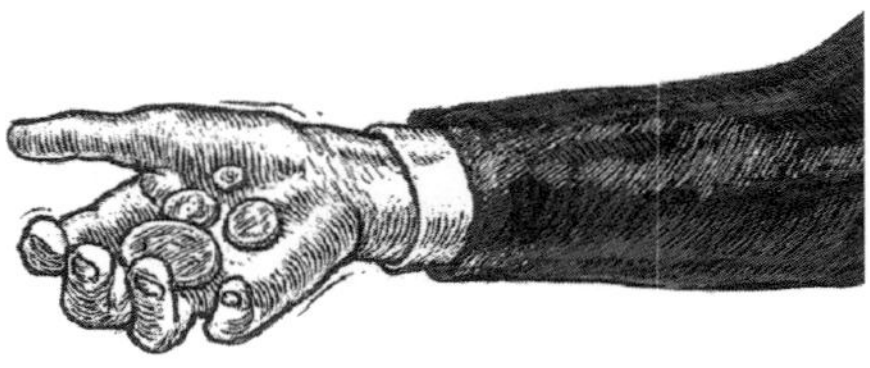

店の玄関《げんかん》の石段《いしだん》の上からスミザーズを見おろした。「この店に一歩でも足入れてみな、その頭をほうきでかちわってやる！」

スミザーズはあわててあとずさり、広場にもどると、作業《さぎょう》にケチをつけては作業員をいびりはじめた。

ブロードウェンはしばし攻撃的《こうげきてき》なポーズをしてみせていたが、さびしそうなため息をもらしてほうきによりかかった。愛《あい》してやまないこの小さな村、チャペルヴェールが、いま滅《ほろ》ぼされようとしている。まもなく、服地屋《ふくじや》、肉屋、雑貨屋《ざっかや》、金物屋《かなものや》など、ぴかぴかにみがいたウインドウにさまざまな品物《しなもの》をならべた小さな店が、どれもこれも空《あ》き家になってしまい、取りこわしを待つだけになる。住人《じゅうにん》たちはみんな、ほかの場所に移《うつ》っていってしまうだろう。救護院《きゅうごいん》までもが、裏《うら》の木々とともに、進歩という名の車輪にふみつぶされてしまう。アイスクリームほしさに、コインをにぎりしめて喫茶店《きっさてん》にかけこんでいた子どもたち。一杯《ぱい》の紅茶《こうちゃ》をスコーンとともに楽しみ、おしゃべりしたいおばあさんたち。みんな、もうじき思い出だけになってしまう。でも、なんという美しい思い出だろう。

ブロードウェンはエプロンの端《はし》を顔におしあてると、わが家のようになじんだ村がなくなるさびしさに泣いた。

45

マッケー法律事務所《ほうりつじむしょ》の窓《まど》のむこうに見える柱時計《はしらどけい》が九時半をさしている。チャペルヴェールの広場にはおおぜいの人が集まっていた。スミザーズの予想《よそう》どおり、きょうはいい夏日になり、風はなく、雲ひとつない青空に太陽がさんさんとかがやいていた。

パーシヴァル・ボウは娘《むすめ》のモードと腕《うで》を組んで立ち、判事《はんじ》、郡《ぐん》の役人、弁護士《べんごし》らと小声で雑談《ざつだん》していた。ロンドンから汽車で出かけてきた大金の出資者《しゅっししゃ》たちは、建設関係者《けんせつかんけいしゃ》らといっしょにはなれて立っていた。一同は声をひそめて話をし、ときおりちらっ、ちらっと日よけテントのかげから外に目をやった。取りまく村人たちの表情《ひょうじょう》は一様《いちよう》に、悲しく、うつろで、よそよそしい。

スミザーズはテントの面々《めんめん》になんとか仲間入りしたいのだが、自分だけ場ちがいなようで居《い》ごこちがわるかった。そわそわともみ手をしてモードに近より、「あの、喫茶店《きっさてん》が今朝《けさ》休みだったんです。わかってりゃ、茶菓《さか》のひとつも用意したのに」といったが、ボウ親子の冷《ひ》ややかな視線《しせん》にあってしょげてしまった。首すじの汗《あせ》をきたない指でふきながら、スミザーズはすまなさそうに首をすくめた。「わが家で歓迎会《かんげいかい》を開きたかったのですが、なんとも、メイドが休んでしまいまして……ハハハ……」

パーシヴァル・ボウは、葬儀屋《そうぎや》にしたいほどのしっとりと落ちついた声でいった。「そのようだな。きみのこれまでの手紙では、こんなはずではなかったが。いま何時だ？」

ボウのごきげんとりに必死《ひっし》で、スミザーズは例の大きすぎる懐中時計《かいちゅうどけい》を取りだした。「九時四十分きっかりです。パーシー……いや、ボウさま。九時四十分であります、はいっ！」

ボウ氏《し》は真珠《しんじゅ》のタイピンにさわっていった。「あの田舎《いなか》もんたちは、ああやって一日じゅうったって、われわれを家畜《かちく》の群《む》れかなんかみたいにながめている気だぞ。やつらをせかしたほうがいいのではないか？　たとえ少額《しょうがく》でも、自分たちの土地への支払《しはら》いは受けとりたいだろう」

スミザーズ以外に、大声で命令を伝えるような人間はその場にいなかった。ひどくバツのわるい思いをしながら、スミザーズはテントの外に出て、村人たちをまえにせきばらいした。うしろのほうでは、ハドフォードから来た運送業者《うんそうぎょうしゃ》らが、おもしろがってしのび笑いしている。スミザーズは演説《えんぜつ》をぶつ政治家《せいじか》のように両手《りょうて》をまえにさしだした。

「ああ、おはようございます。ああ、どうか、話を聞いていただきたい。これから、みなさん、きちんと一列にならんでください。おしあいへしあいはなしで、ハハ。ええ、権利書《けんりしょ》を持っている人たちに支払いを開始します。ちゃんとした証書《しょうしょ》のある人！」

村人たちはぴくりとも動かなかった。沈黙《ちんもく》。

スミザーズはもう一度、今度は村人の分別《ふんべつ》にうったえてみた。

「さあ、さあ、あなたがたのためにやってるんですから。さあ、ならんでならんで、いまわたしが立っているとこに。さあ、みなさん。証書《しょうしょ》がある人は？」

ブロードウェン・エヴァンズの声が、二階の寝室《しんしつ》の窓《まど》からひびいた。「わたしらのためだって？　おまえさん、ユダの親戚《しんせき》かい？　やつはイエスさまを銀貨《ぎんか》三十枚で売ったんだ！」

ハドフォードの作業員《さぎょういん》たちはわっとわいた。なかにはひとり、ふたり、拍手《はくしゅ》をするものもいた。

スミザーズは窓を見あげてにらみつけると、テントのなかにもどってきてボウ氏《し》にいった。

「やつら動きません。なんとかできませんかね？」

ボウはスミザーズの肩《かた》ごしに外の村人たちを見た。男、女、手をつないだ子どもたち、だれひとりとして動かない。

「三十分ほど待ってやれ。そしたらロンドンの弁護士《べんごし》に、正式な告示《こくじ》を読みあげさせる。それを聞いてもわからんようなばかは、日が沈《しず》むまであのまま立っていたらいい。そのころには執行官《しっこうかん》が手伝《てつだ》いのものを連れてきて、金を全部はらって家と土地を取りあげるさ。強制的《きょうせいてき》にな」

そうボウ氏はいいきって、スミザーズに背《せ》を向けた。と、あるものが目に飛びこんできた。

牛乳屋の二輪馬車だった。女四人と赤《あか》ん坊《ぼう》一人が乗っている。少女と少年が手綱《たづな》をにぎって馬をあやつっている。馬車のうしろから追いかけてくるのは、四人の男と一人の少年、それに大きな馬い犬。その妙《みょう》な一行《いっこう》の横をすこしはなれて、警察署長《けいさつしょちょう》が村人に愛想《あいそ》よくうなずきながら歩いてくる。

ボウ氏《し》はひそかに、ほっと安堵《あんど》のため息をもらした。やっとこの村の田舎《いなか》もんにも進みでてくれるやつがいた。テントのまえのテーブルのそばに行って、仲間たちに呼《よ》びかけた。「所定《しょてい》の位《い》置《ち》についてください、みなさん。最初の客です！」

弁護士《べんごし》ふたり、判事《はんじ》、それに原簿《げんぼ》と正式な為替《かわせ》の入ったカバンを持った役人が、テーブルのまえのいすに座《すわ》った。モード・ボウはなにかを父親に耳うちしようとしたが、無視《むし》された。

つくり笑いをして、ボウはその一行《いっこう》に呼びかけた。「いやいや、まっとうなかたがたがこうして分別《ふんべつ》ある行動に出てくださるとは、けっこうですねえ。証書《しょうしょ》をお持ちでしょうな、ええ？」

マッケー氏は無視してつかつかとテーブルまで歩いていった。きれいにひげをそった顔、ぱりっとした白いシャツ、アイロンのきいたズボンに上着《うわぎ》で、申《もう》し分《ぶん》なくかっこういい。皮《かわ》カバンをテーブルの上に置いて開けると、なかから見るからに古そうな長い巻物《まきもの》を取りだして広げた。

鼻メガネの上からあたりを見まわし、マッケー氏は丁重《ていちょう》にたずねた。「どなたが判事でいらっしゃいますか？」

判事もメガネの上からじろりと見かえして答えた。「わたしだが、あなたの名前と職業《しょくぎょう》をうかがいたい」

内心のいらだちと興奮《こうふん》をおさえながら、おしゃれな弁護士は感情《かんじょう》を見せずに、広場じゅうにひびきわたる声でいった。

「わたしはフィリップ・ティーズデール・マッケー、弁護士協会《べんごしきょうかい》で認《みと》められた正式の弁護士であります。わたしはチャペルヴェールの住人《じゅうにん》であるウィニフレッド・ウィン夫人《ふじん》の代理人《だいりにん》として、当夫人がこの村全域《ぜんいき》、その境界線《きょうかいせん》にいたる全地域《ちいき》内の全家屋《かおく》、全商店、全土地に対して有《ゆう》する権《けん》利《り》を主張《しゅちょう》いたします！」

シーン。あたりはピン一本落ちても聞こえそうなほど静まりかえった。と、判事《はんじ》が声をかけた。

「この特異《とくい》な請求《せいきゅう》をされるにあたっては、証拠《しょうこ》となるものがあるのですな？」

マッケー氏《し》は、このあっけに取られている判事からいっときも目をそらさず、芝居《しばい》がかった動《どう》作《さ》で、右手のてのひらを上にしてさしだした。エイミーと弟がまえに進みでた。重い巻物《まきもの》を持ちあげて広げると、ふたりはそれを手いれの行きとどいた弁護士の手にわたした。弁護士は上の部分をしっかりとにぎった。

それは大きな巻物だった。本物の子牛皮《こうしがわ》でできていて、赤、金、紫《むらさき》の絹《きぬ》のリボンが何本か垂《た》れさがっていた。リボンの先には、まんなかに金のメダルをはめこんだ赤いロウのかたまりがついている。

マッケー氏《し》の小柄《こがら》な体が、ぐんと大きく見えた。彼は町の触《ふ》れ役《やく》たみのよく通る声で、高らかに読みあげた。

わが臣民《しんみん》、貴族《きぞく》、家臣《かしん》、自由民すべてに告《つ》ぐ。余《よ》はここに、わが家臣キャラン・デ・ウィン船長が、フランス軍をスライスの戦いにおいて破《やぶ》り、わが国を勝利《しょうり》へと導《みちび》いた功績《こうせき》をたたえるものである。船長は君主《くんしゅ》と国家のために身をていし、余人《よじん》の手本となるべき勇気《ゆうき》を示して、まことにりっぱであった。

これによって、余は船長にわがうるわしき国イギリスの一部をあたえ、今後この地をチャペルヴェールと命名《めいめい》する。キャラン・デ・ウィン、その子息《しそく》、娘《むすめ》、子々《しし》孫々《そんそん》ウィンの名をつぐものは、この地の地主《じぬし》となり、今後いかなる君主がおさめようとも、税金《ぜいきん》を免除《めんじょ》し、なんら障害《しょうがい》を負わぬものとする。余の勅令《ちょくれい》に何人《なんぴと》も異議《いぎ》を申《もう》したててはならない。ウィン一族は忠誠心《ちゅうせいしん》、信仰心《しんこうしん》、自制心《じせいしん》をもって神とイギリスに仕《つか》えるように。

紀元一三四一年のよき日。

神の恵《めぐ》みを。イギリス国王エドワード三世

「わあーっ！」

歓声《かんせい》と拍手喝采《はくしゅかっさい》が村の広場にわきあがった。帽子《ぼうし》が空に舞《ま》い、ふみならす靴音《くつおと》が敷石《しきいし》の道にひびいた。人々は相手かまわず抱《だ》きあってキスした。広場はまさによろこび一色だった。

黒い犬はベンが仲間にわっと取りかこまれるのを見て、馬車の下に避難《ひなん》した。ウィルとジョンはベンに握手《あくしゅ》を求め、ウィン夫人《ふじん》とエイミーはとびついて両方《りょうほう》のほっぺたにキスした。ブレイスウェイト先生は肩《かた》をたたきながらさけんだ。「やった！　みんなでやったな！」

ベンはあえぐようにさけんだ。「いや、やったのはあなたがたです！　ぼくはただ、ことを起こしただけですよ、ネッドといっしょに」

犬は馬車の下から意見を伝えた。「ぼくのことははずしといて。みんなにつぶされ、たたかれ、なめられるのはいやだよ！」

ベンがやっと自由になったとき、アレックスが少年少女たちの仲間に「おめでとう」といわれているのが目に入った。輪のなかには、もとギャングのレジーナ・ウッドワージーたちもいた。

エイミーがベンの手をにぎった。「見て、弟を。村のヒーローになってる。あなたのおかげだわ、ベン」

アイリーンがアメで顔じゅうべたべたのウィラムを抱《だ》いてやってきたので、ベンはさりげなくかわした。

「そんなことないよ。ねえ、ネッド見て。いちばん安全な場所を知ってるよ。馬車の下だ。さあ、エイミー！」

ふたりは馬車の下にもぐりこみ、見あげて笑った。ブロードウェン・エヴァンズが二階の窓《まど》から身《み》を乗りだして、イギリスの国旗《こっき》と、赤い竜《りゅう》のついたウェールズの旗《はた》をふりふり、ホーホーとやじっている。

「その権利書《けんりしょ》をもとの帽子箱《ぼうしばこ》にもどしてさ、ダイ。店を開けようよ！」

ボウ氏《し》のふだんから血色《けっしょく》のわるい顔が、灰色《はいいろ》に見えるほど青ざめていた。そしてスミザーズに責《せ》めるような視線《しせん》を向けた。「そうか。あのばあさんは問題ではないといったな。ええ？　ばかもん！　おまえのまぬけな計画などに耳を貸《か》すんじゃなかった。これでうちの会社がどれだけ大《おお》損《ぞん》をこうむるか、わかるかっ？」

スミザーズはあいていたいすにくずれおちると、あまりのショックに目を見ひらいた。「お、お、おれはおしまいだ！」

ボウ氏はそのまえに立ちはだかって、ひとことひとことを強調《きょうちょう》するように、スミザーズの腕《うで》を残忍《ざんにん》につっついた。「おしまいにならなかったら、おれがかならずおしまいにしてやる。そうなった日には、道ばたでマッチ売る仕事にでもありつけたら運《うん》がいいと思え！」

そして背《せ》すじをまっすぐのばすと、娘《むすめ》に腕をさしだした。「モード、いっしょにロンドンに帰ろう。さあ、行こう。汽車に乗りおくれる」

ふたりは向きを変えて歩きだしたが、行く手を警察署長《けいさつしょちょう》がさえぎった。署長は事務的《じむてき》な声で淡《たん》淡《たん》といった。「パーシヴァル・ボウとモード・ボウご両名《りょうめい》、署までご同行《どうこう》ねがいます」

ボウ氏《し》は横に一歩ふみだしたが、法《ほう》の番人である署長《しょちょう》の強い腕《うで》に、肩《かた》をつかまれてしまった。

パターソン署長は、ないしょ話のようにボウ氏に耳うちした。「まあまあ、こんなに人目のあるところで、おさわがせはやめときましょうよ。お嬢《じょう》さんとふたり、おとなしくついてきてください。あなたのやとい人四名を、自動車の窃盗容疑《せっとうようぎ》で留置場《りゅうちじょう》に入れてあります。連中《れんちゅう》はあることないこと、あなたの会社の悪口をいってます。根も葉もないことでしょうが、まあ、ちょっと署まで行って、解決《かいけつ》することにいたしましょう」

マッケー氏は巻物《まきもの》を巻いて、ジョンに手わたした。ウィン夫人《ふじん》は弁護士《べんごし》と腕《うで》を組んだ。「さて、仕事がみんなかたづいたようだから、お食事に行きましょう。エヴァンズの奥《おく》さんがお店でお祝《いわ》いだって、みんなを招待《しょうたい》してくれたのよ！」

手袋《てぶくろ》をふりながら、老婦人《ろうふじん》は若《わか》い友人たちみんなに声をかけた。「いらっしゃい、あなたがた三人、それとネッドも。きょうはアイスクリーム、ただですよ！」

マッケー氏はネクタイをまっすぐに直した。「ちょっとお待ちください、奥さま」そういって判事《はんじ》のほうに向きなおった。

「よろしければ、あなたもごいっしょにいらっしゃいませんか？」

ロンドンの出資者《しゅっししゃ》らと距離《きょり》をおいていた判事は、ほほえんでうなずいた。「よろこんで！」

46

エヴァンズ喫茶店《きっさてん》はすばらしいお茶会を開いてくれた。ダイ・エヴァンズは四つのテーブルをくっつけて、みんながいっしょに座《すわ》れるようにしてくれた。奥《おく》さんはつぎつぎにサンドイッチ、お茶、ケーキ、アイスクリームを運んできてくれ、いっさいお金は受けとらなかった。

「なにいってんの、村を救《すく》ってくれた人たちに、せめてこれくらい、させとくれ。お金ひっこめて。フフフ、スミザーズのあの顔見たかい？　それにしても、いったいどうやってあの勅令《ちょくれい》を見つけたの？」

ブレイスウェイト先生は髪《かみ》をかいた。「勅令、ですか、ええ、ふむ。ああ、わたしはちょっと、うまく説明できないんで。その、ウィン夫人《ふじん》の家のソファで寝《ね》ていたから、その、はい。きみが説明したまえ、その、ああ」

エイミーがアイスクリームを横に置いて説明した。

「話せば長いんだけど、ある手がかりがあって、東の道の道しるべに行きついたの。道しるべがあんなに大きなものだとは思わなかったわ。地上に出ているのはほんの一部なの！」

ウィルが言葉をそえる。「うん、東の道の道しるべってのは、使われなくなったひきうすの石だったんだ。大きくて、平たくて、丸い花崗岩《かこうがん》の輪っかさ。まんなかに穴《あな》が開いてるんだ。それで、ジョンとふたりでそれを掘《ほ》りだそうとした。そこでそのまわりを掘って、掘って、かなり深く掘ったが、とちゅうであわてて飛びだしたね。石が転がりだしてあぶなかったから。石がたおれたところを見たら、おれたちが掘ってた穴をすっかりふさいでたよ！　ベンの提案《ていあん》がほんと、頭よかったなあ」

犬はテーブルの下からご主人に考えを伝えた。「おっとっと。きみが頭よかったんだって？」

ベンは目をかがやかせて、ハムサンドをそっと犬にまわしてやった。「わるいね。でもあれは、おまえの考えでもなかったろ？　たしか馬のデリアだろ、自分を使って石を動かしてみてくださいっていったのは？」

犬はサンドイッチにかぶりつきながら、ちょっとふくれっつらした。「うん、でもデリアが考えてることがわかるのは、ぼくだけじゃないか。あれはとっても頭のいい馬だよ。ほんと」

ウィルはエイミーに話のつづきをうながした。

「まんなかの穴にロープをとおして、それを近くのカシの木の太い枝《えだ》にかけたの。それをウィルがデリアに結びつけ、ひっぱらせて、石をどけた。石が持ちあがると、穴からなにかが突《つ》きでているのが見えた。最初はカシの木の根っこかと思ったわ。そしたらそれがなにか、マッケーさんだ教えてくれたの……」

パンくずをチョッキからはらいおとして、おしゃれなマッケー氏は一瞬《いっしゅん》だけほほえんだ。

「エヘン！　それはよろいの一部、手甲《てっこう》だったんだ。ブレイスウェイト先生は、一三〇〇年代のものだろうといっていた。いやはや、キャラン・デ・ウィン本人が身《み》につけたものかもしれませんぞ。で、ウィン夫人《ふじん》の家へ持ちかえったのです。その手甲は外側《そとがわ》をタール、内側を獣脂《じゅうし》でかためられていたんだが、ジョンがそれを切って開くと、完全な形で保存《ほぞん》された勅令《ちょくれい》が出てきた。またとない、幸運《こううん》な発見だった。その勅令は所有権《しょゆうけん》を明らかにしているだけでなく、裏《うら》には地図があり、キャラン・デ・ウィンにあたえられた領土《りょうど》の境界線《きょうかいせん》まで、はっきりと記《しる》されていたのだ。だから、友人諸君《しょくん》、わたしの依頼人《いらいにん》はじつに広大《こうだい》な土地の所有者であり、チャペルヴェールはその中心地にすぎないのです！　東の道しるべを見よ、と下をさしている矢じるしだけがわれわれの手がかりだった。だが、みんなで力を合わせてみごとな結果《けっか》をもたらした。すばらしい！」

判事《はんじ》はウィン夫人の手を取った。「すばらしいことだ、ほんとうに。夫人、まずはわたしから、地主《じぬし》になられたことにおめでとうを申しあげます。ご友人の助けがあったとはいえ、あなたはまことに幸運《こううん》なかただ！」

ウィン夫人は顔を赤らめ、もじもじと亜麻色《あまいろ》の手袋《てぶくろ》をいじった。

「まあ、ありがとうございます。亡《な》くなった主人、ウィン船長はつねづねいっておりました。真《しん》実《じっ》の友の価値《かち》は黄金《おうごん》にも勝《まさ》るって。あの人がチャペルヴェールの地主になった姿《すがた》を見たかったわ。

人生の大半《たいはん》を海で送った人だけど、この村がだれよりも好きでしたから。ほとぼりがさめたら、主人が賛成《さんせい》してくれたろうと思うことをするつもりです。チャペルヴェールのみなさんに、いまご自分たちの家、店、仕事場、農場《のうじょう》のある土地を分けてさしあげようと思います。もう正式にこの土地の所有者《しょゆうしゃ》なんだから、そうしていいんですよね？」

「ああ、もちろんです！」判事《はんじ》は帰ろうと席を立ちかけた。

ダイ・エヴァンズがお盆《ぼん》に果実酒《かじつしゅ》、ビール、レモネードなどをのせて入ってきて、みんなにふるまった。

「ちょっと待ってください。どうぞごいっしょに、新しい地主《じぬし》のために乾杯《かんぱい》しましょう」

ほほえみながら、判事はグラスを上《あ》げた。「地主が今後なにをなさろうとも、友人諸君《しょくん》の協力《きょうりょく》でみごとにやりとげられることでしょう！」

ウィルがグラスを上げた。「さあ、乾杯だ、友人に！」

一同はグラスをカチンと合わせていった。「友人に！」

エヴァンズ喫茶店《きっさてん》のお祝《いわ》いパーティ、そして村じゅうの祝いの宴《うたげ》は、正午《しょうご》までつづいた。いまはもうどの村人も、自分たちの家や店のある土地をうばわれる心配《しんぱい》はなくなった。広場では、さっきまでチャペルヴェールの破壊《はかい》をたくらんでいたものたちにかわって、村人たちがテントを占領《せんりょう》して歓声《かんせい》をあげていた。

エイミーは、弟がエヴァンズの奥《おく》さんにアイスクリームのおかわりをすすめられているのを見ていたが、ふとベンと犬がどこかに消えたのに気がついた。

ベンと犬は、店の横の小路《こうじ》でいっしょに座《すわ》っていた。なかのさわぎからのがれて、ひと休みといった顔だ。エイミーは壁《かべ》に背《せ》をあずけてベンの横に座りながら、彼《かれ》が犬と見つめあっているのに気がついた。

「あなたたち、またおしゃべりしてる。わかるわ」

ベンは肩《かた》をすくめた。「ちょっと意見をやりとりしてるだけさ。ウィンさんと村の人たち、ほんとによかったなって。ネッドもうれしそうだろ？」

エイミーはネッドのあごをなでながらいった。「本当、とってもうれしそう。わたしもふたりといっしょにここに座って、うれしいわ！」

ベンはいたずらっぽい目をして、満《み》ちたりたようにため息をもらした。「本当の幸せに必要なのは、顔にあたるお日さまと、そばにいてくれる友だちだけだ」

少女はやさしい気持ちになってほほえんだ。「すてきね。でも、ネッドはどうなるの？」

少年はほほえんだ。「友っていうのはネッドのことさ」

エイミーはおどけてベンに飛びかかると、たたくまねをした。「いやっ、ひどい！」

ベンはくっくっと笑っていった。「ごめんごめん、きみもだよ！」

犬が気持ちで話に割《わ》って入った。「そうだ、エイミー、こいつにちゃんと教えてやれ！」

47

一カ月後

季節《きせつ》は夏から秋に変わろうとしていた。ある朝、ベンと犬はウィニー夫人《ふじん》の週一度の買い物のおともをして、村まで出かけてきた。ふたりの先を行くネッドが、口に籐《とう》の買い物かごをくわえている。ベンはうつむいて、敷石《しきいし》の道を足を引きずるように歩いている。そのようすを、夫人は少し心配《しんぱい》そうに見た。

「どうしたの、ベン。あまり元気がないわね。ぐあいでもわるいの？」

無口《むくち》な少年は額《ひたい》にかかる髪《かみ》をふりはらうと、笑顔《えがお》をつくってみせた。「いえ、すぐに元気になります。ゆうべ、あまりよく眠《ねむ》れなかったから。だいじょうぶ。ほんとに」

夫人はベンの頬《ほお》をやさしくなでた。「出ていってしまうことを考えているのね？」

ベンは犬の口からかごを取って夫人にわたした。このふた晩《ばん》、自分をなやましているあの夢《ゆめ》の話はできなかった。とどろく波音、たけりくるう大波、暴風《ぼうふう》にきしむロープと索具《さくぐ》、ぬれた帆《ほ》がロープをたたく音。ヴァンダーデッケン船長のどなり声と狂《くる》った目。夢のなかで、ふたたびあの天使の声が聞こえてきた。

「教会の鐘《かね》の音を聞いたら、この場所を去り、つぎの場所へゆきなさい！」

少年はかげりのある目を老婦人《ろうふじん》からそらした。「どうぞ買い物をしてきてください。ぼくは救護院《きゅうごいん》に行って、再生計画《さいせいけいかく》がどうなってるか見てきます」

そういってベンは犬をわきにしたがえ、広場を横ぎっていった。少年と犬。夫人《ふじん》はなぜかむしょうにさびしい気持ちになって、この不思議《ふしぎ》な少年に呼《よ》びかけた。

「エヴァンズ喫茶店《きっさてん》でお昼をいっしょに食べましょうね、ベン！」

ベンはふりかえらずに、手をふった。

ベンが下《お》ろした手を、犬がなめた。「わかってるよ、いわなくても。ぼくだって同じ夢《ゆめ》を見てるんだから」

ベンは犬の耳のあたりをやさしくかいた。「うん、これまでいろんな場所をあとにしてきたけど、この村と、ここで出会った友だちはみんな特別《とくべつ》だ……ああ、チャペルヴェールを出ていくのはほんとうにつらいよ」

目を上《あ》げると、救護院のドアのまえで、アレックスがふたりに手をふっている。

救護院にはほとんどみんなそろっていた。エイミーはベンに飛びついてきて建物のなかにひっぱっていった。テーブルの上には、救護院再生計画の設計図《せっけいず》が何枚《まい》も広げられていた。それをジョン、ウィル、ブレイスウェイト先生、マッケー氏《し》が調べている。エイミーがせきをしてあたりにただようほこりを手ではらい、レジーナや仲間にいった。

「ちょっとだけ、おそうじやめて。それよりそこにあるベンチを外に運びだしてもらえない？」アレックスが鼻にしわを寄《よ》せた。「わかったよ、えばっちゃって。さあ、レジーナ、トモ、この大きなベンチをみんなで運ぼう」

ジョンは耳のうしろからエンピツを取って、設計図《せっけいず》を少し修正《しゅうせい》した。「ほら、これで裏《うら》の墓地《ぼち》まで、夕べのティーサロンを広げられるぞ」

ベンはおどろいて目を上《あ》げた。「夕べのティーサロン？」

エイミーがうなずいた。「すばらしい考えだと思わない？　エヴァンズ夫婦《ふうふ》がヘティをやとってくれたの。喫茶店《きっさてん》が夕方に閉店《へいてん》したあと、ヘティが週に五日、夜にかけてティーサロンを開くってわけ。ご夫婦が店の食材《しょくざい》を提供《ていきょう》してくれるのよ。ヘティはこの新しい仕事につけて大よろこびだわ。ほかの計画もベンに見せてあげて、プレストン館長《かんちょう》」

ジョンはおどけてえらそうな態度《たいど》になった。

「エッヘン。それがおれの新しい肩書《かたがき》なんだ。プレストン館長。プレストン・アンド・ブレイスウェイト美術館《びじゅつかん》のね。おれが管理人兼用務員《かんりにんけんようむいん》ってわけさ。いいだろ。船乗《ふなの》りだったころは、こんなにたくさんの肩書持っちゃなかったがね。ウィン夫人《ふじん》が、この救護院《きゅうごいん》をこのままほったらかしにするんじゃなく、村の日々の暮《く》らしに役だててほしいっていわれてな。屋根を葺《ふ》きかえ、窓《まど》を一つ二つ増《ふ》やすが、外見はいままでどおり、古風《こふう》ないい感じのままにするよ。でも、なかには美術品《びじゅつひん》がならぶんだ。聖餐杯《せいさんはい》、十字架《じゅうじか》、燭台《しょくだい》、それに勅令《ちょくれい》。それら全部を、どうやってチャペルヴェールの村が救《すく》われたかの話をそえて、陳列《ちんれつ》ケースにおさめる。みんな書かれてるぞ、ネッドのこともな。それとティーサロンだろ。あと村の会合やダンスパーティ、若《わか》い人のもよおしに使える部屋《へや》もつくる。小さな図書室《としょかん》もつくるんだ。ブレイスウェイト先生がしきってくれる。村人みんなが使えるちゃんとした施設《しせつ》になるんだ。どうだ、すごいだろ、ええ？」

ベンは、ジョンのいれずみのある大きな手を、元気ににぎった。「すばらしいなあ。いつからその再建《さいけん》にかかるの？」

マッケー氏《し》が口をはさんだ。明るい笑顔《えがお》だ。

「月曜朝いちばんだよ。先週、友人の判事《はんじ》と、ロンドンのジャックマン・ダニング・アンド・ボウ会社に行ってきたんだ。そして和解《わかい》してきた。そしたらさっそく今朝《けさ》、速達《そくたつ》でかなりな額《がく》の小切手《こぎって》が届《とど》いたんだ。それと、チャペルヴェールでのできごとに自分たちの会社名を出さないでほしい、万事《ばんじ》なかったことにしてほしいとの添《そ》え書《が》きがあった」

マッケー氏は勝ちほこって、おどるようなしぐさで小切手を取りだし、頭の上でふりまわした。「救護院《きゅうごいん》の再建《さいけん》にはじゅうぶんな額だ。大工たちは建築資材《けんちくしざい》といっしょに、月曜八時きっかりに到着《とうちゃく》する！」

ブレイスウェイト先生は、さきほどから調べていた新しい本のリストから目を上《あ》げていった。

「まことに、ええ、きわめてけっこう、ああ、よし、よし、そう！」

ウィル・ドラマンドは牧場《ぼくじょう》から持ってきていた手おし車から、かなてこを取りだした。「さあ、この救護院《きゅうごいん》からガラクタを全部かたづけよう。大工たちがすぐ仕事にかかれるようにしておくのが、おれたちの仕事だ。ほれ、プレストン館長《かんちょう》。あんたがほしいっていってた、かなてこだよ」

ジョンは曲がった、長いかなてこの重さをたしかめながら、部屋《へや》のまんなかに行った。そこで、ベンに向かって青い目をかがやかせながらウインクした。

「あとで手を貸《か》してもらうよ。でも、そのまえにまず、おれの好奇心《こうきしん》を満足《まんぞく》させるためにやりたいことがあるんだ」

ベンはけげんそうな顔でジョンを見た。「もちろん、貸すよ。でも、そのかなてこはなんに使うの？」

ジョンは天井《てんじょう》を見あげた。天井はひびが入って、湿気《しっけ》でうすよごれ、まんなか部分がふくらんでいた。「この救護院で暮《く》らすようになってからずっと、屋根のてっぺんにある、あの大きくて見苦しいこぶはなんだろうと思ってた。取りこわしで、見知らぬ大工らにおれより先に見つけられるのはいやだ。だから、口と目をふさいでいてくれ、みんな。ほこりやクズや白壁《しらかべ》のかけらがどかんと落ちてくるぞ。

さあ、はなれて、みんな。行くぞ！」

バシッ！　バンッ！　ドサッ！

かわいたイグサ、小枝《こえだ》、古い漆喰《しっくい》、石灰《せっかい》などのゴミが上から降《ふ》ってきた。ベンとほかのみんなは目と鼻をおさえた。ジョンは片手《かたて》で目をかばいながら、天井《てんじょう》にしだいに大きくなっていく穴《あな》をけんめいにたたいた。

メリッ！　バシッ！　ドサッ！　パシッ！

ジョンはふと手を止めて、自分が開けた天井《てんじょう》の大きな暗い穴《あな》を見つめた。「そのテーブルをここに持ってきてくれ」

突然《とつぜん》、ベンはひらめいた。ネッドの首輪をつかむと急いで外へ飛びだした。ネッドもひらめいた。ふたりは救護院《きゅうごいん》からできるだけ遠くへと走っていった。避《さ》けられない運命《うんめい》の音からは、どんなに走っても逃《に》げられはしないと知りながら。

ベンの足もとの地面がフライング・ダッチマン号の甲板《かんぱん》のように、ぐらぐらとゆれた。顔には冷たい汗《あせ》が、波しぶきをかぶったようにういてくる。遠く、駅に入ってくる汽車がもらす、するどい蒸気《じょうき》の音が、フエゴ島の岸を打つ強風のように聞こえた。またよみがえる遠い日の、はるかな記憶《きおく》……

「この地を去りなさい。とどまって自分だけ若《わか》いまま、友がひとり、またひとりと老《お》いて死んでいくのを見ていてはならない。行きなさい！」
天使の声に、犬は速度を上《あ》げ、自分の首輪をつかんでいるご主人をひっぱっていった。
ジョンはテーブルの上に立っていた。ほこりやゴミが立ちこめていてまえがよく見えなかったから、ベンと犬がいなくなったのに気づかなかった。ほかのみんなも気づかなかった。ウィルがテーブルの上にジョンとならんで立ち、明かりの入ったランプをかざした。「なんだ？　なにがあった、ジョン？」

「鐘《かね》だよ、ウィル！　これがこぶの正体《しょうたい》だったんだ。小さな鐘《かね》の塔《とう》だ。わが村の公民館《こうみんかん》には鐘ができたぞ！　聞いてくれ！」

ガアーーーーン！

鐘の音はチャペルヴェールじゅうに鳴りひびいた。金属《きんぞく》の音は遠く、近くに鳴りわたって、赤《あか》ん坊《ぼう》が泣きだした。

アイリーンは救護院《きゅうごいん》の裏《うら》の窓《まど》から、ごきげんななめな顔を出した。「ちょっとやめてよ、その音！　せっかくうちのウィラムが寝《ね》かかってたのに、起こしちゃったじゃないのさ」

ジョンはかなてこを下《お》ろして気弱にいった。「だって、この鐘は三百年ぶりに鳴ったんだよ」

アイリーンは腰《こし》に両手《りょうて》をあてていった。「あらそう。でもきょうのところはそれきりにしてよね。さあ、テーブルから下《お》りて、ウィル。あんたもよ、ジョン。いたずら小僧《こぞう》みたいにほこりかぶってつったって、なにやってんの。鏡《かがみ》で見てごらんよ！」

ウィルがテーブルから下りて、体のほこりをはらった。「ごめんよ。おまえはエヴァンズの店に行ってお茶にしな。おれがウィラムを寝かしつけてやるから」

エイミーは、いまは友だちになったふたりの大男を、ほほえんで見ていた。ジョンがテーブルから下《お》りたので、ひげについた白壁《しらかべ》のかけらをはらってやった。

「さあ、おふたりはアイリーンとお茶に行ってらっしゃい。わたしがウィラムを見てるから」

ジョンがウィルとアイリーンの肩《かた》に手を回した。「さあさあ、エイミーのいうとおりにしよう。ただし、お茶はおれのおごりだ！」

三人が広場に出て半分まで来たとき、ジョンが気がついた。「待った。ベンとネッドにも声かけよう。お茶に行こうって」

アイリーンはいたずらっぽくジョンをひじでつついた。「なにいってんの。わたしらみたいな年寄《としよ》りとじゃ楽しくないわよ。ベンはきっとエイミーといっしょに、ウィラムをお守《も》りするわ。若《わか》い人は若い人どうしがいいの。にぶいわねえ！」

ウィルも妻《つま》と同じ意見だった。「そうだ、そうだ。あの子は美人だし、あいつもハンサムだ。ふたりきりにしてやろう」

機関車《きかんしゃ》がかん高い音をたてて動きだし、駅長の笛《ふえ》がピリピリと鳴りひびいた。ジョンはいつもの古い懐中時計《かいちゅうどけい》を取りだした。「十時五十分発。時間どおりだ」

アイリーンはジョンの肩《かた》からほこりをはらってやった。「わたし、汽車に乗ったことないのよ。あれも進歩のひとつらしいけど、やかましくて、大きくて、くさいだけ。汽車なんて旅する人や、あわてて家出するやつのためのもんだわ。わたしは家出とは縁《えん》がないもんね。チャペルヴェールこそわが家よ！」

一週間後

48

また土曜日になった。明け方はもやがかかっていたが、すぐに晴れてあたたかな一日となった。ウィン夫人《ふじん》は買い物を終えたが、あんまり量が多かったので、配達《はいたつ》の少年に手間賃《てまちん》をはらって家まで運んでもらった。

エヴァンズ喫茶店《きっさてん》はほどよくにぎわっていた。夫人は窓《まど》ぎわの席にひとり座《すわ》って、受けとっていた大事《だいじ》な手紙を広げ、何度となく読みかえしていた。

ブロードウェン・エヴァンズがポット入りの紅茶《こうちゃ》と、夫人がいつもたのむ干しぶどう入りのケーキを運んできた。例によって、ちらっと手紙に目をやるので、夫人はハンドバッグでかくした。

ブロードウェンはのぞいたんじゃないといいたげな顔つきで、窓から外を見た。

「見て、エイミーとアレックスだよ」

若《わか》いふたりが近づいてきたのを見て、夫人は金の結婚指輪《けっこんゆびわ》で窓ガラスをたたいて、なかに来るようさそった。「アイスクリームとレモネードをあの子たちにあげて、ブロードウェン」

姉弟は窓ぎわに座った。老婦人《ろうふじん》は自分のカップにお茶をついだ。「きょうはなにしてたの？

また救護院《きゅうごいん》でジョンのお手伝《てつだ》い？　あの人、近ごろはすすんで手伝ってくれる人がおおぜいいてよかったわね」

アレックスはいすの背《せ》にもたれかかっていった。「ぼくたち、正面《しょうめん》に新しく門と垣根《かきね》つくるのを手伝ってるんだ」

ウィン夫人《ふじん》はケーキをきっちり四つに切ると、エイミーに顔を寄《よ》せてささやいた。「もうめそめそシクシクしてないわよね。さあ、ちょっとは笑顔《えがお》を見せてちょうだい」

エイミーはなんとか笑顔になろうとしたが、うまくいかなかった。テーブルクロスに目を落としたまま、「まだ彼《かれ》から連絡《れんらく》ないの」といった。

アレックスも目をしばたいて涙声《なみだごえ》になった。「ぼくたち、ベンが好きだった。ネッドも。どうしてどっかへ行っちゃったの？　こんな理屈《りくつ》に合わないことってないよ！」

みんなだまってしまった。アレックスは窓《まど》の外に目をそらした。ウィン夫人はそんなふたりをまえに、せいいっぱいその質問《しつもん》に答えようとする。

「人生には理屈に合わないことがいっぱいあるわ。あなたたちも年を取るにつれ、わかってくるでしょう。ベンはうちに来たとき、長くはいられないっていっていた。それがどういう意味なのか、わたしはむりにはきかなかった。あの子はどこかなぞめいた子だった。あなたたちにもそうだったでしょう？　とってもいい子、いい友だち。でも、とっても不思議《ふしぎ》な子。あの子がどうして急に姿《すがた》を消したのか、わたしにもわからないの。リュックも着替《きが》えの服も、部屋《へや》に残したままですもの。出ていってしまうって、あなたたちにいったことあって？」

エイミーはアイスクリームにスプーンを入れながら、考え考えいった。

「駅の外でベンに会ったときのこと、よくおぼえているわ。チャペルヴェールに長くいられるの？　ってきいたら、『さあね、たぶんね』って答えた。からかってるのか、はぐらかしてるのか、ベンの場合はわからなかった。あの青い目が、かすみがかかっているみたいに見えるときもあれば、澄《す》みきってかがやいているときもあった。きらきらかがやいて、見ているわたしたちがほほえみたくなるときもあれば、ふーっと冷《さ》めて見ているようなときもあって、本当はなにを思っているのかわからなかった」

ウィン夫人《ふじん》は、エイミーがアイスクリームを食べはじめるのを見ながらいった。「わたしも同じことを感じたわ。でも、あなたたちは同じような年ごろだから、わたしよりよくわかるでしょ。あなたはどうなの、アレックス？」

アレックスはレモネードをズルズルと音をたてててすった。

「ぼくたち男はそんなことあまり気がつかないけど、ぼくはネッドの目が好きだったな。人なつ

こい茶色の目。でも、ベンのことではこれだけはいえるよ。ベンのおかげでぼくは勇気《ゆうき》が持てた……もうこわがりじゃなくなった。いじめに対してだけじゃなく、なんに対しても。だから、いなくなってほんとうにさびしいんだよ。もっといろいろ教えてほしかったのに。おばさんも、いなくなってさびしいでしょ？」

老婦人《ろうふじん》は口もとを引きしめた。

「年を取ってくると、ちょっとちがうのよ。わたしは自分にいいきかせているの。ベンのことは大事《だいじ》な思い出として、これからずっと心のなかにしまっておこうって。あなたもわたしも、いえ、この村じゅうが、ベンが来るまえはみじめだった。でも、それをベンが、すっかり変えてくれたわ。わたしたちに助けあうことの大切さを教えて。ベンのことは、おくりもの、ちょっとのあいだ貸《か》してもらえた、いい天使さまのように思ってるの。でも、それってばかみたいよね。黒い犬を連れたヒーローみたいな天使なんて、想像《そうぞう》してごらんなさい」

そんな天使を想像して、みんな笑いだしてしまった。ウィン夫人《ふじん》は目頭《めがしら》にハンカチをあてた。

「ほんとにへんな話よね。でも、少しはいい知らせもあるのよ。聞いて。きょう、一通の手紙が来たの。これでみんなも元気になるわ。少なくともわたしは元気になりました」

エイミーはハンドバッグの下からのぞいている手紙の端《はし》にふれた。「このこと？」

老婦人はうれしそうに笑った。「そうなの。声に出して読んでくれる？　さあ！」

ウィン夫人の幸福はこの手紙で完ぺきなものとなった。エイミーが手紙を読みあげるのを、ブロードウェンがうろうろしながらぬすみ聞きしていたが、夫人《ふじん》は大目《おおめ》に見てやった。

こんにちは、母さん。さまよえる息子《むすこ》のジムがおたよりいたします。長いあいだごぶさたして、ごめんなさい。でも、いいお知らせがあります。ぼくと妻《つま》のリリアンは最近、故郷《こきょう》のイギリスに帰ることに決めました。イギリスがなつかしいです。ジェイミーとロドニーは、りっぱに大きくなりました。信じられますか？　ジェイミーは先週で十四才、ロドニーはこの四月に十二才になったんですよ。

セイロンの学校はちょっとものたりないので、国に帰ってきちんとした教育を受けさせようと思います。それよりなにより、おばあさんに会わせ、チャペルヴェールを見せてやりたいと思うのです。村はどうですか？　息子たちには村で送った子ども時代の話をいつも聞かせていました。だから、息子たちもぜひ行きたいというのです。ぼくがこちらの仕事でもうけた蓄《たくわ》えもじゅうぶんにあるので、リリアンはチャペルヴェールに家を買いたいといってます。ぼくは新しい仕事をなにか見つけます。ほら、ぼくは器用貧乏《きようびんぼう》なくらいなんでもできるから。ハハハ。

いまぼくたちは、蒸気船《じょうきせん》オーシャン・モナーク号に乗ってイギリスに向かっています。母さんがこの手紙を受けとってから十日以内にそちらに着くでしょう。

母さん、あわてないで。リヴァプール港まで出むかえに来てくれる必要はありません。あそこからチャペルヴァニールまで楽《らく》に行けますから。いまでは鉄道が通っているそうじゃないですか。だから、駅で出むかえてください。

ここでペンを置きます。船長に食事を招待《しょうたい》されていますから。それでは、まもなく会いましょう。愛《あい》をこめて。あなたの息子《むすこ》ジムとリリアン、孫《まご》息子たちより。

追伸《ついしん》。息子たちが仲よくなれるような、いい子たちを紹介《しょうかい》してください。

アレックスはこぶしをにぎりしめて顔を上《あ》げると、うれしそうに身《み》ぶるいした。「ぼくたち、いい子たちだよ、ウィンさん！」

いつのまにかそばに来ていたウィルが、テーブルをバシンとたたいた。

「ほら、やっぱりここだ。さあ、おいで。おや、あそこにいるのはジョンか。おい、おまえも来い！　アレックス、いまからお父さんのとこに行くところだったんだ。うちの雌牛《めうし》がお産《さん》でね。アイリーンとおふくろがつきそってる。ちょっと早いが今日《きょう》じゅうに生まれそうだって、おふくろはいう。どうだ、子牛が生まれるの、見たくないか？」

エイミーとアレックスは声を合わせてさけんだ。「わあーっ、見たい、ウィル！」

ジョンは外に待たせてあった馬車へと歩きだしていた。馬車は少年少女たちでいっぱいだ。

「最後に乗ったやつには、牧場《ぼくじょう》でスコーンとクリームのおやつは出ないぞー！」

ウィン夫人《ふじん》はそのまま動かず、子どもたちが乗りこむのを見ていた。

「レジーナ、ぼくの場所、取っておいてくれた？」

「もちろん。さあ、急いで、アレックス！」

「ちょっとつめて、トモ！」

「エイミー、わたしのそばに座《すわ》って！」

「おい、じゃおれの場所は？」

「あとを追いかけてくるんだね、ジョン。ハハハ！」

「ここよ、ジョン。よかった、デリアがたくましい馬で！」

「もういいぞ、ウィル。さ、出発だ、デリア！」

ウィン夫人《ふじん》は座って見ていた。馬車が広場をあとに速度を上《あ》げるにつれ、うっすら舞《ま》いあがる砂《すな》けむりを、日の光がのどかにてらすのを。

見ることさえかなわなかった夢《ゆめ》が、いまかなった。でもその幸福のさなかで、ウィン夫人はかすかに悲しみを感じた。亜麻色《あまいろ》の髪《かみ》の少年と黒い犬が、広場を横ぎっていく姿《すがた》が目にうかぶ。ウィン夫人が買ってやった新しい服を着た少年と、そのわきを忠実《ちゅうじつ》にトコトコとついていく犬。ふたりは広場のまんなかで立ち止まる。少年は目にかかる髪をふりはらってじっと立っている。あの青い目が、こんなに美しくかがやいたことがあったろうか。ネッドがワンとほえた。ベンが手をふってさけんだ。

「ウィンさーん！」

夫人《ふじん》はいすから腰《こし》をうかせて、いいかけた……

「ベン……」

やがて砂《すな》けむりがおさまり、あとには老婦人《ろうふじん》がひとり、だれもいなくなった村の広場をじっと見つめていた。

少年よ、冒険《ぼうけん》の旅に出よう——訳者《やくしゃ》あとがきにかえて

「子ども向け冒険小説《しょうせつ》を訳してみませんか？」

編集者《へんしゅうしゃ》にさしだされた一冊《さつ》の本の表紙《ひょうし》に、わたしの目はくぎづけになった。暗い鉛色《なまりいろ》の海を背《せ》に立つ、白いシャツの美少年《びしょうねん》と一匹《びき》の黒い犬。はるかかなたには難破船《なんぱせん》らしい帆船《はんせん》がうかんでいる……幽霊船《ゆうれいせん》？　英語《えいご》のタイトルは「フライング・ダッチマンの遭難者《そうなんしゃ》」とある。ということは……？

すかさず編集者はいった。「さまよえるオランダ人。ほら、伝説《でんせつ》で有名な……」

「エエーッ？　あの、オペラで有名な、神秘的《しんぴてき》な船のこと？　その船にじつは生存者《せいぞんしゃ》がいたってお話ですか？　わあ、読みたい、読みたい！」

というようなわけで、わたしは前後の見さかいもなくこの冒険小説にとりかかり、のめりこんでしまった。このイギリスの作家、ブライアン・ジェイクスが、例の〈ハリー・ポッター〉よりずっとまえに、『勇者《ゆうしゃ》の剣《つるぎ》』にはじまる〈レッドウォール伝説〉シリーズで、欧米《おうべい》の少年たちの心をしっかりとつかんでいたことなど、そのときは知らなかった。

ちなみに、『勇者《ゆうしゃ》の剣《つるぎ》』は、中世《ちゅうせい》の赤い（レッド）壁《かべ》（ウォール）の僧院《そういん》を舞台《ぶたい》に、戦《たたか》う若《わか》い修道僧《しゅうどうそう》ネズミを主人公《しゅじんこう》にした冒険小説《ぼうけんしょうせつ》。伝説《でんせつ》の剣をさがしもとめ、なぞときに苦心しながら、極悪《ごくあく》ネズミ軍団を相手にくりひろげる、ハラハラドキドキのファンタジイだ。

さて、それとはガラリとようすが変わって、今回は人間界のお話だ。主人公は十三才の少年。ときは一六二〇年。ところはデンマークのコペンハーゲン。生まれつき話すことのできない少年は、義理《ぎり》の兄たちにいじめられ、追いつめられて海に落ちる。おりしも、南アメリカに向かって出航《しゅっこう》した〝フライング・ダッチマン号〟に拾いあげられて命びろいするが、残忍《ざんにん》なコックに虐待《ぎゃくたい》され、悪夢《あくむ》のような航海《こうかい》をつづける。唯一《ゆいいつ》の心のささえは、迷《まよ》いこんできた一匹《ぴき》の犬との強いきずなだ。やがて、苦難《くなん》の航海に正気《しょうき》を失《うしな》った船長が神を呪《のろ》ったとき、天使があらわれた。天使は船を永遠《えいえん》に海をさすらう運《うん》命《めい》におとしめ、純真《じゅんしん》な少年と犬を救《すく》う。だが、ふたりには（ひとりと一匹といわず、あえてふたりと呼《よ》ばせてもらった）永遠の命とともに、世界各地をさすらい、正義《せいぎ》のために戦《たたか》う使命《しめい》もあたえられてしまった……

こうして、時空《じくう》をこえた壮大《そうだい》な冒険《ぼうけん》の幕《まく》が切って落とされる。そのようすをえがいた、この本の巻《かん》一「船」は、それ自体《じたい》がわくわくする海洋《かいよう》冒険小説であるとともに、その後《ご》、何百年にもわたる冒険の序章《じょしょう》にもなっている。巻二の「羊飼《ひつじか》い」をはさんで、時代を一八九六年のイギリスに移《うつ》した巻三の「村」と、一冊《さつ》で物語が三つ分たっぷり楽しめたのではないだろうか。

作者のブライアン・ジェイクスは、一九三九年、イギリスの港町《みなとまち》リヴァプールに生まれた。港でトラック運転手をする父についてまわり、十五才で学校をやめるとまよわず船に乗り組み、コックの見習いとなった。まさにこの本の主人公と同じような経験《けいけん》をしたのだ。その後《ご》、航海士《こうかいし》、港湾労働者《こうわんろうどうしゃ》、トラック運転手、警察官《けいさつかん》、喜劇役者《きげきやくしゃ》、フォーク歌手、脚本家《きゃくほんか》と、さまざまな職業《しょくぎょう》をへて、現在《げんざい》イギリスでも指折りの少年少女向け冒険小説作家《ぼうけんしょうせつさっか》だ。その波瀾万丈《はらんばんじょう》の人生を小説《しょうせつ》にしたらどうかときかれると、ジェイクスはいう。「わたしの人生など読んだってつまらない。それより少年少女には冒険小説だよ。もっと夢を、もっと冒険を楽しんでもらいたい」

ブライアン・ジェイクスが書く本が、子どもだけでなく、大人《おとな》の読者の心をもしっかりとらえてはなさないのは、冒険小説ならではの魅力《みりょく》をふんだんにそなえているからこそだろう。

魅力その一。心をそそる神秘的《しんぴてき》な「伝説《でんせつ》」が物語の芯《しん》になっている。この本では、永遠《えいえん》にさまよっているとされる幽霊船《ゆうれいせん》だ。

魅力その二。「宝《たから》さがし」が織《お》りこまれている。映画《えいが》の〈インディ・ジョーンズ〉シリーズの冒険を例に引くまでもなく、古代《こだい》の宝は、いつだってわたしたちの夢をかきたててくれる。

魅力その三。「なぞとき」が主人公のまえに立ちはだかって、制限時間《せいげんじかん》内に解《と》けないと絶体絶命《ぜったいぜつめい》だ。なぞときは、わたしたちの知恵《ちえ》と推理《すいり》へのチャレンジだ。

魅力その四。個人《こじん》だけでなく、仲間が団結《だんけつ》して戦《たたか》う。主人公はじゅうぶんにかしこく、じゅうぶんに強いが、いざ決戦《けっせん》のときは、フッツーの仲間たちが結束《けっそく》し、主人公を応援《おうえん》して勝利に導《みちび》く。これはフッツーの読者であるわたしたちにはじつにいい気分だ。

魅力《みりょく》その五。人間であれ、動物であれ、戦《たたか》いやアクション・シーンが大胆《だいたん》、豪快《ごうかい》で、とても力づよくえがかれている。男性的《だんせいてき》な語り口は、スカッとして痛快《つうかい》だが、その一方で、子ども向けファンタジイとはいえ、人生のむごさ、痛《いた》み、厳粛《げんしゅく》な死ともちゃんと向かいあっている。

魅力その六。登場人物《とうじょうじんぶつ》たちのスケールが大きい。「ちまちましたドラマは嫌《きら》いだが、オペラは大好きだ」という作家らしく、人物像《ぞう》の大きさ、心持ちのおおらかさは魅力的だ。オペラや小説《しょうせつ》でもおなじみの船長ヴァンダーデッケンは、強欲《ごうよく》で冷酷《れいこく》でも忘《わす》れられない印象的《いんしょうてき》な人物だし、ロンドンの女、モード・ボウのけたはずれの強さなど、あきれるのを通りこしてうらやましいほどだ。

さらに挙《あ》げれば、冒険《ぼうけん》をこよなく愛しながらも、考えかたの芯《しん》はしっかりとキリスト教に根ざしていて地道《じみち》であること、詩と歌を愛し、動物を愛し、好きな食べ物もおおいに盛《も》りこんで、人生のきびしさのむこうにある「生きるよろこび」を教えてくれているのがすばらしい。

こんな元気をくれるジェイクスおじさんのもとには、欧米《おうべい》の少年たちからひっきりなしに手紙やメールが舞《ま》いこんでいるそうだ。なかでも、読書好きな少年の質問《しつもん》には「どうしたら、あなたのような作家になれますか？」というのが多いとか。それに対して作家は答える。

「言葉で絵をえがいてごらん。それができたら、きみは作家だ！」

大人気の〈レッドウォール伝説《でんせつ》〉と同じように、この『幽霊船《ゆうれいせん》から来た少年』にもつづきがある。そこには、ベン少年がチャペルヴェール村に来るまえに乗り組んだ船での冒険がつづられているようだ。帆船《はんせん》、海賊船《かいぞくせん》が入りみだれての海戦《かいせん》、略奪《りゃくだつ》、陰謀《いんぼう》や策略《さくりゃく》、友情《ゆうじょう》に死。どうやら、作家ジェイクスの創造《そうぞう》の泉《いずみ》は、いまなおこんこんとわき出ているらしい。

みなさん、続篇《ぞくへん》を楽しみに待とうではありませんか！

翻訳《ほんやく》にあたっては、こまやかに目を通してくださった早川書房編集部《はやかわしょぼうへんしゅうぶ》の大黒かおりさん、岩嵜誠さん、校正《こうせい》の関谷泉さんにたいへんお世話《せわ》になりました。この場を借《か》りて、心からお礼《れい》もうしあげます。ありがとうございました。

二〇〇二年十一月

早川書房の児童書〈ハリネズミの本箱〉

幽霊船《ゆうれいせん》から来《き》た少年《しょうねん》

二〇〇二年十二月十日　初版印刷
二〇〇二年十二月十五日　初版発行

著者　ブライアン・ジェイクス
訳者　酒井《さかい》洋子《ようこ》
発行者　早川　浩
発行所　株式会社早川書房
東京都千代田区神田多町二―二
電話　〇三-三二五二-三一一一（大代表）
振替　〇〇一六〇-三-四七七九九
http://www.hayakawa-online.co.jp
印刷所　精文堂印刷株式会社
製本所　大口製本印刷株式会社

Printed and bound in Japan
ISBN4-15-250005-0　C8097

早川書房の児童書〈ハリネズミの本箱〉

サーカス・ホテルへようこそ！

ベッツィー・ハウイー
目黒　条訳
46判上製

臆病《おくびょう》な少女が勇気《ゆうき》をふるう

高所恐怖症《こうしょきょうふしょう》の少女が、つぶされようとしているサーカス団《だん》を救《すく》おうと、空中《くうちゅう》ブランコの達人《たつじん》であるおじいさんの相《あい》手役《てやく》に挑戦《ちょうせん》することに！　サーカスのおかしな仲間たちとの楽しい暮《く》らしの中で、本当の家族愛《かぞくあい》を知るまでの物語